벌레 이야기

이청준 전집 20 중단편집
벌레 이야기

초판 1쇄 발행 2013년 11월 29일
초판 9쇄 발행 2025년 4월 8일

지은이 이청준
펴낸이 이광호
펴낸곳 ㈜문학과지성사
등록번호 제1993-000098호
주소 04034 서울 마포구 잔다리로7길 18(서교동 377-20)
전화 02)338-7224
팩스 02)323-4180(편집) 02)338-7221(영업)
전자우편 moonji@moonji.com
홈페이지 www.moonji.com

ⓒ 이청준, 2013. Printed in Seoul, Korea

ISBN 978-89-320-2100-3 04810
ISBN 978-89-320-2080-8(세트)

이 책의 판권은 지은이와 ㈜문학과지성사에 있습니다.
양측의 서면 동의 없는 무단 전재 및 복제를 금합니다.

이청준 전집 20

벌레 이야기

문학과지성사
2013

일러두기

1. 문학과지성사판 『이청준 전집』에는 장편소설, 중단편소설, 그리고 작가가 연재를 마쳤으나 단행본으로 발간되지 않은 작품과 미완성작 등을 모두 수록했다.
2. 전집의 권별 번호는 개별 작품이 발표된 순서를 따르되, 장편소설의 경우 연재 종료 시점을, 중단편소설의 경우 게재지에 처음 발표된 시점을 기준으로 삼았다. 단, 연재 미완결작의 경우 최초 단행본 출간 시점을 그 기준으로 삼았다. 중단편집에 묶인 작품들 역시 발표된 순서대로 수록하였으며, 각 작품 말미에 발표 연도를 밝혀놓았다.
3. 전집의 본문은 『이청준 문학전집』(열림원) 발간 이후 작가가 새롭게 교정, 보완한 내용을 충실히 반영하여 확정하였다. 특히 미발표작의 경우 작가가 남긴 관련 자료에 근거하여 수록하였음을 밝힌다.
4. 전집의 각 권에는 작품들을 수록하고 새롭게 쓰여진 해설을 붙였으며 여기에 각 작품 텍스트의 변모 과정과 이청준 작품들의 상호 관계를 밝히는 글을 실었다. 이 글은 현재의 문학과지성사판 전집의 확정 텍스트에 이르기까지 주요한 특징적 변모를 잘 보여준다.
5. 이 책의 맞춤법은 국립국어연구원의 '한글 맞춤법'에 따르는 것을 원칙으로 하되, 띄어쓰기의 경우 본사의 내부 규정을 따랐다. 단, 작품의 분위기에 영향을 준다고 판단되는 방언이나 구어체 표현·의성어·의태어 등은 작가의 집필 의도를 살려 그대로 두었다(괄호 안: 현행 맞춤법 표기).
   예) ① 방언 및 의성어·의태어: 밴밴하다(반반하다) 희멀끄렁하다(희멀겋다) 달겨들다(달려들다) 드키(듯이) 뚤레뚤레(둘레둘레) 뎅강(뎅궁) 까장까장(꼬장꼬장)
   ② 작가의 고유한 표현:
   -그닥(그다지) 범상찮다(범상치 않다) 들춰업다(둘러업다)
   -입물개 개없고 아심찮게도 목짓 편뜻 사양기
   ③ 기타: 앞엣사람 옆엣녀석 먼젓사람 천릿길 뱃손님 뒷번
   그리고 나서(그리고 나서) 그리고는(그리고는)
6. 이 책의 외래어 표기는 국립국어연구원의 '외래어 표기법'에 따라 바꾸었다. 단, 작품의 제목이나 중요한 어휘로 등장하는 경우에는 원본을 그대로 살렸다.
   예) ① 맘모스(매머드) 세느(센) 뎃쌍(데생) ② 레지('종업원'으로 순화)
7. 이 책에 쓰인 문장부호의 경우 단편, 논문, 예술 작품(영화, 그림, 음악)은 「 」으로, 단행본 및 잡지, 시리즈 명 등은 『 』으로 표시하였다. 대화나 직접 인용은 큰따옴표(" ")와 줄표(—)로, 강조나 간접 인용의 경우 작은따옴표(' ')로 묶었다.

차례

해변 아리랑　7
벌레 이야기　38
불의 여자　82
나들이하는 그림　94
누군들 초장부터 꾼으로 태어나랴　103
흰 철쭉　156
숨은 손가락　172
섬　271
흐르는 산　300
심지연(心池硯)　316

해설 끔찍한 모더니티/김남혁　325
자료 텍스트의 변모와 상호 관계/이윤옥　366

해변 아리랑

1

아이는 바닷가 외딴 산기슭 밭 가에서 태어났다, 라고 하는 것은 세월이 지나 아이가 자란 다음까지 가장 오랜 기억이 그 바닷가 산기슭의 밭머리 시절이었기 때문이다.

눈부신 여름 햇빛, 그 한낮의 볕발 아래 길고 긴 밭이랑이 푸른 지열기에 흔들리며 산허리를 비껴 넘어갔다. 드문드문 수수가 점 섞인 더운 콩밭을 아이의 어머니 금산댁(金山宅)은 그 아지랑이 속을 떠도는 작은 쪽배처럼 하루 종일 오고 가며 김을 매었다. 우우우우 노랫가락도 같고 바람 소리도 같은 이상한 소리를 몸에 싣고 오가며 돌을 추리고 김을 매었다.

아이는 날마다 그 금산댁을 기다리며 밭 귀퉁이 무덤가에서 해를 보내곤 하였다.

밭머리 한쪽에는 언제부턴가 잔디 푸른 무덤 하나가 누워 있었다. 푸나무꾼들이 산을 오르내리며 지게를 쉬고 가는 길목 무덤터였다.

아이는 그 무덤가 잔디에서 울음을 참으며 어머니를 기다렸다. 이마를 불태우는 햇덩이를 동무 삼아 하염없는 원망 속에 어머니를 기다렸다. 목이 타면 근처 도랑물로 목을 축이고, 배가 고프면 언덕에 피어 익은 산딸기 열매를 따 먹으며 하루 종일 이제나저제나 어머니를 기다렸다. 이따금씩 하얗게 콩잎을 이랑치며 굴러가는 바람기, 올된 수수모개를 타고 앉아 간들간들 위태로운 곡예를 피우다가 푸르르 홀연 환청 같은 날갯짓 소리를 남기고 사라져가는 멧새, 오래오래 하늘을 아껴 흘러가는 구름 덩이, 그리고 산 아래론 물비늘 반짝반짝 눈부신 바다 위에 어이 어이 어여루 먼 뱃노래 소리 유장한 돛배들의 들고 남…… 그 한가롭고 절절한 적막감 속에 아이는 무료스레 어머니를 기다리곤 하였다.

금산댁은 그러나 아이의 기다림에는 아랑곳없이 무한정 밭이랑만 오갔다. 우우 우우 그 노랫가락도 같고 울음소리도 같은 암울스런 음조를 바람기에 흩날리며 조각배처럼 느릿느릿 밭이랑을 오고 갔다. 소리가 가까워지면 어머니가 어느새 눈앞에 와 있었고, 그 소리가 어느 순간 종적을 멎고 보면 그새 그녀는 저만큼 이랑 끝에 아지랑이를 타고 하늘로 올라가버리기라도 할 듯 한 점 정적으로 멀어져 있었다. 뒷산 봉우리의 게으른 구름 덩이가 모양새를 몇 번이나 갈아 앉고 있어도, 눈 아래 바다의 한가로운 돛배들이 셀 수 없이 섬들을 감돌아나가고 있어도, 그리고 아이의 도랑물길다리가 더위와 허기에 지쳐 덜덜 떨려오도록 금산댁은 내처 언제까지나 밭이랑만 무한정 떠돌고 있었다. 그러면서 무슨 필생의 업보처럼 여름 밭 김매기로 긴긴 해를 보냈다. 점심때도 없었고 휴식도 없었다. 점심때가 기울면 금산댁은 어쩌다 콩밭 무 뿌리로 제 허기를 달랬고, 아이에겐 일된 수수모개를 잘라다 꽁대기의 풋여물을 훑어 씹게 하였다. 이따금은 밭 가로 걸어나온 금산댁이 땀에 밴 무명천 치맛말 속에서 아이에게 노란 밭딸 한두 개를 꺼내 주기도 하였다. 금산댁이 아이에게 해주는 노릇이란 종일 가야 그 정도가 고작이었다. 그리고 그렇게 진종일 아이를 기다리게 했다가 해가 기울고 산그늘이 어둑어둑 밭이랑을 덮어 내려와야 금산댁은 비로소 소리를 그치고 머릿수건을 벗어 털며 아이에게로 돌아왔다……

아이의 기억 속에 뒷날까지 살아남은 생애 최초의 세상 모습이자 그 여름의 나날의 경험이었다. 아이는 이를테면 그 여름 밭 가의 무덤 터에서 생명이 태어난 셈이었고, 그 하늘의 햇덩이와 구름장, 앞바다의 물비늘과 돛배들을 요람으로 삶의 날개가 돋아 오른 셈이었다.

2

아이가 그 어머니와 어머니의 바닷가 돌밭을 떠나간 것은 10년쯤 세월이 흐른 뒤였다. 그것은 아이가 이미 재 너머 초등학교 분교를 졸업한 열여섯 살 소년이 되어서였다. 소년은 이제 그것으로 마침내 그의 외롭고 남루하고 길고 긴 영혼의 이유기를 넘어선 것이었다.

하지만 소년이 그 어머니 금산댁과 바닷가 마을을 떠나간 것은 그의 집에서 처음 생긴 일이 아니었다. 그것은 그의 나이 어린 형과 열여덟 맏누이의 시집길에 뒤이은 마지막 세번째의 떠남이었다.

금산댁은 원래 그녀 혼자서 나어린 세 남매를 길러오고 있었다.

아이들은 차츰 나이를 먹어가면서 차례차례 그녀와 고향 동네를 떠나갔다.

제일 먼저 집을 떠난 것이 소년의 네 살 손윗 형 아이였다. 소년이 금산댁의 밭매기를 따라다닐 때 그 형 아이는 재 너머 분교로 혼자 초등학교엘 다녔다. 하지만 어느새 6년이 흘러가고 그 형 아이가 학교를 졸업했을 때 그는 유난히 게으름만 부리며 집안일을 아무것도 돌보려 하지 않았다. 그는 처음부터 다른 아이들처럼 대처 학교 공부는 꿈도 꾸지 않았다. 금산댁이 굳이 만류할 것도 없이 스스로 형편을 알고 있었기 때문이다. 턱없는 상급 학교 공부를 꿈꾸지 않는 대신 그가 그때까지 집에서 해오던 다른 일을 아무것도 손에 대지 않았다. 초등학교조차 가보지 못한 두 살 위의 누이가 밭일에만 매달려 사는 금산댁을 대신하여 끼니를 끓이고 헌 옷을 기워대고 심지어 산엘 나가 푸나무까지 베어 날라와도 그런 건 전혀 내 알 바 아니라는 듯 눈치를 보거나 손을 보탠 일이 없었다. 그러면서 그저 연 놀이에만 넋이 팔려 바닷가 언덕들만 쏘다녔다. 형 아인 원래 학교엘 다닐 때도 연 놀이를 좋아하여 금산댁과 누이에게 연실 투정을 자주 해댔지만, 그 봄엔 그렇게 한 철이 다 가도록 때도 없이 바닷바람만 몰아 헤매고 다녔다. 그리고 어느 날 세찬 바람기에 그의 연이 실을 끊고 하늘 멀리 날아갔을 때 그것을 붙잡으러 따라나서기라도 하듯이 그도 함께 훌쩍 집을 떠나가 버렸다.

— 나 돈 많이 벌어가지고 돌아올게.

그 형 아이가 마을을 떠나가면서 그를 말리는 누이에게 남기고 간 말이었다.

집을 떠나 어디로 갈 거냐는 누이의 마지막 간절한 물음에도 그는 어디라 정해진 곳이 없이,

— 큰 항구가 있는 곳으로 갈 거야. 돈을 벌려면 큰 배를 타야 하니까.

망연스레 고갯길을 넘어갔다는 것이었다. 그날도 바닷가 밭고랑을 떠돌던 어머니 금산댁에겐 하직 인사도 않은 채.

소년도 이제는 그 형 아이를 따라 초등학교 5학년이 되던 해의 봄이었다.

그렇게 형 아이가 집을 떠나가고 나자 금산댁은 당연히 바닷가 돌밭 출입이 더욱 잦아졌다. 틈만 나면 금산댁은 밭뙈기로 나가 앉아 그 지겨운 푸르름 속을 떠돌면서 끝없이 김을 매고 돌을 추렸다. 그 무성하고 암울스런 읊조림 속에 날들이 저물고 철이 바뀌었다.

소년이 학교를 파하고 돌아와 푸나무 지게질을 나가보면 금산댁은 언제나 거기 그런 나날이었다.

하지만 그 원망과 체념과 자탄기가 한데 실린 금산댁의 바람 소

리 같은 입속 읊조림은 한번 떠나간 그의 아들을 다시 고향집으로 돌아오게 하지 못했다. 아들을 다시 돌아오게 하기커녕 몸을 의탁해 지내고 있는 산하의 소식 한마디 전해 들은 일이 없었다.

한번 떠나간 아들아이에게선 생사간의 소식마저 감감 세월이었다.

그리고 그 몇 년 후에는 소년의 누이가 다시 집을 떠나갔다.

이번에는 소년이 초등학교를 졸업하고 그의 누이와 집 나간 형을 대신하여 바닷가 돌밭 쪽 산들을 오르내리며 이태째 푸나무를 해 나르던 무렵이었다.

어느 날 소년이 아침나절 나뭇짐을 해 지고 돌아오자 집에서 웬 낯선 여자 두 사람이 누이를 데리고 사립을 나서고 있었다. 그때 누이는 웬일인지 어디 몹쓸 데로나 끌려가고 있는 몰골이었다. 작은 보퉁이 하나를 꾸려 안고 사립을 나서면서 누이는 차마 발길이 떨어지지 않는 듯, 엄니 엄니 자꾸만 뒤를 돌아다보았고, 뒤에 남은 금산댁은 금산댁대로 쉬쉬 남몰래 못할 짓을 하는 양 당황스럽고 조급한 손사래질로 그녀의 발길을 재촉해대고 있었다. 소년이 나뭇짐을 지고 사립을 들어서자 금산댁은 그나마 딸아이가 떠나가는 것도 아랑곳을 않은 채 부엌 쪽으로 훌쩍 몸을 숨겨 들어가버렸고, 누이는 아직 나뭇짐을 지고 선 채 넋이 빠져 멍해 있는 소년에게로 다가와 그의 손을 가만가만 쓰다듬다간 끝내 울음기 속에 발길을 돌아섰다.

— 동상아, 잘살거라. 불쌍한 우리 엄니 모시고 잘살거라. 동상아, 내 동상아······

소년은 그때 이미 짐작을 했지만, 누이는 그렇게 시집을 간 것이었다. 남들처럼 이런저런 긴 의논도 없이. 한피받이 소년에게마저 눈치를 보이려 하지 않았을 만큼 남의 눈을 피해가며 남루하고 황망하게. 버리고 떠맡기듯 별안간에 매정하게.

누이의 나이가 어지간했기 때문일 터였다. 딸아이의 물색이나 집안 형편에 금산댁도 그렇듯 심사가 조급했을 터였다. 홀아비 처지나 전실 자식들 걱정보다도 그저 배나 곯지 않을 전답 마지기가 딸아이 팔자엔 당해 보였을 터였다.

그러나 그것은 금산댁에게 또 하나 가슴의 못이 되었다. 혼례도 못 치른 채 헌 옷 보퉁이 하날 달랑 손에 들려 낯설고 물선 반백리 산중길을 저 혼자 따라 보낸 딸아이의 시집길. 전실 자식을 둘이나 거느린 늦서른 홀아비에게 어린것을 버리듯 내맡겨 보낸 일…… 금산댁은 이제 자기 삶을 돌볼 일이 없어진 나무가 제 잎을 차례차례 낙엽져 내리듯 자식들이 하나씩 곁을 떠나갈 때마다 가슴에 아픈 못이 늘어갔다.

그녀의 바람 소리 같은 입속 읊조림도 그래 그만큼 더 무성했다. 이제는 그 바닷가 돌밭 이랑에서뿐 아니라 집 안에서까지 늘상 같은 소리가 떠돌았다.

소년은 다시 한 해 동안 그 소리를 들었다. 소리를 들으면서 산을 오르내리고 바다를 나가고 집안일을 돌봤다. 누이의 시집살이 소문을 참고 참아가며 집을 떠난 형이 다시 돌아오기를 기다렸다.

그러나 그 모든 것은 끝내 보람이 없었다. 형에게선 언제까지나 정처의 소식이 감감했고, 들려오느니 누이의 애틋한 시집살이 소문뿐이었다. 누이를 데려간 서방이란 위인은 알고 보니 전실 소생이 넷씩이나 되었고, 배는 곯지 않으리라던 살림 형편마저 사실은 끼니가 간데없는 험한 날건달 꼴이더라 하였다. 게다가 위인은 술에 노름질에 세월 가는 줄을 모르는 판이었고, 그 위에 매질과 업수이여김으로 누이의 박대가 개짐승 취급이더랬다.

마른 생선 산중 동네 장삿길 아니면 엿장수 아낙이나 떠돌이 점쟁이 발길들에 산중길 반백 리 누이에게선 그런 소리만 하필 잘도 물어 전해왔다. 죽어 헤어졌다던 전실 여자마저 이따금 눈을 까뒤집고 나타나 머리끄덩이질을 치고 가는가 하면 남의 아이들 못된 빈 눈치 봐오는 것도 피를 말리는 괴로움이더라 하였다.

금산댁의 지겨운 입속 읊조림은 그럴수록 더욱 극성스러워져 가게 마련이었다.

하여 다시 한 해, 그 답답하고 암울스런 날들이 지나가고 이듬해 봄이 돌아오자 이번에는 마침내 소년이 마지막으로 그 형과 누이를 뒤따라 금산댁과 바닷가의 마을을 떠나갔다.

그동안 소년은 어머니 금산댁의 그 음습한 노랫가락과 가엾고 딱한 누이의 소식들을 견디면서 자신이 얼마나 답답하고 초라한 존재인가를 깨달은 때문이었다. 그것이 얼마나 보람 없으며 남루한 삶인가를 알았기 때문이다. 비로소 집을 나간 형을 이해하고, 그가 가슴에 품고 떠나간 원망을 깨닫고, 그 형을 기다림이 얼마나 부질없는 노릇인가를 깨달았기 때문이다. 그 형을 용서할 수가 있었기 때문이다.

형은 돌아오지 않을 사람이었다……

하지만 소년은 그의 형처럼 기약 없이 마을을 떠나가진 않았다.

그는 먼저 간 형과는 달리 공부가 끝나고 돈이 벌어지면 다시 마을로 돌아올 결심이었다. 그는 자신의 그런 결심을 어머니 금산댁에게 몇 번이나 다짐했다.

 형 때의 아픔으로 가슴이 삭아선지 금산댁도 굳이 그를 말리지 않았다. 금산댁은 다만 떠나가는 아들에게 소식이나 끊지 말라는 당부뿐이었다. 다시 돌아오질 않아도 좋으니 어딜 가든 몸이나 성히 지내면서 소식이나 종종 띄워 보내랬다. 그 한마디 조그만 당부 말로 그녀의 모든 소망을 대신했다.

 하여 그 봄 어느 날 소년은 어머니 금산댁과 마지막으로 한 번 더 외딴 바닷가 산기슭 돌밭으로 나갔다. 그리고 그 밭언덕 끝에서 마지막 풀을 매며 금산댁의 오랜 입속 노랫가락 소리를 들었다. 바람 소리 같은 입속 읊조림을 듣고 물비늘 반짝이는 바다를 보았다. 그 바다의 섬들을 지나가는 멀고 한가로운 돛배의 노랫소리를 듣고, 그리고 마침내 마을을 떠나갔다. 소년의 나이 열여섯째 되던 해의 꽃샘바람이 유난히 사납던 날이었다.

3

 몇 달 뒤 소년은 서울로 갔다는 소식이 돌아왔다.
 ─이곳에는 저처럼 빈손으로 고향을 떠나온 아이들이 참 많아요……
 그 아이들 도움으로 신문을 팔면서 틈틈이 공부까지 하고 있으니 아무 염려 말라는 소식이었다. 공부가 끝나고 돈 벌어 돌아갈 때까지 마음 놓고 기다리라는 다짐의 편지였다.
하지만 그것은 그저 한때의 다짐일 뿐이었다.
소년은 오랫동안 다시 바닷가 고향 마을로 돌아오지 못했다. 한 몇 년 공부를 하고 돈을 벌어 고향으로 돌아오겠다는 것은, 어머니나 마을을 떠나 사는 것은 그동안뿐이라는 생각은 그의 형 한가지로 집을 떠날 때의 결심이자 희망일 뿐이었다.
소년은 철따라 잊지 않고 편지를 보내왔다. 공부를 열심히 하고 있다고도 하였고 조그만 돈벌이 시작했다고도 하였다. 그러면서 언젠가는 다시 고향으로 돌아가 어머니를 편하게 모시겠노라 변함없는 다짐을 되풀이하였다.
하지만 해가 몇 번씩 바뀌어 흘러가도 소년은 정작 돌아올 기미가 없었다. 편지대로라면 이제는 제법 돈냥이나 손에 쥐고 여봐란 듯 성공해 돌아올 때가 됐는데도 아들아이는 분수없이 계속 때를 미루고 있었다.
―어머니를 좀더 편히 모실 수 있기 위해섭니다……
그 어머니 곁으로 좀더 떳떳하게 돌아가기 위해 하루하루 어려운 일들을 참아가며 돈을 조금씩 모아간다고 하였다.
―몇 년만 참고 기다려주십시오.
많은 돈은 못 벌지만 조금씩 정직하게 그러나 뼈가 부서지게 노력하고 있으니 몇 년만 더 참고 기다리자는 다짐뿐이었다.
그 몇 년만 몇 년만 하던 것이 어느새 10년 가까운 세월이 흘러갔다.

하다 보니 금산댁에겐 그 아들이 돌아오기가 싫어선지 돌아올 수가 없어선지 뒷사연이 차츰 미심쩍어져갔다. 돈푼이나 쥐고 보니 그새 마음이 달라져 못난 어미를 잊어가는 듯도 싶었고, 아니면 아예 제 처지가 부끄러워 고향땅을 찾을 수가 없는 것 같기도 하였다. 이런저런 사연들이 사실은 제 처지를 숨기고 어미를 안심시키려는 마음 아픈 구실인 듯싶어지기도 하였다.

한데 고향엘 돌아오기가 싫어서든 돌아올 수가 없어서든, 아들은 끝내 그 바닷가 마을로는 돌아오지 않으려는 것이 확실해지고 있었다.

— 어머니, 저는 노래를 짓는 사람이 되어보렵니다……

아들에게선 마침내 그런 사연이 적혀왔다. 그가 떠나간 지 열두 해째 되던 해의 늦가을 녘이었다. 그가 노래를 짓는 사람이 되려는 것은 그것이 바로 어머니와 어머니의 노래를 사랑하는 일이며 어머니에게로 돌아오지 않고도 어머니 곁에 함께 있을 수 있는 길이기 때문이라는 것이었다. 어머니의 노래와 삶과 바다를 만인의 노래로 지어 만드는 일이 자기로선 어떤 천금을 얻는 일보다 보람 있는 노릇이며, 그것이 무엇보다 정직하고 떳떳하며 사람같이 사는 길이기 때문이랬다. 그는 그 일의 귀중함을 너무 늦게 깨달았지만, 그러므로 그만큼 그 일에 열심이어야 한다는 것이었다. 그리고 그가 그 일에 열심하여 어렵고 외로운 사람들이 함께 그의 노래를 불러주는 동안엔 그는 언제나 어머니와 함께 있으며 그 바다와 섬들과 돛배와 돌밭의 바람으로 함께 있을 거라 하였다.

— 그러니 어머니, 이제 저는 돈을 벌어 돌아갈 수가 없습니다.

그런 아들은 기다리지 마십시오. 아들이 진정 기다려지시거든 어머니의 노래를 부르십시오. 그러시면서 그 노래 속에서 저를 대신 만나주십시오. 저는 언제나 어머니의 밭 가에서, 그 뒷산의 구름덩이와 바람결로, 앞바다의 반짝이는 물비늘과 돛배들로, 어머니의 노래에 함께 귀기울이고 있을 것입니다……

금산댁은 물론 아들의 사연을 다 알아들을 수 없었다. 간절스런 아들의 설명에도 불구하고 노래를 짓는 일이 도대체 무엇이며, 그것이 왜 그토록 소중스러워진 것인지 아들의 말뜻을 알아들을 수가 없었다. 하지만 그 금산댁으로서도 아들이 이제는 돈을 버는 일에서 마음이 떠난 것을 짐작할 수 있었다. 그리고 그것이 소중하든 안 하든 그 노래를 짓는 일로 인하여 아들은 이제 정처 없는 노래꾼으로 고향길이 아예 어려워져버린 것을 알았다.

일은 금산댁의 짐작대로 되어갔다.

철이 바뀌어 이듬해 봄이었다.

아들에게서 다시 편지가 날아왔다.

아들이 드디어 색시를 구해 얻어 새살림을 시작했다는 소식이었다. 그러니 이젠 금산댁도 그만 고생살이 떨치고 서울로 올라와 세 식구가 함께 살자는 사연이었다. 아들이 고향으로 돌아오는 대신 금산댁을 서울로 데려가겠다는 것이었다. 그리고 며칠 후에 아들은 정말 금산댁을 서울로 데려가기 위해 그의 색시를 마을로 내려 보냈다.

금산댁은 필경 올 일이 닥쳐온 것뿐이겠거니 하였다.

금산댁은 물론 그 아들네를 따라가지 않았다. 언젠가는 다시 고향 마을로 돌아와 그녀 곁에 함께 살겠다던 아들이 제물에 제 다짐을 어긴 것이 서운해서가 아니었다. 아들네 형편이 시원찮을지 모른다는 지레짐작에 겁을 내서도 아니었다. 금산댁은 실상 전부터도 크게 아들의 다짐을 믿어온 편이 아니었다. 큰아이 때처럼 작은애가 떠날 때도 그녀는 아마 그것으로 어쩌면 영영 마지막이 될지 모른다는 마음이었다. 제가 자꾸만 같은 다짐을 보내오니 어미로서 그저 행여나 했을 뿐, 그것도 대개는 반신반의 심사였다. 그렇게 혼자서 마음을 정해 먹고 이렁저렁 지내온 세월이었다. 게다가 이제는 그 아들이 정처 없는 노래꾼이 되겠노라 어미의 마음까지 미리 다져놓은 터였다. 다 늦게 무슨 호사를 보겠다고 아들네를 따라가고 말고 할 일이 없었다.

그럴 마음부터가 생기지 않았다. 또한 그런 마음을 먹어서도 안 되었다. 남부러움을 살 만한 전답은 못 되어도 그녀에겐 무엇보다 소중한 땅이 있었다. 그녀를 만나기 전 아이들의 아배가 혈혈단신 낯선 마을을 찾아들어 몇 년씩 걸려서 일궈낸 밭이랬다. 그리고 이제는 그 땅을 지키듯 자신이 한쪽에 누워 있는 곳이었다. 해방 이듬해 그 돌림열병 등쌀에 시신을 떠메다 파묻어줄 사람도 손이 귀해 지겟짐으로 집을 나간 남편의 무덤이었다. 서러운 혼백이 외롭게 잠들어 누운 땅이었다.

뿐만이 아니었다. 그곳은 또한 그녀의 딸아이의 가엾은 원혼이 함께 떠돌고 있을 땅이기도 하였다.

금산댁의 둘째가 마을을 떠나간 뒤로도 바닷가는 바닷가대로 세월을 엮어가고 있었다. 금산댁은 그동안 오래전에 이미 딸아이의 마지막 소식을 듣고 있었다.
 내버리듯 떠나보낸 딸아이의 동네에선 그동안도 내내 귀에 담고 싶지 않은 답답하고 안타까운 소식들만 전해왔다. 하더니 끝내는 서방놈 매질에 허리가 부러져 운신을 못하고 누워 지낸다는 몹쓸 소문까지 건너왔다. 그래도 서방놈과 의붓아이 새끼들은 한통속으로 학대만 일삼는 판이랬다. 약을 쓰기커녕 끼니참도 버려둔 채 숨을 거둬갈 날만 기다리는 꼴이랬다.
 하지만 금산댁은 한사코 모른 척 귀를 막고 지냈다. 설마 하면 인두겁을 쓰고 난 자가 그토록 무도할 수가 있을까 보냐 하였다. 소문이 사실이 아니기를 바랐다. 두려운 마음으로 헛소문이기만을 기원했다. 그것을 믿는 것이 죄가 되어 돌아갈 듯, 그녀가 할 수 있는 일이 오직 그뿐이듯, 한사코 소문을 못 들은 척하고 지냈다.
 하지만 끝내 그 금산댁으로서도 귀만 막고 지낼 수가 없게 될 날이 찾아왔다.
 ─죽기 전에 친정엄니 얼굴이나 한번 보았으면……
 딸아이에게선 드디어 거기까지 막다른 소식이 들려왔다. 딸아일 떠나보낸 지 일곱 해째 되던 해의 겨울 녘 일이었다.
 금산댁은 그제서야 모든 걸 체념했다. 그리고 처음이자 마지막이 되고 만 반백 리 산중길 딸아이네를 찾아갔다.
 찾아가보니 모든 것이 소문대로였다. 못 먹고 박대당한 딸아이의 병세는 하루 한나절을 안심할 수 없도록 막다른 고비까지 다가와 있었다. 제 남정이란 위인이 자주 했다는 소리처럼 어려서부터 못 먹고 못 입어온 아이였다. 아직도 제 속으로 낳은 자식 하나 없는 아이였다. 그 의지가지없는 천한 몸뚱이가 사내와 의붓자식들에게 안방까지 빼앗기고 얼음장 같은 문간방으로 쫓겨나 있었다. 문간방 한구석으로 걸레처럼 내던져져서 오늘이야 내일이야 저승길만 기다리고 있었다.

금산댁은 이미 그 딸아이의 목숨이 소생할 길이 없음을 알았다.
그래 마지막 죽음길이나 지켜주려 딸아일 집으로 데려오려 하였다.
— 가자. 에미 곁으로 가자. 죽더라도 이 에미한테로 가서 에미 곁에 마음 놓고 눈을 감거라.
하지만 딸아인 그마저 반대였다. 고향땅 죽음길을 따라나서려기커녕은 어미의 간병마저 부질없어하였다.
— 엄니, 이젠 그만 돌아가보셔요. 살아서 이렇게 엄니 얼굴을 보았으니, 이제는 아무 여망도 없는 것 같소……
찬 방바닥이라도 덥혀줄 겸하여 문간방 아궁이에 섶불을 지펴 뜨거운 쌀미음 몇 숟갈을 입술에 흘려넣어주니, 딸아인 그것으로 간신히 기력이 되살아나서 그 어미의 먼 귀갓길부터 재촉이었다.
— 고우나 싫으나 나는 이 집 귀신이 될라요…… 한평생 궂은 일만 보고 살아온 엄니 앞에 저승길 앞장서는 자식 꼴을 어찌 보이겄소.
딸아인 무엇보다 그것이 두렵고 부끄럽다 하였다. 퀭한 눈시울에 물기가 소리 없이 고여 오르면서도, 정신을 놓기 전에 '엄니 떠나는 걸 보아야 마음을 놓겠다'고 딸아인 한사코 금산댁의 발길을 되짚어 세우고 싶어 했다.

무정한 것은 사람의 마음이었다. 딸아이의 재촉이 그처럼 조급하고 간절했기 때문인가. 금산댁도 마침내 그 딸아이의 재촉이 그녀의 본심인 듯 생각되기 시작했다. 아닌 게 아니라 그 어미가 자식의 마지막을 지켜보는 것이 안 될 일처럼만 여겨졌다. 그것은 자신도 두려운 일이었다. 자신이 곁에 지켜 앉아 있는 것이 딸아이의 갈 길을 막아서는 일 같기도 하였다. 혼자 놔둬주는 것이 그나마 딸아이의 마지막을 편하게 해주는 길 같았다. 그것이 지금까지 자신들이 살아온 모질고 저주스런 팔자들이었다. 딸아이는 벌써부터 그것을 알고 있었던 것 같았다. 게다가 시종 뒤에 숨어 지켜보는 그 축생 같은 인간들의 눈길들……
 ─ 그래…… 이것이 정녕 이승에 점지된 너하고 에미의 험한 인연이었던가 보구나.
 금산댁은 마침내 거기까지 마음이 모질어지고 있었다. 그리고 그때, 해가 설핏해질 무렵 금산댁은 마지막으로 딸아이의 손을 쥐고 그녀의 저승길을 비켜서주었다.
 ─ 그래, 가려거든 차라리 일찍이나 가거라. 예서 더 살아남아 설움이나 사지 말고…… 죽어 혼령이라도 에미 곁으로 오거라.
 죽음을 눈앞에 둔 딸아이를 두고 돌아서는 매정스런 어미의 마지막 소망이었다.
 금산댁은 그것으로 딸아이의 손을 놓고 어두워오는 그녀의 방을 나왔다. 그리고 아궁이에 다시 군불 한 부삽을 밀어넣고 그길로 도망치듯 길을 나서버렸다.
 하지만 그렇게 돌아선 발길 앞에 딸아이의 얼굴이 밟히지 않을 수 없었다. 삶과 죽음길을 갈라서는 마당에서도 차고 가는 손목을 힘없이 내맡겨둔 채 말 한마디 없이 그저 눈물만 고여오르던 눈길― 그 몹쓸 딸아이의 눈길이 금산댁의 귀로를 끊임없이 뒤쫓았다.
― 가자. 아가, 나하고 같이 가자. 이승의 팔자가 그렇거들랑 죽어 혼백이라도 이 길로 같이 가서 이 못된 에미한테서 저승길을 떠나거라.
코가 맵싸한 겨울 찬바람에 눈발까지 흩날리던 저녁 산길 50리. 그 먼길을 혼자 걸어 돌아오며 금산댁은 내내 그렇게 기원했다. 그리고 그렇게 금산댁이 돌아오던 날 딸아이는 끝내 그 밤을 못 넘기고 마지막 숨을 거둬갔다는 뒷소문이었다……
하니까 그날 금산댁의 귀갓길은 그녀 혼자 돌아옴이 아니던 셈이었다. 그녀는 그때 이미 딸아이의 혼백을 마을로 함께 데려온 셈이었다. 그 딸아이의 혼백이 아직도 그녀 곁에 함께 떠돌고 있을 땅이었다.
설움에 찌든 가엾은 혼백들만 외롭게 떠도는 웬수 놈의 땅이었다. 하지만 그래 그 외로운 혼백들을 그녀라도 곁에 남아 지켜야 할 땅이었다. 딸년의 혼백이 아직 무주고혼으로 구천을 헤매고 있다면 그것이 찾아오기를 기다려야 할 곳이었다. 세상사가 고되고 의지가 없을수록 마음 거두어 떠나기보다는 심사가 더 애틋해지는 숙명의 땅이었다.
하지만 금산댁이 서울의 아들네로 떠나갈 수가 없는 것은 그 외로운 혼백들 때문만이 아니었다.

그것은 무엇보다 살아 있는 큰아이의 소식 때문이기도 하였다. 큰아이의 소식이 늦게라도 찾아들면 그것을 맞을 곳이 있어야기 때문이었다. 어미마저 마을을 떠나가고 없으면 마을을 찾아든 생목숨의 소식마저 깃들일 곳을 잃고 헤맬 것이기 때문이었다.
 어미가 남아서 그것을 기다리고 있어야 하였다.
 금산댁은 이래저래 아들네를 따라서 바닷가 고향 마을을 떠나갈 수가 없었다.

4

 그러나 끝내는 그 금산댁마저도 소문 없이 마을을 떠나가고 말았다. 다시 몇 년의 세월이 흘러간 뒤 마침내 큰애의 소식이 왔기 때문이었다. 그러나 그녀는 그 큰애의 소식을 좇아 보란 듯 마을을 떠나간 것이 아니었다. 큰애의 소식은 그럴 만한 것이 못 되었다. 단 한 번 전해온 큰아이의 소식은 금산댁의 기다림과는 오히려 반대였다.
 어느 날, 한 낯선 사내가 바닷가 돌밭으로 금산댁을 찾아왔다. 그리고 그 밭뙈기 가에 서서 뜻밖에 큰아이의 묵은 소식을 전했다.
 ─아드님은 저하고 한배를 탔었지요. 남해 일대를 멀리 나다니며 고기를 잡는 큰 배였습니다……
 그런데 어느 해던가 바다를 나갔을 때, 금산댁의 아들은 배 위에서 갑자기 병을 얻어 자리에 눕게 되었다 하였다. 그리고 그로부터 며칠이 못 가 그대로 배에서 죽어버려 소식도 못 전한 채 이름 모를 섬 기슭에 묻혔다는 것이었다.
— 매정하게 생각될지 모르겠지만, 그게 뱃사람들 사는 법이니까요. 벌써 10년도 지난 일입니다.
사내는 눈 아래로 바다를 내려다보며 메마른 목소리로 말했다. 그 10년 동안 소식 한마디 못 전한 것도 원체 뱃사람들 사는 법이 그래서랬다.
— 이제나마 뒤늦게 소식을 가져오게 된 것은 아드님의 무덤이 그 섬에 그대로 버려져 있는 것을 보고서랍니다. 얼마 전에 저는 다른 배로 모처럼 그 섬을 다시 지나가게 되었는데, 거기 아드님의 무덤이 아직도 잡초 속에 조그맣게 허물어져가고 있구만요.
사내는 그제서야 고인의 소식을 고향에 전해준 사람이 아무도 없음을 알았다 하였다. 그래 혼백이라도 고향으로 거둬가라고 물어물어 마을을 찾아왔다는 거였다. 누군가 뒤에 뱃길을 지날 일이 있으면 어린 친구의 소식이나 전해주자고 고향 주소를 나눠 가진 것이 지금껏 수첩에서 지워지지 않고 있었던 덕이라 하였다.
사내는 그러면서 아들이 누워 있다는 멀고 먼 섬길 지도 쪽지 하나를 남기고 돌아갔다.
기다리고 기다리던 큰아이의 소식은 결국 그렇게 끝장이 난 꼴이었다.
금산댁은 이제 새삼 눈물조차 흘리지 않았다. 큰아이의 죽음은 실상 어제오늘의 일이 아니었다. 그 상서롭지 못한 기다림의 세월들— 그것은 어쩌면 그동안 마음속에 미리 자리 잡아온 일이었을 수도 있었다. 눈물 따위는 오히려 부질없기만 하였다.
 그녀는 차라리 마음이 덤덤했다. 이제는 외딴 바닷가 밭고랑의 입속 읊조림조차 남부끄러웠다. 고향 동넬 찾아올 아들의 혼백을 기다리재도 하늘 부끄러워 낯 들고 지낼 수가 없었다.
 마을을 떠나거나 해야 할 심사였다.
 그러나 금산댁은 아직도 금세 마을을 등지고 나설 수가 없었다. 언젠가는 일이 정말 그리된다 하더라도 그것은 큰아이의 유골이나 거두어다 아배 곁에 묻어준 다음이어야 하였다. 뱃사람의 마지막 당부가 아니더라도 아이의 혼백만은 거둬와야 하였다.
 금산댁은 밤낮으로 그 일만을 궁리하며 바닷가 돌밭에서 다시 몇 달을 보냈다. 하지만 그녀는 자기 손으로는 차마 혼백을 거둬올 수가 없었다. 혼자선 감당할 수도 없는 일이려니와 딸아이 말마따나 살아 있는 에미가 앞서 간 자식 무덤을 찾아 헤매기란 제 팔자가 저주로워 못 나설 노릇이었다. 그 일만은 손아랫사람이 나서줘야 하였다. 누이의 일 때는 공연히 심사가 사나울까 소식조차 숨겨온 작은아이였다. 하지만 이번엔 서울의 작은애밖에 달리 의논을 해볼 데가 없었다.
 금산댁은 그래 벼르고 별러서 마침내 작은애네의 서울길을 나섰다.
 ―내 잠시 속도 주저앉힐 겸 작은애들 사는 거나 둘러보고 오라네.
 길을 나서다 만난 마을 사람들에게 그런 귀띔만을 남기고서였다. 그리고 스스로도 자신의 나들이를 그만큼 쉽게 생각하고서였다. 큰아이 소식이 온 여름철이 다해가던 그녀 나이 쉰아홉 고개 때의 일이었다.

그런데 그게 금산댁의 오산이었다.

그것은 금산댁의 마지막 길이었다. 살아생전 다시는 고향 땅을 돌아올 수 없게 된 그녀의 마지막 떠남이었다. 고향 마을엔 자세한 사정이 알려지지 않았지만, 그 후로 일은 어쨌든 그렇게 되고 말았다. 그렇게 한번 떠나간 금산댁은 다시 마을로 돌아오지 않았다. 그 바닷가 오막살이나 밭뙈기를, 밭머리를 맴돌 외로운 혼백들을 다시는 돌보러 내려오질 않았다.

그렇게 달이 가고 철이 바뀌었다. 철이 바뀌고 해가 바뀌었다. 주인 없는 오두막은 바람에 허물어져가고, 이듬해 봄이 되자 바닷가 돌밭엔 제물에 잡초만 무성해갔다.

그리고 그러자 어느 날인가는 금산댁 대신 서울의 며느리가 나타나 그 집터와 밭뙈기를 정리해 올라갔다.

— 엄니는 서울서 잘 지내고 계세요.

금산댁의 흔적들을 정리해 가면서 서울의 어린 며느리가 전한 소식이었다. 그리고 그것으로 마을 사람들은 그만 금산댁이 영영 마을을 떠난 것을 다시 한 번 똑똑히 알아차리게 되었다.

5

바닷가 산밭은 주인이 바뀌고, 돌볼 이 없는 이랑 끝 무덤은 외롭게 버려져 허물어져가고 있었다.
 그렇게 다시 긴 세월이 흘러갔다.
 사람들은 옛날 산밭의 주인이 누구였던가를 차츰 잊어갔다. 한여름 푸르름 속을 조각배처럼 떠돌던 금산댁을 기억에서 까맣게 잊어갔다. 그리고 그 금산댁 일가의 이향의 내력이 망각되어가는 만큼 마을 사람들의 면면도 서서히 변해갔다. 어른들은 나이 먹어 늙은이가 되어갔고, 나이 먹은 노인들은 세상을 떠나갔다. 마을에선 죽어가는 사람들의 뒤를 이어 더 많은 아이들이 태어나 자라났다.
 새로 태어난 아이들은 금산댁과 금산댁네의 일을 알지 못했다. 더욱이 그 외딴 해변 산밭 이랑 가의 낡은 무덤의 내력을 알 수는 없었다. 그걸 알 수 있는 사람은 적어도 나이 마흔 살이 넘은 어른들뿐이었다. 그러나 그것을 알고 있는 어른들도 그런 걸 기억에서 들춰내려 하거나 마음을 쓸 일이 전혀 없었다. 마을을 떠나고 나서 소식이 감감해져버린 금산댁의 뒷일을 궁금해해본 사람 하나 없었다.
 하지만 마을과 바닷가의 일들은 예나 이제나 변함이 없었다. 뜨거운 여름 햇덩이와 무더운 산밭의 푸르름, 피어오르는 지열 속에 조을 듯 멀어져가는 긴 밭이랑과 묵연한 뒷산 봉우리의 흰 구름 덩이, 그리고 속삭이듯 반짝이는 영겁의 파도 비늘과 어이 어이 섬들을 지나가는 먼 돛배들의 어렴풋한 노랫소리— 그 모든 것은 언제까지나 이곳 바닷가의 세월을 같은 숨결로 수놓아가고 있었다.
 그러던 어느 해 봄이었다.
 마을엔 흔치 않은 한 나그네가 바람결처럼 문득 바닷가를 찾아왔다.

나이 쉰 고개를 넘은 반백의 사내였다.

사내는 먼저 바닷길을 돌아오다 오랫동안 버려져온 그 산밭 귀퉁이께의 낡은 무덤을 들러 동네로 들어왔다.

마을에선 처음 그가 누구인지를 알아본 사람이 없었다. 그가 마을로 들어와서 이미 세상을 떠나고 없거나 그 이름을 부를 수 없을 만큼 나이 많은 몇몇 어른들을 물었을 때, 그리고 그가 그 어른들을 찾아가 자신의 이름을 대며 오래전의 기억들을 들추어냈을 때, 그 살아 있는 어른들 중의 몇 사람만이 그를 간신히 알아보았을 뿐이다.

사내는 물론 오래전 소년기에 마을을 떠나간 금산댁의 둘째였다. 까마득히 잊혀온 금산댁의 아들 하나가 반백의 나이로 다시 마을을 찾아온 것이었다.

하지만 마을에선 그 사내를 알아보고 금산댁네의 옛일을 기억해낸 사람들마저도 그가 다 늦게 웬일로 고향 마을을 다시 찾아온 것인지 사내의 속사연은 알 수가 없었다. 사내는 그저 하루 저녁 마을을 찾아들어 서너 집 나이 많은 어른들을 찾아보곤 이튿날로 다시 슬그머니 떠나갔기 때문이다. 그가 어디서 무엇을 하고 지내왔는지, 금산댁은 그 후 어떻게 되었는지, 게다가 그가 무엇 때문에 새삼 잊혀온 고향을 찾아들게 되었는지, 아무것도 분명한 말이 없는 채 바람처럼 다시 마을을 떠나갔기 때문이다.

하지만 사람들은 그로부터 차츰 사내의 속사연을 알아차려가기 시작했다. 그 모처럼 만의 귀향을 계기로 사내는 이제 고향 마을 발길이 예정 없이 잦아지고 있었기 때문이다.

사내는 같은 해 가을철에 다시 마을을 찾아왔다. 그리고 이듬해 봄에도 다시 왔다. 사내는 여전히 예고 없이 나타났고 하룻밤이 지나면 소문 없이 떠나갔다. 마을을 찾아와 그가 한 일이라곤 나이 많은 어른들을 찾아보는 것과 그 바닷가 밭 귀퉁이의 무덤을 묵묵히 살피고 돌아가는 것뿐이었다. 낮 동안엔 대개 산밭을 찾아가 내내 바다를 내려다보고 앉아 해를 보냈고, 어둠이 지면 마을 어른들 집에서 이런저런 세상살이 이야기를 나눴다. 그 밖엔 드러나게 하는 일이 없었고, 맘속에 먹은 일이 알려진 것도 없었다.

그가 몇 차례 그런 식으로 마을을 다녀가고 나자 사연이 저절로 알려지기 시작했다. 그가 마을을 한 번씩 다녀갈 때마다 소문이 한 가지씩 번져나곤 하였다. 먼저 알려진 것이 금산댁의 소식이었다.

사내가 무엇을 해 먹고사는지는 아직도 마을에 알려진 것이 없었다.

— 우리 눈엔 그 사람 입고 다닌 옷거리가 번번이 조금씩 철이 지난 듯해 뵈더구먼. 살아가는 형편이 그리 윤택해 뵈진 않어.

— 그래도 갈수록 고향길이 때 없이 쉬워지고 있는 걸 보면 각박하게 쫓기며 사는 처지는 아닌 게지.

마을 사람들은 사내네의 서울 형편을 대충 그렇게 짐작해냈다. 사내도 마을 사람들의 그런 등 뒤 짐작 투엔 가타부타 말이 없이 눈웃음만 흘렸다. 그런데 금산댁은 그 서울의 아들네에게서 호강스럽지도 그렇다고 어렵지도 않은 노년을 그럭저럭 탈없이 지내고 있다는 것이었다. 사내가 두번째로 마을을 다녀가고 나서 떠돈 소문이었다.

 한데 그 아들이 세번째로 마을을 다녀가고 나자, 이번에는 그가 새삼 고향 마을을 드나들게 된 속사연이 알려졌다. 다름 아니라 그는 고향 마을에 다시 자기 땅을 얼마간 마련하고 싶어 한다는 것이었다. 그리고 그가 원하고 있는 땅은 옛날 금산댁의 바닷가 산밭이랬다. 그의 진짜 고향 나들이의 목적은 그 땅을 살피고 사들이기 위해서랬다. 그는 한사코 그 땅을 되사고 싶어 동네 어른들에게 뜸을 들이곤 하더랬다.

 마을 사람들은 처음 그를 이해하지 못했다. 자신이 태어나 태를 묻은 곳이긴 하지만 이런 바닷가 외진 벽지에 땅을 마련해 무엇하랴 싶어 했다. 그러나 그가 원하는 땅이 옛날 바닷가 산밭이라는 걸 알고는 마을 사람들도 대개 고개를 끄덕였다. 그의 아비의 낡은 무덤이 여태도 남의 땅에 누워 있기 때문이었다. 남의 것이 되어버린 돌밭을 되찾아 아비의 혼백이라도 제 땅에 누워 쉬게 하는 것이 자식의 도리요 소망일 것이기 때문이었다.

 마을 사람들은 그 아들의 소망대로 산밭이 다시 옛주인에게로 돌아가는 것이 의당한 일이라 여겼다. 그리고 그런 마을 사람들의 마음이 힘이 되었던지, 일은 마침내 소문대로 되어갔다.

 아들이 네번째로 초여름께에 급히 마을을 다녀가고 났을 때였다. 이번에는 정말로 일이 이루어져 바닷가 돌밭의 귀퉁이 한쪽이 금산댁네 아들네로 되돌아갔다 하였다. 마을의 나이 먹은 어른들이 들어서 그 일을 그렇게 주선해주었는데, 아들은 경작이 목적이 아니라며 그의 아비의 혼백이 누워 있는 무덤 쪽 한 귀퉁이만을 사고 갔다는 후문이었다.

하여 금산댁의 망부의 혼백은 이제 한쪽이나마 다시 돌아온 제 땅에 내생을 누워 쉬게 된 셈이었다. 그리고 그 일이 목적이었다면 사내도 이젠 그것으로 다시 고향 마을 나들이가 뜸해질 계제였다.

마을 사람들은 대개 그렇게들 짐작했다.

그러나 그것은 빗나간 생각이었다. 아들이 되찾아 마련한 땅에 대한 마을 사람들의 겉짐작이 빚어낸 오해였다.

산밭의 용도는 더 절실한 것이었다.

사내는 계속해서 마을을 찾아왔다. 다음번엔 밭을 사고 간 지 한 달도 안 되어서였다. 게다가 이번에는 어머니 금산댁의 화장한 유골상자를 안고서였다. 그 금산댁의 유골을 안고 와서 그날로 마을 사람들의 손을 빌려 먼저 간 아버지 곁에 무덤을 만들었다.

그래 마을 사람들은 비로소 산밭의 진짜 용도를 알게 된 셈이었다. 그리고 그 속 깊은 아들의 심량에 새삼 놀라고 감탄했다. 왜냐하면 금산댁은 이제 죽어서나마 그토록 오랫동안 떠나 살던 고향 땅을 끝내 다시 돌아올 수 있었기 때문이다. 그녀의 남루하고 고달픈 혼백은 어디보다 그곳에 누워 쉬기를 원했을 것이기 때문이었다. 아들이 그것을 미리 헤아렸음은 당연하고도 기특한 일이었다. 게다가 뒤에 떠도는 소리로는, 금산댁은 오랫동안 지병을 앓고 있었는데, 아들이 고향 쪽에 터를 마련하고 온 것을 알고는 그것을 기다리고 있었기라도 하듯이 그 밤으로 세상을 떠나갔다는 것이었다.

하지만 알고 보니 바닷가 돌밭은 그것으로도 아직 쓰임이 다하지 않고 있었다.

사내는 계속 마을을 찾아왔다.

이번에는 금산댁을 묻고 간 지 1년쯤 만이었다. 사내는 다시 바닷가를 찾아와 마을 사람 몇 명과 뱃길을 떠나갔다. 뱃길을 떠나간 지 사흘이 지난 뒤에 또 하나의 유골을 파 싣고 돌아왔다. 남해의 어느 이름 없는 섬 위에 오랫동안 버려져온 형의 유골이었다.

사내는 다시 그 형의 유골을 아버지와 어머니의 곁에 묻고 갔다……

사내의 그런 고향 나들이는 그러니까 다시 두어 해 세월이 흘러간 그의 누이 때까지 계속됐다. 사내는 다시 2년쯤이 지나자 끝내는 그의 요절한 누이의 반백 리 산길 밖 무덤까지 찾아갔다. 그리고 그 버려진 유골을 파 안고 멀고 적막스런 산길을 돌아왔다.

사내의 발길이 다시 끊어진 것은 그 누이의 유골을 마지막으로 그의 옛식구들 곁에 묻고 간 다음부터였다. 그 누이를 묻고 간 다음부터 사내는 이제 그것으로 마침내 그가 그곳에서 할 일을 다한 듯 소식이 감감 멀어져버린 것이었다.

6

바닷가 산밭에는 다시 묘지들만 고즈넉했다. 살아서 일찍 고향을 떠난 사람들이 죽어 다시 만난 혼백들의 집터였다.

그 혼백들의 안식처를 위하여 여름의 밭이랑은 여전히 푸르렀다. 뒷산 봉우리의 구름 덩이도 여전했고 눈 아래로 반짝이는 바다의 물비늘과 한가로운 돛배들도 변함이 없었다.
 옛날과 다른 것은 작은아들뿐이었다. 살아 흩어져 떠나간 사람들을 죽어 혼백으로 다시 거둬 모은 사내만이 혼자 멀리로 떠나 살고 있었다.
 하지만 마을 사람들은 그를 탓하지 않았다.
 ─언젠가는 그도 돌아올 게야.
 ─하지만 서둘러 돌아올 건 없을 테지. 그가 이곳으로 다시 돌아오는 건 자신이 죽어 묻히게 될 때일 테니까.
 사람들은 필경 사내도 죽어서는 그곳에 함께 묻히길 바랄 거고, 그때가 되면 사내가 다시 한 번 마을을 찾아올 게 분명하다 하였다.
 그리고 그렇게 바닷가 세월은 흔적 없이 다시 10여 년이 흘러갔다. 그런데 마을 사람들의 그런 예언이 사내의 운명의 고삐가 된 것인가.
 예언은 결국 맞아들어가고 있었다.
 어느 해 여름 사내는 과연 사람들의 말대로 다시 마을을 찾아왔다. 이번에는 전보다도 더 머리가 희어지고 기력도 쇠진해진 모습으로. 그가 마을에 머문 기간도 어느 때보다 차분하고 길었다.
 사내는 날마다 산밭으로 나가서 그 돌밭의 주위를 맴돌았다. 밭뙈기 언덕을 끝없이 떠돌며 스쳐가는 바람결을 우러르곤 하였다. 무덤들 한 곁에 묵묵히 주저앉아 한나절씩 바다를 내려다보기도 하였다.
 그것은 영락없이 마을 사람들이 예상해온 대로 자기 묘터를 찾아 헤매는 모습이 완연했다. 혹은 마지막으로 그의 몫으로 남겨진 자리가 맘에 들지 않아서 생각을 끝없이 망설이고 있거나, 아니면 자신이 죽어 묻힐 내세의 땅에 대한 용허와 낯익힘을 구하고 있는 것 같기도 하였다. 그 산밭의 한쪽 귀퉁이에는 과연 아직도 그가 죽어 묻힐 만한 한 조각 묘터가 남아 있었기 때문이다. 그리고 사람들은 그게 필경은 사내의 자리려니 여겨왔기 때문이다.

 어쨌거나 사내는 그런 식으로 보름 가까이나 마을에 머물렀다.
 그리고 어느 날 소문 없이 문득 마을에서 모습이 다시 사라졌다.
 그런데 그것이 사람들이 마을에서 그를 본 마지막 생전의 모습이었다.
 사내는 다시 도시로 돌아갔다.
 그러곤 몇 달째나 소식이 감감했다.
 하지만 마을 사람들의 예상은 끝내 빗나가지 않았다. 여름이 가고 늦가을이 되었을 때 사내는 다시 바닷가 마을로 돌아왔다. 이번에는 전처럼 살아서가 아니라 죽어 화장된 유골로였다. 그의 서울의 병약한 아내와 마을에선 낯이 선 몇몇 친지들을 동행 삼아서였다.
 모든 일이 마을 사람들의 짐작대로였다.
 그리고 그것으로 사내네 일가의 곡절 많은 사연도 마감이 된 셈이었다.
 하지만 한 가지 빗나간 일이 있었다. 그것이 실상은 이 이야기의 가장 중요한 대목인지도 모르는데, 빗나간 일이란 사내가 묻힌 곳이었다.

사내의 유골은 마을 사람들의 손에 묻히지 않았다. 마을 사람들이 묻지 않았을 뿐 아니라, 묻힌 장소도 뜻밖의 곳이었다.

사실은 유골이 묻힌 것도 아니었다.

장례 일을 치른 것은 사내의 아내였다. 사내의 아내와 유골을 봉송해온 낯선 사내의 친지들이었다.

사내의 아내와 그의 친지들은 망인의 일가의 묘터를 물었다. 그리고 그의 유골을 잠시 그의 옛가족의 묘터로 가져갔다.

하지만 위인들은 그를 거기 묻는 대신 그의 유골을 바다로 싣고 갔다.

그리고 그 물비늘 반짝이는 바다에 유분을 뿌리고 돌아갔다. 사내가 생전에 한나절씩 주저앉아 바다를 내려다보던 돌밭 가 언덕에 쓸쓸한 비목 하나를 남겨둔 채였다. 그게 사내의 마지막 당부더랬다.

하여 사내는 이제 그 돌밭 가 언덕 위에 자신의 묘비가 되어 서게 되었다. 그리고 생시처럼 하염없는 모습으로 바다로 간 자기 묘지를 지켜 서게 된 것이었다.

하지만 그도 다 부질없는 노릇이었다.

비목은 세월을 이길 수가 없었다. 그의 죽음의 사연이 담긴 먹글씨는 1년이 못 가서 비바람에 씻겨가고, 비목은 한두 해 더 세월을 견디다가 흔적 없이 삭아내려 주저앉을 것이었다. 비목은 사람들의 기억에서조차 사라지고 눈 아래론 그저 끝없는 세월 속에 바다만 변함없이 눈부실 것이었다. 바다만 변함없이 물비늘을 반짝이며 한가로운 돛배들의 꿈을 엮어갈 것이었다.

뒤에 남은 사람들도 그걸 안 모양이었다. 그래 비문을 그렇게 적은 모양이었다.

미구에 사라져 잊혀져갈 비문— 그러니까 그 죽은 사내의 아내와 친지들이 그의 유골을 바다에 뿌리고 나서 바람 잦은 밭언덕에 세워 남기고 간 비목, 사내 자신이 자신의 비목 되어 자신의 묘지를 내려다보듯 하고 있는, 그 비목의 뒷글은 이러했다.

— 노래쟁이 이해조.

그는 생전에 늘 여기 와 앉아서 그의 바다의 노래를 앓고 갔다. 그 노래가 끝났을 때 그의 혼백은 바다로 떠나갔다. 바다로 가서 반짝이는 물비늘이 되고 작은 섬이 되고 돛배가 되었다. 그 돛배의 노래가 되고 바닷새가 되고 바람이 되었다. 그와 그의 노래가 사람들의 기억에서 먼 세월의 강물 저쪽으로 잊혀져 사라지고 이 비목마저 자취 없이 스러져도 이 땅에 뜨거운 해가 뜨고 지는 한 그의 넋은 영원히 살아 있을 것이다. 그가 이 땅에 노래로 살다 간 사랑은 저 바다의 눈부신 물비늘로 반짝이며 먼 돛배의 소리들로 이어지며 작은 바닷새의 꿈으로 살아갈 것이다.

(『문예중앙』 1985년 3월호)

벌레 이야기

1

아내는 알암이의 돌연스런 가출이 유괴에 의한 실종으로 확실시 되고 난 다음에도 한동안은 악착스럽게 자신을 잘 견뎌나갔다. 그것은 아이가 어쩌면 행여 무사히 되돌아오게 될지도 모른다는 간절한 희망과, 녀석에게 마지막 불행한 일이 생기기 전에 어떻게든지 놈을 다시 찾아내고 말겠다는 어미로서의 강인한 의지와 기원 때문인 것 같았다.

지난해 5월 초, 어느 날 알암이가 학교에서 돌아올 시각이 훨씬 지나도록 귀가를 안 했다.

달포 전에 갓 초등학교 4학년을 올라간 녀석은 학교에서 돌아오는 길로 곧장 다시 동네 상가에 있는 주산 학원을 나가야 했다. 우리가 부러 시킨 일이 아니라 녀석이 좋아서 쫓아다니는 곳이었다.
 다리 한쪽이 불편한 때문이었을까. 제 어미 마흔 가까이에 얻어 낳은 녀석이 어릴 적부터 성미가 남달리 유순했다. 유순한 정도를 지나 내숭스러워 보일 만큼 나약하고 조용했다. 어려서부터 통 집 밖엘 나가 노는 일이 없었다. 동네 아이들과도 어울리려 하질 않았다. 집 안에서만 혼자 하얗게 자라갔다. 혼자서 무슨 특별한 놀이를 탐하는 일도 없었다. 무슨 일에도 취미를 못 붙이고 애어른처럼 그저 방 안에만 틀어박혀 적막스런 나날을 지내고 있었다. 녀석의 몸짓이나 말투까지도 그렇게 조용조용 조심스럽기만 하였다.
 초등학교엘 입학하고 나서도 마찬가지였다. 태어날 때부터의 불구에 이력이 붙은 우리 부부는 말할 것도 없었고, 녀석의 담임 반 선생님까지도 각별한 주의를 기울여 살폈지만, 녀석에겐 별다른 변화의 기색이 나타나질 않았다. 친구를 가까이 사귀는 일이나, 어떤 학과목에 특별히 취미를 붙여가는 낌새가 전혀 없었다. 특별한 취미는 없어 하면서도 학과목 성적만은 또 전체적으로 고루 상급에 속할 만큼 제 할 일은 제대로 하고 다니는 녀석이었다.
 그런데 지난해 봄, 녀석이 4학년엘 올라가고 나서였다. 이때까진 전혀 어떤 특별 활동 시간에도 관심을 보이지 않던 녀석이 이번엔 누가 권하지 않았는데도 제물에 새로 생긴 주산반엘 들어갔다. 그리고 거기 어떻게 적성이 맞았던지 나름대론 꽤나 열성을 쏟는 눈치였다. 학교를 파하고 오면 집에서까지 늘상 주판을 끼고 살더니, 나중엔 아예 가까운 상가 거리의 주산 학원 수강 등록을 시켜 달랬다. 그리고 한 두어 달 학교에서 돌아오면 점심이나 겨우 먹는 둥 마는 둥 하고 나서 그길로 곧장 다시 학원엘 쫓아가곤 하였다.
 우리는 어쨌거나 다행이라 싶었다. 아이가 주산이 뛰어나고 아니고는 문제 바깥이었다. 소질의 여부도 따질 바가 아니었다. 녀석이 거기나마 취미를 붙여 다니는 것이 더없이 다행스럽고 대견스러울 뿐이었다.
 그런데 이날은 전에 없이 녀석의 귀가가 늦고 있었다. 학원 갈 시각이 지났는데도 녀석이 돌아오는 기척이 없었다. 약국에서 함께 일을 보던 아내가 안채를 몇 번 들어갔다 왔지만 그쪽으로도 아무 연락이 없더라 하였다. 늦게 돌아온다는 전화 연락 같은 것도 없었다. 하긴 학원 가는 시간을 미루고 어디서 다른 일에 어울려 놀고 있을 아이도 아니었다.
 ─ 오늘따라 학교에서 무슨 늦을 일이 생겼나?
 ─ 아니면 시간이 좀 급해져서 학원부터 먼저 다녀오려는 것이 아닐까.
 그런 일도 물론 전에는 없었다. 학교에서 돌아와 학원엘 가기까지는 원래 한 시간가량의 여유가 있었고, 귀가가 아무리 늦을 때라도 알암인 그 한 시간을 넘겨 온 일이 없었다. 학교에서 돌아오는 길에 학원이 있었지만, 녀석이 그곳부터 들러 올 일도 없었다. 하지만 녀석이 끝내 학원 시작 시각까지 소식이 없다 보니 우리는 그렇게밖에 생각할 수가 없었다. 학교에서 무슨 특별한 일이 생겨 시간이 급하다 보니 학원부터 먼저 들러 오려는 것이겠거니…… 불안한 속에서도 설마 싶은 마음으로 우리는 어서 학원 시간이나 끝나기를 기다렸다.

그러나 알고 보니 그건 너무도 사정을 알지 못한 어이없는 기대였다.

학원이 끝날 때가 지나고 나서도 알암이는 깜깜 소식이 없었다. 학원 쪽에서 오히려 가게로 알암이의 결석을 물어왔다.

— 전 알암이를 맡아 지도하는 주산 학원 원장입니다…… 전에는 한 번도 빠진 일이 없었는데, 오늘 알암이가 보이질 않아서요……

학교에서 무슨 일이 생긴 게 분명했다. 이제는 그렇게밖에 생각할 수 없었다. 우리는 곧장 학교로 연락을 취했다. 하지만 학교에서도 다른 일이 없었다 하였다. 여느 때처럼 정시에 수업이 끝났고, 아이들은 모두 집으로 돌아갔다 하였다.

— 종례 시간 때도 자리를 비운 아이가 눈에 띄지 않았어요. 그러니까 알암이는 종례를 마치고 곧 집으로 갔을 텐데요.

그때까지 퇴근을 기다리고 있던 담임선생님의 말이었다. 그러면서 선생님은 다른 아이들 집에라도 좀 알아보겠노라며 시간을 잠시 더 기다려보라 하였다.

그러나 한참 뒤에 다시 걸려온 담임선생님의 전화는 불길한 예감만 점점 더해오는 소리뿐이었다.

— 알암인 역시 아직 가까이 어울려 지내는 아이가 없군요. 반 아이들이 함께 어울려 교문을 나선 건 분명한데, 그다음은 알암일 눈여겨본 아이가 없어요.

그러면서 선생님은 알암이의 성격이 너무 내성적이라서 그새 혼자서 은밀스런 취미를 숨겨오고 있었거나 어디 남모르는 친구라도 사귀어두고 있었을지 모르니 시간을 좀더 기다려보자는 것이었다. 설마 하면 무슨 나쁜 일이야 있겠느냐고, 다음 날까지도 정 소식이 없으면 반 아이들에게 다시 알아보도록 하자고. 어정쩡한 소리 끝에 전화를 끊고 말았다.

일은 분명 학교와 집 사이에서 일어난 변고였다. 그것도 아이의 담임선생 말처럼 막연히 시간만 기다리고 앉아 있는 것으로는 실마리가 풀릴 수 없는 변고였다.

아이는 아닌 게 아니라 해가 저물어도 돌아오지 않았다.

우리는 일찍 약국 문을 닫아걸고 파출소에 아이의 실종 사실을 신고했다.

하지만 파출소 사람들이라고 해서 무슨 특별한 방책이 있을 리 없었다.

─초등학교 4학년이나 되는 아이라면 쉽사리 유괴를 당해 갔을 리도 없겠고…… 혹시 동네 불량배들한테라도 붙잡혀 있는 거 아닐까요? 하지만 뭐 너무 걱정하실 건 없습니다. 불량배 녀석들의 장난이라면 금품이나 빼앗고 돌려보낼 테니까요.

학교와 동네 일대의 불량배들을 단속해 나설 테니 하룻밤이나 두고 기다려보자는 것이었다.

그나저나 이젠 다른 길이 없었다. 우리는 불안 속에 기다리는 수밖에 없었다. 우리는 밤새도록 뜬눈으로 기다리며 하룻밤을 지새웠다.

밤이 새고 나도 아이는 여전히 소식이 없었다. 상학 시간에 맞춰 학교로 달려갔으나 거기에도 아이는 나타날 리가 없었다. 반

아이들 가운데에도 알암이의 일을 알 만한 애가 없었다……

　알암이는 그렇게 어느 날 학교 길에 수수께끼처럼 갑자기 사라지고 만 것이다.
　집이나 학교에서 소동이 한바탕 회오리쳐 올랐을 것은 말할 것이 없었다.
　하지만 그것은 소동으로 해결날 일이 아니었다. 놀라움과 당황스러움과 근심과 절망이 뒤섞인 지옥 같은 기다림도 며칠이 지나고 나자 우리는 새삼 사태의 심각성을 깨닫고 아이를 찾는 데에 필요한 온갖 지혜를 동원하여 신중하고 세밀하게 녀석의 종적을 뒤쫓아 나서기 시작했다. 우리는 아예 약국 문을 닫아걸고 아이의 발길이 닿을 만한 곳들을 샅샅이 뒤져나갔다. 반 아이들의 주변은 물론 멀고 가까운 친척집들까지도 빠짐없이 모두 연락을 취해보고, 학교 근처와 동네 일대에도 몇 차례씩 광고를 내가며 애타게 아이의 귀가를 기다렸다. 학교에서도 아이들이 '알암이 찾기' 운동을 벌이고 나섰고, 그 바람에 처음에는 좀더 기다려보자는 식으로 미지근하게 시일을 끌어가던 경찰도 본격적인 수사에 착수해 들어갔다. 심지어는 이때까지 알암이가 다니던 주산 학원에서까지 아이를 찾는 일에 앞장서 나섰을 정도였다.
　하지만 그 모든 사람들의 노력에도 알암이는 여전히 감감무소식이었다. 1주일이 지나고 2주일이 지나가도 어떤 실마리 하나 잡혀오지 않았다. 제 발로 가출을 해 나간 아이라면 그만 지쳐서 돌아올 때가 됐는데도 녀석에게선 끝내 종무소식이었다. 자의로 집을 나간 아이이기가 어려웠다. 녀석이 워낙 내숭스럽기는 했지만 도대체가 그럴 만한 이유가 없었고, 배짱이 그만큼 큰 아이도 아니었다. 어떤 식의 유괴나 납치의 가능성이 점점 더 짙어갔다. 주위에 특별히 원한 같은 걸 살 만한 사람은 없었다. 하지만 금품 따위를 요구하기 위한 납치엔 원한의 유무가 상관될 리 없었다.

약국이 제법 잘되는 편이었고, 그것이 동네에 알려져 있는 것이 표적거리가 될 수 있었다. 우리는 처음부터 그걸 염두에 두고 은밀히 어떤 연락을 기다려보기도 하였다. 아이를 찾는 일에도 그 가상의 범인(그것이 정말 우리들의 상서롭지 못한 가상으로 끝났더라면!)의 신경을 건드리지 않으려고 나름대로 몹시 주의를 기울였다. 한두 번은 아예 그 가상의 범인을 향해 '요구'를 유도하는 신문 광고를 내보내기까지 하였다.

하지만 일이 너무 알려진 때문이었을까. 그래서 이쪽이 좀 조용해지기를 기다리고 있거나 아예 모든 걸 단념해버리고 꼬리를 거둬 숨겨 들어간 것이었을까. 보이지 않는 가상의 범인에게서는 전혀 어떤 연락이나 요구가 없었다. 그것이 우리를 더욱 불안하게 만들었다. 범인이 때를 기다리고 있다면 몰라도 아예 일을 단념하고 만 상태라면 결말에 대한 상상이 더욱 절망스러울 수밖에 없었다.

하지만 우리는 견딜 수밖에 없었다. 어떤 불길함이나 절망감을 견디고서라도 우리는 기어코 아이를 찾아내야 하였다. 그리고 희망을 잃지 말아야 하였다. 바로 그 희망과 기원, 어떻게든지 아이를 찾아내고 말겠다는 끈질긴 희망과 기원이야말로 아내(이제 와서 굳이 나까지 말해 무엇하랴)에겐 무엇보다 크고 소중한 힘이 되고 있었다. 그것이 그 참담스러운 심사 속에서도 아내가 지쳐 쓰러지지 않고 비극을 견뎌나갈 수 있는 힘의 원천이 되고 있었다.

아내는 그 희망과 기원 때문에 그 엄청난 일을 당하고서도 그렇게 의연히 자신을 지탱해나갈 수 있었던 것이다. 그리고 그녀는 마침내 알암이의 일에서 차츰 세상의 관심이 사라져간 다음에도 조금도 실망하는 기색 없이 더욱더 끈질긴 의지력을 발휘해가고 있었던 것이다.

다름 아니라 알암이는 한 달이 지나도 여전히 소식이 깜깜이었다. 그러자 세상사가 으레 그렇듯이 사람들의 관심이 점점 알암이의 일에서 멀어져가기 시작했다. 경찰 수사도 시들해져가는 눈치였고, 학교 쪽 아이들도 이젠 할 일을 다한 듯 잠잠해져가고 있었다. 그새 한두 번 기사를 취급해준 신문이나 방송들도 더 이상 도움을 주려 하지 않았다. 사람들은 이제 알암이의 유괴를 불행스런 미제 사건으로 기정사실화해가고 있는 낌새였다.

하지만 아내는 그러거나 말거나 흔들림이 없었다. 아니 그럴수록 아내는 자신의 삶을 온통 그 일에 걸다시피 각오를 새로이 하여 아이를 찾는 일에 혼신의 노력을 기울여나갔다. 약국 문을 계속 닫아건 채 밤낮없이 사방을 뛰어다녔다. 수단 방법도 가리려 하지 않았다. 아내는 여기저기 계속 신문사를 찾아다니며 도움을 호소하고, 방송국의 안내 프로그램 같은 델 쫓아나가선 그 가상의 범인을 향해 어떤 요구도 감수할 각오이니 아이만 제발 무사히 돌려보내달라고, 아이의 안전을 당부하기도 하였다. 각급 학교의 교문 근처에서 알암이의 사진과 인적 사항이 적힌 전단을 나눠주기도 했고, 역이나 버스 정류소 혹은 사람들이 붐비는 네거리 같은 데선 아이를 찾는 피켓을 만들어 들고 서서 사람들의 눈길을 애걸하기도 하였다. 뿐만이 아니었다. 아이의 일이 점점 오리무중으로 어려워져 보이자 아내는 흔히 우리 여인네들이 해온 방식으로 절간을 찾아가, 아이의 앞길을 밝혀 지켜주십사 촛불을 켜고 공양을 바치고 오기도 하였다. 절간뿐만 아니라 아무 곳이나 교회당을 찾아가(아내는 원래 교인이 아니었다) 아이를 위한 교회 헌금도 아끼지 않았다.

어쨌거나 아내는 그런저런 방법으로 아이를 위해 모든 노력과 정성을 다했다. 그것은 아이의 아비가 되는 나까지도 놀라움과 감동을 금치 못할 정도였다. 사실을 말하자면 나는 언제부턴가 최악의 사태를 각오해두고 있었다. 시일이 흐를수록 일은 비관적이었고, 육신과 정성은 지쳐날 대로 지쳐났다. 나는 마지막 절망 속에서 최악의 사태를 대비해두고 있지 않으면 안 되었다.

하지만 나는 아내 앞에서 그것을 조금도 내색할 수 없었다. 아내의 집념과 희망이 너무 강했기 때문이다. 아이를 찾게 되든 못 찾게 되든 아내를 위해서도 그런 기미를 조금이라도 내보여서는 안 되었다. 아내의 초인적인 노력은 그것으로 끝내 아이를 못 찾게 되는 한이 있더라도 아내 자신을 위해 다행스럽고 필요한 일이기 때문이었다. 아내가 쓰러지지 않고 자신을 버텨나가는 것은 그 희망과 집념의 덕이기 때문이었다. 나는 아내와 함께 아이의 건재를 믿으며 희망과 용기를 계속 북돋아나가야 하였다.

그러나 아내의 그 끈질긴 집념과 노력도 끝내는 모두 허사가 되고 말았다. 내가 어슴푸레 미리 짐작해온 대로 일은 마침내 최악의 결과로 판명이 나고 만 것이다. 알암이가 사라진 지 꼭 두 달 스무 날째가 되던 7월 22일 저녁 무렵의 일이었다. 알암이는 이날 집에서 멀지 않은 그 주산 학원 근처의 한 2층 건물 지하실 바닥에서 참혹한 시체로 발견되어 나온 것이다.

2

아이의 육신은 이미 부패가 심하여 형체조차 제대로 알아볼 수 없을 정도였다.
하지만 아직 손발이 뒤로 묶인 채 입에는 수건까지 물려 암매장 당해 있는 몰골이 유괴 피살을 더 의심할 여지가 없었다.
남은 일은 이제 가상의 범인이 아닌 진짜 유괴범을 잡아내는 것뿐이었다. 그것도 이제는 사건의 윤곽이 밝혀진 마당에 범인의 색출은 시간문제처럼 보였다. 무엇보다 아이의 시신이 발견된 장소가 범인의 윤곽에 결정적인 단서를 제공해준 셈이었다.
아이의 시신이 발견된 건물 일대는 새해 들어서부터 도시 재개발 사업이 시작된 곳이었다. 하여 일대에선 이른 봄부터 한두 사람씩 집을 비우고 나간 곳이 생겨났다. 범행 현장이랄 수 있는 2층 건물은 4월 말쯤(나중 조사에서 확인된 일이지만 그것은 알암이의 실종 직전이었다)에 이미 사람이 나간 곳이었다. 범인은 알암이를 납치해다 그곳에 숨겨두고 얼마 동안 낌새를 살피고 있었음이 분명했다. 그러다 일이 여의치 않게 되자 아이를 살해하여 암매장한 것이 분명했다. 범인의 단념이 너무 빨랐기 때문이었을까. 아니면 처음의 설마 싶은 심사에다, 일대에 이미 그런 빈집들이 많아서 우리의 주의가 미처 소홀한 때문이었을까. 경찰 수사 과정에서나 우리가 몇 차례나 그런 곳을 여기저기 뒤지고 다녔으면서도 낌새를 알아채지 못한 것이 이상스러울 뿐이었다.

하여튼 알암이는 그렇게 석 달 가까이나 그 건물의 컴컴한 지하실 콘크리트 바닥 속에 암매장되어 있다가 건물의 철거 작업이 시작되고 나서야 가엾은 모습을 드러내고 나온 것이었다. 6월이 다 지나가고 나서야 주민의 퇴거가 완료되어 건물 철거 작업이 시작됐기 때문이었다. 그리고 범인의 예상(아마도 지하실이 그냥 매립되고 말리라는)에 반하여 어떤 고지식한 포클레인 기사 하나가 지하실 콘크리트 바닥까지 파 올려놓은 때문이었다.

범인 추적 수사는 자연히 건물을 중심으로 한 재개발 구역 상가와 이웃 지역 주민들을 중심으로 진행되어나갈 수밖에 없었다. 건물주나 그 이웃 사람들은 물론 일대 상가를 맴도는 사람들은 모두 한차례씩 경찰의 조사를 받아야 했다. 그중에서도 특히 아이가 다니던 주산 학원 원장(김도섭 선생)에겐 가장 유력한 혐의의 초점이 맞춰질 수밖에 없었다. 범행은 어차피 금품을 노리는 유괴 살인의 혐의가 짙었고, 금품을 노리고 저지른 유괴극이라면, 범인은 어느 만큼 우리 집안 사정을 알고 있었거나, 초등학교 4학년짜리의 사리 분별력으로 보아 알암이가 안심하고 따라나설 만큼 안면이 가까운 면식범의 소행일 공산이 컸다. 주산 학원 선생은 그런

용의점을 모조리 갖추고 있는 인물이었다. 한데다 그 주산 학원 역시도 재개발 사업 지역 안의 한 건물에 세들고 있어서 일대의 사정에 그가 눈이 밝았을 건 당연한 노릇이었다. 알암이가 실종되던 날 녀석의 결석을 물어온 전화도 의심을 하자면 전혀 우연스런 것으로만 볼 수 없었고, 제물에 한동안 아이의 종적을 찾아 돌아다닌 열성도 어딘지 조금은 부자연스럽게 느껴지는 대목이 있었다.

그는 누구보다 유력한 용의자의 혐의를 피할 수 없었다. 경찰도 그쪽으로 심증이 굳은 듯 그를 집요하게 추궁해나갔다. 문제는 거의 그의 결심에 달린 듯싶어 보였다. 그가 결심만 하고 나선다면 진상은 곧바로 밝혀질 전망이었다. 아이의 시신이 발견되고 나서부터 수사에 다시 활기를 띠기 시작한 경찰 쪽에서나 우리들(아내와 나 그리고 가까운 이웃 친척들까지도) 거의 모두가 그렇게 생각했다. 그러고 오직 그가 모든 걸 단념하고 사실을 털어놓고 나서기만을 기다렸다.

그것은 우리들의 무고한 속단이 아니었다. 사건이 결과적으로 우리 예상대로 해결 지어진 것이다. 김도섭— 치밀하고 집요한 경찰의 추궁에 못 견뎌 그 학원 원장이란 자가 마침내는 자신의 범행을 시인하고 나선 것이었다.

하지만 이제 사건의 시말은 이쯤에서 그만 이야기를 마무려두는 것이 좋으리라. 이 이야기는 애초 아이가 희생된 무참스런 사건의 전말에 목적이 있는 것이 아니라(어느 무디고 잔인스런 아비가 그 자식의 애처로운 희생을 이런 식으로 머리에 되떠올리고 싶어 하겠는가. 그것은 내게서 아이가 또 한번 죽어나가는 아픔에 다름 아닌 것이다), 알암이에 뒤이은 또 다른 희생자 아내의 이야기가 되고 있는 때문이다. 범인이 붙잡히고 사건의 전말이 밝혀진 다음에도 나의 아내에겐 그것으로 사건이 마감되어질 수가 없었기 때문이다. 그리고 무엇보다 그 아내의 희생에는 어떤 아픔이나 저주를 각오하고서라도 나의 증언이 있어야겠기 때문이다.

그렇다면 범인이 밝혀지고 나서 아내는 과연 어떻게 되었던가. 아니 그보다도 아이가 끝내 그런 처참스런 주검의 모습으로 나타났을 때 아내는 아이와 자신을 위해 무엇을 어떻게 할 수가 있었던가.
말할 것도 없이 알암이의 참사는 아내에겐 세상이 끝난 것 한가지였다. 지옥의 나락으로 떨어지는 절망과 자기 숨이 끊어지는 고통의 순간이었다. 아내는 거의 인사불성의 상태로 며칠을 지냈다. 몇 차례나 깜박깜박 의식을 잃기도 하였고, 깨어 있을 때도 실성한 사람처럼 넋을 놓고 혼자 울다 웃다 하면서 속절없이 무너져가고 있었다.
하지만 아내의 절망과 자학은 다행히도 그 며칠 동안뿐이었다. 아내는 그 절망의 수렁에서 며칠 만에 다시 자신을 가다듬고 일어섰다. 그리고 처음 아이의 실종을 당했을 때처럼 자신을 꿋꿋이 지탱해나가며 무서운 의지력을 발휘하기 시작했다. 이번에는 희망과 기원에서가 아니라 원망과 분노와 복수의 집념으로 해서였다.
이제 비로소 사실을 말하자면, 알암이의 실종이 확실해진 때부터 아내가 그토록 자신을 견디고 다시 일어서게 된 것은 이웃 김 집사 아주머니의 도움 때문이었다. 우리 약국과는 두어 집 건너에서 이불 집을 내고 있는 김 집사 아주머니—, 애초의 동기는 서로 달랐을망정 그 김 집사 아주머니의 권유가 이상한 방법으로 아내를 다시 절망에서 번쩍 일으켜 세운 것이었다.

—우리 구세주 예수님 앞으로 나오세요. 그래서 그분의 사랑에 의지하도록 하세요. 주님께선 모든 힘든 이들의 무거운 짐을 함께 져주십니다. 모든 상처 받은 영혼들의 아픔을 함께해주시며, 그것을 사랑으로 치유해주십니다. 알암이 엄마는 지금 혼자서는 도저히 감당해갈 수 없는 크나큰 영혼의 상처를 입고 있어요. 애 엄마 혼자서는 그 짐을 절대로 감내해나갈 수가 없어요……

김 집사 아주머니의 위로와 권유는 대개 그런 뜻의 말들이었다. 그것이 아내에겐 뜻밖에도 신통한 효과를 나타냈다. 그야 집사님이 아내의 믿음을 권유해온 것은 그것이 처음이었던 것은 물론 아니었다. 이불 가게 못지않게 교회 일에도 늘 열심인 김 집사 아주머니는 알암이의 일이 있기 전부터도 자주 가게를 찾아와 아내의 입교를 간곡히 권유하곤 했었다.

—알암이 엄마, 알암이 엄마도 신앙을 갖도록 하세요. 사람 사는 데 믿음을 갖는 것만큼 중요한 일이 없어요. 믿음이 없는 생활은 거짓 허수아비 삶에 불과하다구요. 신앙을 가지면 사람과 생활이 모두 새롭게 달라져요.

하지만 아내는 어찌 된 일인지 번번이 귀조차 기울이려 들지 않았다.

나이가 아내보다 5년쯤 연상인 김 집사는 그래도 전혀 서운해하는 기색 없이 끈질기게 다시 아내를 찾아오곤 하였다.

―두고 보세요. 내 언제고 알암이 엄마를 우리 주님께로 인도하고 말 테니까. 알암이 엄마라고 어렵고 마음 아픈 일이 안 생길 수 있겠어요. 애 엄마한테도 언젠가는 반드시 주님의 손길이 필요한 때가 찾아오게 될 거예요. 내 그땐 반드시……

그럴 만한 어떤 계기라도 기다리듯 계속해서 뜸을 들이고 가곤 하였다. 별반 악의가 깃들지 않은 소리들이어서 아내도 그저 무심히 들어 넘기곤 해오던 처지였다.

한데 과연 그녀의 예언처럼 아이의 사고가 생기고 만 것이었다. 김 집사는 마치 그저 보라는 듯, 혹은 기다리던 때라도 찾아온 듯 아이의 실종 사고가 생기자 금세 다시 아내에게로 달려왔다. 그리고는 이런저런 걱정의 말끝에 다시 아내의 믿음을 권했다.

―주님 앞으로 나오세요. 주님은 알암이 엄마처럼 근심 걱정으로 마음을 앓는 사람들과 아픔을 함께하고 그 짐을 덜어주시기 위해 사랑으로 이 땅엘 오셨던 분입니다. 이럴 때일수록 주님께로 나아가 그분의 끝없는 사랑의 품속에 슬픈 영혼을 의지하도록 해야 해요.

한데 아내는 그토록 심정이 절박했기 때문이었을까.

―그분은 모든 일을 미리 알고 계시겠지요? 그리고 모든 일을 뜻대로 행하실 수가 있는 분이시지요?

아내가 모처럼 귀가 솔깃해져서 애원하듯 김 집사에게 묻고 들었다. 김 집사는 전혀 망설임이 없었다.

―하느님은 전지전능, 우주 만물을 섭리하고 계신 분입니다.

예수님은 그분의 독생자이십니다.

― 그럼 그분은 우리 아이가 지금 어떻게 되어 있는 것도 알고 계신 걸까요?

― 알고 계실 뿐 아니라 알암이는 지금 그분께서 사랑으로 보살피고 계십니다. 그러니 그런 건 너무 걱정 마시고 우선 먼저 그분 앞으로 나아가 그분께 의지할 결심부터 하세요.

― 그분이 우리 아일 무사히 되돌려 보내주실까요?

― 그분의 뜻이 계시기만 한다면…… 하지만 그걸 바라기 전에 당신의 믿음을 먼저 그분께 바쳐야 합니다. 그분은 언제나 당신의 믿음을 기다리고 계시니까요.

아내를 위로하기 위해서이기도 했겠지만, 아내의 안타깝고 초조한 심사 앞에 김 집사의 대답은 단언에 가까웠다.

하니까 아내는 끝내 마음이 움직이고 만 모양이었다. 아이만 찾을 수 있게 된다면 지옥의 불길 속에라도 뛰어들어갈 아내였다. 하느님 아니라 지푸라기에라도 매달려 의지를 구해야 할 아내의 처지였다. 그러지 않아도 절간까지 찾아가 촛불 공양을 바치고 다닌 아내였다.

아내는 드디어 결심이 선 듯 김 집사를 따라나섰다.

그리고 서너 주일 예배 시간을 맞춰 가서 기도도 드리고 헌금도 하고 왔다. 절간을 찾아가 촛불 공양을 할 때처럼 무작정 액수를 높여 바친 헌금이었다.

하지만 그건 물론 아내가 지속적으로 신앙을 가지려는 결단의 표시는 아니었다. 보다도 그것은 아이를 찾으려는 간절한 소망의 표현일 뿐이었다. 절간을 찾아가 빌 때 한가지로 아이를 찾고 보자는 기복 행위에 불과했다.

　하느님도 아내의 그 속내를 아셨던지 그녀의 소망을 이루어주지 않았다. 아내의 아낌없는 헌금에도 불구하고 아이는 끝끝내 돌아오지 못했다. 그리고 마침내는 엄청난 비극으로 아이의 종말이 밝혀지고 말았다.

　아내는 더 이상 주님의 능력과 사랑을 신용하지 않았다. 남은 것은 그저 원망뿐이었다. 이제는 사랑이고 원망이고 '주님'을 생각할 겨를조차 없었다. 아이의 참혹스런 시신을 보고 나자 아내는 한동안 모든 것을 잃고 만 듯 자신마저 지옥의 어둠 속을 헤매었다.

　김 집사도 아내의 그런 사정을 짐작한 듯 한동안은 전혀 모습을 나타내지 않았다. 하더니 아이의 시신이 발견되고 나서 한 주일 남짓 지난 어느 날 그녀가 다시 집으로 아내를 찾아왔다. 그리고 언제나처럼 그의 주님을 빌려 아내의 아픔을 위로하려 하였다. 하지만 이날따라 머리를 싸매고 자리에 누워 있던 아내에게 김 집사의 그런 위로 말이 귀에 들어올 리 없었다. 아내는 처음 김 집사가 오는 것조차 알은체를 하지 않았다. 누가 찾아와서 무슨 말을 하거나 그저 멀거니 천장만 쳐다보고 있었다. 김 집사도 굳이 그런 아내를 아랑곳하지 않은 채 진심 어린 위로의 말들을 늘어놓고 있었다.

　── 알암이 엄마의 아프고 저린 마음은 알고도 남아요. 하지만 그럴수록에 마음을 맡기고 의지를 삼을 데가 있어야지 않아요. 지금의 처지로는 어려운 일이겠지만, 그럴수록 부드럽게 마음의 문

을 열도록 노력해보세요. 그래서 그 아픈 마음의 깊은 곳으로부터 주님을 참되고 새롭게 영접하도록 해보세요. 마음이 한결 편해지실 거예요……

그런데 그 김 집사의 설득이 너무도 참되고 간곡했던 탓인가. 그리하여 굳게 닫혀버린 아내의 영혼의 눈을 뜨게 한 것이었을까. 무슨 소리에도 그저 넋이 나간 듯 천장만 멀거니 쳐다보고 있던 아내의 눈에 이윽고 영문 모를 눈물기가 가득 고여오르기 시작했다. 그리고 모처럼 제정신이 돌아온 듯 천천히 머리를 가로저었다.

─ 모두가 다 부질없는 노릇이에요. 하느님의 사랑도 거짓말이구요. 하느님이 정말 전지전능하시다면 우리 알암일 왜 그렇게 만들었겠어요. 그 어린것에게 무슨 죄가 있다구…… 하느님의 사랑이 정말 크시다면 처음부터 그런 일이 없게 했어야지요.

체념과 원망에 사무친 애소였다. 그나마도 아내에게선 모처럼 제정신이 되살아난 소리였다.

거기에 김 집사는 용기를 얻은 듯 아내를 계속 설득해나갔다.

─ 알암이 엄마. 그렇게 주님을 원망하시면 안 됩니다. 마음속에다 원망을 지니면 자신만 더욱 고난스러워져요. 그야 지금의 알암이 엄마한텐 무리한 주문이 될지 모르지만, 그래도 애 엄만 그럴수록 마음을 부드럽게 지녀서 주님의 사랑을 맞아들이도록 하셔야 해요. 주님의 사랑과 오묘한 섭리는 우리 인간의 지혜로는 헤아릴 수가 없어요. 이번에 알암이가 당한 일만 해도 우리 인간들의 눈에는 슬픔뿐이지만, 거기에 어떤 주님의 섭리가 임하고 계시는지도 알 수 없어요. 그러니 주님의 사랑과 섭리와 권능을 믿으

시면 거기서 알암인 구원을 받을 거예요. 알암이가 이번에 당한 일이 어쩌면 우리가 모르는 더 큰 사랑을 베푸시려는 주님의 뜻인지도 모르니까요. 그 왜, 있지 않아요. 주님께선 그 당신의 사랑을 위해 누구보다 먼저 알암일 당신 곁으로 부르셨을 수도 있다고 말이에요……

그런데 바로 그 순간이었다. 아내에겐 그 김 집사의 위로가 좀 지나쳤었던지 모른다. 혹은 아내로선 마음속에 사무친 원망과 저주를 죽어도 끊을 수가 없었던 것인지도 모른다. 순간 아내가 느닷없이 자리를 박차고 일어나 앉았다. 그리곤 마치 눈앞의 하느님에게 대들기라도 하듯이 김 집사를 향해 외쳐대기 시작했다.

— 아니, 하느님은 아무것도 몰라요. 하느님이 그토록 전지전능하신 분이라면, 알암이를 그렇게 만든 살인귀 악마를 아직까지 숨겨두고 계실 리가 없어요. 알암인 이렇게 죽고 말았는데, 범인은 아직 붙잡히지 않고 있지 않아요. 하느님이 정말 모든 걸 아신다면 어째서 그놈을 아직 가르쳐주지 않는 거예요. 알고도 부러 숨겨두고 계신 건가요. 그렇다면 하느님은 그놈과 한패거리와 다를 게 무어예요. 그래서 하느님은 모든 걸 아시고도 아이를 그 꼴로 만들어 보내신 건가요. 처음부터 그놈과 한패거리로 일을 그렇게 꾸며가지고 말이에요.

아내의 원망이 폭발하고 만 것이었다. 사실 아내로선 나무랄 수 없는 원망과 분노의 토로이기도 하였다. 아이의 주검이 발견되었을 뿐 이때까지도 아직 범인은 잡히지 않고 있었기 때문이다. 아내의 절망과 슬픔은 무엇보다도 그 범인의 얼굴을 원하고 있었기 때문이다.

 그러니 그 아내의 사무친 원망과 복수심은 그쯤 폭발로 가라앉을 리 없었다.

 ─ 하느님은 몰라요. 살인귀를 가리켜 보여주지 못하는 하느님, 사랑도 섭리도 다 헛소리예요. 하느님보다 내가 잡을 거예요. 내가 지옥의 불 속까지라도 쫓아가서 그놈의 모가지를 끌고 올 거예요.

 아내는 그렇듯 하느님에 대한 극심한 원망 끝에 범인에 대한 불같은 복수심으로 며칠간의 절망과 비탄의 수렁에서 다시 자신을 추슬러 일어선 것이었다. 그리고 그날부터 사람이 달라진 듯 범인의 추적에 초인적인 의지력을 발휘하기 시작했다.

 김 집사의 뜻과는 일치하지 않았지만, 어쨌거나 그 김 집사 덕에 아내는 다시 자신을 지탱해나갈 수 있게 된 것이었다. 하고 보면 이번엔 그 분노와 저주와 복수심이야말로 아내가 자신을 견디는 데 무엇보다 소중한, 어쩌면 하느님의 사랑이나 섭리보다도 더욱 힘차고 고마운 본능이었는지도 모른다.

3

 아내는 한동안 그런 식으로 무서운 복수심을 불태우며 범인을 잡는 일에 열을 올리고 다녔다.

 그러나 그녀에겐 끝내 그 복수심을 충족시키고 그것을 해소할 기회가 주어지지 않았다. 범인이 붙잡히지 않아서가 아니었다. 범인은 미리 나름대로의 지능적인 보안책을 마련하고 있어서 알암이의 시신이 발견되고 나서도 생각처럼 쉽게 정체가 드러나지 않았다. 주산 학원 원장은 사건 당일의 알리바이가 거의 완벽했고, 더욱이 아이의 실종 후에는 녀석을 찾는 데에 앞장을 서 나설 만큼 교활하고 대담한 위인이었기 때문이다. 그러니까 얼마 뒤 알암이의 시신이 발견되기 3주일쯤 전인 6월 하순경, 그의 학원이 세들어 있던 건물까지 도시 재개발 사업에 밀려 동네를 떠나게 되고서부터는 범인 김도섭도 그것을 웬만큼까지 자신했을 법하였다. 하지만 앞서도 이미 말했듯이, 원장 김도섭은 처음부터 유력한 혐의자의 한 사람이었고 나중에는 그가 진짜 범인으로 밝혀진 인물이었다. 그는 아이 어미로서의 아내의 직감력과 집요한 추적이 뒷받침된 경찰의 수사력을 끝끝내 피해낼 수가 없었다. 그리고 경찰은 그의 범행 자백과 동시에 거기 따른 충분한 물증을 확보하게 된 것이었다.

하지만 그렇게 범인이 잡힌 것으로 아내의 원한은 풀릴 수가 없었다. 아내는 범인을 붙잡은 데 만족하지 않고, 자신이 직접 눈깔을 후벼파고 그의 생간을 내어 씹고 싶어 하였다. 아이가 당한 것 한가지로 손목을 뒤로 묶어 지하실에 가두고 목을 졸라 땅바닥에 묻고 싶어 하였다.

당연한 일이지만, 그러나 당국은 아내에게 아무런 복수의 기회도 용납하지 않았다. 범행을 자백한 그 순간부터 위인은 아내의 보복을 피해 당국의 보호를 받게 된 격이었다. 그리고 아이의 참사와는 직접 상관이 없는 사람들끼리 범행의 목적과 과정을 추궁하고, 재판에서 그의 죽음을 결정지어 튼튼한 벽돌집 속으로 그를 들여보내버렸다.

아내는 결국 그것으로 원한 어린 복수의 표적을 잃어버리고 만 셈이었다. 아내가 들끓는 복수심을 견디며 할 수 있는 일이라곤 경찰의 수사 과정에서 가능한 데까지 그를 무도한 살인마로 몰아붙이는 일과 공판 과정에서 그를 저주하다 제물에 정신을 잃고 쓰러지는 정도가 고작이었다.

아내의 원한이 풀릴 리가 없었다.

하지만 지금에 와서 다시 생각해보면 아내에겐 그게 오히려 다행이었는지도 모른다. 왜냐하면 아내는 가슴속에 뜨거운 복수의 불길이 남아 있는 한 자신을 용케 잘 지탱해나가고 있었기 때문이다. 아내의 진짜 마지막 불행은 그 처절스런 가슴속의 복수심이 사라져간 데서부터 싹이 트고 있었기 때문이다

그러나 나는 당시로선 물론 그걸 전혀 알지 못하고 있었다. 그리고 그건 아마 아내 쪽도 사정이 마찬가지였을 게 분명했다.

아내는 계속 복수심을 짓씹으며 하루하루를 보냈다. 아내로부터 그를 멀리 떼어놓고 있었지만, 아직은 그 복수의 표적이 아주 사라진 것은 아니었다. 김도섭 스스로도 자기 범행의 죄질을 가늠할 수 있었던 탓일까. 작자가 그의 죽음을 결정한 1심 판결을 승복하고 2심 공소권을 포기해버린 바람에 그는 사실상 사형 확정수로 운명의 날만을 기다리게 된 처지였는데, 당국에선 왠지 그의 형 집행을 서두르고 나서질 않았기 때문이었다.

이유야 어찌 됐든 아내에겐 여전히 복수의 표적이 남아 있어준

셈이었다. 그래 아내는 이제 하루빨리 목매달이가 치러져 작자가 지옥으로 떨어지게 될 날을 애타게 기다렸다. 또 다른 한편으론 자신이 직접 작자의 육신을 지옥의 불길로 찢어 던지고 싶어 했다. 그럴 때 아내는 작자의 목매달이가 갑자기 치러지는 것을 걱정하기까지 하였다.

아내는 그런 식으로 마치 구경꾼들에 잔뜩 화가 나 있으면서도 철책 때문에 어쩔 수 없는 우리 속의 맹수처럼 자기 복수심 때문에 안절부절을 못하는 꼴이 되고 있었다. 그리고 그런 식으로나마 아내는 아직도 자신을 용케 잘 버텨나갔다. 한데다 그 아내를 위해 서이기라도 하듯 당국에선 여전히 작자의 목매달이를 서두를 기미가 보이지 않았다.

그런 식으로 그럭저럭 계절이 가을철로 바뀌고 난 10월 초순 무렵부터의 일이었다. 아내의 처지가 아무래도 안되어 보였던지 김 집사 아주머니가 다시 아내를 찾아다니기 시작했다. 그리고 참으로 진실된 신앙심으로 아내에게 심신의 안정을 호소했다.

— 알암이 엄마, 이젠 마음을 좀 가라앉히세요. 그리고 그 사람에 대한 원망과 미움을 줄여가보도록 하세요. 알암이 엄만 아무래도 지금 정상이 아니에요. 알암이 엄마의 절통한 심사를 나라고 헤아리지 못하는 건 아니지만, 그런다고 애 엄마가 그 사람을 직접 어떻게 할 수 있는 일도 아니잖아요. 그 사람은 이제 가만히 놔둬도 제 죗값을 치르게 되어 있어요. 원망하고 분해하면 애 엄마 심사만 그만큼 자꾸 더 상할 일 아니에요. 애 엄마까지 사람이 못쓰게 되어가요.

김 집사님은 이제 작자의 죄에 대한 사람의 심판은 끝났다는 것이었다. 남은 것은 하느님의 심판뿐이라 하였다. 이 마당에 아내가 할 일은 그를 원망하고 저주하는 것이 아니라 하느님께 모든 것을 맡기는 일이라 하였다. 그리고 자신의 이성을 되찾아 심신의 안정을 기하는 일이라 하였다. 거기다 가능하면 그를 용서하고 동정을 할 수도 있어야 한다는 것이었다.
　―그것은 다만 그 사람만을 위해서가 아니에요. 그 사람보다는 알암이 엄마 자신을 위하는 일이에요. 그리고 가엾은 알암이의 영혼을 위하는 일인 거예요. 알암이의 영혼과 애 엄마 자신을 위해서라도 그에게 너무 깊은 원망을 지니지 않도록 하세요. 그래서 마음을 편하게 가지도록 노력해보세요. 그렇게 되도록 노력을 하시면 주님께서 반드시 도와주실 거예요.
　인간에겐 도대체 어느 경우를 막론하고 다른 사람을 심판할 권리가 없다고 하였다. 인간을 마지막으로 심판할 수 있는 것은 오직 하느님 한 분뿐이며, 사람에겐 오직 남을 용서할 의무밖에 주어지지 않았다는 것이었다. 그것을 거역하여 인간이 스스로 남을 원망하고 심판하려 할 때는 그 원망과 심판이 거꾸로 자신에게로 돌아오게 된다고 하였다.
　아내는 이번에도 집사님의 설득에 처음에는 전혀 귀를 기울이지 않았다. 사람에겐 애초에 남을 심판할 권리가 없다거니 가능하면 그를 용서할 수까지도 있어야 한다는 충고에 이르러서는 바락바락 화를 내고 대들기까지 하였다.
　하지만 김 집사는 아랑곳하지 않았다. 이번에야말로 정말 아내에겐 자기의 인도가 필요하다고 확신한 듯 그녀의 설득은 어느 때보다도 끈질기고 진정에 차 있었다. 딴은 내 보기에도 아내에겐 김 집사의 그런 도움이 필요한 처지였다. 원한과 복수심에 가득 찬 아내는 아닌 게 아니라 정상이 아니었다. 알암이의 시신이 발견되고 나서부터 그 참담스런 절망감 속에서도 아내가 여태까지 자신을 지탱해온 것은 그 원한과 복수심의 독기 때문이었다. 그런 뜻에서 그것은 아내에겐 필요한 독기요, 본능적인 생존력의 원천이었던 게 사실이다. 그러나 그것은 어디까지나 임시방편의 비정상적인 생존력에 불과했다. 아내가 언제까지나 거기에 삶을 의지해갈 수는 없었다. 그것은 정상적인 사람의 삶일 수가 없었다. 아내는 자신에게로 돌아와야 하였다. 언젠가는 어차피 아이의 일을 잊고 자기 파괴의 원망과 복수심에서 벗어나야 하였다. 그래서 어려운 대로 자신을 정상의 일상사 속에 견뎌나가도록 하여야 했다.

김 집사의 충고는 틀린 말이 아니었다. 인간의 권리나 그 한계에 대한 이야기도 이제는 아내가 귀를 기울여야 할 대목이었다. 아내에겐 아무래도 그 김 집사와 그녀가 인도하고자 하는 주님에의 의지가 크게 필요해 보였다. 그래 나 역시 아내에게 진심으로 그것을 권했다. 그리고 두 사람이 다 같이 교회를 나가자는 김 집사의 권유에 나는 우선 먼저 아내부터 좋은 길을 인도받을 수 있었으면 좋겠다고 은근히 김 집사를 거들었다.

그런데 어느 쪽이 아내의 마음을 움직이게 했던 것일까. 김 집사의 설득과 나의 권유가 얼마간 계속되자 아내는 어느 날 무슨 생각이 들었던지 뜻밖에 선선히 마음을 고쳐먹고 김 집사를 따라나섰다. 그리고 그때부터 놀라운 열성으로 예배와 기도 속에 하루하루를 보내기 시작했다.

하지만 그것도 아내의 본심에서 우러나온 신앙심은 아니었다. 아내 자신의 마음의 평정을 회복하기 위해서나 자신을 견뎌나갈 힘과 용기를 얻기 위해서가 아니었다. 더욱이 범인에 대한 증오심을 거두고 그를 용서하기 위해서는 아니었다. 사람의 마음이 갑자기 그렇게 달라질 수도 없었다.

알고 보니 아내는 아이의 영혼의 구원을 위해 교회를 찾기 시작한 것이었다. 소망과 기도가 온통 아이의 내세의 구원에 관한 것뿐이었다. 집에서나 교회에서나(아마 분명코!) 아이의 영생과 내세 복락만을 외어댔다. 그러면서 그 아이의 영혼을 위한 교회 헌금에 마음을 의지하고 지냈다.

하지만 나는 그러는 아내를 나무랄 생각이 없었다. 동기가 무엇이든 아내는 이제 교회를 다시 나다니게 된 것이었다. 아내에겐 우선 그것이 중요했다. 그렇게 한동안 교회를 나다니다 보면 마음속에 진짜 신앙심이 자리를 잡을 수도 있게 될 터였다. 그리하여 마음의 상처를 씻고 옛날의 자신으로 돌아오게 될 것이었다.

김 집사도 내심 그것을 기대하고 있었다. 하여 그녀의 갑작스런 광신기를 그대로 모른 척 감내해나갔다. 그리고 성실하고 끈질긴 인내로 그녀를 참 신앙심으로 이끌어가는 노력을 계속했다.

우리의 기대는 과연 헛된 것이 아니었다.

아내는 마침내 서서히 주님의 참사랑을 깨닫기 시작한 것 같았다. 그리고 그 사랑 속에 아이의 구원을 확신하게 된 것 같았다.

아내에게선 차츰 저주와 원망기가 덜해가는 기미였다. 그만큼 매사에 마음이 부드러워지고 전날의 자신을 회복해가고 있었다.

마침내는 그 주님의 사랑에 자신을 맡기겠노라, 스스로 감사의 눈물을 흘리기까지 하였다.

―주님, 감사합니다…… 사랑과 은혜에 감사합니다.

아내 자신도 그런 자신의 변화를 의식한 듯 주님께 대한 감사의 말을 입버릇처럼 자주 외어대었다. 등골이 빠지게 일을 해서 끼니 상을 차려놓으니 그 자식들로부터, 아버지 하느님, 오늘도 귀하고 맛있는 음식을 마련해주시어 감사합니다, 하는 식의 기도 소리를 들었을 때 그 아비의 심사가 아마 그와 같았을까. 아내의 그런 잦은 감사의 기도는 그동안 아이와 아내 때문에 모든 것을 깡그리 바쳐오다시피 한 나에겐 어떤 가벼운 배신감마저 느껴질 정도였다.

하지만 어쨌거나 우리의 기쁨은 이루 말을 할 수 없었다. 아내의 믿음과 자기 회복은 아내 자신뿐 아니라 나에게까지도 깊은 마음의 상처를 씻고 악몽에서 벗어나게 할 기회가 될 수 있었다. 적어도 나는 아내의 변화에서 그런 희망을 느낄 수 있었다.

그러나 그런 아내의 변화에 대한 희망과 기대는 그녀의 믿음의 인도자가 되고 있는 김 집사기 더 했던 것인지도 모른다. 김 집사는 아내에게 용기를 얻은 듯 그녀의 신앙심을 한층 더 부추겨나갔다. 김 집사는 아내에게 이제는 거기서 죄인을 용서할 수도 있어야 한다고 설득했다. 사람에겐 애초 남을 심판할 권리도 없지만, 그보다 주님을 영접하기 위해선 마음을 깨끗이 비워 내놓아야 하며 심중에 원망과 미움을 조금이라도 남겨두고 있으면 주님의 사랑과 은총이 임할 자리가 그만큼 좁아지게 마련이라 하였다. 그러니 차제에 그를 용서함으로써 마음속의 모든 원망과 분노와 미움과 저주의 뿌리를 뽑아내고 주님을 영광되게 영접하라 하였다. 아내에겐 바로 이때가 그래야 할 은혜로운 기회라 하였다.

— 하느님의 깊은 섭리의 역사를 우리 인간으로는 참으로 헤아릴 수가 없다지 않았어요. 알암이의 슬프고 불행한 사고가 그 어머니에게 주님을 영접케 할 은총의 기회일 줄을 누가 알았겠어요. 그건 모두가 이런 영광과 은총을 예비해두고 계신 주님께서 우리를 단련시켜 맞이하시려는 사랑의 시험에 불과했던 거예요. 우리는 오히려 그것을 기쁨으로 감내했어야 할 일들이었지요. 그토록 오묘한 주님의 섭리와 사랑의 역사 앞에 우리가 어찌 알암이의 영혼의 구원을 믿지 않을 수 있겠어요. 죄인을 아주 용서하도록 하세요. 그게 틀림없이 주님의 뜻이며 기쁨이실 거예요.

김 집사는 알암이의 구원을 단언하며 '용서'를 간곡히 당부했다. 그것도 그저 한두 번이 아니고 틈이 있는 대로 끈질기게 계속했다. 하니까 아내도 그동안 그만큼 마음의 자리가 생겨난 모양이었다. 그만큼 참 신앙심이 싹을 트고 성장을 계속해온 모양이었다.

아내는 갈수록 말씨나 표정이 부드러워져가고 있었다. 생활도 어느 만큼 제 궤도로 돌아오고(범인의 재판이 끝나갈 무렵부터 나는 혼자 다시 약국 문을 열고 있었는데, 언제부턴가 아내가 이따금씩 그 가게로 나와 앉아 있기까지 하였다), 무엇보다도 마음이 잔잔하게 가라앉아가고 있는 것 같았다. 범인에 대한 원망이나 저주를 입에 담는 일이 거의 없었다. 하더니 어느 날 아내는 마침내 긴 잠에서나 깨어난 듯한 얼굴로 나에게 조용히 물어왔다.

―그 사람…… 그 가엾은 사람, 아직 사형이 집행되지 않고 있는 거지요……

아내도 뻔히 알고 있는 일이었지만, 그게 어쩌면 새삼 다행이라는 어조였다.

아내가 마침내 김 집사의 소망대로 그를 용서할 수 있게 된 것이었다. 이미 용서를 하고 있진 않았더라도, 그를 스스로 용서해야 한다고, 용서를 하고 싶어 하는 것이 분명했다. 그 저주스런 한 해가 거의 다 저물어가던 12월 중순 무렵―, 알암이의 참사가 있은 지 꼬박 일곱 달여 만의 일이었다. 그리고 그 범인 김도섭의 사형이 확정되고, 아내가 다시 김 집사에게 인도되어 교회를 나다니기 시작한 지는 대충 2개월여 만의 일이었다.

4

사람에게는 사람만이 가야 하고 사람으로서 갈 수밖에 없는 길이 있는 모양이다.

그리고 사람에겐 사람으로 할 수 있고 할 수 없는 일이 따로 있는 모양이다.

아내가 범인 김도섭을 용서할 수 있게 된 것은 누구보다도 아내 자신을 위해 다행스런 일이었다. 그러나 그것은 아내의 마음속에서 아내 자신이 그럴 수 있는 것으로 충분한 것이었다. 그 이상은 아내로선 필요한 일도 아니었고 소망을 해서도 안 되었다. 그랬더라면 아내는 적어도 자신의 구원의 길은 얻어갈 수 있었을 것이다.

그런데 아내는 쓸데없는 욕심을 부리기 시작했다. 그것이 아내의 마지막 비극을 불렀다. 다름 아니라 아내는 당돌스럽게도 자기 용서의 증거를 원했다. 더욱이 그것을 지금까지의 원망과 복수심의 표적이던 범인을 상대로 구하려 한 것이었다.

― 제가 교도소로 면회를 찾아가서 그 사람을 한번 만나봐야겠어요.

아내가 마음의 용서를 생각하고 나서 다시 열흘쯤 시일이 지나고 난 다음이었다. 이젠 날마다 약국을 나와 앉아 있곤 하던 아내가 어느 날 내게 문득 그런 말을 해왔다. 아내가 자신의 마음속의 용서에 대해 상당한 확신을 얻고 있는 증거였다. 더욱이 그동안 그 일에 대해선 나름대로 꽤나 생각을 해오고 있었던 어조였다. 이를테면 아내는 그것으로 마음을 깨끗이 정리할 수 있는 구체적인 계기를 삼고 싶어진 것이었다. 그를 찾아가서 직접 자신의 용서를 확인시켜주어야 마음이 깨끗하고 편해지겠다는 것이었다. 한마디로 그에게서 자기 용서의 증거를 구하려는 것이었다.

그것은 물론 아내를 위해서나 사형수 김도섭을 위해서나 다 같이 필요한 일일지 몰랐다. 그러나 나는 왠지 거기 대해 선뜻 동의를 하고 나설 마음이 내키지 않았다. 아내가 어딘지 지나치고 있다는 느낌 때문이었다. 그 지나침만큼 아내가 거꾸로 불안스럽게 느꼈기 때문이다.

― 글쎄, 당신이 그렇게까지 해야 할 필요가 있을까. 마음으로

그를 용서했으면 그만이지, 당신이 무슨 성자도 아니겠고……

　나는 막연히 아내를 만류했다. 하지만 한번 말을 꺼낸 아내는 좀처럼 생각을 바꾸려 하지 않았다. 그것이 마치 그녀가 주님을 옳게 영접할 무슨 불가피한 마음의 빚이기라도 하듯, 그래 반드시 그것을 자신이 감당해내야만 할 일이듯 날이 갈수록 마음이 그쪽으로 확고하게 굳어갔다. 사실은 아내가 어쩌면 아직도 자신을 옭아맬 스스로의 증거가 필요했던 것인지도 모른다.

　하고 보니 아내에 대한 나의 동의 여부는 처음부터 크게 상관될 일이 아니었다. 아내가 내게 그것을 말한 것도 나와 그 일을 의논하재서가 아니었다. 그런 일에 관한 한 아내의 진짜 의논 상대는 내가 아닌 김 집사였다. 내게 의사를 내비친 바로 그때부터 아내는 김 집사와 계속 그 일을 함께 의논해온 모양이었다.

　어느 날 김 집사가 아내 몰래 약국으로 나를 조용히 찾아왔다. 그녀가 전에 없이 나를 따로 찾아온 것은 이번에는 김 집사도 내심 그 일에 자신이 썩 덜하다는 증거였다. 아닌 게 아니라 김 집사 역시 아내가 아직도 마음이 흔들리고 있는 것 같다 하였다.

　─ 이 일은 아무래도 알암이 아빠하고도 의논을 해봐야 할 일 같아서요. 애 엄마 마음이 어딘지 아직도 흔들리고 있는 것 같아서 예기찮은 충격을 받을 수도 있거든요.

　그러나 김 집사는 신앙심이 깊은 사람답게 확신을 가지고 있었다. 그녀는 그렇더라도 그것이 아내에겐 어차피 필요한 고비가 아니겠느냐고 나의 동의를 구해왔다.

　─ 알암이 엄마에겐 그런 자기 확신의 계기가 필요한 점도 있지

만, 무슨 다른 일이 생기지 않도록 저도 함께 따라가서 도와드릴 테니까요. 제가 가서 곁에 함께 있어주면 별다른 일은 없을 거예요. 그리고 새삼스런 충격만 안 받는다면, 자기 용서에 대한 확신까지는 몰라도 손해를 볼 일도 없을 테니까요. 선생님께서 괜찮다고 하시면 제가 한번 기회를 만들어보겠어요. 제 힘으로 일이 어려우면 저희 목사님의 힘을 빌릴 수도 있으니까요.

나로선 그저 기분으로 막연히 반대를 하고 나설 수가 없었다. 아내를 거기까지 인도해온 데는 누구보다 김 집사의 도움이 컸을 뿐 아니라, 아내에게 그것이 어차피 필요한 고비라면 이번 일도 모든 걸 그 김 집사에게 맡겨두고 따르는 수밖에 없었다.

―아무쪼록 집사님만 믿겠습니다.

여전히 한 가닥 불안스런 의구심을 금할 수 없으면서도 나는 그쯤 일을 결정짓고 말았다. 아내의 일에선 어쨌거나 늘 김 집사의 판단이 옳았던 편인 데다 이제 와선 그녀에 대한 아내의 믿음이 절대적인 것처럼 보였기 때문이다.

그런데 알고 보니 그것이 경솔하고 안이한 생각이었다. 아내와 인간 의지의 한계를 이해하지 못한 무책임한 처사였다. 그녀가 애초 자신이 덜해 보였던 대로 이번에는 그 김 집사의 처결이 엉뚱한 결과를 낳고 만 것이었다. 내 한 가닥 꺼림칙스런 불안감이 무참스런 현실로 나타나고 만 것이었다.

아내의 면회는 의외로 쉽사리 기회가 마련됐다. 김 집사가 한 며칠 자기 교회의 목사님을 앞세우고 이곳저곳 유관 기관들을 쫓아다니는 듯싶더니 어렵지 않게 기회를 만들어내었다. 그래 아내는 마침내 김 집사의 주선으로 사형수 김도섭의 면회를 나서기에 이르렀다. 그것이 마침 성탄절 분위기가 고비에 올라선 12월 23일의 일이었다.

그런데 사실은 그게 아내의 마지막 파국의 발길이었다.

사형수 김도섭의 면회를 다녀오고 나서 아내는 모든 것이 다시 허사가 되고 말았다. 면회를 다녀온 그날부터 아내는 다시 열병 환자처럼 머리를 싸매고 자리에 눕고 말았다. 그리고 멍하니 넋이 나간 눈으로 혼자 고뇌에 시달렸다. 그간의 모든 치유의 효과가 거품이 된 듯 참담스런 절망감이 되살아나 있었다. 그나마 그간의 신앙심의 끈만은 놓아버릴 수 없었던 때문이었는지도 모른다. 이번에는 전날처럼 저주 어린 복수심이나 분노의 감정 같은 것도 찾아볼 수 없었다. 그저 망연스런 자기 상실감 속에 바닥 모를 절망감만 짓씹고 있었다. 분노도 복수심도 잊어버린 아내는 심신이 온통 절망 덩어리 그 자체였다.

나는 도대체 아내가 그를 만나 무엇이 어떻게 됐는지 알 수가 없었다. 아내와 그 사이에 무슨 일이 있었느냐 해도 아내는 입을 열어 말을 하려 하지 않았다. 아내는 아예 말을 하는 것조차도 귀찮고 부질없어하는 것 같았다. 거기다 아내는 음식조차 거의 입에 대려지 않았다. 자신과 자기 밖의 모든 걸 포기해버린 사람의 형국이 분명했다.

도대체 영문을 알 수 없었다. 김 집사에게서도 까닭을 알아낼 수가 없었다. 나는 하다못해 김 집사를 다시 만나 그녀에게 그날의 자초지종을 물었다. 그러나 그날의 일에 대해서만은 김 집사도 아내를 이해하지 못했다.

―그를 만났을 땐 아무 일도 없었어요. 면회는 일단 무사히 끝났으니까요.

작자가 아직도 아내의 용서를 받아들일 수 없을 만큼 뻔뻔하고 포악스럽게 굴고 나섰던 게 아니냐는 나의 물음에 김 집사는 오히려 그 반대였다 하였다.

―흉악스럽기는커녕 그 사람은 자신의 모든 잘못을 순순히 시인하고 애 엄마에게 간절한 용서를 빌었어요. 용서를 빌었다기보다 애 엄마의 책벌을 자청하고 나섰지요. 그것으로 애 엄마의 마음의 위로가 될 수만 있다면 자기가 저지른 죄과에 대해 어떤 책벌도 기꺼이 감수하겠노라구요. 그게 그 사람의 진심이었던 것이 그 사람도 이미 주님을 영접하여 주님의 뜻을 따르고 있었거든요.

그는 이미 주님의 이름으로 자신의 모든 죄과를 참회하고 그 주님의 용서와 사랑 속에 마음의 평화를 누리고 있었다 하였다. 뿐더러 그는 참회의 증표와 주님의 사랑에 대한 보답으로 사후의 신장과 두 눈알을 다른 사람에게 바칠 약속까지 해놓고 있었다 하였다. 그는 그만큼 평화로운 마음으로 오히려 이 세상에서의 자신의 마지막 날을 기다리고 있었다 하였다.

―그것이 그에게는 주님 곁으로 가는 날이니까요. 그는 그것을 진심으로 믿고 기쁜 마음으로 기다리고 있었어요. 그것으로 그는 주님의 사함을 받은 것이었지요. 그리고 누구보다 깨끗한 영혼으로 주님의 인도를 따르고 있는 것이었지요.

김 집사는 그러면서 그의 영혼이 이미 주님의 용서를 받은 이상,

그는 아내와도 똑같은 여호와 하느님의 사랑 안에 있는 아들딸이 된 것이라 하였다. 그래서 그는 같은 아버지의 형제자매로서 아내의 어떤 저주나 복수도 용서할 각오가 되어 있었다고 하였다. 더욱이 아내의 용서에 대해서는 진정으로 목이 말라 있었을 거라 하였다. 그만큼 아내의 마지막 용서가 필요한 사람이었다고도 하였다. 그런데 아내는 막상 그를 만나고 나선 그를 용서하지 못하더라는 것이었다.

— 전 애 엄말 이해할 수가 없었어요. 아니 차라리 실망감을 금치 못했지요. 알암이 엄마가 마음속에서 아직 그를 용서하지 못하고 있는 걸 알았기 때문이었지요. 알암이 엄만 아직도 주님에 대한 믿음이 그토록 부족했던 거예요.

김 집사는 아내가 그를 용서하지 못한 것이 믿음이 모자란 때문이라 단정했다. 그리고 이미 주님의 사함을 받고 있는 사람을 용서하지 못한 아내를 나무랐다. 이미 마음속에 주님을 영접하고, 그래 스스로 용서의 발길을 나섰던 아내가 아직도 숨은 원망을 남기고 있는 것을 김 집사는 도대체 이해할 수가 없다 하였다.

그러나 그 김 집사로서도 아내의 새삼스런 절망에 대해선 더 깊은 내력을 알 수가 없었다. 현장을 함께하고 온 김 집사가 그러니 나로선 더욱이 그것을 이해하거나 위로할 길이 없었다. 김 집사의 그런 설명을 듣고 나선 아내의 절망이 더욱더 어려운 수수께끼가 되어갔다. 아내는 어째서 그를 용서하지 못했을까. 아내는 스스로 그를 용서하기 위해 그를 만나러 갔던 것이 아닌가. 그리고 그는 이미 자신을 참회하고 아내의 용서를 고대하고 있었다지 않은가.

그런 사내 앞에 아내는 무엇 때문에 저토록 절망을 하고 돌아온 것인가……

그러나 그 모든 수수께끼의 해답은 너무도 가까운 곳에 있었다. 아니 그것은 그 김 집사의 비난 섞인 설명 속에, 그것을 들을 때의 나의 알 수 없는 배신감 어린 기분 속에 이미 분명한 것이 말해지고 있었다. 나는 김 집사의 이야기에서 그녀를 충분히 수긍하면서도 한편으로는 어떤 표적이 불분명한 배신감 같은 걸 느끼고 있었던 게 사실이다. 바로 그 막연한 배신감 속에 수수께끼의 해답이 숨어 있었다. 한데도 나는 미몽 속에 그것을 스스로 깨달을 수가 없었던 것뿐이었다.

한데 며칠 뒤에 나는 그것을 깨닫게 되었다. 그리고 비로소 아내의 절망이 어디에서 비롯된 것인지를 알아차리게 되었다. 다름 아니라 나는 이날에야 비로소 내 까닭 없는 배신감의 정체를 깨달은 때문이었다.

한편 생각해보면 그 역시도 김 집사의 덕분인 셈이었다. 김 집사는 참으로 그 신앙심만큼 이웃에 대한 사랑이 깊은 사람이었다. 그 신앙심과 사랑만큼 사명감이 투철하고 끈질긴 사람이었다. 김 집사는 아내를 단념하지 않았다. 어떻게든지 아내를 부축하여 그의 믿음을 다시 회복시켜놓으려 하였다. 그리고 그를 마음으로부터 용서하는 자기 사랑의 고비를 감당시키려 하였다.

김 집사는 매일 아내를 찾아왔다. 그리고 성심껏 아내를 위로하고 용기를 북돋았다.

아내는 여전히 말을 잃은 상태였고, 위로와 설득은 김 집사 혼자서 일방적인 식이었다. 그러던 어느 날, 아내가 마침내 그 김 집사의 끈질긴 설득 끝에 모처럼 다시 입을 열고 나섰다. 그게 바로 아내의 절망에 관한 비밀의 열쇠였다.

―모르세요. 집사님처럼 신앙심이 깊은 사람은 오히려 몰라요. 나는 집사님처럼 믿음이 깊어질 수가 없어요. 그래서 오히려 인간을 알 수 있고 그 인간 때문에 절망을 할 수밖에 없는 거예요.

그 며칠간은 늘 그래 왔듯이 아내가 이번에는 전혀 김 집사의 설득을 받아들이려 하지 않았다. 김 집사를 믿고 따르기는커녕 오히려 그녀를 힐난하고 나섰다. 아내는 그 기나긴 침묵 속에 어떤 확신을 굳히고 있었던 듯 절망적으로 울부짖었다.

―저도 집사님처럼 그를 용서해야 한다고 생각은 했어요. 그래 교도소까지 그를 찾아갔구요. 그러나 막상 그를 만나보니 그럴 수가 없었어요. 그건 제 믿음이 너무 약해서만은 아니었어요. 그 사람이 너무 뻔뻔스럽게 느껴져서였어요. 사람이 어떻게 그럴 수가 있어요. 그 사람은 내 자식을 죽인 살인자예요. 살인자가 그 아이의 어미 앞에서 어떻게 그토록 침착하고 평화스런 얼굴을 할 수가 있느냐 말이에요. 살인자가 어떻게 성인 같은 모습으로 변할 수가 있느냐 그 말이에요. 절대로 그럴 수는 없는 일이에요. 그럴 수가 없기 때문에 전 그를 용서할 수가 없었던 거예요.

―알암이 엄마, 그 사람은 애 엄마 앞에서 뻔뻔스러워 그런 얼굴을 한 게 아니에요. 알암이 엄마도 들었지 않아요. 그 사람은 이미 영혼 속에 주님을 영접하고 있었던 거예요. 그것으로 주님의 사함을 얻고 있었던 거예요. 그래 그토록 마음과 얼굴이 평화스러

웠던 거예요.

김 집사가 아내의 비뚤린 생각을 바로잡아주려고 애를 썼다.

하지만 아내는 승복하지 않았다. 자연히 두 사람은 똑같이 언성이 높아지고 심한 말다툼 조가 되어갔다.

— 그래요. 내가 그 사람을 용서할 수 없었던 것은 그것이 싫어서보다는 이미 내가 그러고 싶어도 그럴 수가 없게 된 때문이었어요. 집사님 말씀대로 그 사람은 이미 용서를 받고 있었어요. 나는 새삼스레 그를 용서할 수도 없었고, 그럴 필요도 없었어요. 하지만 나보다 누가 먼저 용서합니까. 내가 그를 아직 용서하지 않았는데 어느 누가 나 먼저 그를 용서하느냔 말이에요. 그의 죄가 나밖에 누구에게서 먼저 용서될 수 있어요? 그럴 권리는 주님에게도 있을 수가 없어요. 그런데 주님께선 내게서 그걸 빼앗아가버리신 거예요. 나는 주님에게 그를 용서할 기회마저 빼앗기고 만 거란 말이에요. 내가 어떻게 다시 그를 용서합니까.

아내가 이번엔 좀더 깊은 자신의 진실과 원망을 털어놓았다. 하지만 김 집사는 그 아내의 아집을 꺾는 데만 정신이 쏠려 그것을 제대로 이해하지 못했다. 김 집사는 사람과 하느님 사이에서 원망스럽도록 하느님의 역사만을 고집했다.

— 아버지 여호와께서는 그러실 수가 있습니다. 그것이 당신의 섭리의 역사입니다. 우리는 당신의 깊으신 뜻을 모두 알 수가 없습니다. 우리는 무조건 당신의 뜻을 따라 복종을 해나갈 의무밖에 없습니다. 용서도 마찬가집니다. 주님께서 그를 용서하셨다면 우리도 그를 용서해야 합니다. 그것이 전지전능하신 주님의 종이 된

우리 인간들의 의무인 거니까요. 알암이 엄마도 그날 똑똑히 들었지만, 그는 애 엄마의 어떤 원망이나 책벌이라도 달게 받을 각오라고 말하지 않았어요. 그건 그가 이미 주님의 사함 속에 죽음을 두려워하지 않는 영혼의 평화를 얻고 있는 증거였어요. 그래서 그는 애 엄마의 어떤 원망이나 증오도 달갑게 감수하고, 그걸 용서할 수가 있었던 거예요.

— 그가 나를 용서한다구요? 게다가 주님께선 그를 먼저 용서하시구…… 하긴 그게 아마 사실일지도 모르겠어요. 그래서 나는 질투 때문에 더욱더 절망하고 그를 용서할 수 없었을 거예요. 하지만 그것이 과연 주님의 뜻일까요? 당신이 내게서 그를 용서할 기회를 빼앗고, 그를 먼저 용서하여 그로 하여금 나를 용서케 하시고…… 그것이 과연 주님의 공평한 사랑일까요. 나는 그걸 믿을 수가 없어요. 그걸 정녕 믿어야 한다면 차라리 주님의 저주를 택하겠어요. 내게 어떤 저주가 내리더라도 미워하고 저주하고 복수하는 인간으로 살아가겠다는 말이에요……

아내는 마침내 마지막 절망을 토해내고 있었다. 하지만 김 집사는 이제 그 가엾은 아내 속에서 질식해 죽어가는 인간을 보려 하지 않았다. 그녀는 아내의 무참스런 파탄 앞에 끝끝내 주님의 엄숙한 계율만을 지키려 하고 있었다. 그녀는 이제 차라리 주님의 대리자처럼 아내를 강압했다.

— 벌써 몇 번씩 되풀이한 말이지만, 그게 바로 아버지 하느님의 숨은 섭리의 역사이신 거니까요. 주님께선 아마 그를 통해 알암이와 알암이 엄마의 영혼을 함께 구원하실 뜻이셨을 거예요. 이

제 와서 굳이 그를 용서하는 것은 이미 주님의 사함을 받은 그 사람을 위하는 일이 아니라, 알암이와 알암이 엄마 자신을 위해서 자신들의 영혼에 필요한 일일 테니 말이에요. 알암이 엄만 무엇보다 그걸 아셔야 해요. 알암이 엄마한텐 그 길밖에 없어요. 주님의 종으로서 우리에게 이미 씌워진 굴레는 누구도 마음대로 다시 벗어던질 수 없는 거니까요. 그것은 또 다른 무서운 재앙을 불러들이는 일일 뿐이에요.

─아아…… 그러면 나는, 나는……

아내는 마침내 처절스런 탄식 끝에 말을 잃고 말았다.

그리고 그것으로 이날의 엉뚱스런(그러나 아내에겐 그의 삶의 마지막 구원과 승패가 걸려 있었을) 논쟁은 끝이 났다.

하지만 나는 이제 그것으로 아내의 그간의 지옥 같은 절망의 정체를 알아차릴 수 있었다. 비로소 그 참담스런 절망의 뿌리를 들여다볼 수 있게 된 것이었다. 아내는 한마디로 그의 주님으로부터 용서의 표적을 빼앗겨버린 것이었다. 그리고 그의 용서의 기회를 잃어버린 것이었다. 아내에겐 이미 원망뿐 아니라 복수의 표적마저 사라지고 없었다. 뿐만 아니었다. 그녀가 용서를 결심하고 찾아간 사람이 그녀에 앞서서 주님의 용서와 구원의 은혜를 누리고 있었다. 아내와 알암이의 가엾은 영혼은 그 사내의 기구(난들 어찌 그것을 용서라고 말할 수 있으랴)를 통하여 주님의 품으로 인도될 수가 있었다. 아내의 배신감은 너무도 분명하고 당연한 것이었다. 그리고 그 절망감은 너무도 인간적인 것이었다.

5

 그러나 아내의 절망감과 파탄은 거기서도 아직 다한 것이 아니었다. 보다 더 절망스런 아내의 파탄은, 그렇다고 그녀가 다시 인간의 복수심을 선택할 수도 없다는 데에 있었다. 그것은 물론 김 집사의 강압이나 협박 때문이 아니었다. 아내는 이미 스스로 용서를 결심하고 그를 찾아갔을 만큼의 믿음을 지니고 있었다. 그만큼은 스스로도 믿음과 사랑의 계율을 익히고 있었다. 그 참뜻과 가치를 깨닫고 있었다. 이제 와서 아내가 그것을 버리는 것은 아내 자신을 버리는 일이었다. 아내는 그것을 버릴 수 없었다. 그렇다고 자신 속의 '인간'을 부인하고 주님의 '구원'만을 기구할 자신도 없었다. 그러기엔 주님의 뜻이 너무도 먼 곳에 있었고 더욱이 그녀에겐 요령부득의 것이었다.
 아내의 심장은 주님의 섭리와 자기 '인간' 사이에서 두 갈래로 무참히 찢겨나가고 있었다.
 하지만 아내는 김 집사 앞에 거기까지는 아예 말을 하지 않았다. 말할 필요가 없었기 때문일 터였다. 왜소하고 남루한 인간의 불완전성—, 그 허점과 한계를 먼저 인간의 이름으로 아파할 수 없는 한 김 집사로서도 그것은 불가능할 일이었다.
 아내가 지금까지 내게 입을 다물어온 것도 바로 그 때문이었다. 그 무서운 고통과 절망이 입조차 열 수가 없게 해온 것이었다.
 하지만 나는 이제 겨우 그 아내의 절망을 이해할 수 있었다. 그리고 비록 아이를 잃은 아비가 아니더라도 다만 저열하고 무명한 인간의 이름으로 그녀의 아픔만은 함께할 수 있을 것 같았다.

 하기로서니 그것이 그 가엾은 아내에게 무슨 소용이 있었으랴. 그리고 그 절망스런 고통을 덜어주고 아내를 파탄에서 구해내기 위해 더 이상 무슨 일을 할 수가 있었으랴. 나는 그런 아내를 알고서도 속수무책으로 그녀를 지켜보고 있었을 뿐이었다. 부질없이 아내를 맴돌면서 안타깝게 마음만 앓고 있었을 뿐이었다. 그것이 어차피 아내가 넘어서야 할 삶과 믿음의 고갯마루라던 김 집사의 조언을 믿은 때문이었던가. 그리고 그것이 아내 스스로가 이기고 일어서야 할 자기 몫의 고통이라 여긴 때문이었을까…… 아니 물론 그것은 아니었다. 김 집사는 아직도 물론 그렇게 생각하고 있었다. 그래 아직도 아내를 찾아다니며 '아버지'의 섭리와 완벽한 사랑을 설교했다. 그리고 아내의 신앙심의 회복과 주님의 종으로서의 용기를 부추겼다.

 하지만 나는 그럴 수 없었다. 내게는 다른 힘이 없었기 때문이었다. 아내가 그럴 수 있다고 믿지도 않았다. 내게는 다만 그 아내의 절망과 아픔을 안타까워하면서 귀에도 들어가지 않을 부질없는 소리들로 그녀의 심사만 어지럽혀댔을 뿐 다른 위로의 길이 없었기 때문이다.

 아내는 과연 마지막 절망 속에 자신을 힘없이 내맡겨버리고 있었다. 김 집사나 나의 어떤 소리도 도대체 의식에 닿는 일이 없는 것 같았다. 그날 이후로 다시 입을 까맣게 다물어버린 아내는 물 한 모금을 제대로 마신 일이 없었다.

하지만 아아. 아내의 그 절망과 고통의 뿌리가 어디까지 닿아 있는지를 차마 짐작이나 했을 것인가. 아내는 결국 그러다 스스로 목숨을 끊어버린 것이다. 그리고 그것으로 인간이고 섭리고 모든 것을 포기하여 절망의 뿌리를 끊어버린 것이었다.

그 사람 김도섭의 사형 집행 소식이 아내를 거기까지 자극했었는지도 모른다.

해가 바뀌고 2월로 접어들어 김도섭은 마침내 교수형이 집행됐고, 그 소식이 라디오에까지 방송된 때문이었다. 그리고 그때 김도섭이 마지막으로 남기고 간 몇 마디는 내게까지 어떤 새삼스런 배신감으로 몸이 떨려 견딜 수 없었을 정도였다.

— 이제 와서 제가 왜 죽음을 두려워하겠습니까. 제 영혼은 이미 아버지 하느님께서 사랑으로 거두어주실 것을 약속해주셨습니다. 영혼뿐 아니라 제 육신의 일부는 이 땅에서 다시 생명을 얻어 태어날 것입니다. 저는 저의 눈과 신장을 살아 있는 형제들에게 맡기고 가니까요.

형장에서 그가 마지막으로 남기고 간 말이었다.

— 다만 한 가지 여망이 있다면 저로 하여 아직도 고통을 받고 있는 사람들의 영혼에도 주님의 사랑과 구원이 함께 임해주셨으면 하는 기원뿐입니다. 저는 그분들의 희생과 고통을 통하여 오늘 새 영혼의 생명을 얻어가지만, 아이의 가족들은 아직도 무서운 슬픔과 고통 속에 있을 것입니다. 저는 지금이나 저세상으로 가서나 그분들을 위해 기도할 것입니다. 아이의 영혼을 저와 함께 주님의 나라로 인도해주시고 살아남아 고통받는 그 가족분들의 슬픔을 사

랑으로 덜어주고 위로해주십사고……

그간에도 거기 늘상 신경을 곤두세우고 지내온 때문이었을 것이다. 해가 뜨는지 지는지도 모르고 천장만 쳐다보고 누워 지내던 아내가 이날따라 하필이면 라디오를 켜놓고 그 몹쓸 뉴스를 모두 들어버린 것이었다.

그것이 지난 2월 5일 저녁 무렵의 일이었다.

그리고 바로 그 이틀 뒤, 아내도 끝내는 더 견디지를 못하고 제 손으로 혼자 약을 마셔버린 것이었다. 자기를 끝까지 돌보아온 김 집사에게는 물론 내게마저 유서 한 조각 남기지 않은 채였다.

(『외국문학』1985년 6월호)

불의 여자

 그것은 그 여자의 운명이었다. 그리고 여자는 실상 자신의 그런 운명을 미리부터 알고 있었음이 분명했다. 그래서 그토록 애가 타게 비를 기다리고 있었던 것 같았다.
 그해에는 유별나게 심한 가뭄이 도시를 휩쓸고 있었다. 7월 중순께부터 시작된 가뭄이 8월이 다해갈 때까지 비 한 방울을 온전히 구경할 수 없었다. 가뭄이 심한 탓으로 도시에는 화재사건까지 잇달아 일어났다. 그리고 그 여름 가뭄이 채 끝나기 전인 8월 하순께 어느날 저녁 여인은 마침내 더 이상 비를 기다리지 못하고 죽어버렸다.
 여인이 죽고 나서야 가뭄은 끝이 났다.

 이상스런 운명이었다.
 그녀는 애초 불을 지닌 여자였다. 그래서 그녀에겐 비가 와야 했다.

　그 무렵 나는 비가 오는 날이면 회사를 나가지 않는 버릇이 생겨 있었다. 비가 오는 날은 하숙방 뒤쪽 유리창가에 눈길을 숨기고 붙어 앉아 혼자서 나의 은밀스런 비밀을 즐기는 게 일과였다.
　그 여자 때문이었다.
　아현동 뒷골목의 그 하숙방 뒤쪽 창문 밖으로는 ㅁ 자 모양의 조그만 이웃집 한옥 뒤뜨락이 유일한 전망이었다. 그 좁은 뒤뜨락을 절반쯤이나 차지하고 서 있는 감나무 곁으로는 한가롭기 그지없는 그 집의 가용 펌프 우물이 하나 놓여 있었다.
　여인으로 인한 버릇이 생기기 이전에도 나는 머리가 멍해질 때면 가끔 창문가에 붙어 앉아 무심히 그 한옥의 뒤꼍을 내려다보고 있을 적이 많았다.
　비가 몹시 심하게 내리던 그해 초여름의 어느 날 아침절이었다. 날씨도 날씨였지만 그날따라 나는 공연히 회사에 나가기가 싫어 어물어물 몇 해째의 그 나의 자리에 못 박혀 앉아 창문 밖의 뽀얀 빗줄기를 내다보고 있었다.
　동료 하숙생들이 모두 출근을 서둘러 나가버린 집 안은 창밖을 스치는 스산스런 빗소리뿐 오히려 엉뚱스런 상오의 정적이 짙게 고여 흐르고 있었다. 창문 아래로 내려다보이는 ㅁ 자 한옥 쪽에서도 사람의 그림자 하나 찾아볼 수가 없었다. 비가 오지 않을 때도 대체로 사람의 흔적이 드문 편이었지만, 빗줄기에 갇혀든 그 한옥의 뒤뜨락 정경은 차라리 어떤 음산스런 요기마저 느껴져올 지경이었다.

어느 참쯤 되어서였을까. 한옥의 뒤뜰 쪽에 문득 이상한 일이 일어나 있었다. 스물두서넛쯤 되어 보이는 처녀 아이 하나가 문득 그 뒤뜰 우물가 시멘트 바닥 위에 무연히 빗줄기를 맞으며 나앉아 있었다. 놀랍게도 실오라기 하나 걸치지 않은 알몸이었다. 여학교를 졸업하고 나서 취직을 못해 몇 년째 집안살림을 돌보아오고 있다던가. 전에도 가끔 유리창가로 우물을 들락거리는 것을 본 일이 있는 ㅁ 자 한옥집의 처녀 딸아이였다. 주위가 조용해진 틈에 뒤뜰로 빗물 목욕을 나온 모양이었다.

　잠깐 눈길을 비킨 사이에 일어난 일이었다. 하지만 그녀는 빗물로 몸을 씻는다든가 우물물을 퍼 올려 몸에 끼얹는다든가 하는 일도 없이 언제까지나 그렇게 쏟아지는 빗줄기 속에 넋이 나간 사람처럼 사지를 풀고 나앉아 있기만 하였다. 그야 그녀가 몸뚱이에 실오라기 하나 걸치지 않은 채로 그렇게 빗줄기 속에 알몸을 내맡기고 앉아 있다고 해도 그런 그녀를 주위에서 누가 엿보기는 쉽지가 않을 터이었다. 한옥의 뒤뜨락은 오로지 나의 하숙방 창문에서밖에 내려다보일 곳이 없었다. 집들이 서로 등을 돌리고 앉아 있는 꼴이어서 그나마 이쪽에서도 뒤꼍으로 터진 창문은 나의 방의 그것 하나뿐이었다. 게다가 그 창문의 일부는 감나무 가지들로 시야가 가려져 있었고, 그녀의 몸뚱이는 뽀얀 물보라까지 일으키고 있는 세찬 빗줄기 속에 갇혀 있었다. 하지만 뭐라고 해도 그녀는 그 앞집 유리창 뒤에 가끔 사람의 눈길이 스치는 사실을 알고 있었을 터였다. 방이 비는 시간이라곤 하지만 그녀는 역시 그 창문 쪽을 함부로 안심해버릴 수는 없는 처지였다. 한데도 그녀는 도대체 그 나의 영창문 쪽에는 아랑곳을 않고 있는 낌새였다.
 나는 처음 그녀가 그런 식으로 일부러 나를 놀리고 있는 거나 아닌가 싶었다. 혹은 이웃집 총각의 관심을 유인해보려는(그녀는 얼굴이 그리 빼어난 편이 아니었다) 당돌스런 자기 과시가 아닌가도 생각했다.
 하지만 나는 어느 쪽으로도 자신있는 단정을 내릴 수가 없었다. 그녀의 그런 모습이 조금도 추해 보이지가 않았기 때문이었다. 무슨 제례행사라도 치르고 있는 것처럼 빗줄기 속에 싸인 그녀의 알몸이 엄숙하도록 아름다워 보이기만 했다. 빗줄기 속에 육신의 굴곡을 아무렇게나 드러내놓은 채 자신의 육신이나 주위의 눈길 어느 것에도 전혀 관심이 없어 보이는 그녀의 표정에선, 그리고 어딘지 조금은 피로하고 나태스런 분위기가 감돌고 있는 그녀의 자태에선 이상스럽게 통쾌한 해방감 같은 것이 느껴져오고 있었다. 범상한 생활 감정 속에서는 도저히 만날 수 없는 어떤 간절한 염원과 애처로운 호소 같은 것이 번져 흐르고 있었다.
 나는 차라리 성욕조차 느낌이 없이 그녀의 모습에, 옷을 벗은 그 육신의 모든 굴곡에 정신없이 취해 들어가고 있었다. 그것은 분명 나를 놀리려는 것도 아니었고, 나를 향한 유혹의 몸짓도 아니었다. 그녀는 다만 자신의 해방을 즐기고 있는 것뿐이었다. 그리고 스스로의 육신에 스스로의 염원을 호소하고 있을 뿐이었다.
 나는 다만 그녀의 해방이 무엇으로부터 비롯된 것인지, 그녀의 염원이 무엇을 향한 것인지 무엇을 위한 호소인지를 분명히 느낄 수가 없었을 뿐이었다. 하지만 오래지 않아 나는 모든 걸 알아차리기 시작했다.

 여자의 알몸을 한번 엿보고 난 사람이라면 그것이 얼마나 재빠른 버릇이 되어버리는가를 알고 있을 것이다. 나는 다음부터 비만 오면 회사를 빠지기 시작했다. 그리고 나의 하숙방 유리창 뒤에 눈길을 숨기고 앉아 숨을 죽이며 은밀스런 비밀을 즐기곤 하였다.

 그러니까 그녀가 옷을 벗은 알몸으로 뒤꼍 빗물목욕을 나온 것은 그때 한 번 그랬던 것을 우연히 내게 엿보이게 된 것이 아니었다. 알고 보니 그녀 역시 비만 오면 늘상 같은 짓을 되풀이 해오고 있었다. 그녀는 초여름께 내내 비만 오면 그 대낮의 빗물목욕을 일삼았고, 그때 이후부터 나는 나대로 마술에라도 걸린 듯 그녀에게 온통 주의가 쏠려 지내게 된 것이었다.

 그녀는 내게 결국 비를 맞으며 그 빗속에서 자라나는 여인이었다. 빗속에서 그녀의 자궁이 성숙하고 빗속에서 그녀의 삶이 성숙해가는 여인이었다. 그것은 차라리 그 육신의 해방이었고, 그 육신으로부터의 통쾌한 자기 비상이었다. 그녀의 젊음과 삶의 비상이었다.

 그리고 그것은 불길이었다. 그녀의 속에서 스스로 뜨겁게 불타고 있는 생명의 불길이었다. 그녀가 비를 기다리는 것은 바로 그 불길에 달아오른 자신을 식히기 위함이었다. 뜨겁게 달아오른 육신을 견디면서 보다 지혜로운 여인으로 성숙해가기 위한 염원으로 그녀는 그토록 비를 기다리고 있었던 것이다. 그리고 그녀는 그 여름 빗속에서 그렇게 지혜롭고 성숙한 여인으로 무럭무럭 자라가고 있었던 것이다.

한데 도시에는 7월 중순께부터 갑자기 가뭄이 시작되고 말았다. 그리고 그때부터 여인도 그녀의 성숙을 중지해버리고 만 것이었다.

가뭄은 온통 도시를 질식시켜버릴 듯 극심했다. 7월에서 8월로 접어들고 나서도 여전히 비 한 방울 뿌릴 기미가 안 보였다. 여인의 모습은 무참스럽도록 가련하게 시들어가기 시작했다.

아니, 가뭄이 시작되고부터 처음 한동안 그녀는 그 뒤꼍에서 전혀 모습을 볼 수가 없었다. 나는 그녀가 걱정스러워지기 시작했다. 비가 내려줘야 그녀가 다시 싱싱하게 성장을 시작할 터이었다. 비가 내려주지 않으면 그녀는 오히려 스스로의 불길에 뜨거워져 몸이 불타버릴 터이었다. 하지만 여간해서 비는 내려주지 않았다.

그러자 어느 날 문득 그녀가 다시 그 뒤꼍으로 모습을 나타내기 시작했다. 이번에는 물론 옷을 입은 채로였다. 생기라곤 찾아볼 수가 없는 그녀의 모습이었다. 그녀는 그런 모습 그런 표정으로 근심스럽게 마른하늘만 한동안 힘없이 쳐다보다가 이윽고 다시 몸을 돌이켜 세워버리는 것이었다. 다음 날도 또 다음 날도 그녀는 그렇게 매일처럼 뒤꼍으로 나와 마른하늘만 멍청하게 바라보다 들어갔다. 표정이나 모습이 나날이 더 건조하게 시들어가고 있었다. 얼굴의 수심기도 눈에 띄게 더해갔다.

나는 갈수록 그녀가 걱정이었다. 나는 틈있는 대로 창가에 숨어 그녀를 지키고 있었다. 이번에는 그녀의 벗은 몸과 성장을 엿보기 위해서만이 아니었다. 비를 만나지 못한 그녀의 처지가 너무도 불안하고 안타까웠기 때문이었다.

8월도 중순께를 넘어서면서부터는 건조한 날씨 때문인지 도시에 화재사건까지 잇달았다. 신문이나 라디오 방송 같은 데서 화재 소식이 전해지는 날은 그녀의 표정이 더욱더 불안하고 암담해 보였다. 나는 그녀를 위해 하루라도 빨리 비가 내려주기를 염원하고 또 염원했다.
  비가 내려주지 않으려거든 화재라도 일어나지 말아야 했다. 화재 소식이 전해지는 날은 나까지 기분이 온통 안절부절이었다. 이번에는 그 화재 소식을 들을 때마다 도중에서 그만 나의 창문을 지키러 회사를 빠져나와버리기 일쑤였다. 어떻게 화재라도 일어나지 않게 해줄 수는 없을까. 그녀에게 화재 소식이 전혀 들어가지 않게 할 방법은 없을까……
  하지만 그녀를 위해서는 아무것도 별 뾰족한 방책을 마련해낼 수가 없었다. 내게는 아무것도 그녀를 위해 해줄 일이 없었다. 창문가에 눈길을 숨기고 서서 부질없이 불안스런 마음만 더해가고 있을 뿐이었다.
  8월도 하순께로 접어들기 시작하자 여인은 이제 모든 것을 체념해버리고 만 듯한 모습이 되어갔다. 여인의 표정에는 아예 그 근심이나 염원기 같은 것조차 찾아볼 수가 없었다. 원망이나 호소 대신 육신의 습기를 온통 탈수당해버린 듯한 그녀의 그 건조한 모습에는 이제 차라리 어떤 조용한 기다림의 빛 같은 것이 어리기 시작하고 있었다.
  그녀의 젊음과 삶의 저쪽에서 이젠 조용한 추억이 그리움으로 그늘져오기 시작한 그런 모습이 되어가고 있었다. 혹은 도시를 온통 한꺼번에 불태워버릴 만큼 어마어마한 화재의 소식이라도 기다리고 있는 듯한 그런 모습이 되어가고 있었다.
 그러던 어느 날이었다.
 그 ㅁ 자 한옥의 뒤뜰에 다시 이상한 일이 일어났다.
 그날도 여전히 건조한 늦더위가 계속되던 이달 하순께의 어느 토요일 오후였다. 극심한 가뭄더위를 피해 사람들이 거리를 모두 빠져나가버린 바람에 도시는 대낮부터 텅텅 비어 있었다. 그 터무니없는 한낮의 정적 속에 도시는 소리 없이 죽어가고 있었다. 여인 한 사람뿐만이 아니라 도시에 남은 사람들과 그 도시 전체가 소리 없이 죽어가고 있었다. 어디선가 또 한차례 엄청난 화재 소식이 전해져올 것 같은 불안스런 오후였다.
 나는 이날도 물론 회사가 끝나자마자 곧장 나의 하숙으로 달려가 그 창문가에 눈길을 숨기고 앉아 그녀를 기다리고 있었다. 한동안은 모든 것이 초조하고 불안한 시간만이 소리 없이 흘러가고 있었다. 아직은 그 화재 소식이 전해져오지 않은 것만이라도 천만다행이었다. 하지만 해를 넘기기 전에 도시의 어느 구석에선가 기어코 그 몹쓸 소식이 전해지고 말 것만 같은 불안스런 예감 때문에 나는 더욱더 마음을 놓을 수가 없었다.
 그러던 어느 순간이었다. 문득 그 여자의 모습이 다시 뒤꼍에 나타나 있는 것이 보였다.
 하지만 참으로 놀라운 일이었다. 그녀는 비도 오지 않는 대낮에 이날따라 다시 그 알몸을 하고 있었다. 실오라기 하나 걸치지 않은 알몸으로 빗줄기에 자신을 내맡겨버리고 있을 때처럼 그녀는 그 뜨거운 우물가 시멘트 바닥 위에 사지를 풀고 나앉아 있는 것이었다. 마침내 그 우물물로라도 몸을 식히려는 것이 아닌가 싶은 것이 나의 첫 번 생각이었다. 하지만 그녀는 우물물 따위엔 전혀 관심이 없는 표정이었다. 그녀는 몸을 식히려는 것이 아니라 거꾸로 그 뜨거운 오후의 햇살에 자신의 생명을 말리고 있는 듯한 모습이었다. 오랜만에 다시 대하는 그녀의 알몸은 빗속에서보다도 더욱더 안타까운 염원과 호소가 담기고 있는 것처럼도 보였다. 하지만 그것은 이제 비를 만나지 못한 절망 때문만은 아니었다. 그녀는 아마도 이제 비를 단념하고 있음이 분명했다. 불룩한 젖가슴과 갸름한 어깨 그리고 완만한 곡선을 이루며 흘러내린 허리께의 정결스런 엉덩이들의 그 모든 육신의 굴곡으로 그녀는 소나기처럼 누리를 가득 채우며 쏟아져 내리는 오후의 볕살 아래 자신의 소실(燒失)을 염원하고 있는 것 같았다. 자기 육신 속의 그 꺼지지 않는 불길에다 심신을 깡그리 내맡겨버리고 있는 모습이었다.

하지만 이날도 끝끝내 그녀를 식혀줄 비는 내려줄 기미가 안 보였다. 그녀의 육신 속엔 언제까지나 그 여자 자신의 뜨거운 불길이 무섭게 너울거리고 있었다. 그 불길은 바야흐로 더욱더 사납고 뜨거운 불길을 열망하고 있었다. 그리고 마침내 그녀는 그녀 자신의 소멸(燒滅)을 그리워하고 있었다.

나는 언제나처럼 그녀의 알몸 앞에 성욕을 느낄 수가 없었다. 하지만 이상스런 일은 그뿐만이 아니었다. 여인은 언제나 그런 모습을 하고 나타나서도 그녀를 숨어 엿보고 있는 나의 시선이나 창문 쪽 동정을 의식하고 있는 것처럼 보인 일이 없었다. 나의 방 창문 쪽으로는 시선 한번 제대로 던져온 일이 없던 그녀였다. 그것은 그 떳떳지 못한 나의 행동을 꽤나 자유스럽고 편안하게 해준 셈이었다. 혹은 그 때문에 오히려 그녀는 분명히 나를 의식하고 있는 것 같기도 했고, 그래서 그녀가 일부러 나를 그런 식으로 놀려대고 있는가 싶은 느낌이 들었던 일까지 있었다. 어쨌거나 그녀는 나를 완전히 무시해온 셈이었고, 그것이 더욱 나를 안타깝게 해온 게 사실이었다.

하지만 이날만은 사정이 달라졌다. 그녀의 눈길이 마침내 나의 방 창문을 스친 것이었다. 그녀가 뒤꼍에서 모습을 숨겨 들어가기 직전이었다. 그녀는 마치 잊어버릴 뻔한 일이 문득 머리에 떠올라 오기라도 한 듯 갑자기 나의 창문께로 시선을 향해온 것이었다. 그녀가 그때 유리창 뒤에 숨은 나를 알아봤는지 어쨌는지는 알 수 없는 일이었다. 하지만 그것으로 그녀가 그때 나의 존재를 의식하고 있었던 것만은 어쨌든 분명했다. 게다가 그렇게 그녀가 내 쪽으로 눈길을 향해 왔을 때 그녀의 얼굴에는 분명히 어떤 야릇한 웃음기까지 떠올라 있었던 것 같았다. 그리고 그녀는 자취를 감춰가 버렸다.

나는 마치 도깨비에라도 홀린 기분이었다. 여자의 웃음은 나의 비굴한 행동을 책망하고 있는 것 같기도 했고, 혹은 어떤 심한 실망기가 섞인 비난기를 담고 있는 것 같기도 했다. 나는 그녀로부터 불의의 일격을 당한 것처럼 그녀의 모습이 사라지고 나서도 한동안 계속 정신이 멍멍해 있었다. 그리고 이젠 영영 다시 그녀의 모습을 볼 수 없을 것 같은 이상스럽게 허전하고 불길스런 예감이

나를 불시에 덮쳐 눌러오기 시작했다.

그날 해 질 녘쯤 마침내 또 하나의 화재사건이 일어났다.
하지만 이번 불은 소식으로 그친 것이 아니었다. 불이 일어난 곳은 바로 나의 하숙집 뒤쪽 그녀가 살고 있는 ㅁ자 한옥이었다. 아니 화재의 규모는 그리 크지 않았다. 요란한 불길이 너무 재빠르게 번져가서 손을 쓸 틈이 없었을 뿐, 불길에 휘말려 타 없어진 것은 오직 그 ㅁ자의 한옥 한 채뿐이었다. 그리고 화재의 규모에 비해 하늘까지 뻗쳐 올라간 화광이 저녁노을처럼 너무 휘황하게 고왔다는 것뿐이었다.
하지만 내게는 그것이 그 도시의 어느 화재사건보다도 더욱더 가깝고 큰불이 아닐 수 없었다.
그녀가 그 불길에 휘말려 타 죽었기 때문이다.
이상한 일이었다. 소방차의 진화가 끝나고 나서 불타 내려앉은 집 안을 헤집어보니 그녀의 불타 죽은 육신이 그녀의 방 아랫목에 잠든 듯 고스란히 누워 있었던 것이다. 불속을 빠져나오려고 한 흔적이 전혀 엿보이지 않은 그런 모습이었다. 게다가 화재 원인을 조사하던 관리의 이야기가, 최초의 발화가 시작된 곳은 아무래도 그녀의 방 안 어디쯤인 것 같은데, 발화 원인을 도대체 알아낼 수 없다는 것이었다.
하지만 나는 실상 그 모든 것이 어쩐지 그리 이상스러운 것 같지가 않았다. 그리고 아직까지도 나는 그걸 한 번도 이상하게 생각해본 일이 없었다. 나는 그녀의 불을 알고 있었기 때문이었다. 그녀는 그녀 자신 속에 지닌 그 생명의 불을 더 이상 견딜 수가 없어 그 불로 자신의 육신을 스스로 소멸시켜갔음에 틀림없었을 터이기 때문이었다.

다만 아직도 후회스러운 일이 있다면 그녀에게 자신을 그런 식으로 소멸시켜가게 한 것은 나에게도 얼마쯤 책임이 있지 않았을까 하는 점이었다. 그녀에겐 불이 있었으되 내게는 불이 없었다는 것, 그녀에게서처럼 내게는 그 뜨겁고 치열한 생명의 불이 지녀지지 못하고 있었다는 것, 그것이 그녀를 그렇게 만든 것이 아닌가 내겐 그렇게 여겨지고 있다는 이야기다.

하지만 어쨌거나 그것은 그녀의 운명이라고밖에 말할 수가 없는 일이었다. 그리고 아마도 그녀는 자신의 그런 운명을 미리부터 알고 있었음에 틀림없는 여자였다. 축복받은 운명은 아니었을지 모르지만, 그녀가 불타 죽고 난 바로 그날 저녁 그토록 오랜 가뭄이 끝나고 비로소 그 기다리던 빗줄기가 거짓말처럼 세차게 쏟아져 내렸으니 말이다.

(1985)

나들이하는 그림

나라에 큰 전쟁이 있을 때였습니다.

서울의 어느 가난한 산동네에 그림을 매우 잘 그리는 화가가 한 사람 살고 있었습니다. 전쟁 때가 되어 화가의 살림이 매우 궁색했지만, 사는 형편이 어려운 것은 물론 그 화가네만이 아니었습니다.

화가가 살고 있는 산동네 주변에는 또한 고아도 많았습니다. 그런데 화가는 그 아이들을 누구보다 깊이 사랑하였습니다. 아이들을 모아놓고 그림 공부도 가르쳐주고, 먹을 것이 생기면 언제나 그것을 아이들과 함께 나누어 먹곤 했습니다.

그에게는 어리고 사랑스런 아들이 하나 있었는데, 화가는 그 아들을 늘 아이들과 함께 어울려 놀게 하였습니다. 자신의 아들과 다른 아이들을 차별 없이 똑같이 사랑한 때문이었습니다.

그런데 어느 날 그의 아들이 갑자기 나쁜 병을 얻어 죽고 말았습니다. 화가는 애가 끊어지는 듯 슬펐습니다. 사랑스런 아들을 외롭게 혼자 어둡고 차가운 땅속에 묻어버릴 것을 생각하니 세상이 온통 깜깜해지는 것 같았습니다. 그래서 그는 아들을 묻으러 가기 전날 밤 사랑스런 아들의 주검 곁에서 밤새도록 그림을 그렸습니다. 아들이 살아 있을 때 함께 즐겁게 놀던 산동네의 가난한 아이들이었습니다. 살림이 워낙 가난하였기 때문에 화가이면서도 그림을 그릴 종이조차 없었습니다. 그는 헌 담뱃갑 은종이 껍데기를 주워다 그것을 펴서 거기에다 아이들의 그림을 그렸습니다. 물론 혼자서 땅속에 외롭게 묻힐 아들이 심심하지 않게, 이 세상에서와 같이 하늘나라에서도 아이들과 함께 즐겁게 놀도록 해주기 위해서였습니다.

그래서 그는 그 아이들의 그림을 아들의 관 속에 함께 넣어주었습니다. 배가 고프면 따 먹으라고 천도복숭아(하늘나라 나무에 열린다는 복숭아)도 함께 그려 넣어주었습니다. 그렇게 해서 화가는 다음 날 그 그림과 함께 아들을 외딴 산골짜기에 묻고 돌아왔습니다.

그러나 화가는 그것으로 모든 슬픔이 가실 수는 없었습니다.

그날 밤이었습니다. 화가는 슬픔 속에 뒤척이다 간신히 잠이 들었습니다. 그런데 꿈속으로 사랑스런 아들이 그를 다시 찾아왔습니다. 그리고 꿈속에서도 아직 슬퍼만 하고 있는 그의 아버지에게 말했습니다.

"아빠, 슬퍼하지 마셔요. 저는 아빠가 그려주신 아이들과 하늘나라에서 즐겁게 놀고 있어요. 자, 보셔요. 아빠가 그려주신 아이들이 모두 이렇게 저와 함께 있잖아요. 배가 고프면 아빠가 그려주신 복숭아도 따 먹고요."

화가가 보니 아들은 과연 이 세상에서와 똑같이 산동네 아이들과 어울려 와 있었습니다. 그리고 티 없이 즐겁고 행복한 모습이었습니다. 이를 본 화가는 겨우 슬픔이 얼마쯤 가라앉는 것 같았습니다.

그러자 그 아들도 마음이 놓인 듯 아버지에게 말하였습니다.

"그러니 아빠 이제 저 때문에 너무 슬퍼하지 마세요. 그 대신 같이 놀 다른 아이들을 더 많이 그려주세요. 언젠가 아빠와 바다로 나가서 함께 놀았던 게나 물고기들도요."

당부를 하고 나서 아이의 모습이 슬그머니 사라져버렸습니다.

화가는 그 아들을 목메어 부르다가 그만 잠이 깨고 말았습니다. 참으로 허망스런 노릇이었습니다. 그러나 한편 생각하니, 참으로 이상스런 꿈이었습니다.

슬픔이 다시 가슴을 메워왔습니다. 그러자 아들의 당부가 생각나서 화가는 마음을 굳게 다져먹었습니다. 그리고 남은 담뱃갑 은종이에 더 많은 아이들의 그림을 그렸습니다. 아들이 살았을 때 가까운 바닷가로 가서 함께 놀았던 게와 물고기들도 그렸습니다. 그는 다음 날 그것들을 아들의 무덤으로 가지고 갈 생각이었습니다. 그런 생각으로 즐겁게 그림을 끝내놓고 그대로 엎드려 다시 잠이 들었습니다.

그런데 꿈속에서 다시 아들이 나타났습니다.

"아빠, 고마워요. 이렇게 친구들을 많이 보내주셔서요. 하지만 아빠가 내일 일부러 제 무덤까지 찾아오실 필요는 없어요. 제 친구들은 제가 이렇게 데리고 가니까요. 안녕히 계세요."

아들은 아버지에게 기쁜 얼굴로 인사를 하였습니다. 그리고 천천히 모습이 다시 바깥 허공으로 사라져갔습니다. 그러자 그 그림 속의 아이들도 은종이에서 살아 나와 아들을 뒤따라 사라져갔습니다. 물고기와 게들도 마찬가지였습니다.

화가는 다시 잠이 깨었습니다. 너무도 이상하고 생생한 꿈이었습니다.

그런데 더욱 이상한 일이 실제로 일어났습니다. 그가 은종이에 그려놓았던 그림들은 어디론지 모두 사라져가버리고 그의 앞에는 아무것도 그려 있지 않은 흰 담뱃갑의 빈 은종이뿐이었습니다.

"그 아이가 정말로 아이들과 물고기들을 제 세상으로 데리고 간 것이구나."

놀랍고 신기하면서도 한편 화가는 기쁘기 한이 없었습니다.

그래서 비로소 마음 놓고 아침까지 단잠을 실컷 자고 일어났습니다.

그런데 그가 아침에 일어나 보니 또 한 번 이상한 일이 일어나 있었습니다. 은종이의 그림들이 다시 돌아와 있는 것이었습니다. 그림 속의 아이들이 아들을 따라가고 난 뒤 간밤에 분명히 아무것도 남아 있지 않던 은종이였습니다. 그런데 어느새 그 은종이에 그림들이 감쪽같이 다시 돌아와 있는 것이었습니다.

화가는 자신이 아직도 꿈을 꾸고 있는 것 같았습니다. 어느 것이 생시고 어느 것이 꿈속인지 도대체 분간을 할 수가 없었습니다.

그러나 이 신기한 일은 그날 밤 마침내 곡절이 밝혀졌습니다.

화가는 이날 다시 산 아랫마을로 내려가 많은 담뱃갑 은종이를 얻어왔습니다. 그리고 밤이 되자 더 많은 동네 아이들과 물고기와 게와 과일들을 그려놓고 아들을 기다렸습니다.

과연, 화가가 잠이 들자 아들이 전날처럼 다시 아이들을 데리러 나타났습니다. 그리고 아버지에게 고맙다는 인사를 하고 전날처럼 그림의 아이들을 데리고 갔습니다. 화가는 물론 반갑고 기뻤지만 궁금한 것을 묻지 않을 수 없었습니다.

"얘야, 어젯밤에 너는 내 그림에서 네 친구 아이들을 모두 데리고 갔는데, 아침에 보니 다시 돌아와 있더구나. 그 아이들이 어째서 다시 돌아온 거냐?"

화가는 조심스럽게 아들에게 물었습니다. 그러자 아들은 착하게 웃으며 걱정 말라는 듯이 말했습니다.

"아빠, 그 아이들은 아직 이 세상에 살고 있는 친구들이 아니어요? 살아 있는 아이들이 항상 저와 함께 하늘나라에서만 지낼 수는 없잖아요. 저는 그 아이들이 밤에 잠이 들어 있을 동안만 영혼을 데리고 가서 노는 거예요. 그러다 아침에 잠이 깨기 전에 세상으로 다시 돌려보내주는 거예요. 그러니까 아침엔 아이들이 언제나 다시 그림 속으로 돌아와 있는 거지요. 물고기도 게들도 모두 말이에요."

이렇게 말을 끝내고 나서 아이는 다시 사라져가버렸습니다.

화가가 꿈을 깨고 보니 이번에도 전날처럼 은종이의 그림들이 모두 사라지고 없었습니다. 눈앞에는 분명 아무 그림도 없는 빈 은종이 조각뿐이었습니다.

그러나 화가는 물론 그 은종이를 버리지 않았습니다. 날이 밝으면 다시 그림들이 돌아올 곳이 있어야 했기 때문입니다.

화가는 전날보다도 더 행복스럽고 긴 잠을 잤습니다. 그리고 그가 아침에 일어났을 때 그림들이 다시 돌아와 있는 것은 말할 것도 없었습니다.

그 후 화가는 날마다 그렇게 은종이에 아이들의 그림을 그렸습니다. 더 많은 물고기와 게와 여러 가지 과일들을 자꾸자꾸 그려 댔습니다. 그리고 그렇게 하늘나라의 아들을 즐겁게 해주면서 지냈습니다.

그러던 어느 날이었습니다.

오랜만에 화가의 친구 한 사람이 산동네 위까지 그를 찾아왔습니다. 그리고 그 친구는 곧 은종이의 그림들을 보게 되었습니다.

그런데 그 은종이의 그림을 본 친구는 마음속에 이상한 느낌을 받았습니다. 그는 그 그림 속의 아이들이 누구인지 알지 못했습니다. 그러면서도 그림 속의 아이들이나 물고기들이 모두 살아서 움직이고 있는 것 같았고 그 모습들이 매우 익숙한 느낌이었습니다. 그리고 그 자신도 그림 속의 아이들이나 물고기들처럼 마음이 깨끗하고 즐거워지는 느낌이었습니다.

그는 그 그림들에 마음이 이끌려 화가의 집을 떠날 수가 없었습니다. 그래서 그는 친구인 화가에게 그 그림을 한 장 얻자고 하면서, 그림을 주지 않으면 집으로 돌아가지 않겠다고 우겼습니다.

화가는 참 난처했습니다. 그에게 함부로 그림을 내주었다간 아들이 친구들을 잃게 될 염려가 있었기 때문입니다. 친구가 그림을 잘못 간수하는 날이면 아이들은 오갈 데가 없어질 판이었습니다.

친구에게 그림의 비밀을 말해줄 수도 없었습니다. 친구가 그런 말을 믿을 리가 없었습니다. 친구가 그것을 믿는다 하더라도 어떤 해로운 짓을 하게 될지 모르는 일이었습니다.

화가는 이럴 수도 저럴 수도 없었습니다. 그러나 친구는 막무가내였습니다. 부탁과 애원을 해도 안 되니까, 나중엔 아예 그림을 주지 않으면 훔쳐서라도 가져가겠다고 협박까지 했습니다.

화가는 더 이상 버틸 수가 없었습니다. 친구가 정말로 그림을 훔쳐가기라도 한다면, 그것은 더욱더 위험한 노릇이었습니다. 그래서 그는 할 수 없이 친구에게 그림을 한 장 주기로 했습니다. 그 대신 그는 그림을 주면서 친구에게 단단히 다짐을 주었습니다.

"어떤 일이 있더라도 이 그림을 상하지 않게 잘 보관하겠다고 맹세를 해주게. 내게는 이 그림들에 대해 그럴 만한 깊은 사연이 있다네."

"맹세를 하고말고. 내 절대로 그림을 상하거나 잃어버리지 않게 정성껏 잘 간수하지."

친구는 시키는 대로 맹세를 했습니다. 어떤 일이 있어도 그런 일이 없게 하겠다고 화가를 몇 번씩 안심시켰습니다.

그리고 나서 친구는 그 그림 한 장을 얻어가지고 집으로 갔습니다.

그런데 그런 일이 있고 난 뒤부터였습니다. 화가의 집에는 더 많은 사람들이 찾아오기 시작했습니다. 그림을 얻어간 친구의 집에서 화가의 그림을 본 사람들이었습니다. 그 사람들도 맨 처음 그림을 얻어간 친구와 마찬가지로 그림 속의 아이들이 누구인지는 몰랐지만 거기서 이상한 느낌을 받았기 때문이었습니다. 그림에 끌리는 자신들의 마음을 억제할 수가 없었습니다. 그러나 그에게서는 물론 그 그림을 얻어갈 수가 없었습니다.

그림을 얻으려면 화가를 찾아오는 수밖에 없었습니다. 화가는 이번에도 난처하기 그지없었습니다. 사람들이 찾아올 때마다 처음에는 물론 그것을 거절하려 했습니다. 그러나 사람들의 소망이 너무들 간절해서 결국엔 번번이 그림을 주어 보내곤 하였습니다. 그렇게 하다 보니 마침내 장안에선 그 화가의 그림 이야기를 모르는 사람이 없게 되었습니다. 화가의 집에는 날이 갈수록 더 많은 사람들이 그림을 얻으러 줄을 이어 몰려들었습니다. 화가는 그만큼 더 많은 담뱃갑 은종이를 얻어와야 했고, 그만큼 더 많은 그림을 그려야 했습니다. 화가가 아무리 많은 그림을 그려도 사람들이 그것을 모두 가져가버렸기 때문입니다.

그러나 그는 물론 사람들에게 주기 위해 그림을 그리는 것은 아니었습니다. 사람들이 그림을 가져가버렸으므로 아들의 새 친구들을 위해 그림을 계속 그려야 했습니다. 아들이 꿈속으로 그의 친구들을 데리러 오게 하기 위해서였습니다. 그래서 화가는 쉬지 않고 날마다 그림을 그렸습니다. 그리고 밤마다 그림의 친구들을 데리러 오는 사랑스런 아들을 만났습니다.

그러다 보니 화가는 점점 몸이 쇠약해져갔습니다. 그리고 그로부터 얼마 안 되어 그 역시 세상을 떠나고 말았습니다. 물론 그의 그림들에 대한 비밀은 아무에게도 말을 해주지 않은 채였습니다. 그래서 세상에선 이제 그 그림에 대한 비밀을 아는 사람이 아무도 없게 되었습니다.
 그러나 비밀을 알거나 모르거나 사람들은 누구나 한결같이 그림을 아꼈습니다. 화가의 간절한 당부 때문이었습니다. 아니 그보다도 그들 자신이 그만큼 그림에 마음이 끌리고, 그 그림으로 하여 마음이 저절로 깨끗하고 즐겁고 행복해졌기 때문입니다. 화가가 죽고 나니 다시는 그림을 얻을 수도 없었습니다. 그래서 사람들은 그 후부터 더욱더 그것을 소중하게 아끼게 되었습니다.
 요즘에도 어떤 집엔 그 화가의 그림을 가지고 있는 사람들이 있습니다. 구겨진 헌 담뱃갑의 은종이에 신선처럼 깨끗하고 즐겁고 행복스러운 아이들을, 그리고 물고기와 게와 복숭아들을 그린 그림들을 말입니다. 그리고 그 그림으로 하여 즐겁고 행복해하면서, 화가가 아직 살아 있던 때와 똑같이 그것을 소중하게 아껴가고 있습니다.
 그러나 지금 그 그림을 가지고 있는 사람들도 그림 속의 아이들이 이따금 어디론지 모습이 사라져갔다 오는 것은 본 사람은 아무도 없습니다. 아마 지금도 그 그림 속의 아이들이나 물고기들은 때때로 하늘나라를 다녀오곤 할 게 틀림없는 일이지만, 그것은 우리가 모두 깊이 잠이 든 한밤중의 일일 것이기 때문입니다.

(『현대문학』 1985년 7월호)

누군들 초장부터 꾼으로 태어나랴

1

"공 지도자님, 아직도 서울 안 올라가십니꺼? 서울 가시면 텔레비 방송도 나갈 참이시라든디, 이번에 가시면 소값 얘기 좀 단단히 해놓고 오시겠지요."

용연리(龍淵里) 새마을 공동 구판장 앞 정자나무께. 팽나무 그늘 아래 마을 청년 몇 녀석이 장기판을 벌이고 앉아서는 틈틈이 한마디씩 흰소리를 해왔다. 등 너머로 하릴없이 행마를 지켜보고 있는 공만석 씨를 보고 하는 소리들이었다. 공만석 씨는 요즘 새마을 지도자가 아니었다. 연전에 벌써 나이가 10년이나 연하인 애송이 녀석에게 자리를 넘겨주고 요즘은 그저 고문인가 뭔가 하는 허울뿐인 뒷자리로 나앉아 지내는 처지였다. 마을 선거에서 밀려날 때 그가 말한 대로 '백의종군'의 처지인 셈이었다. 한데도 마을 사람들은 그의 고문 직함 대신 공 지도자님, 공 지도자님 하고 이날까지 계속 구관 예우를 해오고 있었다. 공만석 씨 자신이 고문 직함을 그리 썩 탐탁해하지 않는 데다, 입만 열었다 하면 후임 지도자를 시원찮아하는 소리가 많았기 때문이었다. 이장이고 지도자고 원 하는 일들이라니, 하긴 제깟 위인들이 세상 돌아가는 이칠 무얼 알길래…… 남 하는 일마다 뒷불평이요, 내뱉는 소리마다 업신여김이었다. 그래 마을 사람들이 아직 그를 지도자님이라고 부르는 데는 전관예우의 뜻도 있었지만, 그의 그런 땡고집을 은근히 비꼬는 우스개기가 절반은 넘어 숨어 있었다. 그런 비꼼과 우스개기는 남의 오금 박기를 좋아하는 젊은 층일수록 더했다.

지금도 물론 그런 식이었다. 녀석들이 지금 그를 공 지도자님 어쩌고 부추겨댄 것도 그가 정작으로 그래 주기를 바라서가 아니었다. 그것을 진심으로 바라서가 아니라 공연한 우스개 오금 박음질이기 십상이었다. 그가 사실은 서울 나들이를 그만큼 자주 해왔기 때문이다. 그리고 근자에도 여러 사람 앞에서 미구에 또 한번 서울을 다녀와야겠다고 단호한 결의를 표해온 때문이었다. 이번 상경은 방송국에를 나가서 농축우가(農畜牛價) 하락 문제를 따지려는 것이랬다. 하지만 녀석들은 그의 그런 충정도 별로 미더워하지 않는 눈치였다. 그의 빈번한 상경은 몰라도 텔레비전 출연까지는 못 믿는 수작임이 분명했다.

공만석 씨도 대개 그쯤은 짐작하고 있었다. 그는 은근히 심사가 편칠 않았다. 그렇다고 구상유취(口尙乳臭), 어린것들을 상대로 안 좋은 내색을 보일 수도 없는 일—

끄응.

공만석 씨는 마침내 자리를 일어서며, "내 자네들이 염려하지 않아도 그 일로 일간 한번 서울을 다녀올 참이네."

타이르듯 점잖게 한마디를 남기고는 녀석들의 장기판을 등지고 돌아섰다.

"아, 장기판이 금방 끝날 텐디 내기 턱도 안 드시고 그냥 가시려고요? 허기사 평양 감사도 내 하기 싫으면 그만이라는디⋯⋯ 그럼 조심해서 내려가입시다."

"서울 가시거든 꼭 방송국까지 찾아가서 소금사 문제를 뿌리 뽑고 오시고요. 그러지 않아도 아까 우체부가 갯머리로 내려가는 것 같던디, 서울 길동이나 길순이한테서 곧 올라오시라는 소식이 와 있을지 압니껴."

젊은것들이 다시 모습을 거둬가는 그의 등에 대고 제각기 한마디씩 입방아질을 놓았다. 그의 작심을 어림없어하다 못해 종당에는 공연히 서울의 아이들까지 끌어들여 그의 심사를 사납게 해왔다.

하지만 이제 공만석 씨는 아예 들은 척을 안 했다. 시답잖은 소리를 들을 때나 사세 불리할 때면 그가 흔히 가는귀먹이처럼 자기 할 말만 하고 상대방의 말은 못 들은 척 등을 돌려버리곤 했듯이 묵묵부답으로 유유히 구판장 앞을 떠나갔다. 그리고 초여름 한낮의 따가운 햇볕조차 아랑곳을 않은 채 오기탱천 꼿꼿한 걸음걸이로 아랫골 갯머리 길을 되짚어 내려갔다.

오늘도 일진이 그리 좋지 못할 모양이었다. 길동이나 제 누이 길순이 년에게서 여태까지 아무 소식이 없는 것부터가 그랬다. 게

다가 이날은 왠지 아침부터 입이 궁금해서 집에만 가만히 붙어 앉아 있을 수가 없었다. 이장이든 지도자든 누군가를 붙들고 시국담이라도 일설을 펴고 나야 먹은 것이 좀 내려갈 것 같았다. 어쩌다 구판장께서 다리를 쉬어가곤 하는 외방 사람이라도 하나 만난다면 그 더욱 안성맞춤이었다.

공만석 씨는 사실 그만큼 시국담 나누기를 좋아했다. 처음부터 시국 일을 좋아해 그리된 일이 아니었다. 마을에 외방 사람 하나가 들어서더라도 변변히 상대를 하고 나설 사람이 없었다. 이장이고 지도자고 대가 너무들 약했다. 그래 한두 번 마을의 체면을 위해 자리에 끼어들다 보니 자타가 공인하는 유지 급이 되었다. 지방 자치제 부활 문제, 영농 자금 융자 시책, 추곡 수매가 인상 시비, 학생 데모 문제, 도농 간 소득 격차 문제, 수출 정책과 잠재 실업 문제…… 그의 소견은 달이 가고 해가 갈수록 미치지 않는 데가 없게 되어갔다. 마을에서 누구보다 라디오와 텔레비전을 일찍 들여놓고 그것들을 열심히 들어온 덕이 컸지만, 더욱이 그 새마을 지도자 몇 년의 관록을 지니게 된 이후로는 자신의 의견이 옳건 그르건 누구 앞에서도 굽힘이 없었다. 마을 사람들 중에는 그가 매사에 불평불만투성이라는 사람도 많았다. 그는 사실 그만큼 불평불만이 많은 편이었다. 작게는 마을 일과 이장·지도자에 대해서부터, 크게는 나라의 제반 정책 시행에 이르기까지 그는 언제나 부정적인 시각과 소견을 고집했다. 부정적인 시각과 불평불만이야말로 민주 국가에서의 국민의 기본 권리라는 것이 그의 신념이기 때문이었다. 뿐더러 그것이 식자의 의무이며 이 나라 사회를 활력 있게 발전시켜나가는 길이라 믿고 있기 때문이었다.
"눈이 깬 사람이란 세상을 바꾸어볼 개혁 의지가 있어야 하는 거니께. 그게 눈이 깬 사람이냐 안 깬 사람이냐의 척도인 셈이제."

그래 시골 사람은 시골 사람일수록 도회지 인간들에게 '무지해 보이지 않기 위해서도' 이런저런 시책이나 홍보 활동에 쉽게 순응해서는 안 된다는 게 그의 지론이었다. 하고 보니 그의 투철한 신념과 주장을 접한 사람들은 그 앞에서는 대개 다 그를 수긍할 수밖에 없었다. 마을 이장이나 지도자는 물론 한다 하는 양복장이, 면소 사람들까지도 그의 주장 앞에는 결국 고개를 끄덕이곤 하였다. 아니면 그저 꿀 먹은 벙어리처럼 입을 다물고 돌아서기가 일쑤였다. 하긴 그에게 승복을 하지 않는 사람에게는 해가 지도록 옷깃을 붙들고 앉아서 술로라도 기어코 항복을 얻어낸 그였으니까. 아니면 그 혼자 할 말을 다하고 나서는 상대방 말은 못 들은 척 딴소리를 해대거나.

한데 근자 들어선 이도 저도 영 소견을 피력할 기회가 없었다. 한동안 그럴 만한 상대를 못 만나온 탓이었다. 그래 행여나 하고 윗동네 구판장 길을 찾아온 것이 이장도 지도자도 얼씬을 안 했다. 소견머리 없는 젊은것들만 모여 앉아 싹수없이 흰소리만 까대고 있었다.

공연한 낭패였다. 하지만 그는 그만 낭패쯤 크게 괘념하지 않았다.

―못된 놈들이 넓은 데로 살길을 찾아 나갈 생각은 안 하고 우물 안 개구리처럼 남의 일이나 비양대기는……

윗마을 골목길을 벗어나자 공만석 씨는 비로소 잠시 발길을 머무르고 목 안의 가래를 한번 크게 모아 우려 뱉었다. 녀석들의 공연한 비양거림질은 서울로 올라가 보란 듯이 살아가는 길동이 남매의 처지를 부러워한 때문이었다. 제 놈들은 그렇게 될 수가 없는 것이 제물에 밸이 틀려 시기가 난 때문이었다. 불편스런 심기를 그쯤 다스리고 나니 공만석 씨는 발길이 한결 가벼워졌다. 그는 새삼 새마을 한 대를 꺼내 물고는 발길을 더욱 총총히 길을 재촉해 내려갔다. 녀석들의 말마따나 그새 우체부가 갯머리 자기 집을 다녀갔을지도 몰랐다. 길동이나 제 누이한테서 소식이 내려와 기다리고 있을지 몰랐다. 녀석들은 그저 흰수작으로 한 소리였겠지만, 어쩌면 그것이 사실일 수도 있었다. 한시바삐 돌아가 확인을 해볼 일이었다. 녀석들한테서 소식만 와 있으면 그간의 낭패쯤 괘념할 것이 못 되었다.

─두고만 봐라. 내 이 참에는 기어코 텔레빌 나가고 말 테니, 그래서 정말로 네놈들 눈깔들이 튀어 달아나게 할 텐게.

그 일을 생각하니 그의 두 다리는 갈수록 힘이 펄펄 솟았다.

─그러니 오늘쯤은 소식만 와 있거라.

실인즉, 그는 이 며칠 서울 아이들의 소식을 그토록 목이 빠지게 기다려온 참이었다. 길동이 놈에게 이번 아비의 방송 출연 건을 확실히 주선해놓고 상경 일자를 알리라 당부를 보내놓은 터였다.

─이번 일은 애비의 얼굴뿐 아니라, 서울에서도 제법 힘을 쓰고 산다는 네 위신이나 우리 가문 전체의 명예가 좌우될 중대지사이니 추호라도 소홀히 넘기지 말고 명념, 재명념 거행해야 할 것

이니라……

돌이켜보면 자신은 별 힘 안 들이고 자식 농사 하나는 제법 잘 지어놓은 셈이었다. 이삭 모개 수만 많다고 풍년 농사가. 자식 농사는 꽁지 수가 적더라도 다듬어 사람을 만들기 나름이었다. 남루한 시골구석에서 논뙈기 나부랭이나 들여다보고 녀석들을 품지 않고 일찌감치 대처로들 내보낸 결과였다. 동네 사람들도 이제 와서는 다들 부러워하는 일이지만, 그것은 보통 선견지명이 있지 않으면 안 되는 일이었다. 돈이 좀 있다고 되는 일이 아니었다. 배운 것이 많다고 되는 일도 아니었다. 앞일을 내다보는 선견지명! 그게 없이는 안 되는 일이었다. 그 위에 제 살을 베어 내던지는 아픔을 끝끝내 견뎌내야 하였다. 천불생무록지인(天不生無祿之人), 태어났으면 어디 가서도 굶어 죽으라는 법이 없었다. 무엇보다 먼저 그것을 믿어야 했다.

"굶어 죽더라도 이 시골구석을 빠져나가 큰 바닥에서 뒈지거라!"

길순이 년과 길동이 놈이 면소 중학교를 나온 대로 차례차례 대처로 내몰았을 때 동네에서들은 이러쿵저러쿵 뒷소리들이 많았겠다. 아이들을 숫제 생거지를 만들려 내쫓는다거니, 도회지 물 먹고 싶은 제 욕심 채우려 애꿎은 아이들을 앞세운다거니, 여편네마저도 무지한 원망이었다.

하지만 이제는 누구도 그것을 나무랄 사람이 없었다. 아이들은 역시 굶어 죽지도 않았고, 거지가 되지도 않았다. 1년 먼저 서울로 올라간 길순이 년은 한 달이 채 안 가 어떤 큰 피복 회사의 '자랑스런 생산 역군'이 되었다는 소식과 함께 회사의 제복을 차려입은 사진을 보내왔다. 게다가 년은 아비의 속을 미리 다 헤아려, 이듬해에는 제 동생의 앞길을 제 힘으로 열어주겠다며 중학교 졸업식이 끝나기 무섭게 길동이를 냉큼 서울로 불러올려 갔다.
— 아버지, 길동이 교육은 제게 맡기세요. 뼈가 부러지는 한이 있더라도 제가 서울에서 길동일 남부럽지 않게 가르쳐내겠어요. 사람은 뭐니 뭐니 해도 배워야 한다는 걸 이 서울에 와서 사무치게 느꼈어요……
그래 저도 저의 회사 부설 야간 고등학교엘 다니고 있노라며, 길동이도 낮에는 일자리를 구해 나가고 밤으로 야간 학교 공부를 다니면 학비 걱정은 별로 없으리라는 것이었다. 세상 물정에 벌써 눈이 뜨인 증좌였다.
오뉘는 과연 저희끼리 힘을 모아 잘들 살아갔다. 새 시대에 걸맞은 주경야독 격으로 낮에는 회사에서 열심히 일하고 밤이면 야간 학교 공부를 하면서 서울 한복판에서 착실히 대처살이 터를 잡아갔다. 공만석 씨는 그저 제것들 아비로서 1년에 두어 차례 서울을 올라가서 지내는 형편이나 살피고 오는 게 고작이었다. 그리고 제것들이 쓰고 남은 월급을 제들 몫 저축분으로 맡아오면 그만이었다. 아이들은 워낙 요량이 알차서 헛돈 한푼 섣불리 낭비하는 일이 없었다. 그 저축이 쏠쏠히 늘어갔다. 아이들은 제것들 저축분 외에도 번번이 아비의 용채까지 덧씌어 보내왔다. 명절날 같은 때는 제들 쪽에서 집으로 아비를 보러 와서 저축과 용돈을 내놓고 가기도 하였다. 세상 물정에 어두워지지 말라고 텔레비전을 덜컥

들여놓아주기도 하였고, 제 어미 입성이 사납다고 옷가지를 사다 안겨주고 가기도 하였다. 애들이 사들여놓고 간 그 텔레비전으로 말하면 용연리 마을에서는 이장 다음 두번째로, 이 아랫골 갯머리 일대에서는 한동안 진기한 구경거리가 되었을 정도였다.

회사에서 일자리가 제법 높아지면서부터는 더욱이나 아이들의 마음 씀이 더해갔다. 길순이 년은 그새 이를테면 공원들 중에서도 일을 제대로 했나 안 했나를 검사하는 제품의 검사 일을 맡고 있다 하였다. 그저 하루 종일 가위 하나 들고 서서 제 아랫것들이 만들어낸 제품들을 놀기 삼아 슬슬 검사만 하는 일이랬다. 마음만 내키면 웬만한 하자도 그냥 눈을 감고 넘겨주지만, 년이 한번 안 된다고 고개를 저으면 세상없어도 일을 다시 해야 한다는 것이었다. 길동이 놈은 또 녀석대로 회사 동료들 간에 신임이 남달리 두터워, 회사 안에서 저희끼리 만든 어떤 단체(회사 쪽과도 매우 의가 좋다는 것을 보면 그저 늘상 싸움질이나 일삼는 여느 노동조합 같은 것은 아닌 모양인데, 그 단체가 때로는 회사 일도 어느 정도 좌지우지할 만큼 숨은 힘이 제법 만만찮다 하였다)의 윗사람으로 뽑혀 앉은 데다, 회사가 워낙 텔레비전을 만드는 곳이 되어 방송국 정도는 무시로 출입할 수 있는 형편이라는 거였다.

하고 보니 마을 사람들의 비양거림은 어느샌지 모르게 부러움으로 바뀌었고, 그 부러움은 당찮은 시기심으로까지 변해가고 있었다. 그가 아이들을 보러 서울을 갔다 오면 철없는 어린것들 뼈 빠지게 모은 돈 갉으러 다닌다거니, 구판장에를 올라가 술잔이라도 하고 앉아 있으면 가엾은 자식들 피땀을 마시고 앉아 있다거니,

들리게 안 들리게 더러 뒷공론들이 분분했다.

하지만 그러던 마을 사람들마저도 길순이 년이 두어 해 전 추석을 보러 왔다가 우량 비육종 송아지 한 마리를 사들여놓고 간 다음부터는 그의 서울 나들이와 용돈 씀씀이에도 아예 할 말들을 잃어갔다. 길순이 년은 그때 비육우 양축이 앞으로의 농가 소득에는 그중 전망이 좋을 거라는 소리를 들었다며, 제 시집갈 때를 대비하여(제 앞으로 농협 저축 통장이 얼만데 년의 욕심이라니!) 하다못해 서울에 시민 아파트 한 칸이라도 마련할 밑천을 삼고 싶다고 송아지(특별히 육종된 비육우를 다짐하며) 한 마리 값을 덜컥 내놓았는데, 동네서들은 그제서야 그의 안목 긴 자식 농사를 새삼 부러워하면서, 이번에는 너도나도 그 비육우 양육을 서둘러 따라나서기까지 하였던 것이다.

공만석 씨는 그럴수록 기고만장이 될 수밖에 없었다. 그는 점점 더 서울 나들이를 자주 하였고, 세상살이에도 그만큼 자신만만해하였다. 무엇보다도 자식들을 일찍 서울로 내보낸 것이 자랑이었다.

"가진 것이 있거나 없거나 사람 새끼는 너른 서울 바닥에서 굴러먹게 해줘야……"

그는 때로 구판장에서 여봐란 듯 술을 사며 술값으로 호기를 부려대곤 하였다.

"그래야 제물에 제 길을 찾아 사는 법. 아니 가진 것이 없을수록 일찍 제 길을 찾아 나서게 해줘야 한단 말여. 우리 새끼덜을 보라구. 낸들 뭐 제 새끼를 내보내면서 가슴속에 맺힌 것이 없었겄어?

그래도 그 아픔을 참고 내보낸 것이 선견지명! 앞을 내다본 아비의 선견지명 덕으로 고것들은 이제 서울 사람이 다 되얐제. 언감생심 서울살이가 어디 우리 처지로 바랄 법이나 헌 일이었어? 그런디 이제 놈들은 꽉 말뚝을 박었단 말이여!"

한데 요즈막 그 만석 씨에게 한 가지 난처한 일이 생겼다. 굳이 난처한 일이라기보다 그가 서울엘 한번 긴히 다녀와야 할 일이 생긴 것이다. 이번에는 물론 아이들 지내는 형편을 살피거나 용채 따위가 아쉬워서가 아니었다. 자신의 이해 상관이 전혀 없는 건 아니지만, 이번에는 주로 마을 일로 해서였다. 개인의 일보다는 마을을 대표해서, 아니, 보다도 이 나라 축우 농가 전체를 대표해서 서울을 한번 다녀와야 하였다. 다름 아니라 이 몇 달간 소값이 형편없이 폭락을 한 때문이었다.

마을 안에 그새 비육우 사육 농가가 20여 호를 넘고 있었다.

"두고 보자고들. 이번 비육우는 발육이 빨라서 1년 정도면 성우가 될 게니까. 게다가 이번 속성 발육종을 수입 보급한 정책 당국의 전망으로 말할 것 같으면……"

무슨 일에나 그저 선견지명, 남 앞서 일을 시작해야 한다고 그가 길순의 귀띔대로 사들인 소 품종을 요술 단지라도 되는 양 자랑하고 다닌 탓이었다. 게다가 농정 책임자의 귀띔이라도 직접 들은 양한 그의 가격 전망 또한 누구도 쉽게 흘려들어 넘길 수가 없었다. 이래저래 처음에는 귓등으로 흘려듣던 사람들도 소의 성장이 정작으로 배 가까이나 빠른 것을 보고는 너도 나도 다투어 종우를 구해들이기 시작했다. 쉽지 않은 종우를 구해들이는 재주들이 여간 아니었다. 그것도 형편 따라서는 두세 마리를 한꺼번에 들여 기르는 집도 있었다. 비육우 종우를 못 구해들이자 한우라도 서둘러 사들이는 사람까지 있었다.

그런데 마을에 그토록 송아지가 늘고 그 송아지들이 성우가 되어가던 1년쯤 뒤부터 하늘 모르고 치솟기만 하던 소값이 슬그머니 고개를 숙이기 시작했다. 공만석 씨는 그게 일시적인 현상일 뿐, 미구에 다시 회복세로 돌아서게 될 거라 장담했고, 마을 사람들도 한동안은 그러기를 바라고 기다릴 수밖에 없었다. 하지만 소값은 좀체 살아날 줄을 모르고 계속해서 바닥세로 곤두박질을 쳐 내려갔다. 백만 원 가까운 송아지를 들여다 1년여씩 먹여 실소가 된 소값이 80만 원대를 오르락내리락하고 있었다. 비육우고 한우고를 가릴 것이 없었다. 마을 사람들은 처음 그간의 공력과 사료값을 생각해서라도 소들을 쉽게 내다 팔 수가 없었다. 하지만 매가가 몇 달씩 계속 바닥세를 헤매다 보니 이즈막엔 그간의 공력은 고사하고 매입 시의 종우값조차 빼낼 수가 없어 제집 소가 애물단지가 되어 지내는 판이었다.

그처럼 예상찮은 소값 하락 현상이 물론 공만석 씨 자신의 책임은 아니었다. 방송에서들 하는 소리를 들어보면, 중앙 정책 부서의 어떤 양반이 국민의 소득과 영양을 생각해서 외국 쇠고기를 잔뜩 사들여놓은 때문이랬다. 생육이 빠른 비육우의 생식력과 시기를 고려하지 않고 너무 많은 종우를 보급한 탓이라고도 했다. 큰 책임은 일차적으로 그 사람들에게 있었다. 하지만 이 용연리 사람들의 일에 관한 한 공만석 씨에게도 일단의 책임이 없을 수가 없었다. 마을에서는 맨 먼저 비육우 사육을 시작한 데다 가격 전망을 큰소리로 장담하고 다닌 그였다. 공만석 씨 자신 거기 대해서는 일말의 도의적인 책임을 통감하고 있었다. 잘되면 내 탓이요 못 되면 조상 탓이라고, 마을 사람들도 대개 일이 잘못된 것을 공만석 씨의 허물로 돌려대기 시작했다. 한동안은 어떻게 되나 보자 눈치를 살피며 기다리던 사람들이 공만석 씨 역시 별 뾰족한 방도가 없는 것을 알게 되자, 드디어는 터놓고 그를 공박해대기 시작했다.

"이건 순전히 두엄짐 짊어지고 주인 장길 따라간 머슴 꼴이 되었지 않았겠어?"

"두엄짐 진 머슴 꼴엔 주인 양반이나 멀쩡했게? 이건 영락없이 똥개 꽁댕이 뒤따라간 격이여. 개 꽁댕일 따라가면 똥간밖에 더 되겠어. 선견지명은 무슨……? 남 못 보는 똥이나 먼첨 봤을까."

만석 씨가 어쩌다 구판장 팽나무 밑에라도 올라가 앉아 있노라면 그 들으란 듯 뒤에서들 오금을 박아오곤 하였다.

아니, 그런 비아냥거림질이나 옥씹고 있을 때는 오히려 점잖았다. 나중에는 거의 막판 소동의 징조까지 엿보였다.

당국에서는 하다못해 달포쯤 전부터 마을 도축을 허가하기까지 이르렀는데, 이 용연리에서도 한 달간에 벌써 비육우를 두 마리나 때려 뉘었다. 무작정 소를 때려눕힌 사람이나 그 고기를 얼러붙어 사다 먹은 사람들이나 두 눈에 벌건 핏발들이 뻗쳐올랐다. 게다가 하룻장엔 동생 놈 학비 때문에 소를 끌고 나간 청년 하나가 쇠전 바닥 한가운데서 소를 제가 때려 뉜 일까지 벌어졌다. 송아지를 사들여 2년을 먹인 실소값이 2년 전에 치른 송아지값을 밑돌게 되자 제 분에 화풀이로 저지른 노릇이었다. 청년은 죽은 소를 경운기에 걸어 싣고 장바닥을 돌다 죽은 소와 함께 불법 시위 혐의로 지서 사람들에게 끌려 들어가기까지 했다는 거였다.

공기가 아무래도 심상치가 않았다. 공만석 씨도 그저 보고만 있을 수가 없었다. 나름대로 무슨 대책이 있어야 했다. 길순이 년 혼수밑천이 될 제집 소 문제도 문제였지만, 그보다 마을 일 전체가 문제였다. 이장이고 지도자고 모두 속수무책으로 먼 산만 쳐다보고 앉아 있는 마당에 그래도 그가 무슨 힘을 보태러 나서지 않으면 안 되었다.

그래 생각해낸 것이 방송엘 나가는 것이었다. 아침에 제집 앞길을 쓰는 일이나 아이들 콧구멍, 귓구멍 아픈 것까지 장삼이사 모두 방송국을 찾아 나와 맘대로 잘난 체들 떠들어대는 세상이었다. 그런 마당에도 이 마을에서는 아직 방송국에 얼굴을 내밀어본 사람이 없었다. 위인들이 변변히 깨이지 못한 탓이었다. 그런 어중이떠중이들의 헛소리들에 비하면 소값 문제야말로 당당한 논란거리였다. 명분이 그토록 분명할 수가 없었다.

공만석 씨는 차제에 결심을 굳혔다. 그것은 이미 자신의 책임 문제 때문이 아니었다. 길순이 년 혼수 밑천 걱정 때문은 더더욱 아니었다. 어떻게 생각하면 그것은 오히려 마을 사람들에게 그의 인물 됨과 힘을 보여줄 절대 절호의 기회이기도 하였다. 그는 구차스런 개인의 이해 때문이 아니라 용연리와 농촌 사람들 전체의 이익을 위해 이 나라 만백성 앞에 소금사 문제를 거론할 참이었다.

결과가 좋으면 더 바랄 일이 없겠지만, 방송에 나가 이 나라의 모든 농민을 대표하여 억울한 소값 문제를 거론하고 나서는 것 자체만으로도 충분히 보람을 얻을 수가 있었다. 맘먹은 대로 방송에만 나간다면 길순이 년 몫의 소가 그대로 허공으로 사라진대도 그것으로 밑천을 뽑고 남을 일이었다.

한데다 마침 길동이 녀석이 텔레비전을 만드는 그의 회사 일로 방송국 출입을 제집 드나들듯이(아마도 당연히!) 한다. 그것이야말로 술도 익기 전에 체까지 미리 다 준비해둔 격이었다.

"아, 그래 이런 시골구석 위인으로 서울 사람들 앞에 나서 큰소리를 칠 사람이 이 공만석이 말고 누가 또 있을라고!"

만석 씨는 그래 지체하지 않고 서울의 길동에게 당부의 글을 놓은 것이었다.

— 이참 상경 길에 농축우 매가 일로 하여 만천하에 긴히 방송을 해야 할 일이 있으니……

길동이로서는 그리 힘이 들 일도 아니려니와, 아비의 얼굴과 제 위신이 함께 걸린 일을 마다할 리가 없을 터였다. 거기다 제 누이 길순이 년에게도 따로, 이번 일은 네 혼수 밑천에도 크게 상관이 되는 일이니 모쪼록이면 길동이 놈을 함께 거들어서 조속히 일을 성사케 하라고 간곡한 당부를 덧붙여 보내놓은 터였다.

그게 벌써 일주일 저쪽 일이었다.

한데 녀석들에게서는 아직 아무런 하회가 없었다. 방송국을 제집 드나들듯 할 수 있는 처지에 그 일이 분명 어려울 리는 없을 텐데, 가타부타 전혀 소식이 없었다. 하지만 공만석 씨는 물론 낙망하지 않았다.

―안 된다는 소리도 없는 걸로 보아서는 녀석이 일을 만들어가는 중이기는 한 모양이다. 시기나 날짜가 잘 안 맞고 있는 겐가?

그쯤 느긋하게 마음을 어루만지며 오늘인가 내일인가 우체부만을 기다렸다.

―헌디 오늘은 우체부가 갯머리로 내려가는 것 같더라고!

만석 씨는 새삼 구판장께서의 녀석들의 흰소리가 정말이었을지 모른다는 생각이 들었다. 아니 오늘쯤은 녀석의 말대로 정말 우체부가 소식을 가져와야 하였다. 마을 공기가 더 이상 맘 편히 앉아서 기다릴 수가 없었다. 보기에 따라서는 그만큼 기회가 잘 익은 셈이기도 하였다. 기회를 제때에 살려 써야 했다. 때를 넘겼다가는 서울살이 자식놈들 유세는 고사하고 자신의 체면이 말이 아니었다.

"길동이 그놈이 이참에 방송을 한번 나가게 해주겠다는 걸 다음 날로 기약하고 그냥 내려왔제. 우리 언제 같이 상경할 기회가 있으면 용연리 사람 일색으로 한 파수 나가더라고……"

서울을 다녀올 때마다 그가 구판장께 나무 의자에 걸터앉아 자주 해오던 말이었다. 더욱이 이번에는 길동이에게 편지를 띄워 보낸 그날로 구판장을 찾아 올라가 선언을 했었다.

"내 이번에는 아무래도 길동이 힘을 빌리기로 해놨제. 일간 한번 중앙엘 올라가 세론을 대변할 수 있게끔 단속해놨단 말이시. 시방 한창 말썽거리가 되고 있는 소금사 일로 서울 방송국엘 나가서 말이여. 그렇게라도 내 이번 일은 뿌리를 뽑고 올 텐게 그간만 참고들 기다려보더라고……"

그래저래 이제는 더 미루고 기다리고 앉아 있을 수가 없는 일이었다.

공만석 씨는 정말로 갯머리 집에 소식이 당도해 기다리고 있기라도 하듯 발걸음을 새삼 더 서두르기 시작했다.

2

― 오늘이 그새 일요일이었던가?

갯머리로 내려가는 길목의 용연(龍淵) 저수지를 잰걸음으로 지나치다 보니 아침에 윗동네로 올라갈 때는 눈에 띄지 않던 낚시꾼들이 울긋불긋 물가에 꽤 늘어앉아 있었다. 물으나 마나 휴일을 맞아 아침에 K시에서 찾아든 한량들일 것이었다.

그 낚시꾼들의 유유자적한 모습에 공만석 씨는 우선 뱃부터 꼬여왔다. 하지만 그는 이내 심사를 고쳐먹고 바쁜 발길을 잠시 그 낚시터 쪽으로 휘어들었다. 그게 그의 버릇이자 이 동네 사람으로서는 남다른 아량이었다.

― 저자들의 주견도 좀 들어두는 것이 좋겠제.

갯머리 앞바다가 몇 해 동안 간척 사업으로 농지로 바뀌고 나서, 그 용수원으로 이곳 용못이 대규모 저수지로 바뀐 것이 오륙 년 전의 일이었다. 그로부터 일요일이나 국경일 같은 휴일이 되면 2백 리 밖 K시로부터 낚시꾼들이 한 사람씩 찾아들기 시작하더니, 한

해 두 해 차츰 사람 수가 늘어나서 이제는 제법 이름난 낚시터가 되어가고 있었다.

마을 사람들은 누구라 할 것 없이 거기에 심통이 몹시 사나워들 하였다. 농사 일에는 노는 날이 따로 있을 수 없었다. 지열이 푹푹 쪄 오르는 논밭 고랑에서 여느 날과 똑같이 땀 목욕을 하고 오다 보면 저수지에 낚시꾼들이 하얗게 늘어앉아 있는 날이 휴일이었다. 휴일이면 빼지 않고 꼭꼭 찾아드는 것도 비위짱이 상했지만, 모자야 수건이야 얼굴을 싸고 앉아 목욕 자리까지 말짱 차지해버리고 있는 데에는 울화가 치밀어 오르지 않을 수 없었다. 저수지의 주인이 바뀌고 만 격이었다.

그런데 공만석 씨는 마을 사람들 중에서 유일하게 그 낚시꾼들과의 접촉이 있어왔다. 마음속 이해가 유독 깊어서가 아니었다. 일정한 상대를 정해서도 아니었다. 공만석 씨는 그 낚시꾼들에게서 새로운 지식원을 발견한 것이었다.

어느 날 그가 윗동네에 올라갔다 내려오던 길이었다. 저수지 곁을 지날 때 젊은 낚시꾼 하나가 그에게 담배를 청해왔다.

"죄송합니다만, 담배 준비를 못 해와서요. 가진 게 있으시면 한 개비만 살펴주십시오."

내심 썩 유쾌한 일은 못 됐지만, 젊은 녀석 청하는 태도가 버릇이 아주 없어 보이지가 않았다.

"옛소. 도회지 양반들 입에 닿을지 모르겠소만 괜찮을 것 같으면 갑째 두고 피우구료."

불을 붙여주느니 차라리 제 담뱃대를 부러뜨리는 격으로 새마을

갑을 통째로 꺼내 안겨버렸다. 젊은이는 그럴수록 제 쪽 예의를 다했다.

"아니 이거 감사합니다. 제가 죄스럽고 송구스러워서……"

입이 워낙 아쉬웠던 참인지 갑담배를 냉큼 받아들긴 하면서도 제물에 어쩔 줄을 몰라 해 하였다.

젊은이는 결국 그 담배의 보답으로 물속에 담가둔 맥주 깡통을 꺼내왔는데, 그것이 이를테면 공만석 씨가 그 낚시꾼들과 교유를 시작한 최초의 만남이 된 셈이었다.

"농사 일손이 한창 바쁠 때 이렇게 도시에서 놀러들을 나오는 것 보기 안 좋으시지요?"

공만석 씨가 맥주 깡통을 비우고 앉아 있는 동안 그의 새마을 담배에 불을 붙여 문 젊은이가 지레 민망스러워하는 목소리로 물어왔다. 그러자 만석 씨는 젊은이의 겸손 탓인지 그에게 얻어 마신 술기 탓인지 생각 밖의 아량이 생기고 있었다.

"아니 그거 뭐…… 도회지 사람들에겐 그만큼 일이 복잡하고 힘든 모양이니께. 사실 여기서들은 촌구석 사람들의 편협스런 생각으로다가 그런 소리들을 가끔 하는 예가 있긴 허제. 하지만 그거 뭐 공연한 심술들이제…… 난 생각이 좀 다르오. 나도 아이들을 두엇 도회지로 내보내고 있어서 헤아릴 만한 일이지만 거 에지간히 머리들을 써야제. 노는 날에나 가끔 이렇게 머리들을 식히러 나와야제."

공만석 씨는 도회지 사람들의 휴일 나들이에 대한 이해에 덧붙여 마을 사람들의 편협스런 몰이해를 나무라기까지 하였다. 젊은

이는 그 공만석 씨의 관용스런 이해에 전적으로 동감했고, 그래 한나절 도농 간에 서로 살아가는 이야기들을 나누고 헤어졌다.

공만석 씨가 낚시꾼을 만나 이룬 첫 교유는 그래 그만큼 진지하고 화기애애한 것이었다. 공만석 씨에게는 그만큼 새로운 용기를 심어주기도 하였다.

— 도회지 녀석들도 제법 말이 통하는구만그래. 허긴 제놈들이라고 뭐 하늘에서 별난 지혜를 타고났을라고?

하여 공만석 씨는 이후부터 더욱 자신감을 가지고 휴일이면 자주 저수지 낚시꾼을 찾아 나서곤 하였다. 그리고 낚시꾼들과 한자리에 얼려 세상살이의 이치를 논하고 나라 안팎의 시국담 같은 것을 나누곤 하였다. 선거철이 되면 정치 이야기를 하였고, 국회가 열리고 있을 때는 나라 살림과 외채 걱정, 지역 간의 균형적 발전 등에 대해 자신의 소견을 당당하게 내세우곤 하였다. 농작물 수매가에 대한 논의가 일 때는 이 나라 농민을 대변이라도 하듯이 열을 올려댔고, 학생들의 데모가 성할 때에는 나라의 운명이 경각에 달린 양 혼란을 개탄했다. 그것도 매사 남의 일을 좋게 못 보는 성미에다 도회지 녀석들에게 무시를 당할까 봐 자신의 이해와 직접 상관이 없는 일에는 늘 부정적이거나 사시적인 시각에서였다. 이를테면 새마을 운동 한 가지만 하더라도 그것이 피폐한 농촌을 살리고 나라를 살리는 구국 운동이랬다가, 타의로 자리를 밀려난 뒤부터는 동네 이장과 새 지도자를 싸잡아 마을을 망해 먹을 낭비적 전시 행정의 표본이자 그 시정의 썩은 손발들이라 매도했다. 세상이 이래서야, 인간들이 이래서야, 민주주의를 한다는 나라의 공영 방송이 이래서야…… 그러면서도 그가 도회 낚시꾼들과 맞상대를 하고 나서는 자신감의 밑천은 바로 그 몹쓸 교양 시간 방송이나 거기 나오는 몹쓸 위인들에게서 얻은 것이기가 일쑤였다. 아니면 바로 그가 만나온 낚시꾼 본인들에게서 얻어낸 정보들이었다. 그래 그는 그만큼 더 열심히 텔레비전을 보게 되었고, 윗동네 새마을 구판장께서도 날이 갈수록 목소리가 높아져가고 있었다.
"아, 이 용연리에선 누구누구 해도 이 공만석이가 동네 얼굴 노릇을 해왔제. 그래, 나 말고 이 동네서 누가 저들과 한자리에서 시국사를 논해!"
요컨대 그는 그 낚시꾼들과의 접촉을 통해 그가 모르던 지식과 정보의 대부분을 취해온 것이었다. 그리고 그의 불평불만을 털어놓고 그에 대한 이해를 구해온 것이었다. 그럼으로써 그들과 의젓하게 한자리에 끼어 앉아 기적 같은 자기 상승을 도모해온 것이었다. 그 모든 것이 마을에서는 도대체 가능한 일이 아니었다. 그것은 차라리 공만석 씨로서는 크나큰 행운에 속할 일이었다.
"어뜨케…… 자리 재미는 좀 보시었소?"
공만석 씨는 이윽고 천천히 저수지 둑으로 들어섰다. 그리고 가족도 없이 혼자 호젓이 낚시를 던지고 앉아 있는 한 중년 사내 뒤로 발길을 머물며 위인의 기미를 조심스럽게 살폈다.
소리에 사내는 얼굴을 뒤로 돌려 만석 씨를 얼핏 한번 쳐다보고 나서는 시큰둥한 어조로 대꾸해왔다.
"재미는 뭐 입질조차 없습니다……"
한두 번 물가에서 낯이 익어온 위인이었다. 한데도 그는 그 한

마디뿐 더 이상 만석 씨를 상관하려 하지 않았다. 말없이 다시 묵연스런 눈길로 가물거리는 찌만 지켜보고 있었다. 뒤엣사람이 가거나 말거나 전혀 관심을 안 두는 낌새였다.

만석 씨는 혼자 공연히 기분이 멋쩍어졌다. 작자가 은근히 괘씸스런 생각도 들었다. 그러나 그는 새삼스레 위인을 허물할 생각은 없었다. 그게 요즘 와서 처음 당하는 일이 아니기 때문이었다.

"잘해보시오. 물속의 고기야 물리다가도 안 물리고, 안 물리다가도 물리는 것 아니겠소."

대인답게 한마디 던져주고 공만석 씨는 이내 천천히 다른 자리로 발길을 옮겨갔다. 이번에는 좀더 패기가 팔팔한 젊은 낚시꾼의 모습을 찾았다. 아무래도 조금 나이가 젊은 쪽이 세상 돌아가는 일에 시비가 분명하고, 이야기에도 쉽게 의기가 투합해올 것 같았기 때문이었다······

이상스런 일이었다. 사실을 말하자면 근자에 들어서는 이 저수지에도 이야기 상대를 만나기가 좀처럼 어려웠다. 낚시꾼들이 갑자기 입이 무거워진 듯, 전처럼 그를 상대하고 나서주지를 않았다. 그가 나타나면 짐짓 외면을 하려 들었고, 이쪽에서 이런저런 말을 붙여 들어가도 묵묵부답으로 입을 봉하고 있기 일쑤였다.

── 시국이 미상불 심상찮아지니께 이자들이 입조심들을 하는 모양이로구만. 허긴 워낙에 살아가는 처지들이 위태위태허니께 겁이 날 만도 허졌제. 눈치껏 말조심을 허고들 살아야제.

만석 씨는 처음 그쯤 대범하게 이해를 하고 넘어갔다. 그 약고 허약한 도회지 사람들 앞에서 제 소신을 거침없이 펴 보일 수 있는 자기 처지가 내심 무척 다행스럽기도 하였다. 하여 그는 대신 자신의 처지를 자랑이라도 하듯이, 그 허약한 도회지 사람들을 은근히 난처하게 몰아붙이곤 하였다.

"이 사람도 가족을 둘씩이나 서울살이 시키고 있는 처지지만, 그것들 말을 들어 살필 것 같으면 서울에서도 변두리 못사는 사람들 형편은……"

"뭐니 뭐니 해도 민주주의라는 건 지방 자치제서부터 시작해야 하는 것이……"

저쪽에서 상대를 해오거나 말거나 그는 막무가내로 곁에 버티고 앉아 민주주의를 거론하고 지방 자치제를 주장하고, 여타의 정부 시책들을 터놓고 공격했다. 그것도 짐짓 약은 도회지 사람들 가슴이 섬뜩섬뜩 내려앉을 사안들만 골라서였다. 하다 보니 낚시꾼들은 갈수록 더 입이 무거워졌고, 심지어는 어떤 불온기라도 감지한 듯 슬그머니 낚싯대를 거둬들고 자리를 옮겨가버리는 위인들까지 생겼다.

한데 알고 보니 위인들이 그와의 시국담을 그토록 꺼려 하게 된 것은 그의 주견들이 너무 거세어서 은근히 겁을 먹은 때문만이 아니었다.

"어르신께서 정치나 시국에 관심이 참 많으시군요. 저도 어르신께서 그런 분이시라는 건 벌써 들어 알고 있습니다만, 전 그런 일엔 워낙 문외한이 되어놔서요. 먹고살기가 바쁘다 보니 어디 그런 데까지 관심 둘 새가 있어야지요."

언젠가 한 녀석이 자리를 피해 가면서 그에게 비꼬듯 던져온 소리였다. 듣고 나니 아무래도 뒷맛이 개운치를 못했다. 그래 한 며칠 그 일로 곰곰 생각을 하고 나니, 비로소 위인들의 속내를 알 것 같았다. 위인들은 왠지 정치나 시국 이야기에는 그토록 잔뜩 진력들이 나 있었다! 그래서 그만큼 그런 일들에는 마음을 쓰고 싶지가 않은 것이었다. 그만큼 그에게도 진력이 나 할 수밖에 없었다. 세상사에 대한 그 약고 무기력한 무관심! 그러나 그 무관심 뒤에는 세상만사에 이미 도가 통한 듯한 영민스런 자만기가 도사리고 있었다. 그것들이 그를 그토록 귀찮고 진력나는 존재로 꺼려 하게 만들고 있는 것이었다.

요컨대 이제 위인들은 공만석 자기를 우습게들 보고 있는 것이었다. 그를 자기들의 말상대로 인정치 않고 있는 것이었다. 만석 씨는 새삼 위인들이 서운하고, 한편으로는 몹시 괘씸하기까지 하였다.

— 제깟 것들은 뭘 중뿔나게 아는 것이 있다고…… 얼굴엔 샛노랗게 겁물기들이 끼어가지고……

그는 한동안 저수지 낚시꾼을 저주하고 멸시했다. 휴일이 되어도 몇 주간은 저수지엔 나가볼 생각을 안 했다.

하지만 그것도 몇 주일뿐이었다. 만석 씨는 결국 다시 생각을 고쳐먹었다. 위인들이 아무리 괘씸하고 섭섭하더라도 자신까지 끝내 등을 돌리고 돌아설 수는 없었다. 그럴수록 그는 어떻게 하든지 위인들과 당당히 맞서나가야 하였다. 그리고 위인들의 나무랄 데 없는 말상대로 인정을 받고, 나아가 위인들의 콧대를 꺾어서 그 앞에 굴복을 시켜놓아야 하였다. 그는 다시 휴일이 돌아오면 저수지로 마실을 나다니기 시작했다. 그만큼 집에서는 더 텔레비전 뉴스와 교양 프로들을 열심히 시청했고, 저수지 낚시꾼들에게는 소신에 찬 시국담을 들이대곤 하였다. 가부간의 응대를 해오거나 말거나, 귀찮은 얼굴로 자리를 피해가거나 말거나 그로서는 전혀 아랑곳을 안 했다.

그렇게 지내온 이 몇 달간이었다.

그런데 이번에는 벼르고 별러온 결정적인 기회가 찾아온 것이었다. 위인들도 마침내 그를 알아보고 고개를 끄덕이게 만들 기회가 온 것이었다.

— 텔레비에서 사리정연 주견을 펴나가는 이 공만석이를 보게 될 것 같으면 위인들도 생각을 다시 하게 될 테지.

위인들에게서 소값 하락의 방지책에 대한 의견을 듣는 것은 둘째 문제였다. 보다도 그의 상경과 방송 출연 사실을 알리는 것이 중요했다. 그래서 차제에 그에 대한 위인들의 오만스런 홀대를 후회하도록 만들어놓아야 하였다……

"재미가 괜찮은 편이신가?"

공만석 씨는 마침 수문통 근처에서 아깟번보다 젊은 친구 한 사람을 찾아냈다. 그는 서슴지 않고 등 뒤로 다가서며 허물없는 어조로 한마디 건네었다. 물론 조황에 관심이 있어서가 아니었다.

"아, 뭐 별롭니다."

젊은 친구 역시 공만석 씨의 접근을 미리 등 뒤로 알고 있었던 모양이었다. 그는 공만석 씨를 돌아보지도 않고 마지못해 한마디 대꾸하고 나서는 계속해서 앞쪽만 응시하고 있었다.

이번에는 공만석 씨도 그냥 물러설 수가 없었다. 그는 천천히 귓등에 아껴둔 담배꽁초를 피워 물고는 젊은 친구가 권커나 말거나 제물에 곁으로 자리를 잡고 앉았다. 그리고는 그와 함께 입질을 구경하는 척 한동안 조용히 뜸을 들이고 앉아 있었다. 그러거나 말거나 젊은이는 도대체 아랑곳을 않은 채 꼿꼿한 자세로 앞만 지켜보고 있었다.
 "그래 요즘 도회지에서들은 농촌 소금사를 어떻게 보십디까?"
 시합이라도 하듯 긴 침묵 뒤에 끝내는 공만석 씨가 먼저 다시 입을 열었다. 때마침 그 일이 머릿속을 스쳐 지나가고 있었던 듯한 어조였다.
 젊은이 쪽은 그래도 역시 아무 대꾸가 없었다. 시선을 짐짓 찌에다 꽂아둔 채 이쪽 이야기에는 전혀 반응을 안 보였다. 그 옆모습이 만만찮이 고집스러워 보였다.
 하지만 만석 씨로서도 이제는 어차피 내친걸음이었다.
 "그야 도회지 사람들은 소금사 떨어지면 싼 고길 사 먹을 테니 좋아들 할밖에. 헌다고 그게 그렇게 좋아할 일만 아닌 것이……"
 젊은이의 대꾸가 있거나 말거나 공만석 씨는 냅다 혼자 제 할 말을 해나갔다.
 "도회지 사람들 헐한 육물로 포식을 하는 건 좋겠지만, 그 통에 죽어나는 쪽은 따로 있단 말이오. 힘없고 만만한 양축 농가들…… 농촌 사람이나 도회지 사람이나 모두가 한나라 한백성인디, 어째 한쪽은 그저 피를 흘리고 다른 쪽은 그 피로 배를 불리느냔 말이여. 그것도 요새 하는 말들을 들어볼 것 같으면, 도회지 사람들 비싼 쇠고기 먹이게 될까 봐 외국 쇠고길 미리 사들여다 창고에 가득가득 쌓아둔 탓이라며? 그래 놓고 어쩌다 농촌 소값이 반짝 오금을 펴려 할라치면 허겁지겁 창고 문을 열어 외국 수입육 홍수를 이뤄놓고……"

젊은이는 그저 침묵만 지키고 있었고, 그러거나 말거나 공만석 씨는 마치 방송 출연의 연습이라도 하듯 갈수록 더 열을 올려갔다.

"한쪽은 살리고 한쪽은 죽이고, 그래 한나라 한백성을 가지고 이런 경우가 어디 있느냐 말이여! 그래도 정녕 되는 일이여? 도회지 사람들만 사람이고 벽촌 사람은 그래 이 나라 백성이 아니란 말이여? 따지고 보면 도회지 사람, 농촌 사람이 따로따로 태어난 다른 인종도 아닌 터에……? 아, 나도 아이들을 둘이나 서울로 올려보내고 있는 터수라 오늘이라도 당장 전답 가재를 설거지해 지고 올라가면 그길로 그냥 서울 사람이 되는 겐디 말이여……"

공만석 씨는 거기서도 한동안이나 더 비분강개 조로 당국의 축산 정책을 혹독하게 질타했다. 그런 당국의 농정 시책을 믿고 증축에 심혈을 기울여온 농민들이 어리석은 백성들이라고 자탄을 하기도 하였다. 하고 나서 그는 결론 삼아 차제에 그 일로 한번 서울에 올라갈 참이라, 단호한 어조로 마음속 결단을 털어놓았다. 서울에 올라가 방송에 나가서 온 나라 농민의 억울한 사정을 대변하여 소값 회복의 방책을 촉구하겠다고 비장한 결의를 다짐해 보였다.

젊은이는 그때까지도 응대가 없었다. 그는 마치 자신은 쇠고기를 먹고 살지 않는 사람처럼, 그래서 애초부터 그의 말이 귓등에도 스치지 않는 사람처럼, 묵묵히 앞쪽만 응시하고 있었다.

공만석 씨는 그러고 있는 작자를 더 어찌해볼 수가 없었다. 이제는 더 이상 할 말도 없었다. 그가 할 말을 다 했으면 그만이었다. 그는 어쨌든 서울에 올라갈 것이고 그걸 작자에게 말했으면 그만이었다. 만석 씨 자신이 이따금 주위에 애를 먹어오던 버릇처럼 그런 고집스런 꼴을 하고 앉아 있대도 귓구멍까지 막히지는 않았을 것이기 때문이었다.

만석 씨는 마침내 자리를 일어섰다. 집에 편지가 기다리고 있을지도 모르는데 시간을 너무 지체한 듯싶었다.

그런데 그때, 그가 자리를 일어서는 것을 보고서야 젊은이가 뜻밖에 한마디 해왔다.

"방송에 나가시면 잘하고 오십시오. 어르신 말씀을 기대하겠습니다."

그 무표정한 침묵 속에서도 과연 이야기를 다 듣고 있었음에 분명한 소리였다. 하지만 그것이 공만석 씨의 상경과 방송 출연을 격려하기 위해 하는 소리가 아님은 물론이었다. 귀찮은 존재가 자리를 뜨는 게 속 시원해 하는 소리가 분명하였다. 만석 씨에게는 그 소리가 그렇게만 들렸다. 그는 젊은이의 건방기를 좀 꺾어놓고 갈 양으로 잠시 더 발길을 지체하고 서서 말했다.

"암, 잘하고 오고말고. 허니 노형도 방송을 놓치지 말고 보도록 하시구랴."

"그래 방송에서 하실 말씀은 미리 다 준비가 되어 계신가요?"

자리를 뜨려는 걸 보고 아예 안심을 해버린 탓인가, 아니면 전혀 입질이 없다 보니 낚싯대를 지키기에 그도 그만 지친 탓인가.

젊은이가 새판잡이로 다시 물어왔다. 그저 시건방진 놀림질일 수도 있었다. 서울의 길동을 알지 못하는 그로서는 공만석 씨가 방송에 나간다는 방책부터가 의문사일 터였다. 하지만 어쨌거나 이번에는 그쪽에서 이쪽의 발길을 붙잡은 셈이었다. 그러지 않아도 뒤가 좀 미진하던 참이었다.

"준비가 다 되어 있다마다……"

그도 기회를 놓치지 않았다. 방송에 나갈 방책은 물론, 그의 달견으로 녀석의 콧대쯤 꺾어놓고 갈 자신이 있었다. 공만석 씨는 다시 생각을 바꾸어 그의 곁으로 천천히 몸을 주저앉혔다……

3

공만석 씨가 그 젊은 낚시꾼과 헤어져 집으로 돌아온 것은 그로부터 다시 한 시간쯤 뒤였다.

"그렇구말구요…… 그래야구말구요……"

이야기가 다시 시작되고 나서 한동안은 제법 한통속처럼 맞장구를 쳐오던 젊은이가 공만석 씨의 끝없는 열변에 종내는 다시 기가 질리고 만 듯 낚싯줄을 거둬들인 다음이었다.

하지만 잠시 뒤 그의 개량 주택 사립문을 들어서는 만석 씨의 기분은 모처럼 흐뭇하고 뿌듯해 있었다. 그로서도 모처럼 낚시꾼을 상대로 속생각을 어지간히 추려보고 온 때문이었다.

한데 그의 기분이나 기대와는 달리 집에는 아직 유감스럽게도 길동이 놈의 소식이 와 닿아 있지를 않았다. 구판장의 젊은 놈들이 그를 놀리고 있었던 게 분명해진 셈이었다.

그것은 처음 공만석 씨를 매우 상심케 하였다. 하지만 그것만으로는 아직 공만석 씨의 결심이 무너질 수 없었다. 아니 그것은 공만석 씨에게 일을 더 급히 서두르고 나서게끔 만들었다. 이제는 더 이상 소식을 기다리고만 있을 수가 없었다. 여기저기 너무 시퍼렇게 장담을 늘어놓은 데다 자신의 결의도 충분히 다져져 있었다. 일이 되거나 안 되거나 서울은 일단 한번 다녀와야 하였다. 그것도 기왕이면 서둘러서 일찍 다녀오는 것이 좋았다. 소식만 기다리고 있을 필요가 없었다.

"나 내일 서울 좀 다녀옴세."

저녁을 끝내고 텔레비전 연속극(이 시간만은 그가 채널권을 아내에게 양보하지 않을 수 없었다)을 켜놓고 앉은 자리에서 공만석 씨는 마치 열 살 손윗누님처럼 앞장 서 늙어가는 그의 아내에게 단도직입식으로 상경 예정을 말했다.

"어째, 그새 또 용돈 생각이 나서요?"

논밭 일 돌보랴, 소 새끼 살피랴, 하루 종일 더위 속에 지쳐 돌아온 아내는 남편의 뻔한 속셈을 경계하듯 첫마디부터 자못 시비조였다.

"아니 이 사람이 말솜씨가 저렇게 뽄대 없기는……"

만석 씨는 그 아내의 심사를 헤아려 될수록 점잖게 말을 얼버무려 넘기려 하였다. 그러나 아내는 그게 한두 번 겪어온 일이냐는 듯 멋대로 단정하고 터진 봇물처럼 공박을 잇대었다.

"내 말 뽄대가 그렇다믄, 당신 하고 댕기는 행실 뽄대는 얻다 두고요. 그저 심심하면 서울 간다 어디 간다, 아이들 찾아가 용돈이나 뜯어 오고…… 그래 당신이 그 아이들한테 그럴 노릇을 뭘 해 줬길래요? 남처럼 등골 빠지게 일을 해다가 그것들 동터 나게 멕여 기르길 했어요. 그렇다고 남 안 하는 자식 공부시키느라 배를 곯아봤어요. 그저 기껏해야 남 다하는 중학 하나 마쳐주고 의붓자식 새끼 동냥치로 내몰듯 나 몰라라 빈손으로 내쫓아놓고서는…… 이제 와서 걸핏하면 그 새끼들을 찾아 나서기는. 이젠 남의 눈 부끄러운 줄도 좀 아시오. 남들이 그러는 당신보고 뒤에서들 뭐라고 하는지나 알고 계세요?"
 "남들이 뭐라든 무슨 상관이 있어. 구데기 무서워 장 못 담그나? 이번에는 다른 볼일이 있단 말여."
 아이들을 보러 갈 때마다 번번이 겪는 일이지만, 이번에는 쉽게는 넘어가질 것 같지가 않았다. 공만석 씨는 그럴수록 위엄을 갖추려 목소리를 낮추며 아내를 나무랐다. 하지만 일단 입이 열려버린 아내의 공박은 기어코 뿌리를 뽑고 말 기세였다. 동네방네 우셋거리 왜장이라도 쳐대듯 남편의 아픈 데를 사정없이 할퀴어댔다.
 "이 나라 천지에 공만석이같이만 자식 농사지으면 누가 자식 걱정, 집안 걱정 하느냔답디다. 공만석이 팔자가 세상 상팔자라고요. 죽더라도 대처 나가 죽어 돌아오라고 새끼들을 내쫓더니 이제 와선 그 쫓겨난 자식들 덕분에 흐느적흐느적 서울 구경이나 댕기고, 거기다가 텔레비 쇠양치 살림 밑천에 술값이야 밥값이야 용돈까지 얻어 나르고…… 헌다고. 그게 어디 당신 처지가 부러워하는 소리들이겄소? 당신 하고 댕기는 꼴이 고와 보여서 하는 소리들이겄냔 말이요."

"부러워서가 아니면 시기들이 나서겄제. 같잖은 것들이 같잖은 시기심은…… 그래 제집 새끼덜은 모두 논두렁 밭두렁 들쥐 신세를 만들어놓고 보니께 그런 심술기가 안 생길 수 있었어?"

"들쥐 신세든 두더지 신세든, 나는 그래도 그쪽이 더 부럽습디다……"

텔레비전에서는 이미 연속극이 끝나고 뉴스 시간이 시작되고 있는데도, 둘 사이의 다툼은 티격태격 끝없이 계속되어나갔다.

"제집 농사일 하늘이 점지해준 천업으로 알고, 새끼들 올망졸망 앞세우고 댕기면서 논밭 일 돌보는 거…… 그런 여편네들은 나같이 남정 일을 대신 하고 살진 않습디다. 그래 당신은 그 사람네들처럼 논밭 귀퉁이나 한번 지나보길 했어요? 그렇다고 면장·구장 높은 벼슬을 해서 여편네 호강을 시켜줘보길 했어요. 제 여편네 그저 뙤약볕 논밭 고랑에 처박아 엎어두고 자기는 무슨 신선 팔자 났다고 서울이야 저수지야 한량 행세만 하고 다니느냔 말이요…… 내 당신한테 큰 호강은 시켜달래지 않을 모양인께, 이참에 또 서울 댕겨올 요량이라믄 그동안에 나락 논 농약이나 한 파수 쳐줄 궁리를 해보시오. 남들처럼 농사가 많기나 한 처지라믄 차라리 이런 말도 않겄소. 농사래야 게우 제집 식구 입 풀칠이나 할까 말까 한 터수에, 그나마 어떻게 밥술이 입으로 들어가는 중이나 알아야 헐 것 아니냔 말이요."

"요새 세상에 농사 적은 것도 흉허물인가. 세상 물정 모르는 아둔한 것들이나 논바닥에서 등이 휘고 손매디가 굵어지제."
 공만석 씨는 끝끝내 남의 일을 말하듯 아내의 공박을 참아 넘기려 했다. 하다 보니 이제는 그의 아내도 더 긴말이 부질없음을 깨달은 듯 여러 소리 접어두고 혼자 다툼의 결판을 지었다.
 "남이사 농사로 등이 휘든 부러지든 그것이사 그 사람들 알아서 할 일이고, 당신은 어쨌든 이번에는 죽어도 서울 못 올라가요. 동네 사람 부끄럽고 애들한티 염치없고…… 지들한테도 한 푼 두 푼 모으는 재미가 있어야제. 이 참에는 당신도 몇 달간이나마 그냥 모른 척 놔둬주는 것이 좋을 것인께. 그래도 정 가실 양이면 나부터 차엎어 밟아 죽이고 나서든지!"
 위협마저도 서슴지 않고 드는 기세가 여느 때하고는 완연히 달랐다. 이번에는 아무래도 쉽게 넘어가질 것 같지가 않았다. 함부로 내밀치고 나서려 했다간 바짓가랑이라도 붙들고 게거품을 뿜어물 기세였다.
 하지만 공만석 씨로서도 이번 상경만은 단념할 수가 없었다. 아내의 기세에 밀리고만 있을 것이 아니라 좀더 적극적으로 그녀의 서슬을 누그러뜨려 놓아야 할 것 같았다. 그러지 않았다가는 아내마저 그를 자식들 등이나 쳐먹고 다니는 치사한 얌생이꾼으로 치부해버릴 판이었다. 속 얕은 아녀자라 그녀에게는 아직 말을 해주지 않고 있어 그렇겠지만, 이번에는 분명 아내가 오해였다. 그 아내의 오해를 바로잡아줘야 하였다.
 "이 여편네가 정녕 제 남정을 어떻게 보길래. 이번에는 경우가 그런 게 아니라 다른 긴한 볼일이 있단 말이여!"

결심을 굳히고 나서 공만석 씨는 새삼 목소리를 점잖게 가다듬었다. 그리고는 전에 없이 자신에 찬 어조로 무지한 아내를 나무라고 들었다.

"집안 어른이 볼일이 생겨 길을 나선다는디, 아녀자가 냉큼 행장이나 단속하고 나서기는커녕 발길을 막고 무슨 잔소리냔 말이여, 잔소리가. 그것도 그냥 내 한 몸 내 한 집 위한 일이라면 모르되 이 동네 이 나라 촌가 만민의 이해가 걸린 중대지사에! 지금까진 그저 뒷손가락질이나 하고 다니는 놈들도 결국엔 이 공만석이 앞에 머리를 숙이게 할……, 이를테면 말이여! 그런 속을 임자가 감히 짐작이나 해? 알도 때기도 못헌 여편네가 공연히 재수없게 입만 살아가지고…… 그래 이게 무슨 막돼먹은 여편네의 경우여."

하지만 아내도 그쯤으로는 물론 물러설 리가 없었다. 이미 노골적인 비웃음까지 섞어가며 삿대질이라도 하듯이 만석 씨를 사정없이 몰아세우고 들었다.

"그래, 대체 그 당신 일이라는 게 무슨 대단스런 벼슬거리라도 되는 게라우? 이 나라 농촌 사람이 다 죽고 사는 일이라먼 면장 군수 국회의원 다 놔두고 어째 해필 당신이 나서야 하느냔 말이요. 당신이 국회의원이요, 장관 나리요. 국회의원도 장관도 못할 일이라 당신더러 앞장서 나서랍디까? 그래서 이 못난 여편네 앞에 그렇게 유세가 대단하답디여? 어디, 이 무식한 여편네도 속 시원히 알아듣게 말이나 한번 들어봅시다, 예."

들으나 마나 뻔한 알조니 사람이나 한번 웃겨보라는 식이었다.

공만석 씨는 이제 그런 아내를 더 나무랄 생각이 없었다. 사정을 알고 나면 아내도 필경은 입을 다물 것이 분명하기 때문이었다.

"그런 일하고는 달라. 나 이번에 서울 올라가면 텔레비 방송엘 나갈 것이여."

그는 한창 뉴스가 진행되고 있는 수상기 속에 이미 자신의 모습이 나타나고 있기라도 하듯 그것을 턱짓으로 가리켜 보이며 단정적으로 간단히 말했다.

"텔레비엔 뭣 땀시? 당신 같은 사람을 누가 텔레비에까장 내보내준다길래요……?"

"거기까진 임자가 몰라도 되어. 내게도 그럴 만한 요량은 있으니께. 어쨌든 그런다면 그런 중이나 알고 잠자코 있으라고!"

"오, 그렁께 공씨 가문에서 다 늦게 새 인물이 나오실 모양이라구만이라우. 그래 텔레빈 나가서 무얼 허실라우?"

"거길 나간다 치면 헐 말이 많제. 하지만 이번엔 소금사 떨어진 얘길 헐 거여."

"소값이요? 우리 소값 떨어진 얘기 말이요?"

"그래, 우리 집 소값 얘기뿐 아니라 이 나라 농촌 모든 사람들의 소값 얘기…… 소금사가 어째 이토록 떨어지게 됐느냐, 농자천하지대본이라 했는디 이래도 나라가 괜찮은 것이냐, 국가백년지대계를 위해 농촌을 살리자면 무얼 어떻게 하는 것이 옳으냐…… 이런 얘기들을 모두 다 말이여……"

이죽비죽 끝까지 어긋거리기만 하던 아내가 소값 소리에 비로소 입을 다물었다. 아무리 소견이 밴댕이 속 같은 아녀자라도 이야기가 거기에 이르고 보면 역시 그럴 수밖에 없는 일이었다.
 ─ 무슨 수를 쓰든지 네 신랑감은 서울서 붙들어. 여자 팔자는 남자 하나 골라잡기에 매인 것이니께, 회사에서 자리가 괜찮은 녀석 하나를 골라 물고 늘어지란 말이여.

길순이 년에게 기회 닿을 때마다 당부해온 말이었다. 그 길순이 년도 이제 나이 스물여섯이니 웬만한 놈을 악물었다는 소리면 제 소를 제각 팔아 내놓아야 할 처지였다. 실소금사가 이런 판국에 제 어미라서 그게 걱정이 안 될 리 없었다. 아내는 한동안 속요량을 꼬나보는 듯 입을 다물고 있었다.

하지만 그도 그리 오래가지는 못했다.

"소값 얘기라도 그렇지라우. 그 일사엔 왜 꼭 당신이 앞장을 서 나서야 한답디여?"

아내가 이윽고 다시 만석 씨를 가로막고 나섰다.

"누군 뭐 입이 없어 죽은 척 말을 않고 가만히들 있답디여. 그런다고 어디 소금사 떨어져 속을 앓는 것이 우리 집 한 집뿐이랍디까. 남들은 입 다물고 가만히 있는디 뭣 땀시 눈치 없이 쌍지팽이 떠짚고 나서느냔 말이요. 그러다 공연히 제 코만 다칠라고. 제 일 아니면 그저 눈감고 입 다물고 가만히 지내는 것이 제일인 세상인 걸 그 나이가 돼서도 아직 모르겠습디여?"

이번에는 제법 남정의 신상까지 염려하고 드는 투였다. 공만석 씨는 그나마 그 아내가 기특해 보이지 않을 수 없었다. 하지만 그래 봐야 아내는 역시 시골 장님이었다. 개 꼬리 3년 묵어도 황모 될 리 없었다. 참새가 대붕의 뜻을 헤아릴 리 없었다. 그야 공만석 씨로서도 딸년 몫의 소값에 아주 마음이 쓰이지 않은 것은 아니었다. 허나 그건 어디까지나 사소한 개인 문제였다. 중요한 것은 전국 농가의 이해가 걸려 있는 소값 파동이 어떻게 잘 수습될 수 있느냐 하는 데에 있었다. 그리고 그 일에 공만석 씨 자신의 역할이 얼마만큼 빛을 낼 수 있느냐는 데에 있었다. 길순이 년 따위는 문제가 아니었다. 자신의 역할이 빛날 수만 있다면 그에게는 오히려 방송 출연이 실현될 때까지 소값이 계속 떨어져주는 게 바람직했다…… 제 소 한 마리의 이해에 눈이 가린 여편네가 그의 그런 속뜻을 알아차릴 리 없었다.

"임잔 아무래도 논밭두렁 흙이나 파묵고 살 여편네여. 그것이 어째서 남의 일이여? 나도 이 나라 농민의 한 사람이고, 그건 말하자면 이 나라 농촌 사람 전체의 일인디. 아, 그래 자네는 농촌 사람이라고 늘상 이렇게 당하고만 사는디도 억울하지도 않더란 말여! 내가 그 농촌의 억울한 사정을 만천하 농민들을 대신해 나서겠다는데도?"

공만석 씨는 아내의 무지하고 좁은 소견머리 앞에 자신의 대의가 새삼 대견스러워지고 있었다. 아내도 그럴수록 그를 이해하기는커녕 오기스런 고집이 더 탱탱해지고 있었다.

"그라요. 난 태어나길 원래 시골구석 무지랭이로 태어났으니 흙만 파묵고 살다가 논구덩에 엎어져 죽을 팔자라요. 송충이는 솔밭에서 솔잎을 먹어야 산다는 말도 안 있습디여. 그런디 당신은 그런 일 앞장서서 유세하고 다닌다고 송충이가 갈잎 먹을 팔자로 된 답디까."

"갈잎을 먹어도 좋을지 어쩔지는 두고 보아야 할 일인 거이고, 어쨌거나 이 나라 소값 문제가 전국적으로다가 해결을 볼 것 같으면 우리 소도 거기 따라 자연히 해결이 나게 된다, 이걸 알아야 헌단 말이여!"
"그래서 정 당신이 나설 양이라면, 그래 그놈의 방송국엔 찾아가서 무신 말을 어떻게 할 참이시랑가요? 당신이 무신 수로 이 나라 천지 소값을 한꺼번에 몽땅 끌어올리느냔 말이요. 면장도 못하고 군수도 못하고 나라에서들도 못한 그 일을……"
자기로서는 죽어도 남편의 요량을 못 믿겠다는 투였다. 아니 남편 공만석 씨의 인품과 능력을 전혀 못 미더워하는 말투였다. 공만석 씨는 그런 아내의 태도에 새삼 은근히 부아가 치밀었다. 마누라쟁이 하나 설복시키지 못하고서는 방송도 다 부질없다는 생각마저 들었다.
"그야 할 말도 명약관화한 것이제. 우선 우리 집 소값 하나만 생각을 해봐도 금방 알 일이 아니여?"
그는 다시 앞뒤를 추려가며 답답하게 꽉 막힌 아내부터 설복시키기 시작했다. 진짜 방송에 나갈 때를 대비해서도 한번쯤 더 연습을 해두는 것이 무방할 듯싶어서였다.
"3년 전에 송아지를 사들일 때의 대금이……"
그는 낮참에 저수지 가에 남아 낚시꾼 젊은이에게 시시콜콜 따져 보인 그 송아지 때와 실소의 가격 차이, 그리고 그간의 노력과 사료비의 손실들을 하나하나 아내 앞에 되풀이 따져댔다. 하고 나서 그는 제물에 다시 흥분이 되어 드디어 비장의 해결책을 내놓기 시작했다.

"내 이런 점을 먼저 차근차근 따져주고, 당국에서 그 손해를 보상할 시책을 내놓으라 요구허제. 하더라도 보상책은 무신 보상책……! 어영부영 구렁이 담 넘어가듯 하려 말재간들이나 부리러 들제제. 그러면 그때 내가 미리 마련해간 비책을 내놓는 거여. 그 소값을 회복시키고 그간의 손해도 메워줄 비상책을 말이여."

"……"

"그 비책이 무엇인고 허니, 듣고 보면 매우 간단한 것이여. 등잔 밑이 어둡더라는 속담같이 그렇게 간단한 이치들을 몰라서 그렇제. 말하자면 우리끼리는 우리 속에서 나는 것만 묵고 살자는 것이제. 그리고 우리 것 값이사 오르건 내리건 어차피 나라 안 돈 돌고 도는 것이니 시장금사 노는 대로 맡겨놔달래는 것이고. 첫번째로 우리 것만 묵고 살자는 것은 화근이 원래 외국 쇠고기를 들여오자는 데서부터니, 넘치거나 모자라거나 그런 짓은 이제 다시 하지 말자는 얘기고. 그러면 둘째로 우리 소가 모자라면 고기값이 제절로 올라설 것 아니여. 그러더라도 정부에서는 가격을 내리라 마라 하지 말고 그대로 그냥 놔두란 말이여. 그래 놔둬도 돈 있고 고기 못 먹어 죽을 병 걸릴 사람들은 사 먹을 고기 다 사 먹을 것이고, 돈 없어 비싼 고기 못 먹을 사람들은 그거 안 사 묵으면 될 것 아니여. 아니 그래 이 나라 사람들이 언제부터 흥청망청 네 발 즘생 고길 그리 먹고 살았다고 걸핏하면 외국 소 수입에다 가격을 내리라 마라 요동질이냔 말이여. 그런다고 그게 어디 우리 시골 사람들 고기 못 묵는 것 걱정해서 한 짓이여. 순전히 저희 도회지 사람들 생각해서 하는 것이제. 이를테면 농촌 사람 것 빼앗아다 도회지 사람들 잘 먹여 살리자 이 판속이란 말이여. 그러니 이제부터라도 외국 소 들여올 궁리 그만두고, 소값 간섭도 오르든 내리든 하들 말란 말여. 그게 바로 이 나라 농촌 백성들을 살리는 길일 뿐 아니라 농산물 자급자족에 외채 절감, 나아가서는 가격 자유 체제의 그 뭣이드라…… 자율 시장 경제라는 것 아니고 뭣이었어……"

모두가 아깟번 낚시터에서 젊은이에게 일차 시험을 해본 소리들이었다. 젊은이는 그때 미심한 것이 많은 듯 그의 결심을 이리저리 몇 번씩 흔들어대보곤 했었다. 방송에 나가면 정말로 그렇게 주장을 할 셈이냐, 정부의 높은 분들이 그걸 옳거니 받아들여주리라고 믿느냐…… 아내도 대개 그와 같은 반응이었다.

"높은 데서 그걸 마다하면요? 외국 쇠고기 들여오는 것은 중질 못한다, 쇠고기값 오르고 내리는 것도 너희 농촌 사람보다 도회지 사람들이 더 소중하니 그 사람들 싼 괴길 멕여 살리자믄 높은 데서 그냥 저울대를 틀어쥐고 앉아 있어야겄다…… 이러고 무신 헛소리질이냐고 당신만 족치고 나설 양이면요?"

아내가 다시 그를 추궁하고 들었다. 제 남정의 신상을 염려해서가 아니었다. 그의 대답을 듣고자 해서도 아니었다. 알아듣게 설명을 해주고 났는데도 아내는 아직 그를 가당찮아하고 있는 것이었다.

하지만 이제 공만석 씨는 그 아내를 탓하고 있을 겨를이 없었다. 언로에 번번이 낭패가 낀 때문인가. 낮참의 그 젊은이 때와 마찬가지로 그는 언제부터인지 가슴속에 다시 뜨거운 것이 불끈불끈

치솟아 오르고 있었다.

"위인들이 만약 그렇게 나온다면 그땐 우리도 더 참을 수가 없는 일이제. 그럴 땐 도회지 사람은 도회지 사람끼리 저희 일을 해묵고, 농촌 사람은 농촌 사람끼리서 우리 일을 해묵고 살아가야제."

그는 마치 아내의 추궁이 바로 자신을 거부하는 높은 사람들의 추궁이나 질책이기라도 하듯, 그리고 그것이 그 사람들과 대좌한 방송국 안의 어느 곳이기라도 하듯이 제풀에 잔뜩 목청을 돋워갔다.

"우리 농촌 사람들은 우리가 땀 흘려 지은 쌀이나 보리나 채소를 묵고 살고, 도회지 사람들은 말이여, 저희가 일해 만든 농약이나 농기계나 텔레비, 냉장고 같은 걸 뜯어묵고 살아라, 이것이여. 바로…… 그 쇠고기도 묵고 싶은 사람 있으면 우리는 우리 소 키워 잡아 묵을 테니, 도회지 사람들은 저희끼리 수입육을 들여다 묵든 개똥을 삶아 묵든 저희들 맘 꼴리는 대로 하라고 말이여. 그러지 않고는 이렇게 늘상 한쪽만 당하고 살 수가 있느냔 말이여, 응? 어떤 놈은 첨서부터 억누르고만 살고 어떤 놈은 당하고만 살게 태어났길래 이토록 한사코 차별이냐 이거여!"

말을 하다 보니 공만석 씨는 어느새 자신의 처지가 정말로 그토록 억울하고 초라하기만 한 것 같았다. 그리고 그 모든 것이 여태까지 자신이 당해온 일인 듯 제 울분에 겨워 울대까지 메오고 있었다.

4

 이튿날 아침, 공만석 씨는 예정대로 일찍 서울로 올라갔다. 아직도 속이 찜찜해하는 아내에겐 방송만 마치면 이삼 일 새에라도 그날로 곧장 길을 되짚어 오겠다는 다짐을 남기고서였다.
 한데 그렇게 일단 집을 떠나간 공만석 씨는 아내와의 약조를 지킬 수가 없었다. 서울에서의 일들이 애초 뜻 같지가 않았기 때문이었다. 방송 출연이 여의치 않아서가 아니었다. 서울로 들어서자마자 그런 건 아예 생각조차도 못할 처지가 되고 말았다.
 실인즉, 공만석 씨가 서울로 올라가보니 엉뚱한 사건이 그를 기다리고 있었다. 그새 길동이 놈과는 따로 헤어져 제 회사 근처에다 혼자 방을 얻어 지내고 있던 길순이 년이 웬일로 그날은 회사도 나가지 않고 반주검이 다 된 몰골로 집에 누워 있었다. 웬 변고냐 해도 그저 죽고 싶다는 한마디뿐, 제 입으로는 사연조차 말을 하지 않았다. 저녁녘에 찾아온 제 친구 아이가 귀띔해온 말이, 년이 어떤 놈의 아이를 떼어냈다는 거였다. 년은 그새 회사 안에서 힘깨나 쓰는 놈을 하나 가까이해왔는데, 혼인까지 약속하고 지내온 그 녀석이 알고 보니 아이가 둘씩이나 매달린 기혼자더랬다. 그래 반년이나 달이 찬 것을 떼어내고, 회사까지 그만둔 지가 보름 가까이나 된다 했다.
 "지도 잘해보려다 그리된 거니께유, 너무 나무라고 야단치지 마세유. 다른 애들 같으믄 이제 끝난 일인데 애가 워낙 유별나 그러니께유."
 친구 아이가 제집으로 돌아가며 그를 걱정하며 남기고 간 당부였다. 하긴 공만석 씨로서도 그런 딸년을 어떻게 나무랄 수가 없었다. 년은 이를테면 아비의 평소 소망을 명념하여 일을 제대로 도모해온 셈이었다. 일이 잘못된 허물은 사람을 잘못 고른 것뿐이었다. 년의 처지가 측은하면 측은했지, 나무라고 화풀이를 할 일은 아니었다. 화풀이를 한다면 사내놈 쪽이었다. 뒤늦게 입이 열린 딸년의 말대로, 놈은 이미 년에게서 날아가버린 잡새놈, 녀석이라도 붙잡아다 요절을 내주고 싶었다. 하지만 사정은 그럴 수도 없었다. 그것은 년이 그나마 살을 맞댄 놈이라고 한사코 아비를 막아서서만이 아니었다. 딸아이 일뿐이었다면 년이 어떻게 나오거나 그는 기어코 녀석을 붙잡아다 죽지를 짓꺾어 뭉개놓았을 터였다. 아니면 방송이고 뭐고 다 뒷일로 제쳐두고 년부터 달래어 집으로 데려 내려갔을 터였다.
 헌데 알고 보니 길순이 년의 일은 둘째 문제였다. 진짜 급한 변고는 오히려 길동이 놈 쪽에 벌어져 있었다.
 "길동이한테는 가시지 마세요. 그 앤 요즘 집에 못 들어와요."
 이튿날 아침 일찍 녀석의 하숙방을 찾아 나서려는 아비를 길순이 년이 뒤늦게 만류하고 나섰다. 알고 보니 녀석은 회사 일이 바빠서 집에 못 들어오고 있는 것이 아니었다. 녀석의 회사에 엉뚱한 싸움질이 벌어지고 있다 했다. 회사 일꾼들은 월급을 더 올리라 하고, 사장이란 사람은 못 한다, 어림없다, 호통을 쳐대는 싸움질이랬다. 그냥 못 한다, 어림없다가 아니라 사장이 회사의 아래 일꾼들 모가지를 무더기로 뎅겅뎅겅 잘라 내쫓는 싸움이랬다. 이를테면 그 노사 분규라는 것이 발생했는데, 길동이 녀석은 사장 쪽에 붙지(애초에는 그런 줄 믿고 그동안 안심을 하고 있었더니!) 않고 미련하게 일꾼들 편을 들었다는 것이었다. 그것도 그저 눈치껏 뒤나 따라다니지를 않고 앞장 서(단체의 윗사람으로서는 그야 불가피했겠지만) 일을 꾸며댔다는 것이었다.

공만석 씨는 이제 생판 어이가 없었다.

"아마 별일은 없을 거예요. 생계비를 보장해달라는 길동이네들 주장은 조금도 허물이 안 되는 거니까요. 며칠 동안 조사만 끝나고 나면 아무 일 없이 풀려 나올 거예요."

아비를 안심시키는 딸년의 소리 따위는 이미 귀에도 들려오지 않았다.

─그래 이것들이 통 소식이 없었구나.

그는 새삼 기가 차고 눈앞이 캄캄해왔다. 오래전에 이미 누구보다 요긴한 자리를 차지하고 앉아 있어야 할 녀석이, 그렇게 믿고 자랑스러웠던 녀석이 아직도 겨우 생계비 타령에나 합창을 하고 나서다니, 그럴수록 눈치껏 사장 쪽에 서지 않고 힘없는 졸때기들 앞장을 서 나서다니. 요령과 힘을 다해 가진 사람들 사이로 끼어 섞여 살랬더니, 커녕은 거꾸로 그 사람들을 상대로 무모한 싸움질을 벌이고 나서다니…… 공만석 씨는 무엇보다 그 아들이 실망스러웠다. 그리고 자신의 삶이 허무했다.

하지만 아무리 실망스런 자식이라도 아비로서는 또한 달리 어찌할 도리가 없었다. 제 누이 년 말대로 한다면 이제 녀석은 회사도 그만이었다. 그만두든 쫓겨나든, 월급이 그 모양이라면 더 이상 그런 곳에 눌어붙어 있을 건덕지도 없었다. 큰 죄를 지은 것은 없다 하더라도 그간의 고생은 말이 아닐 게 뻔했다. 조사 받는 일이 끝나고 나오면 아비가 녀석을 맞주어야 했다. 그리고 녀석이 그 일을 하루라도 일찍 끝내고 나오도록 아비로서 무슨 방도를 찾아 보아야 했다.

 공만석 씨는 이튿날부터 회사로 어디로 아들의 싸움판들을 찾아 헤매 다녔다. 그리고 여기저기 각서라는 걸 몇 통 써주고 그나마 녀석을 무사히 데려 내왔다. 녀석은 그새 그 몹쓸 물을 먹어 그런지 그러는 제 아비를 한사코 가로막고 나서곤 하였다. 회사에 사직서를 써 내는 데도 그랬고, 녀석의 조사 일을 맡은 사람에게 아비로서의 책임과 선도를 다짐하는 각서를 쓰는 일에도 그랬다. 무엇이나 제가 알아서 할 터이니 저한테 맡겨두라고 고집이었다.

 하지만 공만석 씨는 더 생각할 것이 없었다. 이제는 모두가 끝난 일이었다. 자식 남매를 무사히 집으로 데려갈 수 있다면 다른 것은 더 기다릴 것이 없었다. 게다가 그 각서라는 것이 일을 끝내는 데에는 효험이 제법이었다. 공만석 씨는 길동이 놈을 억누르고 끝내는 그의 뜻대로 모든 일을 마무리 지어나갔다. 그리고 녀석이 집으로 돌아온 이튿날로 남매를 묶어 차고 서울역으로 나갔다.

 ─전 죽어도 집엔 못 가요.

 ─사표를 써 냈다고 회사 일이 다 끝난 게 아니에요. 전 아직도 이곳에 남아서 해야 할 일이 있어요.

 ─방세 보증금도 빼가야지 않아요.

길순이나 길동이는 이번에도 똑같이 길을 따라나서지 않을 요량들이었지만, 뒷일은 나중에 다시 와서 정리해가더라도 우선은 상한 몸부터 돌보아야 한다, 달래고 윽박질러 덜미를 끌고 나선 길이었다.

그가 집을 떠나면서 아내에게 예정한 것보다 며칠쯤 더 시일이 지난 상경 7일 만의 일이었다. 귀성 시일에 대한 약속은 물론 그 시퍼렇던 방송 출연 장담도 염두에 두어볼 여유를 못 가진 채였다.

하긴 서울역에서 기차를 타고 나서 공만석 씨는 새삼 그가 서울에 올라온 애초의 목적이 잠시 되돌아 보이기는 하였다. 그리고 자신의 어이없는 몰골에 쓴웃음이 저절로 입가를 스쳐갔다. 하지만 그는 이제 그런 것엔 조금도 미련이 없었다. 모처럼 만에 두 아이들과 함께 하행차 한구석에 자리를 얻어 앉고 보니, 그는 마치 자신이 오랜 객지 생활에서 귀향을 결심해 돌아가고 있는 것처럼 마음이 편안하게 가라앉아갔다. 보다도 어떤 오랜 꿈에서 깨어나 제정신을 되찾은 것처럼 자신이 새삼 되돌아 보이기도 하였다. 방송 출연 건은 자신이 생각해도 부질없는 망상이었음이 분명했다. 뿐만 아니라 아이들을 한사코 도회지 사람으로 만들려 했던 것도 피차간에 너무 분수없는 주문이었던 것 같았다. 섭섭한 것은 다만 그것을 깨닫게 된 것이 그 자의에 의해서가 아니라는 점이었다. 그것이 허망스런 꿈인 것을 깨닫고 아이들을 집으로 데려가는 것이 스스로의 판단에서가 아니라는 점이었다. 그에 앞서 다른 쪽에서 이미 결단이 내려져 있던 셈이었다. 결단을 내린 것은 아이들의 회사와 회사 편 사람들이었다. 그 사람들과 회사와 방송국들이 버티고 있는 서울이라는 도회지였다. 그 서울이 이미 아이들의 운명을 결정지어놓고 그를 기다리고 있었던 셈이었다. ─이놈의 서울이란 참으로 얼마나 문턱이 높은 곳인가. 더욱이 우리같이 힘없고 가진 것 없는 시골내기들한테는. 공만석 씨는 그 서울의 문턱을 넘어서기 위해 자신과 아이들이 매달리고 바쳐온 공력을 생각하니 거기서 마침내는 자신의 남루한 보따리마저 빼앗기고 쫓겨난 신세처럼 자신의 처지가 억울하고 처량했다.

하지만 만석 씨는 이제 그쯤은 속으로 꾹꾹 참아 넘기는 수밖에 없었다. 뒤늦게 그것을 알아차리게 된 것이라도 다행으로 여겨야 했다. 아이들을 더 이상 헛고생시키지 않고 곁으로 데려가게 된 것만이라도 다행스러워해야 하였다. 그래서 그는 이제 아이들 앞에서 본심을 떳떳하게 말할 수 있었다.

"갈숲에서 쫓겨난 송충이한테 그대로 돌아갈 솔밭이라도 남아 있어주었으니 고마운 일 아니냐. 송충이는 솔잎을 묵어야 한다는 소리는 너희 엄씨가 내게 자주 한 말이다마는, 우리 집 송충이들은 아무래도 내림이 갈잎에는 익어질 수가 없는 모양이니 말이다……"

공만석 씨는 기가 죽어 지친 아이들을 아비로서 모처럼 따뜻하게 위로했다. 그리고 기왕지사 일이 이렇게 된 마당에, 집으로 내려가면 우선 소라도 때려뉘어 녀석의 기력부터 돌봐주어야겠다고 다짐하며 혼자 부성에 목이 메고 있었다.

"그러니 이제 그까짓 서울살이는 솔잎, 갈잎을 가리지 않는 악독한 송충이들이나 저희끼리 붙어 살라고 내버려두고, 우리는 고향 동네 솔밭으로 돌아가자. 그래서 우선 상한 몸들이나 보살펴 기력들을 회복하고 그런 연후에 애비랑 에미랑 함께 살아갈 궁리를 해보자……"

공만석 씨는 어쨌든 그렇게 납치를 하다시피 어르고 달래어 아이들을 데리고 용연리 아랫골 갯머리 집으로 돌아왔다.

하지만 그것도 실상은 헛수고에 불과했다. 아이들은 이미 나름대로 갈잎에 익은 송충이들이었다. 아비에게 집으로 붙잡혀 내려온 아이들은 한 며칠 아무 내색 없이 마음을 제법 잘 주저앉히고 지내는 듯했다. 행여 상한 마음들을 건드리게 될세라 공만석 씨 내외는 녀석들을 무척 조심스럽게 보살폈고, 이웃에서들도 대충 사정을 짐작한 듯 쓸데없이 아는 척들을 해오지 않았다. 공만석 씨는 그런 아이들의 눈치를 살피느라 하행 길에 혼자 작심을 품고 돌아온 쇠도살 보신 일도 아직 손을 못 쓰고 있었을 정도였다.

그런데 한 며칠 잠잠히 지내고 있던 녀석들이 하루 저녁은 느닷없이 숨겨온 꿍꿍이 속셈을 꿈틀대고 나섰다.

"아부지, 엄니…… 지금 우리가 여기서 주저앉고 만다면 그동안 우리가 서울서 피눈물 나게 싸워온 게 너무 아깝고 억울해요……"

그간 싸워온 것을 헛되게 할 수 없으니, 남매가 함께 다시 서울로 가겠다는 것이었다. 서울로 함께 가서 시작한 싸움을 마저 끝내야겠다는 결의였다.

공만석 씨는 왠지 마침내 올 것이 오고 말았다는 느낌이었다. 녀석들의 경우라면 자신도 어쩌면 그럴 수밖에 없으리라는 생각도 들었다.

그러나 공만석 씨는 그 아이들을 용납하지 않았다. 이제는 그 도회지살이의 높은 문턱을 깨닫고 모든 것을 체념하고 돌아온 그였다.

"소용없는 일이다. 기왕에 잃은 것을 잊고 사는 것이 상책이다."

그는 아이들의 뜻을 단호하게 꺾어 눌렀다. 그리고 이제라도 부모 곁에서 함께 마음을 주저앉히고 살다 보면 그게 오히려 전화위복일 때가 올 거라고, 그러니 모쪼록 아비의 말을 믿고 에미, 애비를 의지해 참아 넘겨가자고 간곡한 설득과 당부를 몇 번씩 되풀이했다. 그런 만석 씨의 완강한 반대에는 그의 아내도 물론 생각을 같이했다.

"내 이래서 첨서부터 늬들 남매 서울살이 내보내는 걸 눈물로 막아섰다. 그런디 이제 와서 이 에미 가슴에다 또 한 번 못 견딜 모닥불을 놓을라고……"

아내는 그보다도 한술을 더 떠서 한숨과 눈물의 애소까지 서슴지 않았다.

하지만 그것도 결국은 다 헛일이었다.

아이들은 오직 그 한마디뿐, 더 이상 입을 열어 허락을 청하지 않았다. 막무가내로 막판 악담을 늘어놓는 어미를 설득하려 하지도 않았다. 그러나 그것이 부모의 소망대로 녀석들의 마음이 바뀐 것은 물론 아니었다. 심기가 불편해질 소리를 듣게 될 때 공만석 씨가 곧잘 귀가 어두워 못 들은 척 지나쳐 넘겨왔듯, 녀석들 역시 부러 입을 다문 채 흘려넘긴 것뿐이었다.

다음 날 아침 잠자리에서 깨어보니 녀석들은 밤사이 집을 떠나가고 없었다.

— 아부지, 엄니. 저희는 이제 이미 솔잎을 제대로 먹을 수가 없습니다. 이제는 저희도 갈잎 숲에서 갈잎 송충이들과 싸울 수밖에 없습니다……

집을 떠나면서 녀석들이 마음으로부터 남기고 간 글귀였다.

5

공만석 씨가 다시 텔레비전 프로그램에 관심을 기울이기 시작한 것은 그로부터 한 달쯤이 지나서부터였다. 말할 것도 없이 그가 다시 방송 출연을 계획하기 시작한 것이다. 이번에는 그저 소값 문제나 따지기 위해서가 아니었다. 아이들의 얼굴이나 자신의 위신 때문도 아니었다. 소값도 물론 경우껏 따져야 했다. 하지만 이번에는 소값보다도 소값이 그 지경이 되게 한 세상사 밑바닥의 근본부터 깊이 따지고 들 참이었다. 이를테면 길동이 놈이 월급을 올려달랬다가 끝내는 제 쪽만 억울하게 당한 일이나, 길순이 년이 어떤 인간을 믿었다가 제 신세를 망치고도 말 한마디 못하고 저 혼자 고이 물러서지 않을 수 없게 된 막된 세상 풍조에 관한 것들이었다. 한마디로 서울과 시골살이를 놓고 볼 때, 모든 일을 서울 사람들 좋게 만들어놓고, 그나마 촌가 사람이 서울살이를 못 오게끔 이리저리 문턱들을 높여놓고 있는, 보이지 않는 함정과 장벽들의 소이연을 만천하에 밝히 따져 보일 참이었다.

그래서 다시 서울의 문턱을 넘어서자서가 아니었다. 서울 사람들 쪽으로 자신의 자리를 옮겨서자서가 아니었다. 그 일이 쉬워진다면 더 바랄 것이 없었다. 하지만 그 일이 가망이 없더라도 그로서는 그러지 않을 수가 없었다. 솔밭에서건 갈밭에서건 싸울 수밖에 없었던 아이들의 말이 옳은 걸 깨달은 때문이었다. 아닌 게 아니라 녀석들의 말이 옳았다. 얻고 싶은 것을 앉아 얻을 수는 없었다. 서울의 문턱이 그처럼 높은 것은 그것을 고이 얻을 수 없다는 증거였다. 얻고 싶은 것은 싸워 얻는 길밖에 없었다. 그래서 싸움 속에 문턱을 넘어서고 자리를 빼앗아 들어서는 수밖에 없었다. 아이들은 이미 그 싸움을 몇 해 동안이나 계속해온 셈이었다. 그리고 이번의 큰 낭패에도 불구, 녀석들은 다시 그 싸움을 위해 집을 떠나간 것이었다. 결과가 뜻 같지 않더라도 상관이 없었다. 중요한 것은 뜻을 굽히지 않고 계속해서 싸우는 것이었다. 그것이 떳떳하고 용기 있는 일이었다. 그리고 아이들과 공씨 가문의 체면과 자존심을 살리는 길이었다. 아니 이 나라 전체 농사꾼들의 체면과 자존심을 지키는 것이었다. 게다가 아이들이 다시 집을 떠나가고 나자 공만석 씨는 하루하루 녀석들의 처지가 참을 수 없도록 안타까웠다. 녀석들이 당한 일들도 그만큼 못 견디게 억울하고 분통이 치솟았다.

하여 공만석 씨도 마침내는 생각을 고쳐먹지 않을 수 없었다. 아이들의 아비로서 녀석들의 싸움을 위해 그도 함께 힘을 합하고 나서야만 하였다.

"싸움으로 이쪽에서 얻는 것이 없더라도 저쪽을 그만큼 부숴놓을 수는 있겄제."
 공만석 씨가 다시 텔레비전 교양 프로그램에 매달리기 시작한 것은 바로 그 아이들과 자신의 싸움을 위해서였다. 이번에는 어떻게든 방송에 나가서 그의 일을 이루어내고 말 결심이었다. 하지만 이번에는 그 방송에서 시국담 방법을 배우기 위해 거기 매달린 게 아니었다. 지식과 말주변을 배우기 위해서도 아니었다. 아이들의 싸움이 어떤 것이고, 녀석들이 어째서 그 싸움에서 낭패를 당하고 말았는지를 알고 나서도, 그러니까 그가 낭패한 아이들을 집으로 데려오고부터는 한동안 텔레비전도 보지 않고 지내온 그였다. 방송 따위에 더 이상 관심을 둘 생각이나 여유가 없었다. 하지만 그는 어느 날 문득 깨닫게 되었다. 방송의 이야기들은 도대체 그의 편이 아니었다. 그의 편도 아니었고 농사꾼 편도 아니었다. 농사꾼이나 촌가를 위한다는 소리들도 곰곰 따져보면 순전한 사탕발림 일색이었다. 쉬운 사탕발림으로 촌가 사람들을 달래어 저희들 잇속만 차리려는 수작들이었다. 아니 백보를 양보하고서라도 그것이 적어도 서울로 올라간 길순이나 길동이들의 처지를 편들고 있지 않은 것은 분명한 사실이었다. 방송의 이야기들은 녀석들의 편이 아니었다. 거꾸로, 나무라고 핍박하는 쪽이었다. 제 팔굽은 안으로 굽게 마련인 것, 그 일의 옳고 그름은 따질 것도 없었다. 녀석들의 편이 아니면 그의 편도 아니었다. 그리고 녀석들을 핍박하는 편이면 아비인 자신을 핍박하는 편이었다. 공만석 씨로서도 비로소 그 점이 분명해졌다. 그리고 그에게는 무엇보다도 그 점이 중요했다.

이를테면 지피지기……, 그는 새롭고 사심 없는 싸움의 상대가 바로 눈앞에 있음을 알게 된 때문이었다. 하여 공만석 씨는 그 텔레비전 방송이 그의 편이 아니라는 것이 확실해진 것으로 그것을 다시 앞에 하기 시작한 것이다. 전날과는 달리 마을 사람들이나 그의 아내 앞에선 사람이 달라진 듯 말을 삼간 채, 그리고 주위의 불편한 소리들엔 부러 귀가 더 어두운 듯 아랑곳이 없은 채. 그가 아이들과 비로소 함께할 진짜 싸움의 사전 전략에서임은 말할 것이 없었다.

(『문학사상』1985년 10월호)

흰 철쭉

10여 년 전 가을, 이 강남 청담동으로 신축 2층 슬래브 집을 사 옮겨왔을 때부터 담장 가에는 수령이 꽤 예 되어 보이는 철쭉 한 그루가 서 있었다. 그 수령이나, 2미터쯤 되는 블록 담장을 훌쩍 웃솟아오른 수고(樹高)로 미루어 근래에 옮겨 심은 화원수가 아니었다. 강남 개발 붐을 타고 강을 건너온 집 장수가 옛집을 허물고 (집터 자랑으로 집 장수가 한 말이었다) 새집을 지으면서 그 철쭉 한 그루를 그 자리에 그냥 살려 남겨둔 것 같았다. 예 된 수령이나 나무의 크기 때문이겠지만, 철쭉은 어딘지 그 헐린 옛집터의 사연이라도 간직하고 남아 있듯이 자태가 완강하고 확고해 보였다.

그러나 우리는 처음 그만 나무쯤에는 그리 큰 관심을 기울일 새가 없었다. 이사 일이 바쁜 데다 나무는 이미 낙엽이 끝난 철 지난 나목이었다. 나무가 크다 보니 옛 주인도 함부로 파 옮겨갈 엄두를 못 낸 것이려니, 그쯤 짐작하고 우리는 그동안 벼르고 별러 모처럼 만에 새집을 사 들어간 흥분 속에 그해의 가을과 겨울을 보냈다.

그런데 겨울이 가고 이듬해 봄이 되어서였다. 우리는 비로소 담장 가의 철쭉에서 망외의 진가를 발견하게 되었다. 따뜻한 봄 기운에 푸른 잎과 새 가지들이 싹터 오르는가 싶더니, 4월로 접어들자 철쭉은 그새 가지 끝마다 하얀 꽃망울들을 맺기 시작했다. 그건 뜻밖에도 흰 철쭉이었다.

달을 넘기면서 철쭉은 그 무성한 가지 끝마다 일제히 흰 꽃망울을 터뜨렸다. 그리고 5월 중순쯤에 이르자 나무는 온통 눈부신 흰 꽃무리의 덩어리로 변했다. 그것은 참으로 보기 드문 장관이었다. 나무 전체에서 하얀 봄의 함성이 집 안을 온통 진동시키고 있는 것 같았다. 집 안뿐 아니라 담장 너머 길에까지 그 눈부신 화관을 내밀고 지나가는 행인과 이웃들에게 손짓했다. 신개발 주택가 담장들에서 흔히 볼 수 있는 붉은색 줄장미나 연산홍 따위와는 곱기나 품위를 비교할 수 없었다.

우리에겐 축복스런 횡재가 아닐 수 없었다. 그것이 반드시 구해 갖기 힘든 재래 자생종의 흰 철쭉이래서만이 아니었다. 꽃이 곱고 나무가 커서만도 아니었다. 그것은 차라리 하나의 경이였고 삶의 환희였다. 어떤 사연에서였던지 거기 그것을 남겨두고 간 옛집터의 주인에게까지도 우리는 새삼 진심 어린 감사와 기쁨을 전하고 싶었을 정도였다.

이듬해에도, 다시 이듬해 봄에도 흰 철쭉은 계속 그 순백의 합창의 잔치를 열곤 했다. 그리고 그때마다 우리의 봄과 생명과 삶에의 감동은 더 새로웠다.

그런데 아마 3년째였던가. 우리 집의 그 화려한 봄이 또 한차례 흰색의 잔치를 끝내가던 5월 중순께의 어느 날이었다. 하루는 아내가 밖에서 돌아오는 나를 보고,

"당신, 지금 혹시 집으로 들어오다가 길 건너편에 앉아 있는 나물 장수 아주머니 못 보셨어요?"

어딘지 좀 장난기가 어린 듯한 얼굴로 물어왔다.

"아니, 그런 사람 없었던 것 같은데? 별로 주의해 보질 않아 그랬는지 모르지만...... 갑자기 나물 장수 아주머니는 왜?"

사람의 왕래가 그리 많지 않은 길이라, 나는 내가 잘못 보았을 리도 없다고 생각하며 아내에게 지나가듯 까닭을 되물었다. 하니까 아내는 오늘은 날이 늦어 아주머니가 이미 짐을 거두어 돌아간 모양이라며 그간의 자초지종을 간단히 설명했다. 아내의 설명인즉, 며칠 전부터 집 앞 길 건너편에 웬 초로의 허름한 아주머니 하나가 나물광주리를 앞에 놓고 앉아 동네 행인들에게 산나물을 팔다 돌아가곤 한다고 하였다. 거기까지는 물론 주택가 골목길에서 흔히 볼 수 있는 일이었다. 그런데 그 나물 장수 아주머니는 나물을 파는 데는 그리 정신이 없고, 하루 종일 우리 담장 쪽을 지켜보곤 한다는 것이었다. 어떤 땐 나물이 다 팔리고 나서도 망연한 눈길로 그러고 앉았다가, 해가 거의 기울어서야 자리를 뜨는 때가 있다는 것이었다.

"그 아줌마, 아무래도 우리 철쭉에라도 반해버린 것 같아요."

아내는 처음 심심풀이 삼아 한참 늘어놓고 나서는 당찮은 노릇

이라는 듯 피식 웃었다. 하더니 아내는 또 자신의 소리에 바로 어떤 예감이 스치는 듯 새삼 정색을 한 얼굴로 덧붙여왔다.

"근데 이제 보니 그 아줌마, 아마 작년에도 이맘때쯤 해서 몇 번 보았던 것 같아요."

잠시 기억을 더듬어보고 난 아내는 전해에도 어떤 아주머니 하나가 집 앞을 여러 번 서성대다 간 일이 있었다는 것이었다. 그때도 마침 철쭉이 피어 있을 때여서 그게 보기 좋아 그러나 보다고 넘겼는데, 이제 와서 곰곰 생각해보니 꽃이 모두 지고 난 뒤부터는 모습이 보이지 않았었다는 것이었다. 아내는 전해의 그 꽃 구경꾼 아줌마가 나물 장수로 다시 나타난 게 틀림없다는 것이었다.

그러자 우리는 거기서 더 이상 이런저런 추측 속을 헤맬 필요가 없었다. 아내도 나도 이내 마음속에 한 가지 깊은 확신이 자리를 잡았기 때문이었다. 말할 것도 없이 아주머니는 우리 집터의 옛 주인임이 분명하였다. 그래 우리는 다음 날도 아주머니가 다시 집 앞 길거리에 나물 장수로 나타나면 그녀를 집 안으로 불러들이기로 하였다. 특별한 목적이나 뜻이 있어서가 아니었다. 아주머니가 원하는 대로 집 안 가까이에서 꽃이라도 실컷 보게 해주고, 그녀가 그토록 마음속에 기려지는 사연이 있으면 그걸 들어두는 것도 좋으리라는 생각에서였다. 이제는 꽃이 거의 시들어가고 있었으므로 그러자면 일이 좀 급하게 된 격이었다.

한데 다행히도 아주머니는 다음 날도 오정이 가까울 무렵, 나물 광주리를 이고 와서 집 앞 길 건너에다 전을 차리고 앉았다. 우리는 물론 나물을 산다는 핑계로 아주머니를 곧 집 안으로 불러들였다. 마르고 남루한 행색 때문에 실제보다 나이가 훨씬 더 들어 보여 할머니 소리를 들어도 좋을 오십대의 여자였다.

"아주머니는 아마 전부터 이 동네에 길이 많이 익은 모양이지요?"

나물거리를 대강 사 챙겨주고 나서 우리는 여자의 눈치를 살펴가며 조심스럽게 그녀의 사연을 캐묻기 시작했다. 하고 보니 일은 과연 우리의 추측대로였다.

"이 동네 길만 익을라구요. 한 삼사 년 전까지만 해도 여기 이 자리엔 다른 집이 있었다오."

아주머니는 금세 눈치를 알아채고 한숨 끝에 천천히 사연을 털어놓았다. 아주머니는 원래 일정 말기에 황해도 안악 마을의 한 농촌 마을에서 갓 스물에 이곳으로 출가를 해왔는데, 예의 흰 철쭉은 그녀가 시집을 오기 전에는 친정집 남새밭 가에 서 있었던 것이랬다. 그것을 어느 봄 친정어머니가 모처럼 딸네 집 먼 나들이를 오면서 고향 부모 정물로 파다 심어주고 간 것이라 하였다. 그런데 친정어머니가 그것을 심고 간 그해 여름 바로 8·15 해방을 맞게 됐고, 이어 서로 간에 소식이나마 오갈 길이 끊기고 말았다는 것이었다. 다행히 그 철쭉이라도 해마다 흰 꽃을 피워주어 아주머니는 그것으로 이 30여 년을 고향 식구들 대하듯 마음을 달래왔노라고 하였다. 한데 어느 해부턴지 인근 땅값이 느닷없이 두 곱 세 곱으로 치솟는 바람에, 아주머니네를 포함한 온 동네가 마치 횡재라도 만난 듯 다투어 집과 땅을 팔고 너나없이 사방으로 흩어져 떠나갔다는 것이었다.

"그 몹쓸 땅값 바람에 멋모르고 모두 눈이 뒤집힌 게라요. 땅값에 눈이 아주 뒤집히지 않고서야 어찌 그리 쉽게 제 살던 집을 다 팔고 떠날 수 있었겠소."

아주머니는 뒤늦게 집을 팔고 떠난 것이 후회스러운 듯 아쉬운 한숨까지 지었다. 그래 아내가, 집을 팔더라도 그 철쭉이나 따로 파 옮겨다 심지 그랬느냐고, 짐짓 한마딜 어긋나게 묻고 들자, 아주머니는 다시 북쪽 말 억양이 역력한 소리로,

"글쎄, 그땐 그럴 경황도 없었다우. 그땐 어찌 그리 쫓기듯이 거래를 서둘러들 대던지 나무커녕 사람마저 깃들 곳을 제대로 마련하지 못한 채 터부터 비켜 나가줘야 했을 형편이었으니까유."

변명이라도 하듯 한숨 섞어 말하고는 새삼 꽃 쪽으로 눈길을 보냈다.

흰 철쭉이 거기 남아 있게 된 것은 어쨌거나 그런저런 사연으로 해서였다. 그런데 이듬해 봄이 되어서였다. 아주머니네는 그때 이미 집값으로 받은 돈을 이 일 저 일로 거의 다 축내버리고, 종내는 아들 내외와 성남 변두리에 셋방 한 칸을 얻어 살면서 인근 산간으로 나물뜯이를 나다니고 있었는데, 하룻밤은 느닷없이 피곤한 잠결에 옛날 살던 집 철쭉꽃 꿈을 꾸게 되었다는 것이었다.

"꿈에서도 그토록 꽃빛이 희고 탐스러울 수가 없었어요. 집터도 물론 내가 살아오던 옛날 집이었구…… 꿈을 깨고 나니 꽃이 필 철이더구만유. 그래 아무래도 무심할 수가 없어 나물 장살 핑계 삼아 꽃을 보러 왔었지유. 찾아와 보니 아닌 게 아니라 담 너머로 꽃이 나를 기다리고 있더구만유."

그게 그러니까 우리가 이 집을 사 들어오고 나서 바로 다음 해부터의 일인 셈이었다. 첫해에는 아내가 그것을 눈치채지 못했다가 아주머니가 아예 집 앞 길거리에 전자리를 펴고 앉은 그해에 와서야 분명한 기미를 알아차린 것이었다. 아주머니는 날마다 그렇게 나물바구니를 이고 와서 하루 종일 담 위의 꽃을 보다 가곤 한 것이었다. 꽃이 시들어 떨어질 때까지 내리 3년을 계속해온 일이랬다.

그해에도 아주머니는 마찬가지였다. 그해에도 그녀는 5월로 접어들며 몇 번씩이나 철쭉 꿈을 꾸었고 그만큼 혼자서 개화를 기다려왔다 하였다. 그리고 다시 집 앞을 찾아와 담 위로 흰 꽃이 흐드러진 것을 보고서야 비로소 마음이 놓였다는 것이었다.

"남의 집에서라도 꽃이 저렇게 잘 피어주어 그토록 반갑고 고마울 수가 없었다우. 1년 내 혼자 조여온 마음이 한꺼번에 풀린 듯 안심이 되더라구요."

아주머니는 그쯤에서 대강 이야기를 끝내고 우리들에 대한 치하 말과 함께 그만 자리를 일어섰다.

우리는 이제 그 아주머니를 보고도 서로 간에 잠시 할 말을 잃고 있었다. 공연히 애틋하고 무거운 기분에, 가져선 안 될 것을 빼앗아 가진 사람처럼 아주머니에게 자꾸 송구스러워지고 있었다.

그래 아내는 눈물까지 글썽대며 허겁지겁 일어서는 아주머니를 다시 붙들어 앉혔다. 그리고 그녀가 원하기만 한다면 지금이라도 철쭉을 옮겨다 심으라고, 그래 두고 해마다 집에서 맘껏 꽃을 보도록 하라고 인정 어린 제의를 내놓기까지 하였다.

하지만 그건 물론 실현성이 없는 소리였다. 아주머니네는 이제 나무를 옮겨가 심을 집이 없었다. 그런 일을 치를 만한 힘도 없었다. 아니, 그보다 아주머니 자신이 그것을 원하지 않고 있을 일이었다. 아주머니는 차마 그녀의 본심을 말하지 못하고 있었다. 아주머니가 꿈속에서 본 것은 다만 흰 철쭉꽃만이 아니었다. 흰 철쭉꽃은 그녀의 고향의 모습이자 친정어머니의 모습이기도 하였다. 아주머니는 철쭉으로 고향을 만나고 그 어머니를 대신 만나온 것이었다. 그리고 거기서 그리운 고향과 어머니의 소식을 기다려온 것이었다. 친정어머니가 행여 이남으로 넘어와 어디에 살아 있다면 그 어머니는 철쭉을 기억하고 있을 것이었다. 아니라면 다른 친척이나 고향 사람이라도 당부를 가지고 넘어와 있을 수 있었다. 아직은 아무도 찾아온 사람이 없었지만, 집을 옮겨간 뒤에라도 누가 행여 철쭉의 기억을 찾아 나타날지 몰랐다. 철쭉은 다른 데로 옮겨갈 수가 없었다. 그때의 사정이 정말이었거나 말거나, 아주머니의 기다림이 지쳐 망단을 했거나 말거나, 나무를 옮겨가지 못할 진짜 사연은 그 때문이었다. 아주머니가 봄마다 꽃꿈을 꾸고 그것을 보러 오고, 그 꽃으로 마음을 놓고 돌아가는 것은 그녀가 아직도 고향과 친정어머니를 잊지 못하고 거기서 친정의 무고를 믿고 싶은 애틋한 기원과 기다림 때문이었다. 그것을 분명히 의식했든 안 했든 그녀는 그 때문에 나무를 옮겨갈 수가 없었을 것이었다. 나무는 언제까지나 거기 남아 있어야 하였다. 거기서 끝끝내 기다리고 있어야 하였다.

아내나 나는 이미 그것을 알고 있었다. 나무를 옮겨가도 좋다는 아내의 제안은 그러니까 그저 자기 진심에 겨운 위로의 말일 뿐이었다.
 하지만 그 아내나 나보다도 나무를 옮겨갈 수 없음을 더 잘 알고 있는 것은 바로 아주머니 자신이었다. 그녀는 물론 아내의 선심을 받아들이지 않았다.
 "새댁의 마음씬 고맙기 그지없지만, 그건 나무한테 공연한 짓일 게우. 이젠 벌써 30여 년을 저 자리에서 꽃을 피워왔고, 댁네들도 계속 좋은 꽃을 피우게 보살펴왔는데, 새삼스레 자리는 옮겨가 뭐 하겠수."
 아주머니는 완강하게 아내의 제의를 사양했다. 그 대신 그녀는 1년에 한 번씩 우리 집을 찾아 나무가 계속 꽃을 잘 피워주고 있는 것만 보고 가면 더 바랄 것이 없다고 하였다.
 아내나 나는 물론 그 아주머니를 굳이 더 권할 필요가 없었다. 그리고 그 조그맣고 애틋한 아주머니의 소망을 거절할 이유는 더욱 없었다. 1년에 한 번씩 봄철에 찾아와서 꽃이 잘 피고 있는 것을 보고 가게 해달라는 것은 물론 우리에게 그만큼 나무를 잘 보살펴달라는 당부의 뜻이 포함된 말이었다. 그러니 이제 우리는 그녀의 당부가 아니더라도 스스로 똑같은 마음의 다짐이 서로 간에 오가고 있었던 것이었다.
 다음 해에도 5월로 접어들자 철쭉은 어김없이 흰 꽃을 만발했고, 아주머니도 때맞춰 나물 광주리를 이고 동네를 찾아왔다. 이번에는 물론 집 앞 길거리에 전을 펴고 앉아서 나물을 팔아야 할 필요가 없었다. 아주머니는 바로 우리 집으로 들어와서 나물 광주리를 몽땅 비워 내놓았다.

"도회지 사람들한텐 열 푼어치도 안 되어 반가울 게 없겠지만…… 산에서 손수 뜯어온 것이니 남는 건 이웃 간에 인심이나 나누라구요."

선물인 양 공짜로 나물거리를 비워주고는 한나절 망연스레 꽃을 보고 앉았다가 안심스런 얼굴로 집으로 돌아갔다. 몇 푼 안 되는 나물 값이나 점심 요기마저 한사코 거절을 한 채였다. 기다림이 이미 끝난 때문이었을까. 그새 별다른 소식이 없었던 일에 대해서도 전혀 실망을 하는 빛이 없이 오직 그 화사한 흰 철쭉꽃으로 그간의 시름이 덜어진 얼굴로.

이듬해에도 또 그 이듬해에도 마찬가지였다. 아주머니는 그렇게 오륙 년 동안 빠짐없이 봄마다 옛 동네로 꽃을 보러 찾아왔다. 그리고 우리 집에 깨끗한 산나물을 꽃값으로 선물하고 꽃을 보고 안심스레 오던 길을 돌아갔다. 그것은 우리들에게 하나의 연례행사이자 숙제거리가 되어버리고 있었다. 아주머니의 당부도 당부였지만, 우리는 갈수록 철쭉의 생육 상태에 마음이 쓰이고 있었다. 나무에 어떤 병충해라도 끼지 않을까, 거름이 부족하거나 넘치지는 않을까, 겨울철 추위에 동해를 입지나 않을까…… 봄이 되면 꽃이 제대로 피어줄지 어떨지 지레 조바심이 쳐지기까지 하였다. 그러다 예년처럼 제대로 꽃이 피고 아주머니가 찾아왔다 안심을 하고 돌아가고 나면, 우리는 한 해의 숙제를 무사히 끝낸 것처럼 마음이 한참 홀가분해지곤 하였다.

한데 그러던 어느 봄이었다. 그러니까 그것은 아주머니가 철쭉을 찾아다니기 시작한 지 정확히 9년째가 되던 저 1983년의 봄이었는데, 그해 봄에는 철쭉꽃이 피고 나서도 웬일인지 한동안 그녀가 나타나질 않았다. 예년 같으면 5월로 접어들어 꽃이 만개에 가까워진다 싶으면 어김없이 때를 맞춰 찾아오던 그녀가 이해에는 꽃이 한창 제 고비를 넘기고 그 순백의 생기를 잃기 시작한 중순께가 되어도 영 나타날 줄을 몰랐다.

아주머니가 겨우 집을 찾아온 것은 꽃들이 이미 반쯤이나 시들어 떨어지고 난 그달 하순께의 어느 날이었다.

"이젠 이도 저도 모두 망단인가…… 꽃철이 된 것도 잊어먹고 있었다우. 올핸 웬일로 해마다 꾸어오던 꽃꿈도 못 꾸었구."

그새 한 달쯤 몸놀림이 좋지 않아 산나물 캐러 다니는 일을 쉬고 있었다 하였다. 그러다 이날 모처럼 산을 들어갔다가 산철쭉이 시드는 걸 보았다고 하였다. 그녀는 비로소 철쭉꽃이 지나가고 있는 데에 놀라 그길로 허겁지겁 마음을 재촉해 달려왔다는 것이었다. 아주머니의 광주리에는 아닌 게 아니라 나물거리가 아직 절반도 채워지지 못한 채였다. 게다가 그녀는 그 불편한 데가 완전히 좋아지질 못한 듯 안색이나 기력이 무척 쇠잔해 보였다. 그새 세월이 제법 흐르기도 하였지만, 그녀를 처음 보았던 칠팔 년 전과는 달리 이제는 힘겨운 병색까지 겹쳐 늙은 할미의 형색이 완연했다.

아주머니 자신도 그것을 느끼고 있었는지 모른다.

"꽃은 지더라도 제철이 돌아오면 다시 피게 마련…… 지는 꽃은 내년에 다시 와보면 될 일이건만……"

아주머니는 그 지는 꽃을 바라보며 이날따라 모든 것을 부질없어해하며 그 한 해의 기다림마저도 망연스러워하였다. 그토록 기다림에 지치고 만 것이 분명했다. 그리고 그러다 이듬해 봄을 약속하고 아주머니는 훌쩍 자리를 일어서 돌아가버렸다.

한데 아주머니가 그렇게 늦게나마 그 시든 철쭉을 보고 간 것은 어쨌든 다행이었다. 왜냐하면 그것이 아주머니가 철쭉을 마지막으로 본 것이 되고 만 때문이었다.

아주머니가 그런 모습을 보이고 돌아가자 우리는 전에 없이 마음이 무거웠다. 아주머니의 기력이나 심사가 걱정스럽기만 하였다. 하지만 우리에게 그녀를 위해 할 수 있는 일이란 다른 것이 있을 수 없었다. 우리로선 그저 철쭉이나 계속 잘 보살피는 것뿐이었다. 그리하여 다시 이듬해 봄이 되면 꽃을 잘 피게 하는 것뿐이었다. 우리는 일에 더욱더 주의와 정성을 기울였다. 그러면서 모쪼록 그녀가 마음속의 희망을 잃어버리지 않기만을 빌었다. 그 희망으로 자신을 지탱했다가 이듬해 봄에도 꽃을 보러 오기를 진심으로 빌었다.

그렇게 봄이 가고 여름이 되었다. 그런데 아주머니를 위한 우리들의 기원은 그 여름과 함께 더욱더 부풀어 올랐다. 이번에는 흰 철쭉 때문이 아니었다. 아주머니는 그 이듬해 봄까지 철쭉이 피는 것을 기다릴 필요가 없었다. 이번에는 그 흰 철쭉보다 직접 소식을 알아볼 기회가 찾아왔다. 여름이 되자 저 KBS의 '이산가족 찾기' 열풍이 시작된 것이다.

방송이 시작되자 우리는 지레 아주머니의 일 때문에 가슴을 설레었다. 철쭉을 옮겨 심어주고 간 친정어머니가 그새 아무런 소식이 없는 걸로 보아 아주머니에겐 별로 큰 희망이 없어 보였다. 친정어머니는 길을 넘어오지 못했거나 넘어왔더라도 이미 이승 사람으로는 남아 있기가 어려웠다. 다른 가족들이나 고향 친척들의 경우도 사정이 마찬가지였다. 아주머니가 고향 가족들을 찾아 만날 가망은 백의 하나도 안 되는 일이었다.

 한데도 우리는 방송이 시작되자 날마다 흥분 속에 화면 앞에 매달렸다. 그리고 하루빨리 우리의 아주머니가, 아니 이제는 할머니라고 할 수밖에 없는 그녀의 얼굴이 텔레비전 화면에 나타나주기를 기다렸다. 그때 모든 이산가족들이 그랬듯이 할머니는 희망이 있거나 없거나 일단은 방송 출연을 신청할 것이라고 믿었기 때문이었다. 어쩌다 할머니 비슷한 얼굴이 화면을 스치거나 고향이 황해도 쪽인 사람만 나와도 우리는 행여 그것이 할머니와 관련이 있는 일이 아닌가 눈을 부릅뜨고 화면을 살피곤 하였다.

 한데 그렇게 아무리 기다려도 할머니의 모습은 나타나질 않았다. 자세한 인적 사항은 알 수 없었지만, 할머니를 찾고 있는 듯한 사람도 없었다.

 우리는 어쩌면 할머니가 방송을 모르고 있지나 않은지 하는 생각까지 들었다. 설마 그럴 리는 없는 노릇이었지만, 기다리고 기다려도 소식이 없다 보니 우리가 나서서 할머니에게 알려서 방송국까지 데려다 주고 싶기도 하였다. 하지만 그간 할머니의 거처를 제대로 알아두지 못한 탓에 그럴 수도 없는 것이 안타깝기만 하였다.

 할머니를 기다리는 우리들의 마음은 그만큼 더 절박하고 간절할 수밖에 없었다. 아니, 이제는 할머니가 행운을 만나게 되고 안 되고는 문제 바깥이었다. 이제는 할머니 자신의 신상사가 걱정이었다. 할머니가 웬일일까. 하필이면 이때 무슨 나쁜 일이라도 생긴 것이 아닐까…… 할머니가 방송엘 나와주기만 하면 우리는 그것으로 안심이 될 것 같았다.

하지만 할머니는 끝내 모습을 볼 수 없었다. 할머니도, 찾는 사람도 나타나지 않은 채 그 뜨거운 여름이 가고 있었다. 그리고 마침내 방송이 끝나고 사람들은 텔레비전 화면 앞을 물러앉아 한여름의 흥분을 식히기 시작했다.

우리는 제풀에 맥이 풀리고 말았다. 예감이 무척이나 좋지 않았다. 하지만 우리는 그 불길한 예감을 서로 입 밖에 내어 말하려 하질 않았다. 할머니는 어쩌면 봄 때문이 아니라 어디 먼 데로 집을 옮겨 갔을 수도 있었다. 우리는 불길스런 예감을 참으며 마음을 될수록 그런 식으로 밝게 지니려 하였다. 그리고 여전히 철쭉을 잘 보살피며 이듬해 꽃철이나 기다려보기로 하였다. 이듬해 봄이 되어 철쭉이 피고 보면 할머니의 안부는 분명해질 것이었다.

그때를 위해 우리는 계속해서 철쭉에 정성과 기원을 다했다.

한데 그 정성 어린 우리들의 기다림도 끝내는 모두 허사가 되고 말았다. 불길한 예감이 반갑지 않게도 그대로 적중이 되고 만 것이다.

그해가 가고 이듬해 봄이 되었다. 흰 철쭉은 그 봄도 여느 해처럼 그 탐스런 흰 꽃을 만발했다. 하지만 할머니는 꽃이 피고 나서도 전날처럼 모습을 나타내지 않았다. 우리 집 대문을 들어서는 일도 없었고 집 앞 길거리 건너편에다 나물거리 전자리를 펴고 앉는 일도 없었다. 그녀가 찾아주지 않은 철쭉꽃마저 조화처럼 적막하고 무심스럽기만 하였다. 할머니는 끝내 그렇게 소식이 감감한 채 흰 철쭉만 저 혼자 시들어갔다. 지는 꽃은 내년에 다시 와보면 될 일이건만…… 그 봄을 약속하고 돌아간 할머니는 자신의 약속을 못 지키고 만 것이었다.

이제는 사정이 거의 명백해진 셈이었다. 할머니에게 불행이 생긴 것이 분명했다. 하지만 우리는 아직도 그것을 말하려 하지 않았다. 굳이 말을 해야 할 필요도 없었고, 한편으로는 그것을 믿고 싶지 않은 마음에서이기도 하였다. 흰 철쭉이 계속 꽃을 피우고 있는 한 할머니는 아직도 어디선가 우리와 한 하늘 아래서 기다림을 잃지 않고 있을 것 같았기 때문이었다.

우리는 또다시 이듬해 봄을 기다렸다. 그리고 이윽고 한 번 더 봄이 왔다. 하지만 그도 다 부질없는 일이었다.

할머니는 여전히 소식이 없었다. 할머니의 소식은 여전히 감감한 채 흰 꽃들만 눈부시게 무리 짓고 있었다.

할머니의 그 기나긴 기다림이 세월에 바래져 그렇게 하얗게 피어나듯 누군가의 지친 넋을 위하여 아름다운 소복의 꽃상여를 꾸며놓은 듯.

"저 꽃들은 아직 모르고 있을까요……? 올해도 저렇게 누구를 기다리며 곱게 필까요?"

행여나 행여나 하면서도 할머니의 일을 부러 모른 척 입을 다물고 지내던 아내가 어느 날은 끝내 참지를 못하고 혼잣소리처럼 그렇게 말했다. 할머니에 대해서는 나 역시 물론 아내와 똑같은 심정이었다. 하면서도 나는 아직 아내처럼 막막하지는 않았다.
철쭉나무 가지 위에 날아와 앉아 있는 한 마리의 새 때문이었다.
언제부턴가 꽃나무 가지 위에 이름 모를 새 한 마리가 눈을 감고 깃을 개고 앉아 있었다. 순백의 꽃빛 속에 적막스럽고 애틋한 모습이 어떤 기나긴 기다림의 꿈속에 젖어 있는 것 같았다. 할머니의 넋이 새가 되어 돌아온 것인가……
아내는 아직 그것을 알아보지 못한 모양이었다.

(『현대문학』 1985년 10월호)

숨은 손가락

1

 부대는 어느새 신작로를 벗어나 일렬종대로 길게 산길을 오르고 있었다. 큰길에선 제법 규모 있게 대오를 지켜오던 병력이 좁은 산길로 접어들면서부터는 걸음걸이나 행동들이 모두 제각각이었다. 소총을 지팡이처럼 잔등에 가로얹어 팔걸이를 하고 가는 사람, 앞뒤가 나란히 얼려붙어 잡담을 하고 가는 사람, 윗도리의 단추를 풀어 헤치거나 아예 빨랫감처럼 벗어 들고 가는 사람…… 군청색 전투복에 권총대를 감아 찬 강 대장을 제외하면 대원들은 복장이나 장비들도 모두 가지각색이었다. 흔적만 남은 위장망 철모에서부터 헐렁한 야전 점퍼나 흰색 와이셔츠의 민간복 차림까지. 혹은 청색군의 개인 기본 화기인 P1 소총에서부터 수류탄 나부랭이나 흑색군의 다발식 K3 소총까지. 청색군의 P1 개인 소총

몇 자루를 제외하면 대개가 그간의 작전에서 노획한 흑색군의 수류탄이나 K3 무장이어서 정규 보급이 부족한 별동대 장비로는 그게 오히려 특색처럼 보였다.

부대는 그래저래 영 기강이 없어 보였다. 미구에 치러야 할 정화작전(淨化作戰) 따위는 염두에 두고 있는 사람이 아무도 없는 것 같았다. 무슨 야유회라도 가고 있는 것처럼 방심스런 발길들이 마냥 한가로웠다. 13명 대원들의 앞뒤 거리가 어느새 백여 미터 이상이나 벌어지고 있었다.

하긴 특별히 긴장을 해야 할 일은 없었다. 삼성리(三姓里)를 포함한 이 지역 해안 일대는 수복 작전이 끝난 지 이미 오래였다. 병력이 직접 투입되어 정화 사업이 수행되지 않았을 뿐, 삼성리에서도 적성 세력은 오래전에 자취를 감췄을 것이었다. 이제 남은 일은 병력이 들어가 악질 부역자 한 녀석을 처단하여 마을을 완전히 제압하는 것뿐이었다. 마을마다 가장 악질적인 부역자 한 명씩을 색출 제거하여 청색 지역 질서를 재건해놓는 것—, 그것이 수복 지역의 정화 사업이었다. 삼성리뿐 아니라 지역 내의 모든 수복 마을들을 대상으로 한 후방 작전이었다. 위험이나 어려움이 있을 수 없었다.

게다가 삼성리의 작전 책임 부대는 강유근 대장이 이끄는 중대의 별동대. 강 대장을 비롯한 대원 전원이 적치하(敵治下)에서 간신히 목숨들을 건져 나와 참전한 의용 유격대 조직이었다. 그 조직이 작전의 편의상 지역 중대의 별동대로 배속되어 본중대의 정화 작전을 지원해오고 있었다. 대원의 구성이나 장비가 말해주듯 규모나 기율이 번듯한 부대는 아니었다. 그러나 그 때문에 정규 부대 못지않게 전투력이 강인하고 가차없는 부대였다.

긴장을 하거나 서두를 이유가 없었다. 더욱이 작전 지점 삼성리까지는 송림 속 산길이 10리에 가까웠다. 오르막 산길에 가을 햇볕까지 따가워서 행군을 무리하게 서둘러서도 안 되었다.

부대는 그렇게 천천히 산길을 올라갔다. 산 중턱까지 따라 오른 다랑이 볏논들 ─ 노란 볏모개들이 논둑 위로 가지런히 이삭을 숙인 채 추수를 기다리고 있었다 ─ 을 지나고, 솔숲 속에 버려진 산밭 언덕 가의 들국화 더미도 쉬엄쉬엄 지나갔다.

동준〔羅東準〕도 물론 다른 대원들처럼 발길을 되도록 천천히 하고 있었다. 한데도 그는 이날의 행군이 어느 때보다 힘이 들고 있었다. 그 혼자 유독 개인 장비조차 소지하지 않은 맨몸인데도 발길이 천근이나 무겁게 느껴지고 있었다. 이마와 등덜미가 온통 땀으로 젖어들며 심사까지 갈수록 긴장이 되고 있었다. 불과 3개월 저쪽만 하더라도 제집 앞길처럼 자주 오가던 산길이 이제는 먼 객지 길의 그것처럼 발길이 낯설고 서툴기만 하였다.

그는 어떤 집요한 상념 속에 갈수록 그 발길이 더디어져가고 있었다. 그리고 아까부터 대열의 맨 선두에서 길을 안내해가고 있는 자신이 이상하게 불안하고 터무니없이 보이기까지 하였다.

─내가 왜 벌써부터 이 지경인가.

동준은 안간힘을 쓰듯 자신을 다그치며 발길을 재촉하곤 했다. 그러나 그는 이내 다시 운신이 더디어지며 한 사람 두 사람씩 대열의 뒤쪽으로 몸이 뒤처져나갔다. 거기 따라 머릿속의 상념도 그만큼 무성하게 얼크러져 들고 있었다.

―백현우(白顯于). 그가 무슨 배짱으로 아직 마을에 남아 있단 말인가. 목숨을 부지하러 도망질을 치지 않고 마을에 버티고 남아 있단 말인가. 녀석이 그만큼 자신의 결백을 믿고 있기라도 하단 말인가……

그 현우는 어쩌면 동준 자기의 귀성을 알고 있을 수도 있었다. 그래 그쪽에서도 동준의 귀성을 기다리고 있을 수가 있었다. 한순간 문득 동준은 그런 엉뚱스런 생각까지 들었다.

―그렇다면 녀석도 나와의 이 마지막 대결을 피하지 않겠다는 말인가. 지옥으로나 떨어질 악마 같으니라구. 그래, 기다려라. 원한다면 내가 너를 그렇게 해주겠다. 그러기 위해 지금 이렇게 내가 너에게로 가고 있다!

동준은 새삼 혼자 현우를 저주하며 이를 부득 갈았다. 녀석은 도대체 동준 자기를 기다리고 있어서는 안 되는 위인이었다. 그를 기다리고 있을 수가 없는 위인이었다. 동준도 처음엔 그것을 거꾸로 걱정하고 있었다. 마을에 대한 현우의 죄과가 그랬고, 동준 자신에 대한 그의 가학 행위가 그러했다. 목숨을 부지해 달아나기에나 바빠야 할 위인이었다. 대결을 해봐야 결과가 뻔했다. 이번에는 묶을 자와 묶일 자의 처지가 정반대로 바뀌어 정해져 있었다. 그래 동준은 그동안 얼마나 그것을 거꾸로 걱정해왔던가. 그리고 그가 도망을 치기 전에 그의 더러운 빚을 갚아주고자 얼마나 서둘러 그에게로 가고 싶어 했던가. 구사일생으로 감금지를 탈출하여 청색군 부대를 만나기까지. 그리고 거기서 의용 유격대에 합류한

후 이 해안 지역의 수복 작전을 수행하며 중대 별동대로 고향 땅을 밟기까지, 동준은 오로지 그 미끼로 가려는 복수의 일념에 몸과 마음을 맡겨오고 있었다.

그런데 그 백현우가 아직도 마을에 그냥 남아 있다는 것이었다. 중대가 면 소재지에 배치된 바로 다음 날 동준은 마을로 은밀히 사람을 들여보냈다가 그곳 소식에 오히려 자신이 놀라고 당황했다. 그것은 마을 사람들이나 일가의 희생이 예상을 훨씬 넘고 있어서이기도 하였다. 하지만 그를 더욱 당황하고 섬찟하게 한 것은 그 참혹스런 학살극을 연출한 장본인이 마을에 아직 버젓이 남아 있다는 소식이었다.

동준은 한동안 빚을 갚으러 별러온 사람답지 않게 무엇을 어떻게 해야 할지를 몰랐다. 그가 남아 있어준 것이 잘되었다 싶기보다 뜻밖에 낭패스런 기분이 들어왔다. 그리고 그는 그제서야 비로소 자신의 소망이 그간의 생각과는 정반대쪽이었던 것을 깨달았다. 그는 현우를 찾아온 것이 아니었다. 현우가 거꾸로 마을을 미리 떠나고 없기를 바라왔던 것 같았다. 현우가 사전에 몸을 피해 달아남으로써 자신을 심판해주었기를 빌어왔던 것 같았다. 자신은 다만 그것을 확인하고 싶어 힘들게 고향 길을 찾아온 것 같았다.

현우가 스스로 자신의 심판을 끝내놓기 전에는 동준으로서도 선뜻 마을을 들어갈 수가 없었다. 사정이야 어찌 됐든 마을의 학살극은 그 첫 마당이 바로 자신으로 하여 시작됐고, 그것은 동준 자신으로서도 견딜 수 없는 배신 행위였기 때문이었다. 그래 부대와 함께 고을을 들어서고 나서도 애초에 그가 일념으로 원해온 대로 선뜻 마을을 찾아가지 못하고 있었다. 그가 수복 부대와 함께 면 소까지 들어온 것을 알지 못한 탓도 있었겠지만, 마을에서 부대로 그를 찾아 나온 사람이 하나도 없는 것도 마음에 몹시 켕겨왔다. 그래서 동준은 관내 마을들에 대한 정화 작전이 한창인 이 며칠 동안도 삼성리 작전만은 미적미적 날짜를 뒤로 미뤄온 터였다.

"삼성리 작전은 나 동지가 소속한 별동대가 맡아야겠지요? 나 동진 처음부터 그 일을 목표로 온 사람이니까."

그간에 이미 동준의 사정을 대충 들어 알고 있는 중대장은 삼성리의 작전 책임을 아예 처음부터 그가 소속해 있는 별동대에다 일임했었다. 한데도 막상 당사자 격인 동준의 미적지근한 태도로 별동대의 삼성리 작전이 며칠씩 미뤄지고 있는 것을 보게 되자, 본대의 중대장은 강 대장을 제쳐두고 동준을 막바로 재촉해대었다.

"나 동지. 너무 완전무결한 작전을 계획하다 시기를 놓치는 일이 없도록 하시오. 나 동지의 심정은 이해하고 있지만, 악질 부역자 제거 작업은 어차피 한 명으로 한정되어 있다는 걸 명심하고."

하지만 동준은 물론 중대장의 말처럼 완전무결한 작전을 꾸미고 있어서가 아니었다. 그는 이런저런 구실로 강 대장을 설득하여 별동대의 출동 대상 마을을 바꿔가며 계속 현우의 뒷소식을 기다렸다. 그가 늦게나마 작전 소식에 놀라 마을에서 몸을 빼어 달아나주기를 기다렸다. 삼성리는 동준에게도 얼굴을 내밀고 들어서기가 그만큼 떳떳지가 못한 곳이었다. 현우가 미리 마을을 떠나주기만 한다면 그도 이제 와서 굳이 별동대를 앞세워 마을을 들어갈 생각이 없었다. 마을의 희생이 너무 엄청났기 때문일까. 그리고 그의 마음속 가책이 그만큼 가열해지고 있었기 때문일까. 대결이고 보복이고 심판이고 처단이고, 그는 차라리 모든 것이 부질없고 허망스럽게 느껴지기까지 하였다. 이대로 고을을 다시 떠나가버리고만 싶었다.

하지만 현우는 아랑곳이 없었다. 며칠을 기다려도 그가 사라졌다는 소식이 없었다.

―녀석이 정말로 나를 기다리고 있는 게구나.

동준은 그 현우의 완강하고도 끈질긴 도전을 느끼며 제물에 혼자 몸을 떨었다. 할 수 없는 일이었다. 그가 기다린다면 마지막 대결을 피할 수가 없었다.

동준은 마침내 마음을 굳혔다. 그리고 이날 점심을 먹고 나서 곧바로 강 대장에게 병력 출동을 청했다. 그러나 아직도 중대장의 걱정처럼 마을을 쑥밭으로 만들려는 건 아니었다. 그것은 작전의 목적도 아니거니와 동준으로선 굳이 그래야 할 필요가 없었다. 그는 다만 현우가 목적이었다. 그것도 현우가 그에게 가해왔던 만큼만 절망스런 고통을 되돌려주려는 것이었다. 더도 말고 덜도 말고 현우에게 진 고통과 저주의 빚만큼을 그에게 되돌려주려는 것뿐이었다. 그것은 어차피 이 몇 달 동안 자신이 골백번 다짐해온 일이었다. 그리고 마침내 이번에는 이쪽에서 마음대로 그를 묶을 수 있는 위치로 돌아온 자기 권리의 최소한의 행사일 뿐이었다. 그 빚갚음의 결과가 어떤 것이든 그것은 현우의 양심의 책임일 뿐 동준 자신이 상관할 일이 아니었다……

한데도 동준은 갈수록 마음이 무거웠다. 이제라도 당장 부대를 버리고 마을에서 멀리 달아나버리고만 싶었다. 혹은 이제라도 현우가 홀연 마을을 떠나 없어져줬으면 하는 심사뿐이었다. 그토록 자신이 갈수록 두려워지고 있었다.

강 대장은 그러나 그런 동준의 심사를 알 리가 없었다.
"나 동진 참 감회가 많겠소."
발걸음이 갈수록 더디어지고 있었던 모양이다. 소리에 문득 정신을 차리고 보니 동준은 어느새 대열의 후미 쪽을 뒤따라오던 강 대장 근방까지 길이 뒤처지고 있었다.
"나 동진 그러니까 이 길을 거의 3개월 만에 다시 돌아오는 거겠지요?"
말없이 웃음만 지어 보이는 동준에게 강 대장은 이제 어깨를 나란히 하고 걸으면서 그의 감회를 대신하듯 물어왔다.
강 대장은 물론 동준의 심사를 헛짚고 있었다. 동준은 지금 그런 감회에 젖어들 겨를이 없었다. 그렇다고 계속 입을 다문 채 강 대장을 무시해버릴 수도 없었다.
"그렇지요. 그때는 이 길을 이용할 수가 없었지만, 놈들의 감금에서 마을을 빠져 달아난 진 3개월쯤 되었을 겁니다."
동준은 한마디 남의 말을 하듯 오히려 시큰둥하게 응대했다. 한데도 강 대장은 혼자서 계속 기분이 들뜨고 있었다.
"석 달이라면 이런 전란 중엔 긴 시일이지. 나 동진 그만큼 오래 참아왔어요. 그만큼 기다리며 별러온 일이니 우리 오늘 일을 멋지게 해치웁시다."

한동안 잠잠해진 적의를 움직이며 제 일처럼 동준을 부추기고 나섰다.

"한데 삼성리엔 특히 희생자가 많았다면서요. 악질 부역자가 그토록 많은 동넨 모양이지요?"

"희생자가 한 10여 명 되나 봅니다."

"희생자들이 모두 친척분들이오?"

"아마 대개가 그런 것 같습니다. 삼성리는 원래 나씨하고 백씨, 김씨, 세 성씨가 주류를 이루고 살아온 씨족 마을이었으니까요. 그래 마을 이름까지 삼성리였지요. 세 성씨 간에 갈등과 질시도 그만큼 심한 곳이었고요. 헌데 이번엔 우리 나씨 쪽이 많이 당한 모양입니다."

"부역자는 그럼 백씨나 김씨 쪽 사람들이겠구려. 어느 쪽 성씨의 어떤 놈들인지, 나 동지는 오늘 정화 사업 대상자를 점찍어놓고 있소?"

"그야……"

강 대장은 계속 살의를 꿈틀대며 말꼬리를 이어댔다. 그 바람에 동준도 한동안은 그냥 무심스레 말을 받아나갔다. 그러다 거기서 동준은 문득 입을 다물고 말았다.

— 강 대장은 정말로 중대장의 작전 지시를 아무것도 받아오지 않았단 말인가?

대답을 하다 말고 거기에 불쑥 생각이 미쳐갔기 때문이었다. 강 대장은 사실 이날의 작전에 대해 그보다 자세한 내용을 모르고 있을 수 있었다.

"강 대장, 오늘 삼성리 정화 작전은 특히 나 동지의 의사를 물어 수행하도록 하시오. 나 동지는 바로 이날을 위해 절치부심 참고 기다려온 사람이니까……"

본대를 떠나올 때 중대장이 강 대장에게 작전 명령 삼아서 당부한 말이었다. 동준의 복수심을 알고 있는 중대장이 그에게 기회를 주려는 것이었다. 하지만 중대장은 그 동준의 복수심 이외에 자세한 신상사는 강 대장만큼도 알지를 못했다. 그래서 그는 정규 부대 지휘관으로서 전부터 늘 은근히 동준의 복수심을 경계해온 터였다. 삼성리의 부역자들도 사전에 이미 다 내사가 끝나 있는 터에, 동준 앞에서나 그렇게 말을 할 뿐 강 대장에겐 따로 중대장의 명령이 있었으려니 하였다.

그런데 그 강 대장에게도 숨겨온 명령이 따로 없는 것 같았다. 중대장의 별도 명령이 없었다면 강 대장으로서는 아직 이날의 작전에 별다른 복안이나 짐작이 있을 수 없었다. 작전 내용이 온통 동준에게 일임되어지다시피 한 마당에 그의 내심을 알고 있지 못하기 때문이었다. 무엇보다 강 대장은 동준의 마음속 깊은 곳의 고통을 알지 못하고 있었다. 오랫동안 '기다려온 복수심' 외에, 그가 동준에 대해 중대장보다 더 알고 있는 것은 동준의 '영웅적인 탈출'에 관한 것 정도였다. 강 대장도 그 동준의 저주스런 '손가락질'에 대해서는 알고 있는 것이 거의 없는 셈이었다. 동준이 그에게 그것을 자세히 말해준 일이 없었기 때문이었다. 동준은 그에게 자신이 겪은 위험과 고난 이외에 그 저주스런 '손가락질'에 대해서는 자세한 말을 해준 일이 없었다. 실상은 동준이 그것을 굳이 숨기려 해서보다, 듣는 쪽의 심상찮은 무관심 탓이기도 했었다.

"저는 그때 정말 부끄럽고 저주받을 손가락질을 했습니다."

사실은 언젠가 동준이 강 대장에게 자신의 가슴속 비밀을 고백하려 한 일이 있었다.

"그러나 그것은 어쩔 수 없는 일이었습니다. 저의 절망스런 양심의 고통을 제외하면 그것은 그날의 잔혹스런 학살극에 별반 상관이 되는 일도 아니었구요. 희생자는 이미 정해져 있었고, 저는 그에게 형식적인 손가락질을 강요당하고 있었을 뿐이니까요······"

하지만 동준은 그때 거기서 더 이상 말을 이어나갈 수가 없었다. 강 대장이 왠지 이야기를 길게 들으려 하지 않았기 때문이었다. 건성건성 귓전으로 말을 흘려듣고 있던 강 대장이 그쯤에서 그만 말을 가로막아버리며 오히려 동준을 위로하듯 말했었다.

"나 동지, 우린 누구도 지금까지 사람으로선 도저히 겪지 못할 일들을 실제로 겪어왔소. 하지만 지금 우린 이렇게 살아 있소. 살아남았으면 그뿐 지난 허물들은 돌이키려 하지 맙시다. 어떤 허물을 짊어지고서라도 지금은 그 살아남았다는 사실 자체가 자랑일 수 있는 거요."

온 가족이 같은 마을 사람들 손에 몰살을 당하던 날 밤 단신으로 사지(死地)를 탈출해 나왔다던 강 대장, 마을을 혼자 탈출해 나오고서도 죽어도 그대론 사라질 수가 없어 그날 밤낮 하루를 인근 산속에 은신했다가 동네 악질 두 놈을 해치우고서야 다시 도피행을 나섰다던 강 대장, 그리고 우군 부대를 찾아 만나기 전 어느 마을 근처에서는 물웅덩이 속에서 빨대 하나로 하루해를 견디고 살아남왔다던 강 대장 ─ 그 강 대장으로선 그것이 능히 할 만한 소리였다. 그리고 강 대장은 정말로 그뿐 동준의 말을 더 이상 기억하려 하지 않았다.

그런 강 대장이고 보니 동준의 속사정을 하나하나 깊이 헤아리고 있을 리가 없었다. 그래서 그는 작전 목적이나 방법에는 아랑곳없이 그저 자신의 살의를 꿈틀대며 동준의 복수심을 부추겨대고 있을 뿐이었다.

어차피 모든 것은 자신의 방법대로 동준이 결정을 내려야 할 처지였다. 그리고 작전을 이끌어가야 할 처지였다.

하지만 동준은 아직도 자신이 없었다. 현우가 마을에 남아 있는 것이 아무래도 마음에 걸렸다.

─놈이 정말로 자신의 결백을 주장하기라도 할 참인가. 아니면 또 어떤 뜻밖의 반격을 기도하고 있는 것은 아닐까.

자신의 손가락질이 되돌이켜질수록 동준은 그 현우의 당돌성에 이상한 망설임과 두려움이 앞서고 있었다. 강 대장의 살기와 가차없는 행동력이 제 쪽에서 먼저 불안스러울 지경이었다.

동준은 한동안 말없이 걷고만 있었다. 걸으면서 자신과 현우와의 그 축복받지 못한 운명의 맞부딪침의 악연을 새삼 저주하고 있었다.

현우와 동준 둘 사이에는 사실 그만큼 미묘한 일들이 많아왔고, 그것은 백씨와 나씨 집안 간의 오랜 불화 관계에까지도 뿌리가 닿아 있었다. 게다가 현우는 동준이 전혀 예상을 못할 만큼 속이 복잡한 인물이었고 거기다 때로는 뒤통수라도 얻어맞은 듯 놀라 물러서야 할 만큼 동준에 대해 어떤 단단하고 모진 것을 속에 숨겨 담고 살아온 위인이었다.

동준과 현우, 혹은 두 집안 간의 미묘한 갈등의 씨앗은 오래전의 어떤 삼각 애정극에서부터 심어진 것이었다. 이제는 해묵은 옛날 일이 되었지만, 얼굴이 제법 참한 김씨 처녀 하나를 사이에 두고 마을 안에서 꽤나 심각한 삼각 연애극이 벌어진 일이 있었다. 한 남자는 현우네의 백씨 집안 청년이었고, 다른 쪽 남자는 동준네의 나씨 집안 청년이었다. 한참 이런저런 소문이 나돈 끝에 처녀는 먼저 백씨 청년에게로 시집을 갔다. 그러나 그것은 불행스럽게 아직 백씨 청년의 확정적인 승리가 되질 못했다. 백씨 청년과의 혼인식이 있은 지 1년쯤 되고 나서 이번에는 다시 나씨 집안 청년 하나를 꾀어 데리고 어디론지 종적을 감춰가버린 것이었다. 보기에 따라서는 참으로 사소한 사건일 수도 있었다. 하지만 전부터도 서로 간에 감정이 그리 매끄럽지가 못해오던 두 성씨 간에는 그것이 엉뚱스런 대립의 계기가 되어버리고 말았다. 그로부터 두 성씨 간에는 노골적인 불화와 갈등이 시작됐다. 일마다 시샘이요 모임마다 대립이었다.

하지만 그것은 이미 20여 년 저쪽, 현우나 동준이 아직 소학교(일제 식민 통치 시절인 당시의 학제로)도 들어가기 훨씬 이전의 일이었다. 사건 자체가 너무 해묵은 일일 뿐 아니라, 현우나 동준에게는 어떤 실감이나 직접적인 상관이 있을 수 없는 일이었다. 그동안 세월 덕에 어른들의 감정도 많이 누그러든 데다, 현우와 동준 사이는 특히 마을 동갑내기로, 자라온 과정이 늘 함께일 수밖에 없는 처지였다. 소학교 입학도 그해는 단둘이뿐이었고, 상급 학교 진학도 똑같이 함께였다. 학교 성적도 늘 나란히 1, 2등을 함께 차지했고, 뒷날에의 꿈도 똑같은 교사였다.

다른 선택의 여지도 없었지만, 둘에게는 서로 다투고 시기하며 앙숙으로 지내야 할 이유가 없었다. 어른들의 일은 도대체 둘 사이엔 상관이 될 수가 없었다. 그것은 다만 어른들 대에서 일어난 어른들의 일일 뿐 자신들의 일은 아니었다. 그리고 둘 사이는 그렇게 지내왔다. 적어도 동준 자신은 그래 왔다.

그런데 알고 보니, 그것이 동준의 오만이었다. 머리가 단순한 동준에 반해 현우에게는 그 우정의 그늘 속에 어른들의 감정이 은밀히 유전되고 있었는지 모른다. 그래서 번번이 동준을 내심 견딜 수 없어 해온 대목이 많았는지 모른다. 현우는 뜻밖에도 뒷날 스스로 동준에게 그것을 고백해온 일이 있었다.

"난 참 자네한테 비하면 불운한 데가 너무 많았어. 자네는 늘 그걸 당연한 일처럼 여기고 있었으니까 기억에도 없겠지만."

그의 말대로 하나하나 따지고 보면 현우에겐 사실 그렇게 생각될 일이 전혀 없었던 것은 아니었다. 학교 성적 등위 한 가지만 하더라도 1등은 대개 동준 쪽이 차지했고, 현우의 등위는 2등이 잦았다. 동준은 그것을 현우의 말대로 실력의 차이보다 자신의 행운으로 여겼었다. 그리고 언젠가는 현우에게도 행운이 마치 돌아갈 수 있을 것으로 믿고, 둘이서 1, 2등을 이어 차지한 것을 함께 기뻐할 일로 여겨 넘기곤 했었다. 상급 학교 진학 때의 일도 그러했다. 동준은 애초 현우와 함께 꿈꿔온 교원에의 길을 버리고 일반 중학교(고등보통학교) 진학을 해간 데 비해 현우는 초지일관 교원에의 꿈을 위한 사범학교 진학을 변경하지 않았었다. 그런데 이때도 동준은 그것을 교사에의 꿈을 실현하기 위한 그의 당연한 선택으로 생각했다. 그리고 아버지의 간섭에 뜻을 바꾸고 만 자신에 비해 교원에의 꿈을 끝내 관철해나가려는 현우의 처지를 부러워했을 정도였다. 현우의 사범학교 진학을 동준은 그만큼 자연스럽고 당연시한 것이었다.

그런데 그 모든 것이 동준의 오만이었다. 한마디로 동준도 자신의 행운만 생각했을 뿐, 현우 쪽의 불운은 염두에 두어보질 않았던 것이다. 현우에게 그 불운이 너무 자주 겹치고 있는 것을, 그래서 현우가 그의 행운을 얼마나 부러워해오고 있었던가를 동준은 알아차리질 못해온 것이었다.

하지만 현우는 동준과는 달랐다. 그는 오랜 세월 동안 그의 불운과 싸우고 있었다. 그는 자신의 사범학교 진학까지도 동준의 일반 중학 진학 앞에선 견딜 수 없는 불운으로 생각하고 있었다. 한데다 현우는 그것을 양친이 구존해 있는 동준네의 형편과 편모 살림살이의 자기네 사이의 불가피한 가세 차이의 결과로 보았을 정도였다. 그의 그런 불운은 사범학교를 졸업한 뒤에까지 계속됐다. 중학교를 졸업하고 나서 동준은 다시 대학(전문학교) 진학을 포기하고 손쉽게 소학교 교직원 직을 얻어 나다니게 된 데 반하여, 정작 사범학교를 졸업한 현우 쪽은 왠지 자리 잡기가 무척 힘들어지고 있었다. 그리고 천신만고 끝에 간신히 구해 얻은 자리마저 얼마 못 가서 다시 사표를 내고 물러나버렸다. 조각발 섬 족속의 더러운 '식민 통치'로부터 나라가 해방이 되고 나서도, 동준은 계속 교원 생활에 '청색 청년단' 활동까지 관계를 맺고 있었으나, 현우는 거의 아무것도 하는 일이 없이 집에만 들어박혀 은거 가까운 세월을 보내고 있었다. 요컨대 현우는 동준에 비해 세상살이가 늘 삐걱삐걱 답답하게 비끌리고만 있었다.

하지만 동준은 이때까지도 아직 현우의 그런 불운을 똑똑히 깨닫지 못하고 있었다. 그리고 그런 겹친 불운이 현우에겐 하나의 몹쓸 운명체로 결정(結晶)되어, 그가 그것을 부수려 하고 있음을 알지 못했다. 더욱이 현우가 그것을 부수는 방법으로 동준의 행운을 표적으로 삼고 있는 사실은 꿈에도 상상을 못하고 있었다……

"아까 중대장은 오늘 처치할 골수분자의 이름도 말해주지 않았는데, 그건 나 동지한테 이미 정해진 대상이 있는 때문 아니오?"

동준이 생각에 잠겨들고 있는 동안 강 대장은 한동안은 그러는 그를 모른 척 혼자 방심스런 걸음걸이를 계속해가고 있었다. 하지만 그의 기다림은 그리 오래가지 않았다. 그가 이윽고 다시 발길을 끌어붙여오며 추궁하듯 한 말투로 물어오고 있었다. 동준은 계속 입을 다문 채 혼자 생각에만 젖어 있을 수가 없었다.

"그야…… 한 사람 마음속에 정해진 인물은 있지요. 백현우라고, 리 '흑색당' 위원장을 지낸 자지요."

동준은 마침내 상념에서 빠져나오며 오랫동안 가슴속에 숨겨온 표적을 대장 앞에 조심스럽게 드러내 보였다. 자신의 적개심은 될수록 가슴속에 억눌러놓은 채였다.

하니까 강 대장은 그것으로는 아직 마음에 차지 않는 듯,

"그러니까 바로 백씨 성씨가 사람 백정질을 했구먼. 헌데 희생자가 그렇게 많았다면 골수 악질이 그 한 놈만은 아닐 게 아니오?"

독기에 찬 저주 끝에 푸른 입술을 새삼 무섭게 실룩대기 시작했다. 이름만 대주면 몇 놈이라도 당장 쓸어 없애버리고 말 듯한 기세였다. 그 유난히 짙푸른 입술, 강인한 인상의 양쪽 광대뼈, 동준은 공연히 그 강 대장이 다시 한 번 가슴을 섬찟하게 했다. 하지만 그건 물론 용납될 일이 아니었다. 그리고 현우는 동준이 진작 처형의 대상으로 정해두고 있는 인물도 아니었다. 백현우에겐 그가 맡아줘야 할 다른 역할이 있었다. 그것이 동준이 그에게 진 빚을 가장 정확하고 공평하게 되갚아줄 길이었다.

"동네가 그 지경이 되었고 보면 악질 앞잡이는 그 한 놈이 아니겠지요."

동준이 다시 말하기 시작했다. 부대가 이미 출동을 하고 있었다. 일은 어차피 곧 맞닥뜨려야 하였다. 하고 보면 이제는 강 대장에게도 계획을 일러줘야 할 때가 되어가고 있었다.

"그래서 저는 위원장 놈에게 처단 대상자를 현장에서 제 손으로 고발하게 할 작정입니다. 누가 가장 못된 악질 앞잡이였는지는 괴수 격인 그가 가장 잘 알고 있을 테니까요."

동준은 제물에 차츰 흥분기를 느끼며 강 대장에게 작전의 방법을 설명했다.

강 대장은 얼핏 그의 말뜻을 알아듣지 못했다. 하긴 강 대장으로선 그걸 알아듣기가 쉬울 수가 없었다.

"그 괴수 격인 위원장 놈에게 다른 일당을 색출해내게 한다? 하지만 그렇게 되면 위원장 놈은 처단할 수가 없지 않겠소. 죄과는 어차피 위원장이 일당 중에 괴수 격일 텐데 말이오."

강 대장은 꽤나 흥미가 동하면서도 그게 잘 납득이 안 가는 모양이었다. 그래 동준의 말을 옳게 이해했으면서도 이상한 듯 거푸 질문을 이어왔다.

"그래, 나 동진 그러고 나서 다시 위원장 녀석을 처단하겠단 말이오?"

"아니 그것은 안 될 일이지요. 작전은 어차피 한 사람의 처형으로 끝나게 되어 있으니까요. 전 위원장은 살려둘 겁니다."

동준은 드디어 결연히 선언했다. 이제는 모든 것을 확실히 해둬야 할 필요가 있었기 때문이었다.

"괴수를 살려주고 그가 골라낸 다른 놈을 대신 보낸다? 그건 아무래도 공평치가 못한 것 같은데? 그래 나 동지가 목적하고 온 작자가 위원장이 아닌 다른 놈이란 말이오?"

강 대장의 당연스런 물음이 뒤따랐다.

동준도 계속 침착하게 대꾸해나갔다.

"아니, 다른 목표의 인물은 없어요. 지목하고 온 사람은 위원장뿐이에요."

"그런데도 그를 살려두려는 이유가 무엇이오? 작자가 다른 놈을 지목해낸다면 그는 정말로 살아남을 게 아니오."

강 대장의 물음 속엔 이미 그가 듣고 싶어 한 동준의 대답이 들어 있었다.

하지만 강 대장은 동준의 그 '저주스런 손가락질'에 대한 고백을 이미 까맣게 잊어버리고 있었다. 그는 오직 자신이 살아남은 데에 만족하고 있었다.

하기야 강 대장은 동준처럼 절망스런 자기 배신의 손가락질을 경험한 일이 없었으니까. 그런 고통을 맛보지 못한 그로선, 그리고 동준의 아픈 고백을 귀담아 들어두지 못한 그로선 동준의 심사를 헤아릴 수가 없었다. 살아남는다는 것이 죽는 것보다 얼마나 큰 절망이며 치욕스런 고통인가를 알 수가 없었다.

동준은 더 이상 강 대장을 납득시키고 싶은 생각이 없었다. 현우를 살려둬야 할 이유를 말하고 싶지가 않았다.

"그는 정말로 살아남을 수도 있겠지요. 작자가 일당 중에서 다른 처단 대상자를 지목해주기만 한다면……"

동준은 강 대장이 알아듣거나 말거나 자신의 생각만을 분명히 해두었다. 그리고는 아직도 아리송해하고 있는 대장에게 자신의 엉뚱스런 상상을 덧붙였다.

"하지만 아직도 그가 반드시 살아남게 되리라는 보증은 못하지요. 작자가 정말 골수 악질이라면, 그리고 그의 당의 이념에 투철한 흑색주의 전사라면 자신을 지목하고 나설 수도 있으니까요."

그런데 바로 그 말끝이었다. 강 대장도 비로소 어떤 심상찮은 예감이 떠오른 것이었을까. 그는 아무래도 뭔가 개운치가 않다는 듯 가슴 섬찟한 소리를 혼자 뇌까리고 있었다.

"나 동진 그러니까 마음속에서 뭔가 작자를 몹시 두려워하고 있구먼그래……"

2

　행렬이 이윽고 삼성리 뒷산의 고갯마루에 이르고 있었다. 중대를 출발한 지 한 시간여 만이었다.
　"여기서 10분간 정비 시간을 갖는다. 각자 자유롭게 휴식을 취하며 장비들을 철저히 정비해두도록."
　강 대장은 거기서 대열을 정비할 겸 마을에서의 작전에 대비한 휴식 시간을 명령했다.
　대원들은 제각기 이리저리 흩어져서 복장과 장비의 정비 작업에 임했다. 장비에 별달리 손볼 데가 없는 대원들은 용변을 보거나 잡담들을 주고받으며 여전히 무심하고 한가한 모습들이었다.
　그러나 동준은 그럴 수가 없었다. 개인 무장을 하고 오지 않은 그는 용변을 보는 척 대원들에게서 혼자 멀찌감치 자리를 피해 나갔다. 그리고 만감이 교차하는 침묵 속에 다시 찾아온 고향 산하를 조감했다. 눈 아래 골짜기에 바로 작은 분지 모양의 마을이 있었고 분지 너머로 두어 마장 남쪽 끝에 대길도(大吉島)를 겨냥해 뻗어 나간 '용꼬리' 땅부리가 변함없는 모습으로 멀리 한눈에 들어왔다. 그리곤 다시 용꼬리를 끌어 잡아당기고 있는 시원스런 가을 바다와 물 건너의 대길도…… 공포와 핏빛으로 일대를 떨게 했던 소용돌이의 흔적은 그림자조차도 찾아볼 수 없었다. 후퇴로가 막힌 일대의 청색군이 섬 안에 집결하여 결사적인 저항을 계속했던 대길도, 그 섬을 해방시키겠다고 흑색군 부대의 병력이 집결했다.

어느 날 새벽녘 물길을 건너갔던 용꼬리 주둔지. 그 공포와 절망의 감금지— 하지만 이제 모든 것이 그저 옛날 얘기처럼 아득하고 하염없어 보이기만 하였다. 마을은 더욱 한가롭고 평온했다. 투명한 가을날 저녁나절 햇볕 속에 마을은 졸고 있듯 마냥 고즈넉하기만 하였다. 지붕 위의 빨간 고추널림들만이 마을이 살아 있는 기미를 느끼게 할 뿐. 그 집집 간의 골목들에선 사람의 그림자 하나 찾아볼 수 없었다. 미구에 닥쳐들 소동 같은 건 꿈조차 꿔보지 않고 있는 것 같았다.

하지만 동준은 그것이 오히려 꺼림칙스러웠다. 바로 그 마을의 어느 구석에선가 현우가 그를 기다리고 있을 것이었다. 그 조용함이 오히려 어떤 음모를 숨기고 있는 것처럼 음험스럽게만 느껴졌다.

—녀석이 정말로 자신을 지목하고 나서버리기라도 한다면!

동준은 문득 아깟번에 잠시 머리를 스쳐갔던 생각이 다시 불길스럽게 떠올랐다. 그때는 무심히 지껄여본 소리가 새삼스레 그를 불안하게 해왔다.

—나 동진 뭔가 작자를 몹시 두려워하고 있구먼.

강 대장의 지적은 사실 자신도 부인할 수 없는 동준의 아픈 정곡이었던 셈이었다. 그러나 이제 동준이 두려워하고 있는 것은 현우의 반격이나 결백의 주장이 아니었다. 정면 대결은 승부가 뻔했다. 현우도 그쯤은 이미 알고 있을 일이었다. 녀석에게 쉬운 것은 오히려 자포자기 쪽이었다. 어차피 허물을 벗어날 수 없는 터에 구차스런 변명이나 비겁한 탈주 대신(그것은 스스로의 죄과를 시인하는 것이었다), 자신을 버리는 것이 쉬운 일일 수 있었다. 뒤늦게 실감한 녀석의 승부욕으로는 그것이 충분히 가능한 일이었다. 그래서 우정 몸을 피하지 않고 그를 기다리고 있는 것인지도 몰랐다. 아니 그보다도 그는 애초부터 삶과 죽음의 비밀을 알고 있는 녀석이었다. 그날 연출된 동준의 비극은 그가 분명히 그것을 알고 한 짓이었다……

용꼬리 바닷가에 흑색군(예상과는 달리 그들도 전술상 우군과 같이 청색 제복을 입고 있었다)이 들어온 지 일주일쯤 되던 날 아침이었다. 어깨에 검정 헝겊띠를 두른 흑색당의 마을 자위대 청년들이 동준을 집으로 데리러 왔다. 동준으로서도 내심 이젠가저젠가 싶어 해오던 일이었다. 흑색군 부대가 용꼬리 바닷가에 진을 치고 들었을 때부터 시작된 불안기였다. 일찍 피신을 해두지 못한 것이 허물이었다. 아니 그보다는 한두 해 '청색 청년단'에 몸담아 지낸 것을 너무 가볍게 여겨 넘긴 때문이었다. 청색군 방송의 다짐도 다짐이었지만, 설마 하면 이 남쪽 해안 지역까지 방어선이 밀려 내려오게 되랴 했었다. 그리고 설령 세상의 색깔이 검정으로 뒤바뀐들 청년단 전력이 무슨 큰 허물이랴 했었다. 발통이 두 조각으로 된 종족의 더러운 식민 통치에서 벗어져 나자마자 나라는 뜻밖에도 두 지역으로 갈라졌다. 한쪽에선 식민 통치 시대부터 지하 운동을 해오던 흑색당 사람들이, 다른 한쪽은 식민 통치 이전 왕조 말 때부터의 민족주의파 사람들이 각기 자기 지역의 통치 기구를 설치했다. 흑색당 무리들은 구역 내의 모든 주민들을 검정색 제복으로 통일시켜나갔고, 그 세력은 강력한 흑색군의 무장력을 배경으로 이쪽의 민족주의파 구역까지 지하로 서서히 침투해 들어오고 있었다. 민족주의파 사람들도 미구에는 그 흑색당과 흑색군에 대한 대항 세력으로 청색당과 그의 청색군을 조직하고, 청색당의 이념을 지원 확산해나갈 민간인 조직으로 청색 청년단을 창설하기에 이르렀다. 하지만 흑색당의 통치 지역은 주민 전체가 검정 제복 일색으로 통제되고 있음에 반하여 청색당 지역은 제복의 문제에 그리 정책적 고려가 주어지지 않고 있었다. 그것은 도대체 인기가 있을 수 없는 정책이기 때문이었다. 사람들은 애초에 통일된 제복보다는 제 맘에 맞는 옷을 지어 입기를 바랬고, 좋아하는 색깔마저 청색보다는 민족 전래의 기호인 흰색 쪽이었다. 청색당은 결국 군대 제복 이외에 민간인 의복에는 제복제를 선택하지 않았다. 사람들은 대개 고유의 습관대로 흰색 의복을 지어 입거나 유채색 의복을 원했을 경우에도 각자가 원하는 색깔을 그 흰색에 들여(그런 뜻에서 흰색은 모든 색깔의 모색이라 할 수 있었다), 민간인이나 민간단체 가운데서 청색 제복을 입은 것은 예의 청년단 정도였다.

그러니까 동준에게 허물이 있었다면, 그가 한 2년 그 제복을 입고 지낸 것이나 허물이 될 수 있었다. 왜냐하면 청년단은 청색군을 위한 유일하고도 명백한 제복 단체였고, 그 청색 제복은 사람들의 눈에 그만큼 노출이 강했기 때문이었다. 노출성이 강한 제복의 집단은 그 자체가 두려운 힘의 표상이었다.

하지만 동준은 그렇더라도 아직 그것을 자신의 심각한 허물로 생각하질 않았다. 그가 청년단에 들어가게 된 것은 그의 자의에서보다 식민 통치 시대로부터의 교직(그는 그때부터 면 소학교의 교직원이었으니까) 때문이었고, 그것은 누구도 시인할 수 있는 일이었다. 청년단은 그때 동준이 아닌 그의 교직이 필요하듯 그의 입단을 강제한 격이었다. 뿐만이 아니었다. 동준은 그렇게 입단을 하고 나서도 그가 제복의 사람이라는 사실을 염두에 두어본 일이 거의 없었다. 제복을 착용하는 것은 극히 드문 일이었다. 그것은 이따금씩 단체의 명령에 응소할 때뿐이었고, 평상시에는 늘 그 자신의 옷을 입고 지냈다. 그에게는 그 청색 청년단의 제복이 아닌 평상복이 자신의 옷이었다. 적어도 그의 느낌은 늘 그래 왔었다. 그래 그만큼 단체에도 소극적이었고, 제복이나 단체를 위해 한 일도 없었다. 단체에 소극적이고 한 일이 없었던 것, 무엇보다도 그것이 동준에게 자신의 허물을 가볍게 생각하게 한 가장 큰 이유였다. 설마 하면 여기까지, 혹은 또 그렇게 된들 내 신변이야……, 어물어물 서성대다 몸을 피해두지 못한 그간의 경위였다.

그러나 그것은 동준의 돌이킬 수 없는 오산이었다. 예상치도 못한 기습 공격이 시작된 지 보름도 못 가서 흑색군 부대는 어느새 용꼬리 해변까지 진을 치고 들었고, 그간에 벌써 동준의 청년단은 청색군을 앞서는 악질 반동 집단으로 낙인이 찍혀버리고 있었다.

동준이 주위의 사태를 깨달았을 때는 시기가 이미 너무 늦어버리고 있었다. 피신을 하려야 갈 곳도 없었고 감시의 눈길 속에 몸을 움직일 수도 없었다. 다만 한 방향, 물 건너 대길도— 그곳은 아직 청색군 병력이 마지막 결전을 대비하고 있었지만, 그곳까지는 너무 물길이 멀었고 이쪽 흑색군의 경비벽도 두터웠다. 그래저래 동준은 모든 걸 단념한 채 오직 전세의 역전만을 기다리고 있었다. 면 소재지 보안 관서의 명령에 따라서 청년단원의 전력까지 신고해놓은 처지고 보니, 사실은 단죄의 날만을 기다려온 형편이라는 것이 옳은 말이었다.
다만 한 가지 위안을 삼을 점이 있다면 마을의 위원장을 현우가 나서서 맡고 있는 것이었다. 현우와는 그간 백씨와 나씨 집안 간의 알력에다 언젠가는 현우 자신의 고백대로 둘 사이에까지 이런저런 갈등이 꽤 빚어져왔지만, 그러나 동준과는 한동네의 오랜 동갑내기 친구였고, 마을에선 서로 간에 말이 통할 수 있는 웃학교물 출신의 지식층 인물이었다. 무엇보다 현우는 동준에 대한 자신의 그런 감정을 솔직하게 털어놓았을 만큼 자기 신의를 지닌 인물이었다. 그런 현우가 위원장 일을 맡고 있는 것이나마 동준으로서는 큰 위안과 의지거리가 아닐 수 없었다. 현우도 동준의 어려운 처지를 무언중에 그만큼 돌봐온 셈이었다. 이런저런 험한 소문들 속에서도 동준의 신상에 아직 아무 변고가 없는 것이 그것을 분명하게 말해주고 있었다. 동준은 늘상 그렇게 생각하며 현우의 말없는 우정에 혼자 마음의 감사를 보내고 있었다.
하지만 동준은 그 현우마저도 끝끝내 믿고 안심을 할 수는 없었다. 그러기에는 그 현우에 대한 동준 자신의 느낌부터가 너무 확연치를 못했다. 동준에 대한 현우의 패배감은 실상 일시적인 감정의 흐름이 아니었다. 그것은 단순한 패배감을 지나서 차츰 어떤 적개심과 복수심(그것이 반드시 동준 개인에 대해서라고는 할 수가 없었지만)으로 결정(結晶)되어가면서 자신의 삶과 운명의 진로까지를 지배해가기 시작했다.

동준이 비로소 그것을 깨달은 것은 현우가 자신의 위장을 끝내고 그 앞에 노골적으로 자신의 불운을 드러내고 나섰을 때였다. 그리고 동준 앞에 선전포고라도 하듯이 그쪽에서 하나하나 동준의 행운을 설명하고 그것을 무너뜨릴 자기 위장의 비밀을 고백하고 나섰을 때였다.

다름 아니라 현우는 이태쯤 전부터 마을에서 이상한 소문에 쫓기기 시작했다. 그가 전부터 흑색당 운동을 하고 있는 흑색주의의 지하당원이라는 소문이었다. 그는 이미 사범학교 시절부터 당시엔 일종의 유행처럼 되어 있던 흑색주의에 심취하여, 그 지하 당원으로 활동해왔는데, 졸업 후의 취업이 그토록 어려웠던 것이나 간신히 구해 얻은 교원 자리를 다시 억울하게 그만두게 된 것들도 다 그런 식민 통치 시절부터의 허물 때문이라 했다. 한데다 이제는 청색당의 지역인 이쪽 형편이 너무 위태로워 쥐 죽은 듯 조용히 집 안에 들어앉아 때가 오기만을 기다리고 있다는 것이었다.

동준은 놀랍고 어이가 없었다. 학생 시절에 가끔 그쪽 사상이나 서적에 심취해 들어간 친구들이 있었지만, 현우가 그렇다는 것은 천만뜻밖이었다. 그것도 그저 한때의 호기심이나 젊은 열정에서가 아니라 골수 지하당 활동까지 계속해왔다니 동준으로서는 쉽게 믿어지지가 않았다. 그의 뜻밖의 변신이 놀라웠고, 철저한 자기 비밀의 보안술이 가슴을 섬뜩하게 해왔다.

── 현우가 무엇 때문에 그 껌껌한 흑색 제복주의를, 그리고 여

태까지 그런 자신을 어떻게 숨겨올 수가 있었단 말인가……

동준은 막연히 그 현우로부터의 어떤 배신감마저 느껴져왔다. 그래 하루는 현우에 대한 그간의 우정을 담보로 그를 은밀히 집으로 찾아가 만났다.

한데 소문은 거짓이 아니었다. 아니, 모든 것이 소문대로는 아니었다. 그는 정식 흑색주의당의 당원도 아니었고, 그것과 관련하여 어떤 구체적인 활동을 벌인 일도 없었다. 그의 말대로 하면 그간의 교직 생활의 길이나 다른 세상살이들이 순조롭지 못해온 것도 사실은 그쪽 일 때문이 아니라 그저 그에게 오래 계속되어온 고질적인 불운 쪽에 더 큰 허물이 있었다.

하지만 그가 흑색주의에 오랫동안 관심을 가져왔고, 거기에 빠져 있는 것은 어쨌든 사실이었다. 그는 아닌 게 아니라 이미 사범학교 때부터 그쪽 서적에 심취하기 시작했고, 이제는 아예 거기에 자신의 삶의 승패를 걸고 있을 만큼 그것으로 단단히 자신을 무장하고 있었다. 그래 여태까지의 어떤 불운도 그는 오히려 그것을 내일에의 희망찬 삶의 담보라도 되듯이 하나하나 똑똑히 기억해 두고 있었다.

현우는 처음 소문의 진위를 묻는 동준의 추궁에 희미한 미소로 사실을 시인했다. 그리고 흑색주의의 참 정체가 무엇이냐는 잇따른 추궁에도 자신의 생각을 서슴없이 털어놓았다.

"그건 한마디로 만인 평등사상이지. 흑색이란 바로 모든 색깔이 함께 있음으로써 한자리에서 하나가 되는 색이니까. 여러 가지 색깔을 한데 섞어놓으면 그것은 검정색 하나가 되거든. 사람들도 그렇게 너나없이 모두 높낮이가 없이 한곳에 있음으로써 똑같은 하나가 되자는 생각이지. 그래서 특히 제복의 정신이 강조되고 있는 거구."

"자네에게 언제부터 그런 평등주의의 꿈이 있었나? 그리고 어떻게 그것이 자네를 끌 수가 있었을까? 아니 그보다도 자네 자신이 정말로 그 만인과 똑같은 하나가 될 수 있을까? 자네는 이미 자네의 교육으로 하여 그 만인의 어깨 위로 의식이 상승해버린 처질 텐데?"

당시로선 그리 흔치 않은 교육 이수 과정에서 익혀졌을 현우의 마음속 선민의식을 겨냥하며 동준이 못 믿겠다는 듯 추궁해 들어가자, 그가 이번에는 좀더 허심탄회하게 자신을 털어놓았다.

"나를 너무 그런 낭만적 이념가로 보지 말게. 세상에는 더러 그런 사심 없는 공의(公義)와 천부의 이데올로기스트들도 없는 건 아니지만, 대개는 그저 자기 개인의 숨은 이해에서 출발하여 거창한 이념의 의상을 마련해 입고 다니는 경우가 많거든. 하더라도 세상에선 그것을 굳이 구분해보려고 하질 않을 뿐이지. 그것은 무엇보다 중요한 이념주의자들의 전략상의 묵계이니까. 나도 이를테면 그런 전략적 이데올로기스트의 한 부류인 셈이지. 나는 무엇보다 나 자신의 개인적 원망과 갈등에서 그와 같은 의상을 나의 보호벽으로 선택했으니까. 자네의 말대로 나는 사실상 평균 이상의 교육을 받은 셈이지. 사는 방법도 마음먹기 따라선 다른 사람들에 비해 평균치 이상의 상승이 가능할 거구. 하지만 내겐 내 아래쪽의 만인보다도 내 위쪽의 한 사람이 늘 문제였어. 한 사람이 늘 내

위에 있었거든. 나는 결국 그와 같아지기 위해 나의 아래의 만인과 함께 되기로 한 것이지. 내가 그렇게 됨으로써 비로소 그에게도 그것을 주장할 수가 있거든."

"그 한 사람이 누군가? 자네가 이념의 옷을 빌려가면서까지 함께 하나가 되고 싶은 사람이?"

한데 그때였다. 주의력이 부족한 동준의 물음에 현우는 서슴없이 동준을 지목했다. 그리고 그의 불운과 상관하여 뜻밖의 사실로 동준의 주의를 일깨워온 것이었다.

― 난 참 자네한테 비하면 불운한 데가 너무 많았어. 자네는 늘 그걸 당연한 일처럼 여기고 있었으니까 기억에도 없겠지만.

그 말은 바로 거기서 나온 소리였다. 그리고 그 말끝에 현우는 하나하나 그의 불운의 사례들을 열거했다.

한마디로 현우의 연거푼 불운은 그의 새로운 운명으로까지 둥지를 틀기 시작했고, 그는 그 더러운 운명을 쫓기 위하여 흑색주의 방호벽을 택한 것이었다. 그리고 그 싸움의 현실적 표적으로 동준의 행운과 그 삶의 성취를 겨냥하고 나선 것이었다.

놀랍고 두려운 일이 아닐 수 없었다. 아니 그것으로 현우와 동준 사이가 아예 파탄이 나고 만 것은 아니었다. 어떤 새로운 감정의 대립이나 파괴적인 싸움이 시작된 것도 아니었다.

"그렇다고 다들 너무 걱정스럽게 생각할 것은 없네. 앞서도 말했지만 나는 진짜 낭만적인 흑색 평등주의자는 아니니까."

그것은 현우도 동준 앞에서 맹세하듯 다짐을 해온 일이었다.

"진짜 흑색 이데올로기스트가 못 되니까 이념을 위한 행동에는 별 관심이 없어. 그야 이런 식으로 기다리다 보면 나도 언젠가는 진짜 흑색주의자가 될 날이 오겠지. 하지만 설사 그런 날이 온다 해도 자네에 대한 개별적인 행동은 없을걸세. 자네도 물론 나와 마찬가지겠지만, 흑색주의는 나의 삶의 방편일 뿐 그것의 목적이나 본질이 될 수는 없으니까. 거기 비하면 우리들의 우정은 본질에 훨씬 가까운 것이거든.”

그의 다짐처럼 둘 사이는 이후에도 전날과 거의 변한 것이 없었다. 동준은 오히려 그런 현우를 알고 나서 전보다 더 따뜻하고 세밀한 주의를 기울여 그의 신상사를 보살펴주곤 하였다. 소문이 번져 그가 한때 청색 치안 부서 사람들의 조사를 받게 되었을 때도 동준의 후견으로 어려운 처지를 모면할 수 있었고, 그 후 흑색군의 침공 때까지 신병을 무사히 보존해온 것이었다. 청색군의 퇴각과 흑색군의 침공은 바로 동준과 현우의 처지의 역전이었고, 그것은 또한 현우가 동준의 우위에 올라선 가장 확실하고도 유일한 시기였다. 하지만 현우도 그의 다짐을 저버리지 않았다. 처지가 반대로 뒤바뀌고 나서도 현우는 그의 유리한 처지를 동준에게 부정적으로 활용하려 하지 않았다. 거꾸로 그는 동준 곁에서 그간에 진 빚들을 되갚아주지 않고는 자신을 만회할 수 없다는 듯 동준의 처지를 묵묵히 보살펴오고 있었다. 현우가 면이나 군 단위의 요직을 사양하고 마을의 말단 위원장직을 맡고 나선 것도 동준을 가까이서 지켜주려는 말 없는 우의의 배려에서인 것처럼 보였다. 동준은 그 현우로 인하여 실제로 몇 차례 위험한 고비를 넘길 수 있었고, 다른 곳 청년단 이력의 '반동'들처럼 아직은 심한 곤욕을 치른 일도 없었다.

둘 사이는 늘상 그런 식으로 처신에 여유가 있는 쪽이 이해와 아량으로 상대방을 감싸고 비호해온 셈이었다.

하지만 동준은 역시 안심을 할 수가 없었다. 현우의 마음이 언제 달라질지 알 수 없었다. 아니, 그가 비록 끝까지 마음을 변하지 않으려 한다 해도 그의 아량과 배려에는 한계가 있게 마련이었다. 보잘것없는 마을 단위 위원장으로서 신념과 능력에 한계가 있게 마련이었다. 개인적 신뢰와 우정과 아량을 흑색주의와 그 당이 끝내 용납할 리 없었다. 그의 생각이 언제 변하여 진짜 흑색주의자가 되어버릴지 몰랐다. 전술적 흑색주의자로서의 힘의 한계를 느꼈을 때 혹은 동준에의 마음의 부채가 부끄럽지 않을 만큼 정리되었다고 생각할 때, 그리고 그 행동에의 용기가 생겨났을 때, 무엇보다도 그는 그 흑색주의에 자신의 삶의 승패를 걸어버린 인물이었다. 이제는 이미 그의 흑색주의의 천하가 된 이상 그가 더 이상 전략적 흑색주의자로 남아 있어야 할 필요도 없었다. 자신도 그때 말을 했듯이 그는 결국에는 진짜 흑색주의자가 되고 말 위인이었다. 아니 어쩌면 현우는 전부터도 이미 진짜 흑색주의자가 되어 있었는지 모른다. 그러면서 짐짓 동준에게도 그것을 숨겨오고 있는지도 몰랐다. 그는 그만큼 본색을 드러내기를 꺼려 해온 위인이었고, 그것은 동준이 이미 몇 해 전에 뼈저리게 경험한 일이었다.

동준은 어째든 그런 현우의 비호만으로는 마음이 편해질 수가 도저히 없었다.

한데다 전황의 소식은 깜깜할 뿐이었고, 면소나 이웃 마을들에서 전해 들려온 소문은 나날이 험하고 끔찍스러워져가기만 했다. 용꼬리 지역의 흑색군 부대도 대길도 점령 준비를 착착 진행해가고 있었다. 공격용 선박이 여기저기서 운반되어오고, 병력과 탄약 비축도 갈수록 늘어갔다. 정찰 활동이 나날이 활발해져가고 위협 사격 총소리도 밤낮을 가리지 않았다.

동준은 하루하루가 피를 말리듯 불안하고 초조했다. 그의 운명이 벼랑 끝에 선 것처럼 이제나저제나 결판의 날만을 기다리고 있는 격이었다.

그런데 마침내 사건이 터지고 만 것이었다. 간밤에 엄청난 폭음 소리가 연발했다. 산하가 온통 다 무너져나가는 것 같았다. 아침에 일어나 보니 용꼬리 흑색 부대의 탄약고가 몽땅 폭발했다는 소문이었다. 정체를 알 수 없는 불순분자들의 공격을 당해서랬다. 부근 마을들에서 불온 분자들의 일대 색출 작전이 전개되리라 하였다. 불온 세력 조직이 드러나지 않을 때에는 보복 처형이라도 있으리라 하였다.

동준은 차라리 올 것이 오고 만 것뿐이라는 심사였다. 삼성리에서 보복이 감행된다면 첫 번 표적이 자신일 수밖에 없었다. 청년단 활동이 그새 그만큼 악질적 적대 행위로 과장되고 있었다. 동준 이외에 드러난 반동으로는 일가 중에 전직 청색군으로 마을로 피신을 해 와 있는 재종숙 한 분이 있었지만, 그는 일찍이 지리산 전투 중에 팔 하나를 잃고 퇴직한 불구였다. 상이 연금으로 도회에서 살다가 청색군의 퇴각과 함께 삼성리 옛 마을로 단신 피신을 와 있는 중이었다. 밤 기동이나 파괴 활동이 매우 불편한 사람이었다. 보복의 표적은 나이 젊고 사지 멀쩡한 동준 자신이 될 수밖에 없었다. 이번에는 현우로서도 별다른 방법이 있을 수 없어 보였다. 그리고 과연 현우는 짐작대로 마을 자위대 청년들을 그에게로 보내왔다. 버텨보아야 어쩔 수가 없는 일이었다.

"다녀오겠습니다. 별일은 없겠지요."

그는 불안해하는 가족들을 안심시켜놓고 청년들을 따라 마을 회관으로 갔다.

그런데 그것이 동준이 집과 마을을 떠나간 마지막 발길이 되고 만 것이었다.

마을 회관에 설치된 리 위원회 사무실에선 위원장 현우 혼자서 그를 기다리고 있었다. 짐작하고 온 것보다는 주위가 조용했다. 한데도 현우는 동준이 들어서자 자위대 청년들까지 밖으로 내보냈다.

"자네들은 이제 나가서 마을 회의를 소집해주게. 리 위원회 전체 회의니 남녀노소 불문하고 빠진 사람이 하나도 없도록……"

그 현우 역시 지시를 끝내고 나서 돌아서는 표정이 전에 없이 무겁고 침울해 보였다. 마을 회의까지 소집하는 것을 보니 예상대로 일은 벌어지고 말 모양이었다.

―― 일을 벌이기 전에 나의 신병부터 안전하게 확보해두겠다는 속셈인가, 아니면 나를 희생시키기로 한 데 대한 사전 위로나 귀띔이라도 건네려고? 그것으로 자신의 처지를 변명하고 마음의 고통을 덜어보겠다고?

모든 걸 미리 각오하고 온 탓인지 동준은 차라리 때아닌 웃음기가 솟았다. 무언가 은밀스런 이야기가 있어서 그를 미리 부른 건 분명할 텐데, 좀처럼 입을 떼지 못하고 있는 현우가 오히려 몹시 딱해 보이기까지 하였다.

하지만 그때 현우가 혼자 준비하고 있었던 말은 동준의 예상과는 전혀 딴판이었다.

"자, 거기 자리로 앉게. 앉아서 우리 의논 좀 하자구."

무거운 얼굴로 한동안 방 안을 서성대고 있던 현우가 동준에게 비로소 첫마디를 건네왔다. 의논이라니—? 동준은 의외였다. 표정과는 달리 부드러운 목소리도 동준에겐 오히려 불안스럽게만 느껴졌다. 하지만 동준은 섣불리 말참견을 하고 나설 계제가 아니었다. 그는 현우가 권해온 대로 걸상 위로 엉거주춤 엉덩이로 걸터앉으며, 그 현우의 다음 말을 기다렸다. 한데 현우는 갈수록 딴전이었다.

"언젠가도 말했지만 난 아직도 진짜 유능한 흑색주의자는 되지 못하고 있네."

현우가 다시 말을 이어나갔다. 자신은 자리에 앉을 생각이 없는 듯 실내를 계속 서성거리면서였다.

"그야 내 삶이 지금 자네에 비해 어떤 상승을 성취하고 있든, 그리고 그 동기가 어디에 근거했든, 그간의 수련으로 만인이 한자리에서 하나의 동등한 힘으로 합해져 존재해야 한다는 흑색주의의 이념엔 많이 익숙해졌지. 내가 유능한 흑색주의자가 못 된다는 것은 그러면서도 아직 마음 한구석에서는 자네들의 청색주의를 청산해버리지 못하고 있는 때문일세. 세상은 결국 검정 일색이 되어야겠지만, 그것은 하나의 역사적 당위나 과제일 뿐, 내 개인에게는 청색도 아직 버릴 수 없는 매력과 향수가 남아 있거든. 사랑과 평화 혹은 자유와 창조— 청색은 바로 그것들의 표상이자 이념의 색깔이지. 그 매력을 아직도 버릴 수가 없어. 그러다 보니 나는 정작 흑색을 위해 청색을 말살할 어떤 파괴적 행동도 취할 수가 없었거든. 결국 아직도 유능한 흑색주의자는 못 되고 있는 셈이지."

무슨 속셈에선지 현우는 언젠가처럼 자신의 흑색주의를 동준 앞에 매도하고 있었다. 그것도 몹시 허심탄회하게 이야기가 한참 길어지고 있었다.

"그런데 동준 자네도 보다시피 세상은 이미 흑색주의의 전반적인 승리를 눈앞에 두게 됐어. 좋아하거나 싫어하거나 이제는 누구나 흑색주의자가 돼야 하고 그 흑색주의의 영원한 성취를 위하여 적극적으로 행동을 해야 하게 되었어. 더욱이 나 같은 사이비 전술적 흑색주의자들에게는 말일세. 이번에는 물론 자네 때문이 아니라 나 자신의 삶의 정착과 상승, 혹은 자신의 흑색주의의 완성을 위해서. 어떤 의미에서는 자네 때문에서보다는 훨씬 더 정통적인 흑색주의에의 길이 되겠지만, 그때까지는 또 그만큼 더 철저히 전술적이기도 한 거지."

듣다 보니 현우는 이제 서서히 본심을 드러내가고 있는 것 같았다. 그는 뭔가 동준에게서 사전 양해를 구해두고 싶어 하는 어조였다. 그가 말한 적극적인 행동이란 무엇을 뜻하는가. 그의 행동이란 결국 동준 자신을 겨냥한 말이 아닌가.

"요컨대 이제부턴 자신의 생존과 이념을 위해서 나도 행동을 취하지 않을 수가 없게 되었다는 말일세. 그 점 자네도 나의 입장을 충분히 이해해줄 줄 믿네……"
 현우가 마침내 동준의 예상을 적중시켜오고 있었다. 역시 모든 것이 동준이 예상한 대로였다. 그 동준에 대한 어떤 가차없는 행동의 선언…… 예상을 했으면서도 눈앞이 새삼 깜깜해져오는 소리였다. 동준은 그런 자신을 지탱하기 위하여 창문 밖으로 부러 눈길을 내던졌다. 유리창 밖으론 파란 여름 하늘에 흰구름 몇 점이 무심히 떠 흐르고 있었다. 동준은 한동안 넋 없이 그 구름덩이를 쳐다보고 있다가 재촉이라도 하듯이 현우에게 말했다.
 "이해하지. 이해하고말고. 오늘 아침 자네한테는 그 행동의 기회가 찾아왔다는 말이겠지."
 그 무심한 여름 구름이 효과가 있었는지 모른다. 그는 이제 오히려 마음이 차분하고 담담해지고 있었다. 그에게 다가오는 어떤 운명도 그대로 고스란히 받아들일 수 있을 것 같았다.
 현우도 이미 그런 동준의 심중을 구석구석 모두 읽고 있는 것 같았다.
 "그렇게 모두 이해를 해준다니 고맙네. 사실 나는 채 마음의 준비도 끝내기 전에 기회가 너무 일찍 다가와버린 꼴이지. 그래 이렇게 자네하고 의논을 좀 하자는 것인데, 다름 아니라 자네가 이번에 나를 좀 도와달라는 부탁일세."
 현우가 그 동준의 몇 마디에 또 한 번 터무니없는 소리를 해왔다. 도움이니 부탁이니, 말도 안 되는 소리였다. 처지대로 말하면 동준을 놀리고 있음에 분명한 소리였다. 하지만 그의 목소리에는 그런 기미가 조금도 없었다. 정말로 동준의 도움이 필요한 것처럼 얼굴 표정에까지 제법 진지한 빛이 흐르고 있었다. 아니 그 현우의 진심이 무엇이든 간에 동준으로서는 이제 그것을 상관하거나 따지고 나설 생각조차 없었다.
"무엇을 말인가? 지금의 내가 자네에게 무엇을 도울 수 있단 말인가?"
동준은 차라리 웃음 진 얼굴로 현우에게 한마디 힘없이 물었다. 하니까 이번에는 현우가 그 동준에게 어떤 조그만 희망을 발견하고 그것을 부추기듯 더욱더 은근해진 목소리로 말했다.
"자네도 대개 짐작하고 있는 걸로 생각되어 내 단도직입적으로 말하겠네마는, 나의 행동에는 사실 자네가 맨 첫 번의 장애가 되고 있어. 한데 아직 기억하고 있는지 모르지만, 내 언젠가 자네한테, 세상이 내게 어떤 상승을 가져온다 하더라도 그것으로 내가 자네에게 어떤 개별적인 행동은 취하는 일이 없을 거라 했었지. 그것은 지금도 마찬가지 생각일세. 나에 대한 자네의 인간적인 신뢰가 변할 수 없는 한 자네에 대한 내 쪽의 그것도 마찬가지니까. 아니 그보다도 나 자신 자네의 청색주의의 향수를 아직도 마음속에서 청산하지 못하고 있으니까. 그래 자네가 나를 도와준다면 내가 자네에게 한 가지 기회를 마련해보고 싶네마는……"
말을 끝내고 나서 현우가 비로소 동준 앞에서 발길을 멈춰 섰다. 마침내 본론을 꺼내려는 기미였다.
"기회라니, 어떤?"
동준은 이제 모든 것을 현우에게 떠맡겨버린 듯 자신도 잘 알 수 없는 소리를 거의 기계적으로 묻고 있었다.
 "자네도 아까 그걸 알고 한 말이었겠지만, 어젯밤 용꼬리 부대의 탄약고가 폭파당했네."
 이번에는 현우가 아깟번의 동준처럼 창밖으로 하늘을 내다보고 서서 등 뒤로 천천히 본론을 말해왔다. 예상대로 역시 간밤의 사건이 이야기의 핵심이었다.
 "그런데 용꼬리 주둔 흑색군 부대에선 그걸 근처에 은닉해 있으면서 청색당에 동조하는 반동 잔당들의 소행으로 본 모양일세. 그래 이따가 우리 마을부터 교육 사업을 나오게 되어 있네."
 "교육 사업이라면 무얼 하려는 것인가?"
 "마을에서 혐의자 한 사람을 골라내어 공개 처형을 해 보이는 것일세."
 "혐의만으로 처형을 한다는 것인가. 모르면 몰라도 우리 마을에는 아마 그런 사람이 없을 줄 아는데?"
 아닌 게 아니라 의논이라도 하고 있는 듯한 조용한 문답이 왈가왈부 한동안 계속되어나갔다.
 "혐의가 있고 없고는 상관이 되지 않네. 마을마다 무조건 한 사람씩을 골라내어 공개 처형을 하겠다는 것이네. 그리고 그 처형 대상자는 각 마을 스스로 골라 정하라는 것이네."
 "군중 재판을 벌이라는 것인가?"
 "말하자면 일종의 약식 군중 재판인 셈이지."
 "그 재판에서 내가 자네를 도울 일이 무언가?"
 이미 각오를 하고 있었음에도 불구하고 동준은 새삼 아슬아슬한 심경에 스스로 쫓기듯이 물었다. 그 재판이 자신의 운명에 결정적인 것이 될 것임은 너무도 뻔했다. 현우가 그에게 마련해보겠다는 기회라는 것도 필경은 그것과 상관이 되고 있을 것이었다. 그런데 그때 현우의 대답은 다시 한 번 동준을 소스라치게 하였다.

"자네가 그 혐의자를 고발해주게."

현우가 마침내 몸을 돌이켜 세우며 선언하듯 말했다. 죽음, 혹은 탈출— 현우의 방법은 동준에게 그런 식으로 자신의 생사와 맞서게 하려는 것이 아니었다. 동준에게는 일단 마지막 위기에서 들려온 구원의 소리처럼 여겨질 수도 있었다. 사실 동준도 그 소리를 듣는 순간 무언가 조그만 희망의 빛 같은 것이 보이는 것 같았다. 그러나 그것은 순간뿐이었다. 그 구원 같은 한순간이 지나가자 동준은 다시 천 배 만 배의 무거운 절망감이 가슴을 짓눌러왔다. 그것은 필경 자신의 죽음을 고발로 모면하라는 무서운 교환 조건의 제안임이 분명했다. 하지만 내가 그 일을 어떻게? 마을에선 가장 유력한 지목의 대상자인 처지에 내가 거꾸로 그 일을 감당할 수가 있단 말인가. 도대체 자신 말고 누구를 어떻게?

"왜 하필이면 내가 그 일을 감당해야 한단 말인가?"

한동안 멍하니 넋을 잃고 앉았다가 동준이 이윽고 다시 절망적으로 묻기 시작했다. 하지만 이제 모든 것이 정해진 듯 현우 쪽의 어조에는 동요의 빛이 없었다.

"자네가 혐의자를 고발하는 입장에 서게 되면 자신은 적어도 죽음을 지목당하는 일은 없을 테니까."

"내가 누구를 고발한다면 그가 거꾸로 나를 고발할걸세."

"그런 일은 없네. 자네가 혐의자를 지목해 보여주면 그것으로 일은 모두 끝나네. 부대장의 지시가 그렇게 되어 있네. 마을에서 미리 유력한 혐의자 다섯 명을 골라놓았다가, 그 다섯 명 중에서 한 사람이 나서서 다른 네 명 중에 최종적인 혐의자 한 사람을 지목하도록 말일세. 고발자가 누가 되고 그에게 마지막으로 혐의를 지목당하는 사람이 누가 되든 그것은 부대장이 상관을 않는다고 했으니 말일세……"

"……"

"부대장의 생각은 어차피 같은 악질 반동들이라면 죄과의 경중을 가려 따질 필요가 없다는 것이겠지. 그리고 반동은 누구보다 같은 반동들끼리서 서로 간에 과오나 죄과를 잘 알고 있을 터이니, 저희끼리 스스로 처단 대상자를 지목해내도록 한다는 것이지. 이건 어차피 교육 사업이기도 하니까 그런 고발과 반목 이간의 행위를 통하여 고발자의 사상 개조를 달성해보려는 의도도 있을 거구. 한데다 무엇보다 다행스러운 것은 우리 마을에 배당된 다섯 명의 혐의자와 그중에 한 사람의 고발자를 정하는 것은 리 위원장인 나의 재량에 맡겨졌다는 사실일세. 다만 한 가지 고발자로 선정이 되어질 사람은 피의자 중에서 가장 사상 개조의 가능성이 크고, 전향 후에도 우리의 혁명 사업에 적극적으로 협조할 인물이어야 한다는 단서가 있긴 하지만…… 어쨌든 나는 그 점에 대해서도 자네에게 기대를 걸어볼 수가 있으니까."

동준을 설득하고 안심시키듯 현우는 모처럼 다시 말이 길어지고 있었다. 그러면서 그 부대장을 빙자하여 동준에게 은근히 전향을 권고하여 그것을 청원하고 자기 증서(證誓)로서의 고발을 설득했다. 아니 그를 설득한다기보다 모든 것이 이미 피할 수 없는 운명으로 정해진 듯 그를 끈질기게 강압해오고 있었다.

"그러니 어떻게 보면 자네한테 이번 일이 차라리 전화위복의 기회가 될 수도 있는 것일세. 이번 기회를 놓치지 말게. 그게 바로 자네와 나 사이의 그간의 신뢰를 깨지 않는 길이고, 자네를 지키고 싶은 나를 자네가 도와주는 일이기도 한 걸세. 그야 물론 괴로운 일이기는 하겠지만, 자네는 어쨌든 살고 봐야 하니까. 그리고 이제 자네한테 다른 선택이 있을 수도 없는 거구. 난 오늘 아침 이미 자네를 포함한 다섯 명의 혐의자와 한 사람의 고발자를 보고해 뒀거든. 무엇보다 중요한 건 자네가 비록 그 일을 감당하려 하지 않는다 하더라도 이 일은 결국 누군가에 의해서 대신 결말이 지어지고 말 일이라는 걸 명심해두게. 그리고 그런 경우 자네는 죽음을 지목하는 자리가 아니라 거꾸로 죽음을 지목당하는 쪽에 서 있어야 한다는 사실도 말일세."

현우의 설득이 그만큼 진지하고 힘이 있어서였을까. 아니면 죽음에 대한 동준의 공포가 그만큼 크고 깊었기 때문일까. 현우의 끈질긴 설득과 위협에 동준도 마침내는 어떤 가슴속으로부터의 깊은 본능 같은 것이 그의 절망적인 삶에의 희망을 새록새록 다시 일깨워오고 있었다. 그리고 그만큼 마음 한구석에선 현우의 말을 진심으로 믿고, 그에게 모든 것을 의지하고 싶은 심사가 되어갔다.

"그래 내가 고발을 하고 나면 그다음은 어떤 절차가 취해지나?"

동준이 이번에는 가슴속의 아련한 흥분을 참아내려는 듯 괴롭게 물었다.

"다른 절차는 없네. 이건 정식 재판이 아니니까. 그는 처단되고 자네는 살아남는 것이지."

현우의 대답은 간단명료했다. 그리고 이제는 그러면 그렇지— 그걸로 안심을 할 수가 있겠느냐는 듯 혼자 여유만만한 미소를 흘리고 있었다.

"자네가 보고한 혐의자는 누구누구인지 말을 해줄 수 있겠나? 물론 나도 거기 한 사람으로 포함되어 있겠지만…… 그리고 자넨 내가 누구를 지목해야 한다고 생각하나?"

동준은 자신의 책임을 조금이라도 나눠 맡기듯 그 현우에게 마지막으로 한마디 더 물었다.

하지만 어느새 현우의 얼굴에서는 그 은밀스런 웃음기가 사라지고 없었다. 그리고 이제 그의 대답은 전에 없이 차갑고 단호하였다.

"그건 이따가 병력이 도착하면 곧 알게 될 걸세. 그리고 자네가 지목할 사람도 자네의 양심이 정해야 할 일이구."

일의 경위는 그렇게 된 것이었다.

현우는 어쨌든 동준을 비호하여 그에게 일단 삶의 기회를 마련해준 셈이었다. 그러나 그것은 현우의 계략이었다. 그의 비호도 진심에서가 아니었다. 자신의 말대로 녀석은 그때까지 아직 진짜 흑색주의자는 못 되고 있었을지 모른다. 그리고 그저 '자기 생존과 상승을 위한 전술'이었는지도 모른다. 그렇더라도 결과는 어차피 마찬가지였다. 그는 이미 죽음보다도 더한 '손가락질'의 고통을 알고 있었다. 그래서 동준에게 목숨의 값으로 그것을 대신 시킨 것이었다. 그것을 몰랐던 것이 동준의 치명적인 어리석음이었다. 그래서 그는 괴롭고 욕되게 그의 연출을 따랐던 것이다.

그것이 그의 진심을 위장한 잔인한 복수극임을 깨달은 것은 때가 너무 늦어버린 뒤였다. 그리고 그 참담스런 회오와 고통의 기다림 끝에 이제 비로소 다시 기회가 온 것이었다. 그것이 비록 그 생존을 위한 전술이었고, 그가 아직도 끝끝내 진짜 흑색주의자가 되지 못하고 있다 하더라도 그의 저주스럽고 간악한 인간성은, 그 노회하고 가학적인 복수심은 그만큼한 대가를 치르게 해야 하였다.

하지만 그것이 아무래도 쉬운 일 같지가 않았다. 그 손가락질의 절망적인 고통과 치욕— 녀석이 그것을 알고 있는 이상 자신은 정작 그것을 거부하고 나서버릴 가능성이 있었다. 치욕스러운 손가락질 대신 자신의 죽음을 선택해버릴 수 있었다. 배반의 손가락질로 남을 죽이는 대신 자신의 죽음을 가리켜버릴 수 있었다. 그런 배짱으로 녀석은 지금 동준을 기다리고 있을 수가 있었다. 아니 어쩌면 녀석은 동준에게도 그런 기회를 주었던 것인지 모른다— 자네가 지목할 사람은 자네의 양심이 정해야 할 일이고…… 어쩌고 몰아붙이던 그날의 한마디는 아마도 그것을 암시한 소리가 아니었을는지. 그래 놓고 그는 아직까지도 그날의 동준의 처참스런 자기 배신을 두고 통쾌한 승리감에 취해 그를 기다리고 있는 것인지 몰랐다……

동준은 갈수록 자신이 없어지고 있었다. 그리고 그럴수록 제물에 자신이 못 견디게 초조해지고 있었다.

3

 10분 동안의 휴식이 끝나고 부대는 다시 마을을 향해 행군을 시작했다. 이번에는 제법 대열을 정돈하여 부대의 위엄을 갖추고서였다.
 탕, 탕, 탕……!
 미리 강 대장의 명령이 있었던지 대열의 뒤쪽에서 총성 몇 발이 연거푸 터져 올랐다. 병력 진입을 알려서 마을을 위압하려는 위협 사격 총소리였다. 하지만 마을은 총소리의 메아리만 길게 맴돌 뿐 여전히 한가롭고 잠잠해 있었다.
 동준은 그 마을을 향해 다시 앞쪽에서 대열을 인도해나가고 있었다. 마음속에선 여전히 답답한 망설임이 계속되고 있었다. 이번에는 아버지와 친척들의 얼굴까지 불쑥불쑥 발걸음을 막아오고 있었다. 그리고 이날까지 머릿속에서 골백번을 지우고 다시 지워온 재종숙의 얼굴이 무섭게 눈을 부릅뜨고 그에게 다가왔다. 그것은 그날 종숙이 마지막으로 그에게 보여온 그 숭엄한 자기 체념과 용서의 눈길은 이미 아니었다. 그것은 오히려 이 몇 달 동안 동준 스스로 가슴속에 모습 지어온 가혹한 가형과 자기 책벌의 얼굴이었다.
 ……동준이 그날 죽음의 고발을 한 것은 어이없게도 자신의 재종숙이었다. 그것은 물론 동준이 모든 걸 책임져야 할 사태의 진행은 아니었다. 우선 동준은 무얼 가려 생각하거나 마음의 작정조차 지닐 여유가 없었다. 현우의 마지막 선언이 끝나고 나자 마을

사람들이 이내 몰려들기 시작했고, 마을 사람들이 회관 팽나무 밑 마당을 메우고 나자 때맞춰 이날의 '교육 사업'을 집행할 용꼬리의 병력이 도착했기 때문이었다. 용꼬리에서는 중대장 급 전관(戰官) 한 명이 1개 분대의 병력과 함께 왔는데, 그 제복군들이 도착하는 것으로 곧바로 교육 사업이 시작된 것이었다.

그것은 물론 현우가 미리 말한 대로 약식 군중 재판과 처형극을 뜻했다. 그것도 보복과 위협이 목적인 만큼 시간을 길게 끌 필요가 없었다. 보복과 위협의 효과를 위하여 모든 일이 신속하고 간명하게 진행됐다. 하지만 그 얼마간의 시간이 처형극의 주연 격인 동준에게는 무한정한 시간의 흐름처럼 느리고 길게만 느껴졌다.

회의가 시작되자, 팽나무 그늘 쪽 앞자리에 앉아 있던 현우가 먼저 자리를 일어나 간밤의 사건에 대한 유감의 뜻을 표하고 이날의 모임의 목적을 대충 설명했다. 그리고 모쪼록 소중한 교육 사업에 값진 성과가 있기를 바란다며, 곧이어 이날의 교육 사업 집행자인 옆자리의 전관을 소개하고 그늘 속으로 물러났다. 물을 끼얹은 듯한 회중의 침묵 속에 현우와 자리를 바꿔 일어선 전관은 작달막한 키에 목소리가 몹시 카랑카랑한 쇳소리였다.

"여러분 반갑소. 나는 방금 위원장 동지가 소개한 바와 같이 용꼬리 해안 주둔 부대 지휘관의 한 사람으로서 오늘 이 삼성리의 교육 사업을 책임지고 나온 오 전관입니다. 그럼 이제부터 교육 사업으로 들어가겠습니다."

자리를 일어서서 볕발 속으로 나온 그는 몇 마디 자기소개를 겸한 인사말을 하고 나서, 지체 없이 교육의 본론으로 들어갔다. 그는 먼저 흑색 혁명 사업의 자랑스런 의무와 책임을 말하고 삼성리는 그동안 그 혁명 사업에 부끄럼 없는 열성을 바쳐왔을 줄로 믿으며 그것을 흑색군의 한 일선 전관으로서 당을 대신해 치하하고 싶다 하였다. 그리고 군이나 민간인은 이제 다 같은 흑색 혁명 전사로서 서로가 힘을 합해 혁명의 마지막 승리를 쟁취하지 않으면 안 된다고 힘주어 다짐했다. 흑색 혁명의 무성한 풀밭에는 그것을 해치려는 더러운 송충이가 한 마리도 숨어 있어서는 안 된다고 하였다. 한 마리의 송충이라도 미구에는 수가 늘어 혁명의 검은 숲을 망쳐놓을 위험이 많다는 것이었다. 하고 나서 전관은 거기서 목소리를 한층 높여, 그런데 이 마을에는 유감스럽게도 '우리의 혁명의 적'인 못된 송충이가 몇 마리 숨어 있는 게 틀림없다고 단언했다. 그것은 자신들의 혁명 전쟁을 방해하려는 간밤의 사건이 증거가 아니냐며, 따라서 이날의 교육 사업은 바로 그 숨은 송충이를 색출하여 처단하는 일이며, 거기에는 추호의 반혁명적 행동이나 동정이 있어서는 안 될 것이라고 선언했다. 그리고 전관은 곧바로 그 숨은 송충이의 색출 작업과 가차 없는 처단을 명령하였다.

  일은 그렇게 단시간에 일사천리로 진행되어나갔다. 동준은 이때도 전혀 어떤 마음의 작정을 마련해 지닐 겨를이 없었다. 무엇이 어떻게 돌아가고 있는지, 전관의 연설조차 제대로 귀에 들어오지 않았다. 혁명이니 솔숲이니 송충이니 색출이니, 당시로선 실제로 그런 소리들만이 이명처럼 뜸뜸이 들려올 뿐이었다. 그러다 때로는 아예 그도 저도 아무것도 들려오지 않는 완전한 소리의 진공 상태가 찾아오기도 하였다. 그것은 차라리 끝이 보이지 않는 절망스런 시간의 벌판 속과도 같았다. 동준은 그 지평선조차 보이지 않는 벌판 한가운데에 갇혀버린 시간의 미아처럼 그렇게 지루하고 무감각한 상태 속에 기다리고만 있었다.

하니까 동준이 그런 기다림 끝에 결국 종숙의 죽음을 지목하고 나선 것은 아무래도 그의 본심에서일 수가 없었다. 허물을 따진다면 동준에게보다 재종숙 자신에게 더 큰 허물이 있었달 수도 있었다. 동준으로선 도대체 마지막 죽음의 고발의 대상으로 누구를 생각해본 일도 없었으려니와, 종숙이 그 다섯 사람의 혐의자 중에 당연히 끼이게 되리라는 생각조차도 염두에 없었으니까……

소리와 시간의 진공 속과도 같은 그 몇 순간이 흐르고 난 다음이었다.

"그럼 이제 혐의자들을 호명해주시오."

동준에게 다시 소리가 들려오기 시작했다. 전관이 그늘 속의 현우에게 혐의자의 명단을 건네주며 덧붙이고 있었다.

"이 명단은 애초 여러 동로(同路, 같은 흑색주의 혁명 전사라는 뜻으로 그들 가운데서 일반화된 호칭) 가운데서 고발을 해온 사람들이고, 거기에 우리가 다시 내사를 해본 결과이니 다른 의견이 없을 줄 아오. 그럼 이제 위원장 동로의 호명이 있을 테니, 이름이 불린 사람은 일어서서 앞으로 나오도록 하시오."

물론 아무도 다른 의견을 말하는 사람이 없었다. 쥐 죽은 듯 숨을 죽인 회중의 침묵 위로 뜨거운 여름 햇볕만 무겁게 녹아 흐르고 있었다.

그늘 속을 나와 명단을 건네받은 현우가 이윽고 피의자의 이름을 하나하나 호명해나갔다. 현우가 미리 말해준 대로 호명된 사람은 모두 다섯 명이었고, 동준도 물론 그 속에 끼어 있었다. 동준은 이때까지도 미처 깨닫지 못하고 있었지만, 현우는 피의자 다섯 사람을 미리 동준과 함께 앞줄에 앉혀두게 한 모양이었다. 이름을 불린 다섯 사람이 모두 앞줄에서 일어섰다. 동준이 제일 먼저 자리를 일어섰고, 오른쪽으로 차례차례 다른 네 사람이 일어섰다. 동준이 제일 왼쪽에 앉아 있었고, 호명도 다섯 중에 먼저였기 때문이었다.

호명이 끝나자 뒤에 대기하고 있던 무장 병력이 양쪽으로 재빨리 다섯 사람을 둘러싸고 섰다. 하지만 동준은 아직도 그와 함께 일어서 있는 다른 네 사람이 누구누구인지를 알지 못했다. 그의 이름이 호명당하고부터는 다시 소리가 멀어져버렸기 때문이었다. 호명 소리가 들려와도 뜻이 귀에 들어오지 않았다. 그렇다고 새삼 그 사람들의 얼굴을 기웃거려볼 생각도 여유도 없었다. 그는 모든 것을 운명에 맡긴 채 마지막 순간만을 기다리고 있었다. 현우의 생각이 달라질지도 모른다는 불안감에서가 아니었다. 현우의 귀띔이나 비호 따위는 머리에서 사라진 지 이미 오래였다. 그는 차라리 자신의 죽음을 기다리고 있었다. 모든 것이 그저 끔찍스럽고 귀찮았다. 누군가에 의해 자신의 죽음이 지목당하더라도 일이 빨리만 끝났으면 싶었다.

그런데 그때.

"이 다섯 사람 가운데에 우리 혁명 사업의 방해 분자가 끼어 있소!"

전관이 다시 자신 있게 단언했다. 그리고는 앞줄의 피의자들 쪽으로 발걸음을 옮겨오며 말을 이어나갔다.

"그러나 이들 중에 끼어 있는 마지막 한 사람 악질 저해 분자는 굳이 우리가 지목하지 않겠소. 그것은 이들 가운데서 한 사람이 나서서 스스로 고발을 행해줄 것이오. 간밤에 저지른 반동 행위는 같은 반동들끼리 더 잘 알고 있을 것이기 때문이오. 그리고 그것이 오늘의 교육 사업의 중요한 목적의 하나이기도 한 것이오. 그러한 자발적 고발을 통하여 우리는 이 반동들 가운데에 한 사람에게서라도 뜻 있는 교육의 성과를 달성해야 하기 때문이오. 따라서 오늘의 마지막 고발자는 지금까지의 과오에 개전의 정이 뚜렷하고 앞으로 우리의 혁명 사업에도 열성적인 협조가 기대되는 동로여야 할 것이오. 내 이들 가운데서 이미 그런 동로를 한 사람 추천받고 있는데, 여러분도 아마 그 동로에 대해서는 별다른 이의가 없을 줄 믿소. 자, 그럼 이제 위원장 동로가 마지막 고발자를 지명해주시오."

그것도 미리 전달이 되어 있었던지 전관은 다시 현우를 내세워 최종 고발자의 이름을 호명케 하였다. 전관의 명령이 떨어지고 나자 회의장은 다시 한 번 심해 속 같은 무거운 침묵이 지나갔다.

하지만 침묵은 오래갈 수 없었다.

"나동준 동로……"

잠시 뭔가를 머뭇거리고 있던 백현우가 이윽고 나지막이 동준을 지명했다. 그러나 그 소리는 적막감마저 감도는 회중의 뒤쪽까지 충분히 들리고 남을 만한 것이었다. 동준의 이름이 호명되고 나자

의외라는 듯 뒤쪽에서 잠시 웅성거림이 번졌다. 현우가 그 웅성거림을 눌러 끄듯 다시 몇 마디를 덧붙이고 있었다.

"이것은 여기 계신 전관 동로와 내가 신중한 협의 끝에 합의한 결정이오. 하지만 여러분의 반대가 있다면 다시 재론을 거쳐야 할 것이오. 혹시 여기에 반대 의견을 가진 동로 있소? 다른 의견을 가진 동로가 있으면 지금 일어나 말씀해주시오."

웅성거림이 금세 멎었다. 다른 의견 따위는 물론, 말을 하고 나설 사람이 있을 턱이 없었다. 현우는 그제서야 안심을 한 듯,

"말씀이 없으신 걸 보니 별 이의가 없는 것 같습니다. 그러면 이 일은 나동준 동로에게 맡기겠습니다."

회중을 향해 선언을 하고는 다시 회중과 동준을 향해 짐짓 경어조로 덧붙여왔다.

"나 동로 그럼 앞으로 나오시오. 나와서 임무를 수행해주시오."

일은 결국 모든 것이 현우의 약속대로 되어간 셈이었다. 그리고 그것으로 원했거나 말았거나 운명의 패는 이미 동준의 손으로 옮겨져 있었다. 다음 일은 바로 동준의 차례였다. 하지만 동준은 아직 머뭇거리고 있었다. 머뭇거리기보다 발이 아예 땅바닥에 얼어붙어버리고 있었다. 무엇을 어찌해야 한다는 생각도 없었다.

"무얼 하고 있소, 빨리 앞으로 나와 임무를 수행하지 않고!"

그 동준을 보고 이번에는 곁에서 기다리고 있던 전관이 현우를 젖히고 나서며 지휘봉 막대로 그의 등을 떠밀며 재촉을 해왔다.

"어서 나오시오. 나와서 혁명 사업의 악질 방해 분자를 과감하게 지목 색출해내시오. 그래서 그것으로 동로의 과거의 과오를 씻

고 영광스런 혁명 전사의 대열에 함께 끼어 서도록 하시오."
 다른 선택이나 더 버티고 서 있을 여지가 없었다. 동준은 어느새 앞으로 밀려나와 그 회중과 피의자들 쪽을 향해 몸이 돌려 세워져 있었다. 그리고 동준은 그제서야 비로소 그 앞에 서 있는 첫 번 피의자의 얼굴을 보았다. 그는 감히 동준을 쳐다볼 엄두도 못 낸 채 핏기 없는 얼굴을 푹 수그러뜨리고 있는 모습이 공포로 이미 모든 것을 체념해버리고 있는 표정이었다. 바닷속 같은 무거운 정적 속에 그는 그렇게 동준의 마지막 심판을 기다리고 있었다. 물론 가까운 마을 지면 중의 한 사람이었다. 그러나 그는 동준이 지목할 진짜 죄인은 아니었다. 아니 동준은 지금 어차피 그것을 가리고 있는 것이 아니었다. 죄과의 유무를 따질 수도 없었고, 그것을 가려낼 생각도 없었다. 그와 같은 나씨 집안의 한 사람이라는 것뿐 어찌하여 거기 그렇게 서 있게 되었는지조차도 알 수가 없었다.
 동준은 그저 건성으로 잠시 그를 쳐다보고 있다가 다음 사람으로 천천히 발길을 이끌려 갔다.
 "다음으로……"
 이번에는 다시 현우가 그의 표정을 살피다가 슬그머니 밀어냈기 때문이었다. 하지만 다음 사람도 역시 마찬가지였다. 절망스럽게 고개를 떨어뜨리고 서 있는 그 역시 자기 일가 중의 한 사람이라는 것뿐, 동준은 이번에도 그가 무엇 때문에 거기 그렇게 기가 죽어서 있는지를 알 수가 없었다.
 ……세번째 사람도 마찬가지였다. 누구도 동준의 지목을 받을 만한 죄과가 있어 보이는 사람들이 아니었다. 아니 설사 그 속에

그런 사람이 끼어 있었다 하더라도 동준이 그것을 알아 가려낼 수는 없는 일이었다. 동준은 이미 그것을 생각하고 있지 않았다. 그는 도대체 자신이 무엇 때문에 그 사람들 앞을 차례차례 지나쳐가고 있는지조차도 분명치가 않았다.

그런데 그가 마지막 네번째 사람 앞으로 다가섰을 때였다. 이번에는 사정이 전혀 달라지고 말았다. 동준이 그 네번째 사람 앞으로 등이 밀려가 섰을 때, 그는 거기서 비로소 그날의 종숙을 알아본 것이었다.

동준은 마침내 전기라도 맞은 듯 제물에 정신이 번쩍 들어왔다. 전직 청색군 경력의 종숙. 그것도 지리산 흑색 게릴라군과의 전투에서 팔 하나를 잃고 불구가 되어 돌아온 청색군 상이용사. 아무나 무작위로 끌어내 세워놓은 듯한 다른 사람들에 비해 종숙의 경우는 사정이 너무 달랐다.

종숙도 스스로 그것을 시인하듯 다른 사람들과는 태도나 표정이 전혀 달랐다. 다른 사람들처럼 절망스럽거나 공포에 질린 얼굴이 아니었다. 그런 것들이 이미 지나가버린 체념의 빛이었을까. 얼굴빛이 다소 창백해 보일 뿐 어딘지 조용하고 편안한 기운이 감돌고 있었다. 다른 사람들처럼 고개를 깊이 숙이고 있지도 않았다. 오히려 거꾸로 반쯤 위쪽으로 묵연스런 시선을 못 박고 서 있었다. 한쪽 팔이 없는 빈 옷소매가 이날따라 청승맞게 늘어진 모습일 뿐이었다. 종숙은 그런 모습 그런 시선으로 동준의 접근조차 아랑곳을 하지 않고 있었다.

당황스러운 것은 오히려 동준 쪽이었다. 동준은 그 종숙을 바로 쳐다볼 수조차 없었다. 그는 잠시 넋을 잃고 서 있다가 제물에 재빨리 시선을 피해냈다. 다른 사람들과도 마찬가지였지만, 시선을 마주치는 것이 두렵기 때문이었다. 고개도 숙이지 않고 있는 종숙이 그를 더욱 두렵게 했기 때문이었다.

동준은 시선을 비키고 나서도 여전히 자신을 어찌할 수가 없었다. 이제는 종숙이 마지막 사람이었다. 다음으론 더 이상 발길을 옮겨갈 차례조차 없었다. 하지만 그날 동준은 아직도 그것으로 종숙의 죽음을 지목해버린 것이 아니었다. 그는 처음부터 누구에게도 죽음을 지목해줄 마음이 없었다. 그것은 자신이 할 수 있는 일도 아니었다. 애초부터 자신의 일도 아니었다. 뚜렷이 결심을 한 일도 아니지만, 동준은 그때 차라리 자신의 죽음을 생각하고 있었다. 종숙이 비록 다른 사람들보다는 '반동적'인 색채가 분명한 인물이라 해도 동준은 그것으로 종숙의 죽음을 손가락질해 보일 수는 없었다.

이마와 등골에서 땀이 비 오듯 흘러내렸다. 동준은 한동안 그 자리에 그대로 고개를 숙이고 기다리고 있었다. 그에 대한 현우들의 마지막 처분과 자신의 죽음을 기다리고 있었다.

그런데 그때, 뜻밖의 곳에서 기다림의 응답이 들려왔다. 그동안 내내 동준의 마음속을 읽고 있었던 것인지 모른다. 그러면서 부러 동준을 위해서 시선을 피해주고 있었던 것인지 모른다.

"내가 범인이오. 내가 어젯밤 당신들의 탄약고를 폭파하였소."

허허로이 허공만 쳐다보고 있던 종숙에게서 생각지도 않았던 한마디가 흘러나왔다. 동준이 놀라 눈길을 들어보니 종숙이 조용히 그를 내려다보고 있었다. 하다간 동준과 눈길이 마주치자, 입가에 알 수 없는 미소까지 머금으며 그를 향해 천천히 고개를 끄덕이고 있었다. 모든 것을 이미 각오하고 있는 빛이었다.

동준은 다시 자신을 가눌 수가 없었다. 그는 재빨리 그 종숙에게서 다시 눈길을 피했다. 그리고는 마치 애원이라도 하듯이 곁에 선 현우의 얼굴을 쳐다봤다. 현우도 처음에는 예기치 못한 사태에 당황하고 만 듯 한동안 입을 열지 못하고 멍하니 서 있기만 하였다. 하다간 역시 당황스런 얼굴로 뒤에 선 전관 쪽을 돌아다보았다.

그가 전관에게 어떤 눈신호를 보낸 모양이었다. 그리고 전관은 곧 현우의 속뜻을 알아차린 것 같았다.

"안 되오. 범인의 자백만으로는 유죄가 증거될 수 없소!"

전관이 단호하게 머리를 휘저으며 큰소리로 말했다. 그는 종숙에게 한 팔로 어떻게 그런 일이 가능했던가를 묻지 않았다. 그 일을 누구와 함께했는지도 묻지 않았다. 그는 대신 동준의 마지막 고발을 명령했다.

"동로의 분명한 고발이 있어야겠소. 동로가 직접 이자를 지목해주시오. 여기 모인 모든 동로들이 그것을 똑똑히 볼 수 있도록 손가락을 쳐들어서. 자 여기 이 반동 놈의 얼굴을 똑바로 쳐다보고서……"

그는 다시 동준 앞으로 다가와 지휘봉으로 턱을 걸어 밀어 얼굴까지 정면으로 들어올려주었다.

두 사람은 어쩔 수 없이 다시 시선이 마주쳤다. 하지만 종숙은 여전히 의연했다. 종숙은 이제 차라리 순교자 같은 얼굴로 동준을 부드럽게 내려다보고 있었다. 그리고는 달래고 재촉이라도 하듯이 한 번 더 그에게 고개를 끄덕여오고 있었다.

도대체 그럴 수가 없는 노릇이었다. 어떤 뜨거운 전율 같은 분노— 동준은 그 종숙에게서 문득 그런 어떤 무서운 분노의 감정이 가슴속 깊은 곳을 찌르고 지나감을 느꼈다. 그것은 어떤 다른 사람도 아닌 종숙과 동준 자신을 향한 분노의 칼날 같은 것이었다. 동시에 동준은 그 분노 속에 자신의 삶을 향한 어떤 뜨거운 열망을 느꼈다……

그것이 종숙의 비극적 결말이었다. 그리고 동준 자신의 배반극의 시말이었다. 그 뒤론 무엇이 어떻게 되었는지 자신도 분명한 기억이 없었다.

—그래 어서…… 나밖엔 네가 지목할 사람이 없지 않으냐. 그러니 아무 걱정하지 말고…… 나는 괜찮다. 너를 이해하고 있으니까……

환청이었는지도 모르지만, 기억할 수 있는 것은 다만 그때 종숙이 그를 향해 분명 그런 말을 몇 번이고 되풀이해오고 있었다는 것뿐이었다. 그리고 그가 눈물 속에 다시 종숙을 우러르듯 쳐다보았을 때, 당신은 이미 파란 여름 하늘로 시선을 멀리 피해버리고 있던 모습뿐이었다. 그러다 종숙은 어디론가 모습이 사라져갔고, 이윽고 한 발의 비정스런 총성과 함께 이날의 보복과 배반극은 끝이 난 것이었다.

어찌 보면 일면 종숙 자신이 스스로 선택해간 비극이었달 수도 있었다. 그리고 어차피 모든 일은 현우가 그렇게 미리 앞뒤를 꾸며놓은 연극이었다. 진짜 흑색주의자가 되어서든 아니든 연극은 어쨌든 그의 대본과 연출대로 종막이 지어진 것이었다. 그런 면에선 동준 혼자서 모든 책임을 져야 할 일이 아닐 수도 있었다.

그러나 동준은 역시 두려웠다. 누구에게 책임을 돌릴 수 있는 일이 아니었다. 당시로선 전혀 현우의 속셈을 몰랐다는 것도 변명이 될 수 없었다. 그것이 비록 현우에 의해 면밀히 계획된 연극이었다 하더라도 동준은 종숙 대신 자신의 죽음을 가리켜버릴 수도 있었을 일이었다. 한데도 그는 그렇게 하지를 못했었다. 그가 마지막으로 종숙을 고발하고 그의 죽음을 손가락질한 것은 어쨌든 사실이었다. 동준은 그 죽은 종숙의 영혼이 두려웠고 자신이 두려웠다. 현우와 가족들과 마을 사람까지 두려웠다. 무엇보다도 이제는 그토록 온화하던 종숙의 얼굴이 무서운 가형자의 그것으로 변해 있었다. 그리고 그를 끊임없이 쫓아대며 가열스런 책벌을 계속해오고 있었다. 그만큼 자책감을 피할 길이 없었다. 그리고 그럴수록 동준은 치를 떨며 현우에 대한 복수심을 새로이 하곤 하였다.

— 하지만 백현우! 네가 아무리 삶과 죽음의 비밀을 꿰뚫어보고 나의 배신을 확신하고 있었던들 그 처절스런 고통까지는 차마 상상할 수가 있었겠느냐. 네가 아무리 교묘한 절망의 연극을 꾸몄던들 배신과 절망의 크기를 알겠느냐. 그날의 그 피가 타는 듯하던 고통과 절망을. 그리고 그 성자처럼 부드럽고 숭엄하기만 하던 나의 종숙의 모습이 이토록 가혹스런 가형자로 변해가던 이 몇 달간의 고통과 절망을. 너는 모를 거다. 네놈도 거기까지는 차마 짐작을 못했을 거다…… 더욱이 이토록 황량하고 처절스런 모습으로

너에게로 가고 있는 나의 복수심을.
 동준은 이번에도 거기서 한번 더 각오를 다지듯 속으로 혼자 이를 부드득 갈았다. 그리고 끊임없이 눈앞으로 다가드는 종숙과 친척들의 분노라도 달래듯 다시 한 번 복수의 주문을 외워댔다.
 ─그래, 기다리거라. 내가 그것을 알게 해주마. 싫더라도 내가 네게 신세를 진 만큼만 말이다. 내게는 그걸로 충분하니까. 그걸로도 내가 나의 종숙과 마을 사람들에게 진 빚을 네게로 대신 넘겨 줄 수가 있으니까. 그리고 이번에는 네가 내 앞에 그것을 승복하고 대신해야 할 차례니까……
 이제는 어쨌거나 현우와의 또 한번의 대결을 위해 발걸음을 부질없이 망설여서는 안 되겠기 때문이었다.

 부대가 이윽고 마을로 들어섰다.
 강 대장은 일단 대열을 큰 팽나무가 있는 마을의 회관까지 이끌고 가서 그곳을 중심으로 본작전을 개시했다. 병력과 작전은 모두 강 대장의 명령에 통제되고 있었지만, 그 작전의 진행 요령은 예정대로 동준의 복안을 따라서였다. 거기에 별다른 절차나 어려움이 있는 것은 물론 아니었다. 별동대에겐 몇 차례나 손이 익은 일이었고 이날의 색다른 작전 방법에 대해서도 강 대장과 동준 간에 이미 의논이 끝나 있었다.
 강 대장은 바로 병력을 분산시켜 마을 사람들을 회관으로 집합시키는 일을 맡았고, 동준은 따로 대원 한 사람을 보내어 현우를 미리 불러 만나두기로 하였다. 그리고 그사이 현우를 기다리면서 악성 부역자들의 명단을 확정지어놓기로 하였다. 동준은 그래서 작전이 개시되고 나서도 강 대장과 함께 회관 본부에 남아 있었다.

그런데 사실은 이 무렵부터였다. 동준은 자신이 행여나 하는 기우를 품어온 것보다도 일이 훨씬 더 이상하게 흘러가고 있는 느낌이었다. 병력이 산개하여 움직이기 시작하자 하늘은 금세 벌집을 쑤셔놓은 듯 어수선해졌다. 삼성리도 물론 수복을 맞으면서부터 다른 마을들처럼 미리 임시 이반장과 자경대(自警隊)가 조직되어 마을의 질서를 유지해오고 있었다. 수복 부대가 들어온 것을 알아차린 이반장들이 허겁지겁 회관 앞마당으로 달려오고, 젊은 청년층 자경대원들은 부대원들을 도와 마을 사람들을 소집하러 동네 구석구석을 쓸어 훑고 다녔다. 그런 소동 속에 마을 사람들이 이내 골목골목 회관으로 털려 나오고 있었다. 그런데 그 사람들의 태도나 분위기가 동준에게는 영 기대 밖이었다. 반가운 흥분기로 들떠 하는 빛이 거의 없었다. 아니 전혀 반가움이나 흥분기를 안 보인 것은 아니었다.

— 이제 왔구나. 이제사 왔구나. 천세야 만세야, 기다리던 사람들!

— 세상은 이렇게 바뀌고 바뀌는 것을! 천지가 온통 제 것인 양 날뛰던 놈들, 이제는 제놈들이 뜨거운 맛을 보게 되었구만.

사람에 따라선 반가움에 못 이겨 만세를 부르며 달려 나오기도 하였고, 어떤 사람은 목청을 돋우어 복수의 욕지거리를 크게 외쳐대기도 하였다. 하지만 그건 다만 몇몇 사람뿐이었다. 대개는 그저 무덤덤한 얼굴로, 어찌 보면 아직도 겁에 질려 있거나 경계심을 풀지 못하고 있는 모습들이었다. 몇 달을 공포에 짓눌려온 사람들로선 수복 부대를 맞는 반가움이 너무 적었다. 10여 명이나 생목숨을 희생당한 마을 사람들로선 복수심의 폭발이 너무도 더디었다.

한데 그보다도 더 마음에 걸려오는 것은 그 사람들의 동준에 대한 태도였다. 동준은 이때 중년 연배의 임시 이장과 함께 회관 사무실에서 현우를 기다리고 있었는데, 동준이 거기 그렇게 돌아와 있는 것을 보고도 아무도 그를 반기러 들어오는 사람이 없었다. 그저 먼발치로 눈인사를 잠깐씩 건네 보낼 뿐 사무실까지 그를 쫓아 들어온 사람은 없었다. 그건 백씨나 김씨뿐만 아니라 그와 일가가 되는 나씨 일가 사람들까지도 마찬가지였다. 사람들이 아직 마을의 수복을 실감하지 못하고 있는 탓일 수도 있었다. 게다가 동준 앞에선 그 악몽 같은 지난날을 어떤 말로도 함부로 입에 담을 수가 없었다. 무장 대원들의 시퍼런 서슬에다 그 동준까지 계속 사무실만 지키고 앉아 있으니(이날의 사업을 가차없이 수행해나가기 위하여 동준은 사실 그 자신 사사로운 접촉을 삼가할 필요가 있었다), 이래저래 주위가 불안하고 조심스런 사람들로선 사무실까지 함부로 동준을 찾아 들어갈 엄두가 안 났을 수도 있었다.

하지만 동준은 그게 어쨌거나 마음이 편칠 못했다. 의당히 그가 먼저 달려가봐야 했을 일이기는 하지만, 아버지를 비롯한 가족들이 아무도 아직 눈에 띄지 않고 있는 것도 심사가 안 좋았다.

한데 무엇보다 그의 심사를 불편스럽게 해온 것은 마을 안 김씨 성의 임시 이장마저 그를 대하는 태도가 어딘지 서먹서먹 냉담스러워 보이는 점이었다.

"그래, 자네가 정녕 다시 살아 돌아왔단 말인가. 내 이렇게 자네를 다시 보게 될 줄은 정말 생각을 못했더니……"

이장은 처음 회관으로 달려와서 동준의 손을 잡고 그의 생환을 한껏 반겨했었다. 동준이 묻기도 전에 그의 가족의 안부(가족들은 다행히 어려운 고초에도 더 큰 불상사는 없었다 하였다)를 전해주고 마을의 희생자와 다른 피해들에 대해서도 숨김없이 모두 실상을 털어 말해주었다. 그러나 그것은 이미 지나간 일과 지금 동준이 다시 살아 돌아와 있는 데까지뿐이었다. 동준이 계획해온 이날의 일들에 대해서는 태도나 반응이 전혀 딴판이었다. 가급적 말을 삼가거나 간여를 하고 싶지 않아 하는 태도였다.

"이 사람들이 그간 마을을 쑥밭으로 만들어놓은 악성 앞잡이 부역자들이지요?"

본대에서부터 미리 내사해 지녀온 다섯 명의 정화 대상 피의자 명단을 보이고 나서 현지 책임자로서의 이장의 확인을 요청했을 때, 김 이장은 마지못해 머리를 끄덕이면서도 내 일이 아니란 듯 대답을 도사렸다.

"내가 무어 더 말을 보탤 게 있겠는가. 부대에서들은 모든 걸 더 잘 알고 왔을걸……"

동준이 이날의 정화 사업 절차를 설명하고(그것을 들었을 때의 그의 놀라움!) 마을 사람들의 협조와 이해를 구했을 때도 이장은 역시 내키지 않아 하는 얼굴로,

"자네들이 하는 일을 누가 뭐라겠나마는, 이젠 웬만하면 피를

보는 일만은 그만 없었으면 싶으이. 내 자네의 심경을 헤아리지 못하는 바는 아니네만서두 이젠 정말로 지겹고 치가 떨려……"

방관자처럼 그저 끔찍스런 일에서 얼굴을 돌리고 싶어 하는 식의 반응이었다. 동준을 동정하고 허심탄회하게 수긍하려는 빛이 거의 없었다. 오히려 그를 누구보다 두려워하고 경계하는 빛이 역력했다.

동준은 아무래도 뭔가가 잘못 돌아가고 있는 느낌을 버릴 수가 없었다. 이장을 비롯한 마을 사람들의 속생각을 그로서도 전혀 이해를 하지 못하고 있는 것은 아니었다. 김 이장 바로 그 사람만 하더라도 사실은 전부터 늘 그렇고 그렇게 세상을 지내온 사람이었다. 그는 드러나게 남의 윗자리를 오래 탐한 일이 없는 대신 어떤 세태의 변화에도 자신을 크게 고집한 일이 없었다. 식민 통치 시절에는 잠시 동안 마을의 어업 조합 총대를 지냈고, 해방이 되고 나서는 또 그때대로 마을의 자체 조직인 '삼성리 재건회'의 회장 일을 맡았었다. 그는 비단 이번뿐 아니라 저 흑색당의 세상이 왔을 때도 백현우가 표면에 나서기까지 며칠 동안 임시위원장으로 마을 일을 대행한 일까지 있었다. 한마디로 그는 늘상 그때그때 그 시절의 세력 편이면서도 한편으론 또 진짜 소신 있는 편 노릇을 해본 일이 없는 중성적 인물이었다. 위인의 됨됨이도 됨됨이었지만, 마을 사람들이 그것을 묵인하고 따랐기 때문이었다. 그 이장이나 마을 사람들에 비해 동준은 이제 자기 색깔이 너무 분명해져 있었다. 게다가 그의 배신스런 손가락질을 너무도 똑똑히 지켜본 사람들이었다. 하여 동준으로서도 그 이장이나 마을 사람들에 대해서는 미리 상당한 각오를 하고 온 터였다. 그래서 마을로 들어오면서도 두려움과 망설임이 앞서오던 그였다.

하지만 이제는 사정이 달랐다. 이장이건 마을 사람들이건 이제는 누구고 분명한 자기 색깔을 정해 지녀야 하였다. 그리고 확고하게 자기편을 정해야 하였다. 그 색깔이나 편은 이미 동준이 돌아옴으로써 결정되어 있었다. 한데도 마을 사람들은 아직 그것을 똑똑히 알지 못하고 있는 것 같았다. 앞뒤 사정을 정확히 모르고 있는 때문일 터였다. 무엇보다도 마을 사람들은 아직 그날의 백현우의 저주스런 계략과 연극의 내용을 모르고 있는 때문일 터였다.

하긴 동준 자신마저도 그것을 알아차린 것은 때가 한참 지나고 난 뒤였었다.

……그 오욕과 저주의 여름날, 동준은 고통과 절망 속에서도 아직 현우들의 마지막 속셈을 모르고 있었다. 그날 종숙의 처형을 끝내고 난 전관은 그길로 다시 동준의 부대 압송을 명령했다. 동준을 용꼬리 주둔지로 데리고 가서 그곳에서 교양 사업을 계속하겠다는 것이었다. 그러나 동준은 그때도 그것이 자신에게 무엇을 뜻하는 것인지를 몰랐다.

"걱정 말게. 자네한텐 그게 더 안전할걸세."

현우가 위로하듯 그의 등을 두드리며 속삭여온 말이었다.

"자네는 방금 한 마을 사람을 죽음으로 고발했네. 어차피 불가피한 일이긴 했지만, 그것도 바로 자신의 종숙을 말일세. 자네를 부대로 데려가는 것은 마을 사람들에게서 자네를 격리시켜두려는 뜻도 있는 것일세."

말은 그럴 법도 한 소리였다. 동준은 어렴풋이 그렇게 생각했다. 그리고 그런 식으로 아직도 현우를 믿고 싶어 하였다.

그러나 그것은 현우의 진심이 아니었다. 동준이 그것을 깨닫기 시작한 것은 그가 용꼬리 주둔지로 끌려가 부대의 임시 옥실에 갇히고 나서 다시 며칠이 지나고서였다. 옥실에 갇히고 나서 동준의 신변엔 아닌 게 아니라 며칠 동안 아무런 변화도 없었다. 그런데 그가 갇힌 지 나흘째 되던 날 밤 부대의 탄약고가 다시 공격을 받았다. 아마도 바다 건너 대길도에서 침투해 들어온 청색군 특공대의 공격임이 분명했다. 그러자 다음 날 아침 현우가 웬일인지 다시 동준 앞에 모습을 나타냈다. 그는 전번의 낯익은 오 전관과 함께 동준의 옥실까지 찾아와서 먼저 몇 마디 위로말부터 건네왔다.

"그간 참 고초가 많았네. 하지만 솔직히 말해 자네 처지로 이만 고생쯤은 어쩔 수 없지 않은가. 이렇게라도 살아남을 수 있는 게 천만다행이지……"

그러나 그것은 현우의 이날의 용무가 아니었다. 그의 부드러운 말투 뒤에 숨겨진 진짜 용무는 소름이 끼치는 것이었다.

"한데…… 자네도 알겠지만 어젯밤 다시 불상사가 있었네."

현우가 진짜 용무를 말하기 시작했다.

"그게 참으로 불행스러운 것은 부대와 가장 인접해 있는 우리 마을에서도 이 일에 대해 다시 한 번 책임을 져야 할 입장이라는 것일세. 결국 우리가 지난번에 책임을 잘못 벗은 때문이지. 그것은 자네가 고발을 잘못 해준 때문이구. 그러니 그것을 반성하는 뜻에서도 자네가 다시 한 번 고발을 해줘야겠네. 이번에는 좀더 정확한 인물로 말일세."

현우는 결국 동준에게 다음번 처형의 대상자를 고발시키기 위하여 그를 찾아온 것이었다.

"아마 동로에겐 이것이 동로의 전향을 증거해 보일 수 있는 또 한번의 좋은 기회가 될 것이오……"

오 전관도 곁에서 그것을 확인하고 나서는, 그러나 어딘지 좀 방심스러워 보이는 얼굴로 동준의 고발을 기다리고 있었다. 사건이 벌어진 이상 처형은 어차피 모면할 길이 없으며, 이번에는 동준이 굳이 마을까지도 갈 것 없이 두 사람 앞에서의 고발만 있어주면 된다는 것이었다.

하지만 동준은 이제 현우의 주문에 응하지 않았다. 현우의 속셈이 비로소 어슴푸레 짚여왔기 때문이었다. 현우는 진심으로 동준의 편이 되어주고 있는 게 아니었다. 그는 동준에게 그의 목숨을 담보로 다시 욕스런 밀고를 요구하고 있었다. 그리하여 그 동준 스스로 무참스런 파멸을 자초시키려 하고 있었다. 부대가 공격을 받을 때마다 마을에서 그 책임을 지고 생목숨을 희생당해야 할 이유가 없었다. 그 무고한 희생자를 굳이 동준이 밀고를 해야 할 이유는 더더욱 없었다. 그것은 동준에 대한 현우의 무서운 복수의 연극이었다. 지난번의 고발이 잘못이었다면서도 그 허물은 크게 따지지 않고 그에게 계속 밀고를 시키려 하고 있는 것만 해도 그런 현우의 가학적인 연극 대본의 설정임이 분명했다. 도대체 동준의 무엇이 현우로 하여금 그토록 저주스런 가학과 복수심을 발동시키고 있는지 알 수가 없었다. 그는 아직도 언젠가의 고백대로 진짜 흑색주의 혁명 전사로서의 자신을 완성하기 위해, 혹은 거기서 그의 삶을 지키고 상승시켜가기 위해 그의 흑색당 군대 앞에서 전술적 흑색주의자로서의 충성의 연극을 하고 있을 수도 있었다. 하지만 그것이 진심에서든 전술로서든 달라질 것은 아무것도 없었다. 비록 그것이 '전술'이라 하더라도 현우는 이제 그것이 자신에게 매우 유효한 전술임을 알고 있었다. 그것도 그 자신이 언젠가, 진짜가 그리 많지 못한 세상에 전술과의 구별은 별로 의미가 없는 것이라고 자신만만해하던 그였다. 어쨌거나 그는 이제 진심에서든 전술로서든 자신을 철저히 변신시켜가고 있었다. 그리고 무서운 가학과 복수심으로 자신을 튼튼히 무장시켜가고 있었다. 인간으로서의 자기 억제력을 잃고 그것들에 스스로 도취되어가고 있었다. 그것은 어떤 사상성의 문제와도 크게 상관이 없었다. 무슨 경쟁심이나 질투심의 발로로도 보이지가 않았다. 그런 것들 때문이라기엔 너무도 교활하고 잔인스런 연극이었다. 사람에겐 애초에 어떤 저주스런 숙명으로 그처럼 잔인스런 가학적 복수심이 숨겨져오고 있는 것 같았다. 그러나 그것이 어떤 환경과 조건이 구실되어지게 되면 그 파괴적인 속성의 정체를 서슴없이 드러내고 나서버리는 것인지 몰랐다. 그렇다면 현우에겐 이미 동준이나 흑색주의하고도 상관이 없었다. 동준이나 흑색주의는 한낱 구실이나 명분일 뿐이었다. 그는 그저 동준과 그의 흑색주의를 빌려 그 저주스런 인간 숙명의 가학적 복수심을 즐기고 있을 뿐인 셈이었다. 그는 결국 친구도, 한마을 이웃도 아니었다. 핏줄을 함께한 동족도 아니었고, 청색주의에 맞서고 있는 흑색주의의 평등주의자도 아니었다.

무엇보다도 그는 동준과 두 발로 삶을 함께하고 있는 인간이 아니었다……

하지만 동준은 이도 저도 도대체 생각을 하기가 싫었다. 아니 생각조차 하고 싶지가 않았다. 생각을 할 여유도 기력도 없었다. 그는 다만 치가 떨릴 뿐이었다. 그리고 전날 마을 사람들 앞에서 종숙을 죽음으로 고발할 때 이상으로 처참스런 절망감에 목이 탈 뿐이었다. 그는 차라리 눈을 감아버렸다. 그리고 조용히 고개를 가로저으며 신음하듯 말했다.

"이번에는 나를 처형해주게."

하니까 이번에는 현우나 전관도 그것으로 동준의 분노와 절망을 충분히 읽은 것이었을까. 그래서 더 이상 동준을 괴롭힐 필요가 없다고 생각했었는지도 모른다. 두 사람은 웬일인지 그쯤에서 그만 동준의 고발을 더 강요하지 않았다. 동준의 거절을 별반 허물하려 드는 기색도 없었다.

"아니, 그렇게 너무 괴로워할 건 없네. 자네가 싫다면 할 수 없는 노릇이니까. 그리고 무엇보다 자넨 아직도 기회가 있을 테니까."

현우가 이윽고 그를 달래듯 말하며 뒤에 선 전관을 돌아다보았다. 전관의 동의를 구하고 있는 그 태도에는 어딘지 모를 자신감과 여유가 있어 보였다. 남의 일처럼 줄곧 방심스런 얼굴을 하고 있던 전관도 이젠 그걸로 충분하다는 듯 고개를 끄덕였다. 그리고 두 사람은 그걸로 마침내 동준을 떠나갔다. 하지만 그 역시 동준을 위한 현우의 호의적인 배려나 진심에서가 아니었다. 동준으로서는 너무 늦게 알게 된 일이었지만, 거기에도 미리 다 현우의 치밀한 계략이 깔려 있었던 것이다.
"자네가 누구를 지목했든 안 했든 마을에선 오늘 어차피 한 사람이 고발될 것이네. 자네도 그건 알아두는 게 좋을걸세……"
부대를 떠나 흑색군 병력과 마을로 돌아가면서 현우가 다시 동준을 찾아와 웃음 띤 얼굴로 남기고 간 말이었다. 그리고 과연 이 날 낮 마을에서는 누군가 한 사람의 혐의자가 고발되고 보복 처형이 행해졌다는 경비 병졸들의 전언이었다.
아니 그와 같은 보복 처형극은 그날로 해서 끝이 난 것도 아니었다. 흑색군 주둔 부대의 피습이 끊이지 않았기 때문이었다. 용꼬리 부대는 이후로도 몇 차례나 대길도 청색군의 침투 공격을 받았고, 그때마다 예외 없이 흑색군의 오 전관은(이후로는 현우가 다시 동준을 찾아오는 일도 없었다) 마을로 올라가 예의 가혹한 보복 처형을 되풀이하고 있었다.
그리고 그러던 어느 날 새벽, 흑색 주둔군은 부대 본부까지 침투 공격을 당했고, 동준은 그날 밤 우군에게 구출되어 대길도로 바다를 함께 건너간 것이었다……
모든 것이 현우의 음흉스런 계략이 뒤에 숨어 은밀히 연출해낸 복수극이었다. 동준을 살려준 것, 살려서 자신의 종숙을 고발하게 한 것, 그를 계속 살려 잡아두고 배신적인 밀고를 종용해온 것…… 모든 것이 현우의 적개심이 꾸며낸 자랑스런 계략이었다. 심지어는 그날 밤 동준의 탈출이 가능했던 것마저도 현우의 계산속에 미리 들어 있던 일일 수가 있었다. 흑색군의 내습이 흑색 혁명의 최

종적인 승리로 믿고 있던 현우로서는, 그리고 어차피 동준의 운명에 어떤 변화도 있을 수가 없다고 판단했을 그로서는, 동준을 대길도의 청색군으로 보내어 그로 하여금 청색군의 침투 공격에 대한 가혹한 보복 처형을 알리게 하고 싶었을 수도 있었다. 그래서 그를 부러 살려두고 기다리다가 그날 밤의 탈출을 가능케 했을지도 몰랐다. 현우는 그토록, 동준이 제 손으로 자기 영혼의 숨통을 졸라 죽어가도록, 그러면서 제 눈으로 그것을 목격하도록 모든 대본을 미리 꾸며놓고 있었던 것이다. 그것이 비록 현우 자신의 생존과 흑색 이념의 성취를 위한 불가피한 '전술'이었다 하더라도 이제 와서 그것이 동준에게는 아무런 차이도 있을 수가 없었다. 불운했던 것은 다만 현우의 믿음대로 흑색군의 승리가 최종적인 것이 될 수 없었던 것뿐이었다. 그리고 그의 희망과 계략대로 연극이 끝까지 연출되지 못한 것뿐이었다. 동준이 돌아온 것으로 그의 연극은 더 이상 계속될 수가 없게 된 것이었다. 그리고 이제는 그가 자신의 연극의 대가를 치러야 할 차례가 된 것이었다. 동준은 그렇게 믿고 온 것이었다.

그런데 마을 사람들은 그 현우를 너무 모르고 있었다. 마을 사람으로선 그의 계략을 알았을 리도 없었다. 그것을 알고 있지 못하는 한은 동준에 대한 오해가 없을 수 없었다. 그것은 오히려 당연한 일일 수도 있었다. 마을 사람들의 태도는 동준으로서는 어느 정도 이해가 갈 만했다.

하면서도 동준은 역시 그것이 화가 났다. 그만큼 현우가 저주스럽고 그에 대한 복수심이 뜨겁게 이글거렸다.

숨은 손가락 239

—그래, 그땐 어차피 내가 어리석었다. 하지만 이제는 사정이 다르다. 내 이제 곧 내가 겪은 그대로 지옥의 고통과 절망을 네놈에게 겪게 해줄 게다. 그래서 마을 사람들에게 네놈의 정체를 똑바로 볼 수 있도록 해줄 테다. 그러려고 내가 지금 이렇게 돌아온 거다.

동준은 다시 한 번 이를 부드득 갈아대며 그가 한시바삐 눈앞에 모습을 나타내주기를 기다렸다.

4

그러나 사정은 동준이 그토록 안심할 단계가 아니었다. 동준은 아직도 현우를 속속들이 모르고 있었다. 현우를 모른 것이 애초부터 동준의 비극의 시발이었다. 뿐더러 이날도 상대를 모르고 섣불리 자신을 과신하고 든 데서 동준은 그의 마지막 비극을 부르고 있었다. 무엇보다도 그 현우가 용꼬리 부대로 동준을 찾아와 여유만만 그에게 내뱉고 갔던 말, 자네가 누구를 지목했든 안 했든 마을에선 오늘 어차피 한 사람이 고발될 것이네, 그 한마디를 주의 깊게 머리에 넣어두지 못한 것이 크나큰 불찰이었다. 누구에 의한 고발이 될 것인지 말뜻을 새겨듣지 못한 것이 실수였다. 동준도 어슴푸레 느껴온 일이지만, 결과부터 말하자면 현우는 이날 전날의 동준의 탈출의 행운마저 그의 연출의 대미를 완성시키기 위한 시선 긴 복선으로 돌변시켜버린 것이었다.

하지만 동준은 이때까지도 전혀 그런 건 상상조차 못 해보고 있었다. 그리고 그러다 마침내 현우가 나타났다……

한데 그토록 기다리던 현우가 막상 눈앞에 나타나자 마음의 여유를 못 갖고 당황한 것은 오히려 동준 쪽이었다. 현우의 태도가 예상과 다르게 너무도 여유가 만만했기 때문이었다. 그가 나타난 시각부터가 그랬다. 무슨 구실로 해서였던지 모른다. 그에게는 특별히 따로 사람까지 보냈는데도 현우는 마을의 다른 사람들보다도 담배 한 대 참이나 더 늦게 회관으로 이끌려 왔다. 그것도 무슨 피신을 시도해서가 아니라 그의 추근추근한 행동거지 때문이었다.

"자네가 다시 무사히 돌아왔군. 이게 그러니까 얼마 만인가……"

동준이 현우를 따로 회관 안으로 불러들이자 그가 사무실로 들어서며 거기 앉아 있는 동준에게 먼저 건네온 소리였다. 사태가 완전히 역전된 것은 물론 그간 둘 사이에 있었던 일들이 아무것도 염두에 남아 있지 않은 듯한 말투였다. 그런 일들이 있었다 한들 이제는 누구의 허물로도 여기고 있지를 않고 있는 듯한 태도였다. 동준의 귀환과 그와의 재회가 진심으로 반갑고 다행스럽다는 식이었다. 두려움이나 애걸의 빛 같은 건 어느 구석에서도 찾아볼 수 없었다. 그의 피신을 염려해왔던(혹은 은근히 기대를 해왔던) 동준은 자신이 차라리 어리벙벙해질 지경이었다. 그가 방 안을 들어서면서 악수의 손을 내밀어오지 않은 것만도 동준으로선 내심 다행스러울 정도였다.

── 이자가 도대체 또 무슨 배짱인가.

동준은 제물에 은근히 속까지 떨려왔다. 그리고 그것을 스스로

부인하듯 다시 한 번 주먹을 부르르 껴 쥐었다. 그것은 물론 현우의 태도에 당찮은 위압감이 느껴져서만이 아니었다. 보다도 녀석의 속이 들여다보이는 행작에 새로운 적의가 불타올랐기 때문이었다.

그러나 동준은 현우에 비하여 자신을 다스리는 여유나 책모가 모자랐다. 그는 현우 앞에 자신의 복수심을 차근차근 채워나갈 여유를 잃고 말았다. 애초엔 자신이 당했던 그대로 현우를 절망 속에 맘껏 괴롭혀줄 생각이었다. 그러나 막상 작자를 대하고 보니 혼자선 그게 전혀 불가능한 일 같았다. 녀석에게 절망스런 고문을 가할 수 있기는커녕 자신의 복수심을 들키지 않으려 혼자 안간힘을 다하고 있는 꼴이었다. 그는 미처 현우의 인사말에 번번이 응대조차 못하고 있었다. 그리고 전날 현우가 그에게 했던 것처럼 작자에게 자리조차 권하지 못하고 있었다.

복수극의 서막은 생략하고 넘어가지 않을 수 없었다.

다행스러운 것은 그나마 현우의 다음 태도였다. 그에게도 한 조각 마음속의 가책은 남아 있었는지 모른다. 아니면 너무도 분명해진 사태의 역전 앞에 모든 걸 미리 각오하고 온 탓일 수도 있었다. 그를 혼자 내버려둔 채 동준이 계속 입을 다물고 앉아 있자, 이번에는 현우도 기미가 심상찮은 듯 더 이상 말을 걸어오지 않았다. 그는 한동안 말이 없이 그저 창밖만 물끄러미 바라보고 있었다. 회관 앞마당은 이미 사람들로 문 앞까지 가득 메워지고 있었다. 이번에도 그 여름날의 더위 속에서처럼 말을 주고받는 사람이 거의 없었다. 그저 조용한 침묵 속에서 다음에 일어날 일들만 기다리고 있었다. 현우는 그 창밖 사람들을 내다보며 자신을 끈질기게 기다리고 있었다.

동준으로서는 그런 현우가 오히려 다행스럽게 여겨졌다.

하지만 역시 이날의 대결에는 동준 쪽에 칼자루가 쥐여 있었다. 그 침묵의 무게를 견뎌내지 못한 것도 서 있는 현우 쪽이 한 발 먼저였다.

"뭐 너무 망설일 것 없어. 이젠 그만 내가 감당할 몫을 일러주게."

현우가 이윽고 기다림에 지친 듯 먼저 동준에게 입을 떼왔다. 동준의 속을 빤히 다 읽고 있는 말투였다. 동준에겐 의당 그럴 권리가 있다는 식이었다. 그답게 당돌하고 뻔뻔스러운 주문이었다.

동준은 다시 한 번 속이 부르르 떨려왔다. 한편으로 차라리 그게 다행스럽기도 하였다. 더 이상 시간을 미룰 수도 없었다. 오냐, 말해주마. 그러지 않아도 내 그것만은 미리 일러주려던 참이다……

"자네도 이미 알고 있는 일이겠지만, 내가 전번에 했던 대로만 해주면 되네."

동준은 부러 남의 일을 지나치듯 대범스런, 그러나 그만큼 모든 일이 이미 확정적이라는 투로 간단히 말했다.

현우가 그것을 못 알아들을 리 없었다.

"자네 지휘관과도 미리 얘기가 된 일인가?"

현우가 다시 동준에게 물었다. 이번에는 동준이 그 현우를 무시하고 한술 더 떠나갔다.

"방법은 전번 여름과 동일하네. 물론 배역은 그때와 반대로 바뀌어야겠지만."

"……"

"자넨 그때 내게 나의 배역을 대단한 행운으로 설명하고 싶어 했었지. 하지만 난 자네가 오늘의 배역을 그닥 마음에 들어 하리라고는 말하지 않겠네. 그게 마음에 들거나 안 들거나 오늘은 어차피 그게 자네의 차례라는 걸 알고 있을 테니 말일세."

현우는 마침내 모든 걸 확인한 듯 고개를 두어 번 천천히 끄덕였다. 그리곤 이제 각오가 끝났다는 듯 거꾸로 동준을 재촉해왔다.

"그런데 왜 서두르지 않나…… 이젠 사람들이 모두 모인 것 같은데."

두려움이나 망설임의 빛이 조금도 없었다. 도대체가 주객이 뒤바뀌고 있는 꼴이었다. 현우 쪽에서 먼저 동준을 일깨워준 것도 그랬고, 그만큼 끝끝내 동요의 빛을 보이지 않고 있는 것도 그랬다. 동준은 차라리 맥이 풀릴 지경이었다. 그리고 그럴수록 가슴속 깊은 데서는 뜨거운 증오와 복수의 불길이 무섭게 소용돌이쳐 오르고 있었다. 동준도 이제는 그것을 더 이상 견디고 있을 필요가 없었다. 결전의 순간이 눈앞에 와 있었다. 그래, 나가자. 어차피 서전은 내가 양보를 하기로 한 거니까. 하지만 네놈도 진짜 본역에선 생각이 달라질 게다. 그건 상상으론 알 수가 없으니까. 체념이나 각오만으론 끝나주는 일이 아니다. 너도 이제 곧 그걸 알게 될 거다. 내가 틀림없이 그렇게 해주겠다……

동준은 마침내 자리를 일어섰다. 그리고는 마치 마음의 준비를 끝내고 난 권투 선수가 복수의 도전장을 향해 대기실을 나서는 심경으로 현우를 앞장서 뚜벅뚜벅 회관 밖으로 사무실 문을 걸어 나갔다.

이어 동준을 뒤따라 나온 현우는 밖에 대기하고 있던 별동대원들에 이끌려 회의장의 앞줄로 따로 떼어 앉혀졌다.
 그리고 그것으로 곧 마을의 정화 사업은 그 본막이 열렸다. 모든 것이 여름의 그날과 비슷했다. 김 이장이 먼저 회의 소집의 목적을 설명하고, 청색 수복군의 별동대 병력과 동준의 귀환을 환영하는 인사말에 곁들여 이날의 모임을 주관해나갈 강 대장을 소개하고 단 앞을 물러났다. 침묵의 회중. 머뭇거리듯 뜸뜸한 회중 속의 기침 소리. 회중의 앞줄로 미리 끌려 나와 현우와 나란히 앉혀진 다섯 명의 부역자들. 모든 정황과 회의의 진행 방법이 그날과 비슷했다. 다른 것은 다만 배역들과 시간뿐. 전날의 피고들이 거의 나씨들 일색이었다면 이날은 대개 백씨들이 그 역을 대신하고 있었다. 그리고 그날의 무대가 더운 여름날의 아침 녘 팽나무 아래서였다면, 이날은 이미 해가 기울어가는 가을날 저녁녘의 하늘 아래서였다. 그 밖엔 별반 다른 것이 없었다. 그 두렵고 초조한 기다림. 바닷속처럼 깊고 무거운 분위기. 무엇보다도 그 회중이 바로 그날의 그 사람들 그대로였다. 게다가 소개를 받고 단 앞으로 나선 강 대장의 연설마저도 그날에 있었던 순서 그대로였다. 다만 강 대장은 그날의 일을 미리 알고 있었던 듯 연설 시간을 더욱 짧게 아꼈을 뿐이었다.
 "여러분, 그동안 얼마나 고생들 많으셨습니까. 그야 그동안 여러분이 겪은 공포는 제가 여기서 다시 길게 설명할 필요조차도 없을 줄 압니다. 여러분의 고초는 여러분 자신이 너무도 똑똑히 겪어내신 일일 것이기 때문입니다. 그러나 이제 여러분의 위험과 고난은 오늘로 끝이 났습니다."

강 대장은 원래부터 그의 뱃심과 과단성에 비해 언변은 그리 좋지 못한 위인이었다. 그는 간단히 인사를 끝내고 나서 동준을 곧바로 그 앞으로 불러 세웠다. 그리고는 새삼 동준을 마을 사람들 앞에 소개하는 것으로 그가 할 일의 설명을 대신해나갔다.

"그럼 이제 여러분의 고초가 끝난 마당에, 여러분은 스스로 이 마을을 위해 여러분이 해야 할 일을 알고 계실 줄 압니다. 그리고 그런 점에서 오늘 우리가 이 마을을 찾아온 목적도 알고 계실 줄 압니다. 한마디로 우리는 여러분의 마을을 도우러 온 것입니다. 우리는 이제 다시 푸른 세상을 맞이했습니다. 여러분의 마을은 이제 탐스럽게 자라 오른 보리밭처럼 나날이 푸르름을 더해갈 것입니다. 하지만 이 푸른 보리밭 속에는 아직도 지난날의 전염병균인 그 몹쓸 깜부기의 씨앗이 숨어 남아 있습니다. 아시다시피 이 깜부기를 그대로 놔두면 여러분은 좋은 수확을 기약할 수가 없게 됩니다. 하나의 깜부기는 하루하루 눈에도 안 보이게 이웃으로 번져가서 끝내는 수확을 거두지 못하도록 보리밭 전체를 검은색으로 망쳐놓고 말 것입니다. 여러분은 이제 여러분 자신의 마을을 지키고 번영시켜나가기 위하여 여러분 스스로라도 가차없이 그 숨은 깜부기의 씨앗을 뽑아버려야 합니다. 우리는 여러분들을 도와 그 일을 대신해드리러 온 것입니다. 그리고 그 일을 더욱 잘 도와드리기 위해서, 여러분에게 보다 더 푸르른 마을의 화합과 내일에의 융성을 기약하도록 해드리기 위해서 여기 이렇게 나동준 동지를 함께 동행해 온 것입니다. 다시 말할 필요도 없는 일이지만 나 동지야말로 누구보다 이 삼성리와 여러분을 잘 알고 있는 사람이기 때문입니다. 그리고 누구보다 삼성리를 위해서 헌신을 하고 싶은 마음이 간절한 사람이기 때문입니다. 그럼, 이제부터 나 동지가 직접 여러분을 도와 그 일을 대신 맡아드리도록 하겠습니다. 모쪼록 그를 환영해주시고 마음으로부터의 협조를 당부드립니다."

강 대장은 그쯤에서 자기가 할 일을 다한 듯 동준을 돌아보며 자리를 물러갔다. 다음 일은 동준이 알아서 하라는 뜻이었다. 분위기 때문이었는지, 동준을 위해서였는지 강 대장으로선 뜻밖에 조리가 정연한 연설이었다. 그리고 마치 약속이라도 한 듯이 그 짧은 연설 가운데서도 여름날의 전관과 비슷한 비유를 구사하고 있었다.

어쨌거나 강 대장은 더 이상 장황한 설명이 필요 없었다. 그가 보리밭 속의 깜부기를 비유해 설명한 것처럼 이날의 할 일이 너무도 분명했다. 그것은 강 대장이나 동준에게뿐 아니라 마을 사람들에게도 마찬가지였다. 이장이 아직 입을 다물고 있었다 하더라도 마을 사람들 모두가 이미 경험을 해본 모임이었다. 일의 절차도 이미 익어 있는 셈이었다. 시간을 길게 지체할 필요가 없었다. 일은 말 그대로 일사천리 격이었다. 동준으로선 오히려 그게 불만스러울 지경이었다. 이 석 달간 죽음의 늪을 헤매면서 벼르고 기다려온 일이 이렇게 한순간에 지나가고 말 것인가…… 그는 차라리 싱겁고 서운한 느낌마저 들었다. 보다는 될수록 시간을 끌면서 마지막 승리의 순간을 아끼고 싶었다. 가족들이 끝끝내 눈에 띄지 않고 있는 것도 마음 한구석을 계속 꺼림칙스럽게 하였다. 그는 될수록 가족들이 보는 앞에서 현우를 무참스럽게 굴복시키고 싶었다. 자신이 겪은 배신의 손가락질을 현우에게 대신시켜 마지막 떳떳한 승리를 보여주고 싶었다. 그런데 아직도 식구들이 한 사람도 눈에 띄질 않았다. 눈에 보이는 것은 가족을 희생당한 몇몇 일가 사람들뿐이었다. 그것도 회중의 뒤켠에서 우두커니 넋이 빠져 있는 듯한 얼굴들뿐이었다. 그 묵연스런 얼굴들 사이에 재종숙의 눈길까지 말없이 이쪽을 지켜보고 있는 것 같았다.

하지만 동준은 더 시간을 미루고 있을 수가 없었다. 다음 차례의 일이 그를 기다리고 있었다.

동준은 다시 한 번 마음을 굳게 도사려 먹었다. 그리고는 드디어 회중을 향해 입을 열기 시작했다.

"여러분, 오랜만입니다."

그는 간단히 한마디로 인사를 줄이고 나서 곧바로 이날의 본 용건으로 들어갔다.

"그러나 이렇게 모처럼 만난 반가움도 나누기 전에 우리는 먼저 해야 할 일이 있습니다. 방금 대장님의 말씀도 계셨지만, 그건 제가 다시 말씀을 드릴 필요도 없는 일입니다. 굳이 말씀을 되풀이해드리지 않아도 여러분은 오늘 우리가 여기서 해야 할 일을 알고 계실 것입니다. 물론 우리가 지금 그렇게 해야 할 저간의 사정이나 그 절차까지도 모두 말입니다."

동준은 일의 목적이나 절차에 대해서도 몇 마디로 간단히 줄이고 넘어갔다. 그 역시 긴 설명이 필요 없는 일이기 때문이었다.

"게다가 여러분은 이 일을 너무 번거로워하실 것도 없습니다. 저와 여러분은 이미 이런 일을 한 번 경험한 바가 있고(그 저주스런 고발과 밀고― 마을 사람들에게는 그것이 한 번뿐이 아니었음을 동준이 어찌 그때 상상이나 했으랴!) 오늘 일도 그때와 별 다름이 없을 것이기 때문입니다. 따라서 오늘도 여러분이나 저는 이 일에 직접 손을 더럽히고 나설 필요가 없습니다. 물론 오늘도 그날처럼 여기 여러분을 대신해서 그 일을 맡아줄 사람이 있기 때문입니다. 다만 오늘은 그 일을 대신해줄 사람이 그때와는 교대로 바뀌어야겠지만 말씀입니다."

 동준은 침착하게 말을 끝내고 나서 뒤에 선 대원들에게 눈짓을 보냈다. 신호를 알아차린 대원 몇몇이 달려들어 회중 앞줄의 부역자들을 일으켜 세웠다. 그리고는 계속 양쪽으로 붙어서서 집중 경계 자세를 취해 들어갔다.

 동준은 잠시 시간을 기다렸다가 다시 회중을 향해 말했다.

 "아시다시피 이 사람들은 마지막 고발자의 수고를 덜어주기 위해 그간에 미리 내사해놓은 악성 부역자들입니다. 이를테면 아까 대장님의 말씀대로 우리의 푸른 보리밭을 숨어 좀먹어온 깜부기들이지요. 아직은 여러분과 외견상 색깔이 비슷해 보이지만 언제 진짜 깜부기로 우리를 온통 검정 곰팡이로 망쳐놓고 말지 모르는 예비 깜부기들. 하지만 물론 이들 모두가 진짜 깜부기라는 말씀은 아닙니다. 이건 그동안 여러분 자신들의 고발에 근거하여 우리들의 은밀한 내사를 통해 색출해낸 결과지만, 그렇다고 이것이 정확하고 결정적인 명단은 못 됩니다. 더러는 다소 애매한 사람도 끼어 있고, 더러는 이미 마음을 고쳐먹고 있는 사람도 있을 것입니다. 그래서 오늘 이들 가운데서 진짜 깜부기의 씨앗 한 사람만이 정화의 대상으로 고발이 되겠습니다. 그리고 물론 그 고발은 이들 자신들 중 한 사람에 의해서 이루어질 것입니다. 진짜 깜부기는 어쨌든 이들 중에 끼어 있는 게 분명하고, 그 진짜 몹쓸 깜부기는 이들 자신이 누구보다 잘 알고 있을 것이기 때문입니다. 자, 그럼 이제 이들 중에서 그 마지막 진짜 깜부기의 고발이 있겠습니다."

쥐 죽은 듯 조용한 회중의 침묵 속에 동준이 마침내 마지막 죽음의 고발을 선언했다. 그리고는 이제 현우의 마지막 배역을 지켜보기 위해 그 앞으로 천천히 발길을 옮겨가며 한마디를 덧붙였다.

"여러분도 이미 마음속으로 동의하고 계시겠지만, 고발은 여기 백현우 군이 나서서 맡아줄 것입니다."

그것은 물론 마을 사람들 앞에 고발자를 알리는 절차이기도 했지만, 그보다 이제부턴 현우에게 자신의 연기를 시작하라는 재촉의 신호이기도 하였다.

동준은 그러고서 그 앞에 머물러 선 채 말없이 현우를 기다리고 있었다.

하지만 현우는 아직 그 동준의 소리를 듣지 못한 채 한동안 아무런 반응이 없었다. 그쯤은 제법 예의이기라도 하다는 듯 계속해서 그저 묵묵히 고개를 숙이고 있을 뿐이었다.

─그렇겠지. 네놈도 망설임이 없을 수 없겠지. 하지만 어림없다. 네놈도 결국엔 그 더러운 손가락질을 내밀어보아야 할 테니까.

동준은 그 절망스런 현우의 망설임을 즐기듯 잠시 더 그를 기다리고 있었다. 아니 어쩌면 놈은 손가락질 대신 그 앞에 무릎을 꿇고 애걸을 해올지도 몰랐다. 녀석도 이미 남의 죽음을 손가락질하는 것이 얼마나 저주스런 절망의 형벌인가를 알고 있을 것이었다. 그것을 알고 있는 녀석이고 보면 손가락질 대신 애원을 해올 가능성도 충분히 있었다. 그렇다면 그것은 더욱 바람직스런 일이었다. 그것은 동준 자신에 비해 더욱더 비굴하고 분명한 굴복이 될 것이었다. 그리고 그것으로도 저주의 손가락질은 끝내 면제받을 수가 없을 것이었다. 다만 아직도 한 가지 염려가 되는 것은 녀석이 자신을 고발하고 나서버리는 경우였다. 뻔뻔스럽도록 침착하고 여유가 있어 보이는 녀석으로서는 그런 생각도 능히 가능할 것이었다. 천에 하나라도 그런 식으로 나온다면 동준으로서는 더 큰 낭패일 수가 없었다. 그것은 마지막 고비에서 현우와 동준 사이의 승패가 뒤바뀌고도 남을 일이었다.

하지만 동준은 거기까지는 차마 생각을 하기가 싫었다. 그것이 그렇게 쉬울 일도 아니었다. 녀석이 동준에게 그 종숙의 고발을 종용한 것은 동준이 종숙 대신 자신을 고발하고 나설 수가 없음을 미리 안 때문이었다. 그것이 아무리 더 절망스런 형벌인들, 남의 죽음 대신 자신의 그것을 고발하고 나설 수가 없는 인간 양식의 한계를 안 때문이었다. 그가 아무리 뻔뻔스런 독종인들 그게 그렇게 쉬울 리가 없었다.

동준은 부질없는 망상을 떨쳐버리려는 듯 다시 한 발짝 현우 앞으로 다가섰다. 그리고 현우의 굴복을 재촉하듯 짐짓 은근한 목소리로 말했다.

"이젠 그만 일을 끝내지그래. 자넨 적어도 죽음을 고발당할 처지는 아니니까."

역시 자신의 승리를 확신한 여유 있는 부추김이었다. 그러나 그것은 실상 동준의 지나친 자기 과신의 소리였다. 그 소리에 어떤 자극이라도 받은 듯 현우가 비로소 고개를 천천히 쳐들었다. 그리고 마지막 결심이 내려진 듯 앞에 선 동준을 정면으로 바라봤다. 입가엔 뜻밖에도 차디찬 웃음기까지 번지고 있었다. 그 싸늘한 웃음기 앞에 동준은 순간 자신도 모르게 섬뜩한 느낌이 등골을 타고 지나갔다. 이자가 정말 자신을 고발하고 나서려는 것이나 아닌가…… 하지만 동준은 아직도 그 현우를 잘못 읽고 있었다.

"아니. 이건 내 일이 아닐걸세……"

동준이 미처 자신을 가다듬기도 전에 현우가 먼저 그를 향해 침착한 목소리로 말해오기 시작했다.

"이 일은 나보다는 역시 자네 쪽이 적격일 테니까. 자네는 이미 이 일에 익숙한 경험이 있지 않은가. 그리고 자네에겐 아직 자신의 종숙의 목숨과도 맞바꾼 유능한 손가락이 남아 있구."

동준으로선 미처 상상조차 못 해본 반격의 선전 포고였다. 그가 거꾸로 동준의 허물을 고발하고 나선 것이었다. 놀란 가운데도 동준은 비로소 그의 속셈을 알 것 같았다. 그가 마침내 마지막 발악을 해오고 있는 것이었다. 자신이 미처 생각을 못했을 뿐 현우로선 그것도 능히 시도해볼 만한 짓이었다.

하지만 그래 본들 이제 와서 그것이 무슨 소용이란 말이냐. 칼자루는 이미 내게로 옮겨와 있는 것을.

동준은 여전히 자신이 만만했다. 오히려 현우가 자신의 가장 아픈 곳을 들춰내어 칼자루를 거꾸로 옮겨 잡으려 하는 것이 새삼 더 저주스럽고 가증스러울 뿐이었다. 그래 그는 자신의 아픈 곳을 꾹꾹 눌러 참으며 침착하게 현우와 맞 나갔다.
 "자넨 역시 간지와 술수가 여전하구만. 하긴 이 마당에선 거기라도 한사코 매달려봐야겠지. 하지만 거기 지나친 기대는 삼가는 것이 좋을걸세. 내가 그날 나의 종숙을 지목한 것이 자네의 계략과 강요에 의한 것이었다는 것은 바로 자네 자신을 포함한 여기 모인 모든 사람들이 알고 있는 일이니까. 자넨 그걸 부인할는지 모르지만, 마을에선 나의 종숙 말고도 10여 명이나 더 희생이 뒤따랐거든. 그게 자네의 계략의 증거가 아니고 뭔가. 나의 종숙 한 분은 비록 나의 실수의 희생이었다 치더라도, 그 종숙에 뒤이은 희생은 그래 모두 누구의 짓이었지?"
 말을 끝내고 나서 동준은 부러 웃음기 어린 눈으로 현우를 바라봤다. 하지만 그 역시 동준이 아직 현우를 잘못 판단한 소이였다. 무엇보다도 그 현우가 마지막으로 용꼬리를 찾아와 남기고 간 말을 머릿속에 깊이 새겨두지 못한 탓으로 종숙 이후의 그 희생자들이 누구의 이름으로 고발되었는가를 상상조차 못 해본 자기 과신의 언동이었다.
 "자네 아직 무슨 오해가 있는 모양인데…… 그것은 물론 자네의 첫 번 고발로 이 마을에 죽음의 문이 열려버린 결과였네. 자네가 그 첫 번 죽음의 문을 열어주지 않았더라면, 다음번에도 그렇게 손쉽게 희생이 뒤따르지는 못했을 테니까."

현우가 자신을 고발해버릴지도 모른다는 염려는 동준의 어이없는 망상에 불과했다. 현우는 그 동준을 기다렸다는 듯, 그리고 주위가 모두 들을 수 있을 만큼의 큰 목소리로 동준을 다시 차근차근 몰아붙여왔다.

"그리고 무엇보다 자네는 이것을 잊지 말아야 하네. 자네의 그 손가락을 적신 피가 어디 자네의 종숙 한 분만의 것인가. 자넨 자신의 종숙뿐 아니라 이 마을 모든 희생자들의 피를 흘려 적셨지. 도대체 이 마을에서 그토록 희생을 당해 간 사람들이 누구의 밀고에 의해서였던가. 자넨 첫 번 고발 이후로도 용꼬리 진내에 계속 살아 숨어 앉아서 마을 사람들을 차례차례 밀고하지 않았던가. 그 용꼬리 흑색 부대가 한차례씩 청색군의 공격을 당할 때마다…… 그래서 마을 사람들의 생목숨을 제물 삼아 자신의 하루하루를 연명해가지 않았던가. 자네가 증거를 말했으니 얘기지만 그때 자네가 탈출 때까지 목숨이 부지된 이유가 뭐였던가. 그러고 오늘 이렇게 다시 살아 돌아올 수 있었다는 게 무언가. 그게 자네가 그 후로도 계속 밀고를 일삼고 있었던 증거가 아니고 무언가. 그건 자네의 양심이 더 잘 알 일이지만, 그쯤은 여기 모인 마을 사람들도 모두 다 알고 있는 일일세……"

모든 것을 미리 예상해온 듯 치밀하고 거침없는 반격이었다. 아니 그것은 반격이라기보다도 동준에 대한 가차 없는 문죄였다. 그것도 감히 마을 사람들의 비호까지 자신한 여유만만한 문죄의 논고였다. 동준도 이제는 그 현우의 속셈이 불을 보듯이 분명해졌다. 그리고 비로소 현우가 용꼬리로 찾아와서 그에게 마지막으로 하고 간 말이 다시 생각났다. 눈 하나 깜짝하지 않고 그를 거꾸로 몰아붙여오는 현우 앞에 동준은 아무래도 사태가 만만찮게 돌아가고 있음을 실감하기 시작했다. 그의 칼자루가 어느새 슬그머니 현우 쪽으로 옮겨져가고 있는 느낌이었다. 게다가 현우가 비호를 자신하고 나선 마을 사람들마저 계속 아무런 말이 없었다. 그것은 자칫 이쪽에서 거꾸로 발목을 잡히고 말 어둡고 위태로운 위증의 늪처럼도 보이고 있었다. 그 음침스럽고 무거운 침묵. 동준은 실제로 그 늪 속처럼 자신을 답답하게 죄어들고 있는 회중의 침묵에서마저 어떤 위태로운 집단 위증의 기미 같은 것이 느껴져오고 있었다.

동준은 잠시 자신을 가눌 수 없을 만큼 머릿속이 혼란스러웠다. 말할 것도 없이 현우의 말은 사실이 아니었다. 모든 건 현우의 노회한 머리에서 짜여 나온 계략일 뿐이었다. 이를테면 현우는 동준을 상대로 아직도 그의 연극을 계속하고 있는 셈이었다. 그것을 녀석의 더러운 계략의 연극임을 보여줄 결정적인 반증거리가 없을 뿐이었다. 강 대장마저도 동준에게 그것을 기대하고 있는 듯 말없이 한쪽에서 그를 지켜보고 있을 뿐이었다. 그것이 동준을 더욱 조급하고 안타깝고 흥분하게 만들었다.

하지만 다행스럽게도 단죄의 칼자루는 아직 그의 손에 있었다. 그리고 그것을 깨닫게 되자 동준은 더 이상 현우의 연극을 기다려줄 필요가 없었다. 이제 더 이상 데데한 말놀음은 필요가 없었다.

"이 더럽고 철면피한 살인귀……!"

동준은 드디어 저주를 터뜨리며 돌진하듯 제 편의 칼자루를 휘두르고 나섰다.
"본 사람이 없다고 네 맘대로 혼자 잘도 꾸며냈구나. 하지만 그따위로 안심은 하지 마라. 그래 봐야 너는 오늘 네놈의 손가락으로 자신의 알량한 혁명의 형제를 가리켜 팔 테니까. 그래서 기어코 네놈의 흉악한 정체를 벗어 보이게 되고 말 테니까. 내가 이제 그렇게 해줄 것이다. 지금 당장, 여기서 말이다!"
그러나 실제론 그것이 일을 더욱 나쁘게 만들어가고 있었다. 현우는 그럴수록 더 언동이 차분차분 냉정해지고 있었다.
"아니, 이 사람, 그렇게 흥분하지 말고 마음을 좀 침착하게 가라앉히게."
그가 타이르듯 동준을 향해 차근차근 말해왔다.
"사실은 자네가 그것을 원한 대로 난 이미 그럴 수가 없는 처지라네. 자넨 아직도 몇 사람의 산목숨과 바꾼 귀한 손가락을 잘 간수하고 있네마는, 난 거꾸로 마을에서 몇 사람 죽게 될 목숨을 구해내느라고 그것을 대신 바꿔버렸으니 말일세. 자, 보게. 난 불행히도 누구를 고발한 손가락마저도 가지고 있질 못한 처지라네."
말을 하다 말고 현우는 미리 이때를 노려온 듯 갑자기 자신의 오른손을 들어 동준의 얼굴 앞으로 쳐들어 보였다. 그의 말대로 과연 검지 손가락 하나가 잘려지고 없는 흉한 손이었다. 손가락이 잘린 것이 오래지 않은 듯 상처 자국도 아직 벌겋게 덜 아문 채였다.
그것은 본 순간 동준은 우선 끔찍스러운 느낌부터 들었다. 녀석의 계략이 너무도 치밀했다. 그토록 철저한 녀석의 지략에 새삼 놀랍고 치가 떨려왔다. 자신을 너무 과신해온 탓이었을까. 녀석의 그 같은 대비에 비해 여태까지 그 손가락의 기미 하나 눈치를 채지 못 해온 자신이 스스로 무력하게 느껴지기까지 하였다. 하지만 동준은 놀랍고 끔찍스러울 뿐 아직도 그것이 무엇을 뜻하는지 숨겨진 계략을 미처 다 알아차리지 못하고 있었다. 현우가 방금 무슨 소리들을 하고 있었는지도 확실한 말뜻을 새겨들을 수가 없었다. 그는 잠시 어리벙벙한 얼굴로 현우의 그 흉측스런 손 모양만 멀거니 바라보고 있었다. 그러자 현우가 손가락을 천천히 거둬들이면서 설득하듯 다시 덧붙이고 있었다.

"지난 추석 날 저녁이었네. 용꼬리 부대에서 다시 사람이 나왔지. 그 오 전관과 사병 몇 사람이었어. 이번에는 마을 사람들을 회관으로 모이게 하지도 않고 나더러 뒤에서 손가락질을 하라더군. 나머지 혐의자나 반동 인물들을 모두 한꺼번에 말일세. 어딘지 몹시 급하게 서둘더군. 손가락질만 있으면 그걸로 당장 일을 끝내고 돌아갈 판이었어. 나도 물론 남은 혐의자나 반동이 없다고 했지. 하지만 그 사람들 그걸 쉽게 곧이들을 리가 없었지. 어떻게 그자들을 납득시킬 길이 없더군. 그래서 나는 부엌칼을 가져다 내 손가락을 잘라 보였지. 그제서야 겨우 고개들을 끄덕이더군…… 이 손가락을 잃게 된 경월세. 한데 그게 마지막 고비였어. 그날 새벽 용꼬리에선 부대가 철수를 해가고 말았거든. 무슨 전술적 철수라던가…… 그날 밤 그자들이 몇 사람의 목숨 대신 내 손가락을 가져간 셈이지. 자, 그러니 어떤가? 오늘 일은 무사히 손가락을 간수해온 자네가 맡아줘야 제격이 아니겠는가……"

현우는 추근추근 말을 끝내고 나서 이제는 동준의 결심만 남았다는 듯 그를 이윽히 들여다보고 있었다.
 동준은 이제 입조차 제대로 열리지가 않았다. 그의 대본이 너무도 완벽했다. 사태가 완전히 역전되고 있었다. 칼자루는 이제 분명히 현우 쪽에서 옮겨 쥐고 있는 꼴이었다. 그는 갈수록 불가사의하고도 악착같은 어떤 수렁의 흡인력 속으로 깊이 빨려 들어가고 있는 자신을 느꼈다. 그 늪물이 목까지 올라온 듯 가슴이 답답해왔다. 그의 답답한 버둥거림을 현우가 물끄러미 지켜보고 있었다.
 "이 악마, 간악한 살인자!"
 동준은 마치 늪 속을 빠져나오려는 안간힘처럼 저주와 추궁을 가하기 시작했다.
 "이건 계략이야. 네놈은 이미 알고 있었어. 이런 일이 있을 줄을 알고 있었단 말이야. 그걸 알고 네놈이 미리 꾸민 연극이야. 그러나 난 속아 넘어가지 않아. 아니라면 어디 증거를 대봐. 그날 밤 네놈이 그 손가락으로 마을 사람들을 구했다는 증거를 말이다. 네놈의 손가락을 그 사람들의 목숨과 바꿨다는 증거를. 지금 당장…… 당장 여기서 그날 밤의 증거를 대보란 말이다!"
 하지만 동준은 그런 식으로는 이미 깊은 늪 속을 빠져나올 수가 없었다. 더욱이 현우가 그의 손을 붙잡아줄 구원자가 되어줄 수는 없는 일이었다. 아니 무엇보다 그는 아직도 마을 사람들의 침묵을 잘못 읽고 있었다.
 현우의 얼굴에 다시 한 번 싸늘한 웃음기가 지나갔다. 그리고는 마치 떠오르는 머리통을 되누르듯이 담담한 어조로 말해오고 있었다.

"자신의 증거를 못 가진 탓인가. 자넨 너무 증거를 좋아하는군 그래. 증거는 이미 보여줬는데도 말일세. 글쎄, 이 잘린 손가락보다 더 분명한 증거가 어디 있냐 말야. 하지만 자네가 정 원한다면 좀더 확실한 증거를 보여주지. 다름 아니라 바로 이 사람들일세. 이 마을 사람들도 모두 그날의 일을 알고들 있으니까 내 말을 분명히 증거해줄걸세. 자, 보겠나?"

현우는 거기서 잠시 말을 끊고 뒤에 선 회중을 향해 천천히 몸을 돌이켜 세웠다. 그리고는 끈질기게 입을 다물고 있는 마을 사람들에게 자신에 찬 어조로 침착하게 물었다.

"여러분, 그날 밤 이 마을에 용꼬리 부대 사람들이 들어왔습니까 안 왔습니까? 이 친구가 굳이 그걸 알고 싶다니 보신 분들은 기탄없이 말씀해주십시오. 그날 밤 이 마을에 그 사람들이 온 일이 있습니까, 없습니까."

사람들은 한동안 아무 반응이 없었다. 여전히 답답하고 무거운 침묵뿐. 하지만 이것은 여태까지의 함구에 입이 그대로 굳어져 있었던 때문이었는지 모른다. 그래서 한동안 그것이 풀리기를 기다리고 있었는지도 모를 일이었다.

"그날 저녁 용꼬리의 흑색 부대 사람들이 이 마을을 온 것은 사실이오."

이윽고 어디선가 조심스럽게 침묵을 깨고 들려오는 소리가 있었다. 회중 가운데선 너무도 오래고 무거운 침묵 뒤의 소리라, 사람들은 일순간 감전이라도 당한 듯 자신도 모르게 가슴을 놀래키고 있었다. 그리고 일제히 소리가 나는 쪽으로 긴장된 시선을 집중시

숨은 손가락 259

키고 있었다. 회중뿐 아니라 동준도 현우도 동시에 눈길을 소리 쪽으로 향했다.

　모두가 놀랍고 뜻밖이라는 식이었다. 그중에서도 동준은 유독 더 놀랍고 뜻밖이었다. 그것은 현우를 위한 증언자가 나타난 때문만이 아니었다. 그것도 미처 예상을 못하고 있던 일이긴 하였다. 하지만 보다 더 놀랍고 뜻밖인 것은 그 증언자의 얼굴이었다. 그것은 다름 아닌 나씨 문중 사람으로 죽은 재종숙과는 누구보다 가까운 집안사람이었다. 동준에게 애초 그만한 허물이 있었지만, 나씨 문중의 사람이 백씨 집안의 현우를 위해 스스로 증인이 되어 나선 것이었다. 게다가 그는 그러고 나서도 의당 해야 할 일을 한 사람처럼 의연스런 얼굴을 하고 앉아 있었다. 동준은 일순 전날의 종숙이 거기 그렇게 다시 살아 돌아와 자신을 지켜보고 있는 듯한 착각까지 들어왔다.

　하지만 현우에겐 그게 기회였다. 그는 거기서 힘을 얻은 듯 회중을 향해 다시 연거푸 묻고 들었다.

　"고맙습니다. 그럼 이번에는 그날 밤 마을에 희생이 있었습니까? 그리고 제 손가락이 언제 잘려나갔는지를 알고 있는 분 계십니까?"

　"그날 밤엔 희생이 한 사람도 없었소."

　사실이 그만큼 분명한 때문인가. 그리고 한번 입이 열리기 시작하자 대답이 그만큼 쉬워진 때문인가. 이번엔 별로 시간이 걸리지 않았다. 여기저기서 금세 대답이 잇따랐다.

　"그 사람의 손가락은 그날 저녁 없어졌소."

"그걸로 마지막에 삼성리를 구했던 게 사실이오."

동준은 이제 완전히 절망이었다. 사실의 진위는 이제 문제가 아니었다. 그것으로 정말 현우의 손가락이 마을의 희생을 대신했다는 사실이 입증된 것은 아니었다. 그 역시 현우의 숨은 계략의 연극일시 분명했다. 그날 밤 일들이 모두 사실이라 하더라도, 현우가 정말로 마을을 위해서 자신의 손가락을 잘랐을 리는 없었다. 그랬더라도 거기엔 필시 녀석의 보이지 않는 계산이 숨겨져 있었을 것이었다. 사람들이 그것을 보지 못한 것뿐이었다. 아니 그보다 현우는 아직도 손가락이 없어진 것이 아니었다. 동준은 분명히 그것을 볼 수 있었다. 현우는 그 보이지 않는 손가락으로 동준을 거꾸로 고발하고 있었다. 동준에겐 그 현우의 손가락과 그의 계략이 너무도 확연했다.

하지만 그런 건 이제 어쨌든 문제가 되지 않았다. 지금의 동준으로서는 그것을 사람들 앞에 증명할 길도 없었다. 사실의 진위보다 더 무서운 건 현우를 위해 바야흐로 입을 열기 시작한 마을 사람들이었다. 그 마을 사람들의 침묵을 미리 읽어두지 못한 것이 잘못이었다. 그리고 현우의 장담을 유념해두지 못한 자신의 과신이 잘못이었다.

사람들은 이제 현우의 최면술에라도 걸린 것 같았다. 그를 끝끝내 종숙의 고발자로 저주하고 있음이 분명했다. 그리고 이후로도 마을을 무서운 처형장으로 만들어간 간악한 밀고자로 심판을 내리고 싶어 하고 있음이 분명했다. 현우의 숨은 손가락을 보지 못한 사람들의 무서운 집단 위증의 두려운 징후였다.

하지만 동준으로서는 이미 그것을 되돌이켜놓을 방법이 없었다. 그러기엔 때가 너무 늦어버리고 있었다. 그것을 빠져나갈 길이 없었다. 그는 서서히 눈앞이 캄캄해오며, 머리통 꼭대기까지 구정물이 덮여 들어오고 있는 느낌이었다.

하지만 동준은 그것으로 그만 어둡고 깊은 수렁의 밑바닥으로 가라앉아버릴 수는 없었다. 동준의 눈에는 아직도 그를 겨누고 드는 현우의 손가락이 너무도 분명해 보였다. 그리고 무엇보다 그 수많은 종숙의 눈길들이 여기저기서 그를 지켜보고 있었다.

"여러분, 여러분은 어째서 이자의 손가락을 보지 못합니까? 이자는 손가락을 자른 게 아닙니다. 여러분이 그것을 보지 못하고 있을 뿐입니다!"

동준은 마지막 구원을 호소하듯 회중을 향해 절규하기 시작했다.

"아니, 이자가 스스로 자신의 손가락을 자른 건 사실이라 합시다. 그러나 그것이 이 삼성리를 지키기 위해서였다고 어떻게 단정해 말할 수가 있습니까. 그것을 어떻게 믿을 수가 있습니까······ 이것은 다만 이자의 계략일 뿐입니다. 계략으로 자신의 손가락을 숨기려 했던 것뿐입니다······"

하지만 그것도 이제는 이미 소용이 없는 짓이었다. 사람들은 아무런 반응도 없었다. 없어진 손가락이 보이지 않느냐는 동준의 소리에 사람들은 오히려 어이가 없어진 듯 구경꾼처럼 멀거니 그를 지켜보고 있을 뿐이었다. 그리고 그것으로 동준에겐 더 이상의 호소의 기회마저 주어지질 않았다.

"이젠 끝났소. 소용없는 노릇이오!"

그동안 끈질기게 두 사람의 대결을 지켜보고 있던 강 대장이 비로소 마지막 결판을 내려주듯 거기서 갑자기 선언을 하고 나섰다.

"그 사람들은 이미 저 친구를 위해서 증언을 한 사람들이오. 싸움은 이쯤에서 그만 끝내는 게 좋겠소."

5

거기서 싸움이 끝난다는 것은— 그것은 말할 것도 없이 현우의 승리를 결정지어주는 것이었다. 그리고 동준에겐 그것을 승복하라는 판정의 선언이었다.

— 아, 이젠 강 대장마저, 강 대장마저도 이럴 수가……!

동준은 이제 완전히 고립무원의 처지가 되고 있었다. 그 무서운 고립감 속에 다시 한 번 거대한 늪의 압력이 전신을 감싸왔다. 싸움의 결말은 승패의 판정뿐 아니라 동준에게는 바로 자기 생존 의미의 질식을 뜻했다. 늪의 압력이 그를 질식시켜 시시각각 온몸을 죄어 들어오고 있었다. 그 마지막 질식의 순간이 이미 눈앞까지 다가와 있었다.

"이건 계략이오. 이자의 말은 모두 사실이 아니오. 이건 절대로 사실일 수가 없어요. 저 사람들에게 다시 물어봐야 합니다!"

동준은 잠시나마 그 마지막 질식의 순간을 유예받으려듯 강 대장 앞에 한번 더 애걸을 하고 나섰다.

그러나 한번 승부를 선언하고 난 강 대장의 태도는 추호도 동요의 빛을 안 보였다.
"아니, 그럴 필요 없소. 사실 여부는 그리 문제될 게 없어요. 그보다 중요한 것은 마을 사람들이 이 친구를 위해 증언을 해주고 나섰다는 사실이오. 그보다 분명하고 힘있는 증거가 있을 수 없을 게요."
그가 냉랭한 목소리로 잘라 말했다. 아니 강 대장은 거기서도 그만 일을 마무리 지어버리려 하지 않았다.
"그럼 이제는 나 동지가 일을 좀 서둘러줘야 하지 않겠소……?"
말에 잠시 뜸을 들이듯 기다리고 있던 강 대장이 동준에게 새삼 주문을 해왔다.
"오늘 정화 대상자를 지목하는 일 말이오. 이 친군 어차피 손가락이 없으니까 거기 익숙한 손가락을 가진 나 동지가 그 일을 해줘야 하지 않겠소?"
하긴 아직도 그 일이 남아 있었다. 그것이 사실은 이날의 본 용건이었다. 이때까지의 다툼은 그 일을 위한 전초전에 불과한 셈이었다. 게다가 이제는 강 대장 자신이 그 일의 진행을 직접 맡고 나서야 할 처지이기도 하였다.
하지만 강 대장의 말은 실상 그의 본심이 아니었다. 동준은 이제 서서히 제정신이 들어오기 시작했다. 그리고 이내 그 강 대장의 의중을 읽을 수가 있었다. 고발은 이미 끝나 있는 셈이었다. 동준과 현우가 지금까지 서로 상대방에 대한 고발을 수없이 되풀이해온 셈이었다. 거기에 다시 새삼스레 고발은 필요가 없었다. 강 대장은 동준의 고발이 목적이 아니었다. 그는 사실상 그런 식으로 동준의 단죄를 시작한 것이었다. '이 친구에겐 어차피 손가락이 없다'거니, '거기 익숙한 손가락을 지닌 내 동지……'라거니 하는 소리들도 강 대장이 이미 그것을 염두에 두고 한 소리들이었다. 혐의가 일단 드러났다 하면 추호의 망설임도 없는 강 대장. 비정스럽고도 철저한 결단력과 엄격성. 강 대장은 지금 동준을 상대로 그 가차없는 단죄를 시작하고 있는 것이었다.

하지만 동준은 이제 그 강 대장이 새삼 두렵거나 원망스러워지지는 않았다. 무슨 두려움이나 원망보다도 마음이 차라리 편하게 가라앉아갔다. 그가 알아온 그간의 강 대장. 게다가 그에 대한 배신감이 누구보다도 깊었을 강 대장으로선 그게 오히려 당연한 노릇이었다. 끓어오르는 노기를 차디찬 표정 속에 눌러 숨기고 있는 것도 그다운 점이었다.

동준은 그의 주문을 회피할 생각이 없었다. 그것은 어차피 가능한 일도 아니었다. 그는 모든 걸 받아들일 결심이었다. 다만 아직도 마지막 결단이 망설여지고 있을 뿐이었다. 그리고 자신의 뒤바뀐 입장이 터무니없이 우스꽝스러울 뿐이었다.

그는 한동안 자신도 알 수 없는 야릇한 웃음기 속에 드높은 가을 하늘을 우러러보고 있었다. 강 대장도 그로서는 동준을 위해서 마지막 참을성을 베풀어주고 있었다. 그는 이제 더 이상 동준을 재촉해오지 않았다. 말없이 몇 걸음씩 주위를 서성대며 동준의 마지막 결단을 기다리고 있었다.

동준은 그것만으로도 이미 그가 무엇을 기다리고 있는가를 알 수 있었다. 강 대장도 이미 동준이 수없이 현우를 고발한 사실을 알고 있었다. 그러면서도 굳이 다시 그의 고발을 주문하고 있는 것은 다른 혐의자를 골라내기 위해서가 아니었다. 그는 동준의 자기 고발을 기다리고 있었다. 그리고 동준도 그것을 알고 있었다. 그것은 어쩌면 강 대장이 그에게 베풀어준 마지막 전우애의 발로일 수도 있었다. 그리고 동준은 자신의 고발을 통하여 그의 마음을 다시 움직이게 할 수도 있었다. 그래서 다시 한 번 반격을 도모해볼 마지막 기회를 얻게 될 수도 있었다.

하지만 동준은 이제 그러고 싶지가 않았다. 자신에게도 물론 허물이 없었던 것은 아니었다. 그는 무엇보다 자신의 종숙의 죽음을 고발한 인간이었다. 그리고 그때도 그랬었듯이 살아남는다는 건 아직도 소중한 것이었다. 그는 강 대장 앞에 자신을 고발할 수도 있었다. 그래서 그간의 자신을 속죄하고, 강 대장의 단죄를 모면할 수도 있었다. 그러나 그가 자신을 고발하는 것은 지금으로선 사실을 가리키는 일이 아니었다. 그것은 사실을 가리킴이 아니라, 혼자서 사실을 해석하는 것이었다. 그에겐 사실을 해석할 권리가 없었다. 지금으로선 그것이 중요한 것이 아니었다. 지금은 사실을 가리켜 보이는 것이 중요했다.

사실은 바로 현우의 가슴속에, 그의 간특한 머릿속에 숨겨져 있었다. 그는 그것을 가리켜 보여야 하였다. 그래도 사람들은 그것을 볼 수가 없을는지 몰랐다. 그래서 그는 마지막 순간까지 마을과 자신의 양심을 외면한 밀고자의 오명 속에 죽어갈 수도 있었다. 그것이 지금으로선 거의 확실한 상황이었다. 하지만 그렇더라도 그는 사실을 가리켜야 하였다. 이번만이라도 떳떳하고 분명하게 어김없는 사실을 가리켜 보여야 하였다. 그의 더러운 거짓 손가락질로 육신의 옷을 벗게 된 종숙의 영혼이 그것을 어디선가 지켜보고 있을 것이었다. 그 무서운 영혼의 눈길 앞에 그것만이 마지막 속죄의 길이 될 수 있었다. 그리고 그것이 무엇보다 분명한 자신의 양심을 가리킴일 것이었다.

그는 현우를 가리켜야 하였다. 그것이 사실을 가리키는 것이었다. 사실에 대한 해석은 그의 권리도 책임도 아니었다.

동준은 마침내 망설임을 끝냈다. 결심이 서고 나자 마음도 그만큼 더 편하고 잔잔했다. 그는 이제 준비가 되었다는 듯 아직도 계속 주위를 서성대고 있는 강 대장을 향해 현우로부터 묵묵히 몸을 돌이켜 세웠다. 그리고 천천히, 그러나 조금도 비굴하지 않게 그의 눈길을 정면으로 맞받고 섰다.

그러자 강 대장도 이내 그 동준의 뜻을 알아차렸다. 그가 마침내 동준 앞으로 걸어와 그 앞에 우뚝 발길을 멈춰 섰다. 그리고 말없이 동준을 마주한 채 그의 마지막 고발을 기다리고 있었다. 말이 없는 것이 오히려 모든 것을 미리 꿰뚫어보고 있는 사람의 냉혹스런 재촉질이었다. 동준은 더 이상 그 강 대장을 기다리게 하지 않았다.

"대장님께서 굳이 원하신다면 제가 한 번 더 고발을 하지요."

그가 강 대장에게 담담할 정도로 침착한 목소리로 말했다. 강 대장은 조금도 표정을 움직이지 않은 채 그의 다음 말만 기다리고 있었다.

"그러나 사실은 변경될 수가 없습니다. 고발당해야 할 사람은 역시 이 백현웁니다."
동준이 뒤에 선 현우를 돌아보며 그의 마지막 고발을 끝냈다.
강 대장의 얼굴 위로 잠시 희미한 동요의 빛이 지나갔다. 차갑고 어둡운 웃음기와도 같은 괴상한 움직임이었다.
하지만 그는 미리 예상하고 있던 일이라는 듯 이내 천천히 고개를 끄덕였다.
"그래, 알겠소. 하긴 워낙 나 동지의 손가락은 다른 사람밖에는 가리킬 줄을 모를 테니까. 게다가 지금 나 동지의 처지로는 그 밖에 다른 도리가 없기도 할 테구."
그가 다시 발길을 서성대기 시작하며 동준을 짐짓 동정하고 있었다. 그러나 그건 물론 동준에 대한 이해나 진짜 동정심 때문이 아니었다. 보다도 그는 이제 동준을 상대로 자신의 복수심을 즐기고 있는 중이었다. 그는 여전히 냉랭한 웃음기 속에 혼잣소리처럼 덧붙이고 있었다.
"하지만 이건 참 실망이구먼. 난 그래도 기대를 가지고 마지막 기회를 마련해준 셈인데...... 어쨌든 그동안 생사고락을 함께해온 동지가 그런 나의 진심까질 외면해버리다니."

이날 삼성리에서의 정화 작전은 그러나 그쯤에서 일단 마무리가 지어졌다. 더 이상 혐의자의 색출 고발이나 본보기 처형이 중지된 채였다.
강 대장은 마음이 어떻게 움직였던지 거기서 더 이상 동준을 추궁하지 않았다. 그를 굳이 더 추궁하지도 않고, 그것으로 처형자를 결정지은 것도 아니었다. 그렇다고 현우나 마을의 다른 사람으로 애초의 처형 업무를 수행한 것도 아니었다.

별동대는 거기서 작전을 끝내고 삼성리를 떠나 본대로 돌아갔다. 마을에선 다친 사람이 아무도 없었다. 그 대신 강 대장은 마을을 떠날 때 동준을 본대로 동행해 가지 않았다. 그는 동준을 처형해버리는 대신 그를 마을에다 남겨두고 돌아갔다.

"나 동질 당신들에게 넘겨두고 가겠소. 당신들이 알아서 사람을 만들어보도록 하시오. 진짜 정체를 알았거나 몰랐거나 이건 그동안 그와 함께 지내온 전우로서의 마지막 배려인 게요. 그리고 이 정도나마 마을을 지켜온 당신들의 노력을 고려한 결정인 게요."

강 대장이 마을을 떠나면서 김 이장을 젖혀두고 백현우를 특히 지목해 당부한 말이었다.

"그야 이 친굴 사람으로 만들고 안 만들고는 오직 당신들의 의사에 달린 일이오. 그리고 그보다도 이 친구 자신의 생각과 노력에 좌우될 일일 거구. 하지만 아마 당신들이라면 큰 착오가 없을 듯싶으니 그럴 줄 믿고 맡기고 돌아가오."

그래 동준은 그렇게 마을에 남겨졌다.

하지만 그렇게 동준의 운명을 현우와 그 마을 사람들에게 맡기고 별동대와 강 대장이 삼성리를 떠나간 것으로 이날의 일이 모두 끝난 것은 아니었다. 강 대장이 그때 마을 사람들의 손에 넘겨주고 간 것은 동준의 육신뿐 그의 진실은 아닌 때문이었다. 동준의 진실은 끝끝내 동준 자신의 것일 수밖에 없었다. 그리고 그것이 옳거나 그르거나 혹은 그에게 싫었거나 좋았거나 동준의 운명은 동준 자신의 것일 수밖에 없었다.

동준은 이날 밤 그 일을 스스로 마무리 지었다. 이튿날 아침 마을 회관 사무실에서 그의 자살 시체가 발견된 것이다.

(『문학과지성 신작소설집』 1985년 12월)

섬

1

굳은 날씨와 풍랑 때문에 출항을 하니 못하니 두어 시간 동안이나 실랑이 치른 끝에, 배는 거의 7시경이 되어서야 저동항을 빠져나갔다.

그나마 출항을 결행하고 나서게 된 것이 내게는 무엇보다 다행이었다. 기왕 여기까지 나서 온 길, 어떻게든지 이번 걸음에 섬을 보고 가야 텐데, 배가 항구를 떠나기까지 나의 심사는 누구보다 간절하고 절박했었다. 전날 밤 8시에 포항을 출발하여 아침 4시경께 배가 도착할 때까지 꼬박 여덟 시간을 배 위에서 보내고, 카페리 하선 후에는 도동에서 간단히 아침 해장을 끝내고 그길로 곧바로 저동항으로 넘어가 홀섬행 출발을 서둘러온 일행이었다. 이만저만 무리한 여정이 아니었다. 그런 무리한 강행군에도 불평 한마디 할 수 없을 만큼 절박스런 내 심사였다.

하지만 이토록 사나운 기상 조건 속에서도 방문단의 배가 끝내 항구를 떠나게 된 것은 나의 그런 절박스런 소망 때문이 아니었다. 그것은 전혀 이번 뱃길을 주선하고 홀섬 방문단을 조직, 인솔해온 울릉도 터줏대감 홍순철 씨의 고집과 방문단 일행 속에 나를 끼워 데리고 온 사진 미치광이 강 형의 적극적인 설득의 덕이었다. 그 조부가 울릉도를 개척하고 자신의 대에서는 홀섬까지 진출하여 그때까지 거의 무인도로 버려져온 섬에 의용경비대를 조직, 운영해왔었다는 홍순철 씨였다. 그런 연유로 하여 그는 거의 병적으로 보일 만큼 섬 일에 집착해 있었고, 섬의 가치와 제반 사정을 뭍사람들에게 똑똑히 알려주고 싶어 하였다. 이번 방문단 일만 해도 그는 혼자서 방문 모임을 조직하고 차편과 배편과 여행 중에 필요한 모든 편의 제공을 주선해온 터였다. 하다 보니 그는 어물어물 시간을 끄는 것조차 싫어하여 여정을 그토록 빽빽하게 짜놓은 데다 궂은 날씨에 홀섬 뱃길이 여의치 않게 되자 때를 놓치면 아예 일행의 여정이 중단되어버리기라도 할 듯 출항을 한사코 고집하고 나선 것이었다.

"젠장, 이까짓 파도! 그래 홀섬 구겡이 무신 뱃놀이길인 줄 알았나들. 뭍에선 그래도 중심이 든든한 사람들만 모여 온 줄 알았드만 이까짓 풍랑쯤에…… 막말로 해서 이건 일종의 전투란 말여, 전투! 난 이 나이 50이 넘도록 그 섬 하날 앞에 놓고 이런 풍랑과 전투를 해왔지러. 그러고도 아직까중 이렇게 사지가 펄펄 살아남았다 이기라요. 풍랑이 없고 섬이 가까우머 머한다꼬 굳이 이런 방문단까지 꾸려 데불고 나서!"
 날씨는 간밤부터 이미 기울어 있었다. 방파제 너머로는 파도가 천둥치듯 몇 미터씩이나 허옇게 부서져 오르고 있었다. 그 앞에 진작부터 겁을 먹고 기가 죽은 방문단 사람들을 홍순철 씨는 숫제 코웃음이라도 치듯이 얼러댄 것이었다. 그에겐 도대체 하늘을 뒤덮고 내달리는 검은 구름장이나 40명이 넘는 인원에 30톤 남짓한 작은 오징어배의 위험성 따위는 염두에도 없는 식이었다. 배가 너무 작고 보니 항해 시간도 많이 걸리고 위험도 그만큼 더하지 않겠느냐는 사람들의 항의에도 그는 아예 들은 척을 않거나,
 "배가 작고 항해 시간이 길어야 이런 날씨에 뱃길을 아기자기 즐길 수 있지예."
 걱정스러워하기는커녕 능청스런 대꾸로 입을 막아버리곤 하였다. 거기다 강 형 역시 그의 온 예술혼을 걸 듯이 홀섬 촬영에 심혈을 기울여왔고, 그가 사진작가로 알려진 것도 그의 홀섬 사진으로 인해서였을 만큼 그 섬만 부지런히 찍어온 위인이었다. 배편이 매우 어려웠을 때부터 근 20년 동안이나 매해 한두 번씩 빠짐없이 홀섬을 쫓아다닌 그였다. 그래 홍순철 씨와도 자주 어울려 이제는 호형호제의 사이가 되어 있었는데, 그래도 그는 아직 홀섬의 모습을 다 못 찍었노라, 기회만 있으면 방문단이다 뭐다 하여 홀섬 뱃길을 끊임없이 드나들고 있었다. 그런 강 형이고 보니 이만 궂은 날씨쯤을 괘념할 리가 없었다. 그는 누가 뭐래도 자기 뱃길은 변동이 없다는 듯 바람과 파도 앞에 태도가 의연했다. 그리고 대범스럽게 일행을 안심시키며 심상찮아하는 불안기들을 씻어내주고

있었다.

"이만 바람조차 없는 날을 골라서 뱃길을 나서자면 1년 열두 달을 기다려도 안 됩니다. 배가 이 정도니 오늘 뱃길은 아마 왕복 열두 시간 정도는 잡아야 할 텐데, 그만 시간 바다를 오가다 보느라면 이런 바람은 불다가도 잦아들고 없다가도 몰아오고…… 뱃길에서 늘상 겪고 다니는 일이에요."

홍순철 씨처럼 막무가내 식으로 고집을 부리고 나서는 게 아니라 자신의 소망과 진심이 담긴 어조로 의연하고 간곡하게 설득을 펴나간 것이었다.

"장담할 수 없지만 바다가 계속 이렇지는 않을 거예요. 한두 시간쯤 뒤엔 달라질 겁니다. 같은 풍랑이라도 연안에선 원해보다 더 요란스러우니까요. 난 해마다 이런 뱃길을 몇 차례씩이나 쫓아다니고 있는걸요."

어쨌거나 결국 배가 떠나게 된 것은 두 사람의 그런 열성과 집념 때문이었다. 홍순철 씨의 그 고집스런 열성과 강 형의 의연스럽고 확고한 집념……, 그것들이 끝내 내 소망을 이루어주게 된 격이었다.

2

연안의 풍랑이 더 요란스레 느껴진다는 강 형의 말은 사실이었다. 항구를 빠져나온 배가 거친 파도와 운무를 뚫고 반 시간가량

항해를 계속해나가자 바람과 파도가 아닌 게 아니라 한결 규칙적으로 부드럽게 느껴지기 시작했다. 항구에서는 해무 속에 수평선이 눈앞에 있는 듯하였으나 바다 쪽에선 오히려 저동항이 훨씬 멀리까지 배를 바래주고 있었다. 뿐만 아니라 항구에선 운무로 모습을 제대로 볼 수 없던 섬의 산봉우리들도 바다 한가운데로 나와 보니 구름 위로 우뚝우뚝 그 웅자를 드러내고 있었다.

강 형과 나는 가는 빗방울이 뿌리는 배의 한쪽 난간에 기대서서 그간의 어수선한 심사를 달래듯 한동안 말없이 뒤로뒤로 멀어져가는 섬을 바라보고 있었다. 그때 홍순철 씨도 비로소 출항에 뒤따른 이런저런 단속을 모두 끝낸 모양이었다.

"여기들 계셨구만······"

배가 항구를 빠져나오고 나서도 한동안 계속 조타실과 기관실, 조리실들을 번갈아 드나들고 있던 그가 이제는 할 일을 다한 듯 제법 한가한 표정으로 담배를 빼어 들고 우리 쪽으로 다가왔다. 알고 보니 그는 조금 전 사람들 앞에서 출항을 한사코 고집하고 나서던 때와는 달리, 자신도 내심으론 날씨를 썩 좋지 않게 여기고 있었던 모양이었다.

"내가 미쳤제. 이런 날씨에 뭘 얻어묵는다꼬 겁에 질린 생목심을 40명씩이나 태우고 뱃길을 나서는지, 허허······"

주위에 다른 사람이 없는 것을 보고 안심이 된 것일까. 담배에 불을 붙여 시원스럽게 한 모금 연기를 뿜고 나서 그는 짐짓 엄살기를 섞어 실토했다. 이런 날씨니 생목숨이니 하는 소리들이 그 내심을 역력히 말해주고 있었다. 다른 사람들 앞에선 속에다 숨기고 있었다는 사실. 그리고 그것을 우리 둘 앞에 천연스럽게 털어놓고만 사실들에서 어딘지 심상찮은 장난기 같은 것이 느껴져오고 있었다. 아니, 그런 장난기는 그 홍순철 씨 혼자만도 아니었다. 한통속끼리 통하는 어떤 은밀스런 공범 의식 때문이었는지 그건 강 형도 마찬가지인 것 같았다.

"왜 생목숨이 40명씩이나 돼놓으니 마음이 안 놓입니까. 이번엔 어차피 비상식량까지 잔뜩 싣고 나가는 판에 쌀가마닐 좀 덜고 돌아와도 무방할 일 아닙니까."

강 형이 짐짓 웃음을 숨긴 얼굴로 되받고 있었다. 비상양식이란 항구 검문소의 지시에 따라 추가로 싣고 온 비상 쌀가마를 말했다. 입출항 검문소에서도 날씨를 그리 순탄하게 여기지 않은 모양이었다. 하면서도 출항 허가 담당 직원은 홍순철 씨의 고집에 이미 이력이 붙은 듯 날씨를 길게 트집 잡지 않았다. 그는 다만 만약의 사태에 대비하여 일주일 정도 소요분의 비상식량과 구명 장비를 충분히 확보하고 떠나라는, 악천후 출항시의 절차상의 요건들을 주문했을 뿐이었다. 홍순철 씨도 그쯤은 어쩔 수가 없다 싶었던지, 쌀 두 가마와 헌 타이어들을 여기저기서 거둬다 싣는 것으로 준칙에 순응하는 성의를 보인 것이었다.

홍순철 씨가 그 쌀가마에 빗댄 강 형의 농기 어린 추궁을 못 알아들을 리 없었다. 하지만 두 사람은 역시 관록이 붙은 공범자들이었다.

"그야…… 쌀가마니 다시 싣고 돌아올 수는 없겠제. 우리가 묵어치우든, 섬에다 내려놓든……"

홍순철 씨가 여전히 진지한 표정으로 강 형의 말을 받았다. 그리고는 짐짓 그의 객기를 경계하듯 강 형의 이력을 들추고 나섰다.
 "……그러고 보니 당신도 이젠 통이 커질 만큼 커진 심이로구만그래. 허기야 당신이 홀섬을 건너댕긴 지도 20년이 훨씬 넘었으니께. 횟수로는 아마 사오십 번도 넘었을 거를?"
 아픈 곳을 찔리고 난 그의 반격이었다. 하지만 홍순철 씨는 그걸로도 아직 부족했던지, 뒤이어 강 형의 사진 일까지를 험잡고 들었다.
 "헌디 그러고도 아직 사진이 부족해서 이런 날씨에까지 섬을 찍으러 가요? 그렇게 수백 장, 수천 장을 찍고서도? 무얼 더 보여줄 게 숨어 있구로?"
 "그게 어디 내 실력 탓이오? 그놈의 섬이 자꾸 달라진 탓이지."
 계속 시치밀 떼는 투의 강 형의 대꾸. 하고 나서 이번에는 그가 다시 홍순철 씨의 극성을 힐난하고 나섰다.
 "그런데 나는 사진이나 찍으러 쫓아다닌다지만 당신은 또 뭐 할 일이 없어 이런 고생을 사서 하고 있는 거요? 이젠 홀섬이 당신네 장독대 한가지로 익숙해 있을 텐데. 하필이면 이런 날씨에 겁이 나서 꽁무니를 빼는 사람들까지 잔뜩 몰아 싣고……?"
 역시 상대방의 심중을 헤아리고 있는 사람들끼리의 겉말씨름. 이를테면 서로 상대방을 빌려댄 자기 심중의 토로인 셈이었다. 그래 그런지 홍순철 씨는 이제 거기 대해 길게 대꾸를 하려 들지 않았다.
 "내사 섬놈이 그 섬이 바로 내 목심이자 생활 한가진께……"

서로 간에 심중의 확인이 끝난 탓일 게다. 그는 마침내 자신들의 겉말씨름이 싱거워지기 시작한 듯 맥이 풀린 소리로 간단히 대꾸했다. 그리고는 그만 발길을 돌이키려다 말고 공연히 나를 한번 건드려왔다.

"헌데 이 선생은 이만 풍랑쯤엔 그리 겁이 안 나시는 모양이지예? 다른 사람들은 벌써 멀미들을 참느라꼬 선창 아래 줄줄이 누워들 있던데."

이번 뱃길에 처음 대면이었지만, 강 형에게서 미리 개인적인 소개를 받고 있던 터라 역시 허물없는 농담조 말투였다.

나는 그저 웃을 수밖에 없었다. 그의 물음엔 굳이 대꾸가 필요 없었기 때문이다. 아니, 그보다 나는 그에게 그의 섬에 대한 내 소망을 말할 수가 없었다. 말을 한대도 그가 그것을 이해할 리가 없었다.

"공연히 우리같이 섬에 미쳐 댕긴 사람 따라나섰다가 크게 후회나 안 하실란지……"

다짐이라도 주듯 한마디 더 건네고 돌아서는 그 홍순철 씨는 말할 것도 없고, 내게 이번 뱃길을 주선한 강 형마저도 나의 그런 심중은 깊이 헤아리지 못하고 있는 형편이었다.

―강 형이나 홍순철 씨로선 알 수 없는 일이지. 하긴 그것은 나 자신도 알 수가 없는 일이니까.

홍순철 씨가 다시 조타실 쪽으로 사라져 들어간 다음, 나는 이제 몇몇 사람만이 고집스럽게 파도를 지키고 앉아 있는 갑판 중간쯤에 강 형과 나란히 몸을 기대고 누웠다. 그리고 계속 흔들리는 파도와 갑판까지 튀어 들어오는 물보라 속에 위태로운 뱃길을 내맡긴 채 나의 머나먼 섬을 기다리기 시작했다.

 머나먼 동해바다 검은 파도 너머의 한 작은 섬…… 그 홀섬엔 언제나 안개가 끼거나 눈이 날리고 있었다. 아니면 흐리거나 비가 오고 있었다. 주변 바다엔 바람이 세차고 파도가 드높았다. 육지에선 맑은 날도 섬은 늘 흐리고 모습이 희미했다. 홀섬은 언제나 그렇게 안개가 끼거나 눈이 날리고 있는 모습으로, 멀고 조그맣게, 검은 파도와 바람 소리를 뚫고 내게로 다가왔다. 아니, 애초엔 섬이 내게로 온 것이 아니라, 내가 섬을 찾아간 것일 게다. 울릉도와 홀섬 부근…… 오늘은 동남풍 후에 북동풍이 불고 오후 한때 눈이 오겠습니다…… 내일은 3미터 내지 4미터로 파도가 높고 짙은 안개가 끼겠습니다. 항해하는 선박들은 안전 운항에 유의하시기 바랍니다. ─일의 발단은 애초 언제부턴가 내가 그 자정 가까운 라디오 기상 통보 시간에 귀를 기울이기 시작하면서부터였다. 자정 무렵에 잠자리로 들고 나면 내 조그만 라디오는 늘상 기상 통보를 속삭이고 있었다. 한동안 그런 잠자리가 계속되다 보니 그 반복적인 목소리에 나는 차츰 어떤 달콤한 리듬감 같은 것이 느껴져오기 시작했다. 그리고 특히 그 마지막 홀섬 부근의 예보가 진행될 무렵이면 나는 어느새 포근한 잠결 속에 먼바다의 꿈을 쫓아 헤매곤 하였다. ─울릉도와 홀섬 항로…… 먼바다는 물결이 높고…… 눈이 오겠습니다…… 먼바다, 높은 물결, 항로와 바다 안개, 섬과 밤눈, 그 말들이 주는 독특한 음감과 울림 때문이었을까. 아니면 결코 부드러울 수 없는 그 말들의 조합이 빚어낸 기이한 환상 때문이었을까. 나는 밤마다 자정이 가까워 오면 서둘러 잠자리로 라디오를 안고 들어가게끔 되었다. 내가 밤마다 섬을 부르고, 섬이 내게로 오게 된 경위였다……

일단 거기에 버릇이 들고 나니 나는 이제 길게 섬을 기다릴 필요도 없었다. 라디오만 들고 잠자리로 들어가면 이내 섬이 내게로 왔다. 육지의 날씨는 맑고 있는데도 섬은 늘 흐리고 사나워진 일기 속에. 기상 통보는 실상 한때의 안개나 눈발뿐인데도 내게는 언제나 눈바람이 심하고 파도가 거센 황지의 모습으로. 하면서도 이상하게 잠자리에선 달콤하고 포근한 꿈결처럼. 그렇게 밤마다 나는 섬을 만나 나의 잠길을 함께해온 것이다.

그런데 그런 당찮은 달콤함이나, 아니면 늘상 육지와 뒤바뀐 일기 탓이었는지 모른다. 내게는 언제나 그 섬의 모습이 몽롱한 환상에 그쳐 있었다. 홀섬은 결코 환상이 아닌 실재의 섬이었다. 지도나 사진으로 섬의 실재를 얼마든지 확인할 수 있었다. 한데도 나는 섬의 환영뿐 실재의 그것은 볼 수가 없었다. 비바람과 안개 속에 뽀얗게 가려진 섬, 검고 드높은 파도 끝의 작은 섬. 실제의 섬사진을 들여다보아도 마찬가지였다. 화창한 햇빛 속에 굴곡과 봉우리를 모두 드러낸 섬 풍경, 짙푸른 바다와 흰 갈매기 떼가 산뜻한 실제의 섬 경관, 그것들이 내게는 전혀 실감이 없었다. 나의 섬에는 화창한 햇빛도 갈매기도 없었다. 바다에는 언제나 검은 파도가 드높았다. 내게는 차라리 그런 투명한 섬이 매번 모습을 달리해서거나, 그의 사진 실력이 모자라서거나, 강 형이 그토록 섬을 드나들면서도 자신의 사진에 실패를 거듭해온 거라면 그는 누구보다 내게서 완벽한 실패를 해온 셈이었다……
 그런 세월이 몇 년을 흘러갔다. 나는 그만큼 섬의 환상에 깊이 빠져들고 있었다. 뿐더러 내게는 어느 때부턴가 문득 나 자신과 자신의 섬에 대한 모종의 의구심이 깃들기 시작했다. 섬이 내게로 오는 사연은 무엇인가. 내게 있어 섬은 무엇인가. 섬이 내게 무엇이길래 내가 이토록 긴긴 날들을 그 환상에 집착하는가. 내가 거기 이토록 빠져들어도 괜찮은 것인가. 섬의 실제는 어떤 것인가. 내가 그것을 떠날 수는 없는가……
 한동안은 전혀 그런 것 저런 것을 생각할 여유조차 없던 나였다. 그런데 일단 그런 의구심이 깃들기 시작하면서부터는 이상하게 기분이 개운치를 못했다.
 하지만 그런 의구심 이후에도 나는 여전히 속수무책이었다. 여전히 밤마다 섬을 만나고 달콤한 환상을 즐기곤 하였다. 나의 의구심도 그만큼 깊어지고 거기 따라 심사도 더 무거워져가기만 하였다. 섬이 밤으로만 오는 데에 나름대로 심사를 달랠 수는 있었지만.
 그런데 끝내는 심상찮은 조짐이 시작되었다. 지난겨울 어느 날, 쉰여덟 이른 나이로 유명을 달리해 간 자형의 출상 때였다. 어화 어화 어화 넘…… 거리제까지 모두 끝낸 자형의 상여가 장지를 향해 마지막 길을 떠나가고 있을 때였다. 뜻밖의 소식에 간밤 밤차로 눈 속 천리길을 달려 내려간 나는 그때 거의 탈진 상태가 되어버린 누님을 단속하느라 집 앞 논두렁 눈밭 속에서 구슬픈 상여 소리를 떠나보내고 있었다. 에이 무정한 양반…… 그렇게 매정하게 훌쩍 떠나가실 수가 있으시오. 우리 집 우리 동네 정 밴 곳 다 뒤에 두고, 당신 혼자 어찌 그리 무심한 꼴을 하고, 마지막 설운 길을 재촉해 가고 있소. 무정하고 매정하고 야속한 양반아…… 내게 간신히 몸을 기대고 선 누님의 푸념 속에 상여는 멀리 마을길을 돌아서 소리와 모습이 차츰 거센 눈발 속으로 멀어져가고 있었다. 그런데 그때, 눈발 속으로 멀어져간 그 상여의 아득한 모습 뒤로 나는 뜻밖에 나의 섬을 본 것이다. 상여가 섬으로 가고 있는 것이었다. 아니, 자형의 애달픈 혼백이 그 섬으로 가고 있는 것이었다.
 섬이 마침내 내게 참 정체를 드러내온 것이다. 섬은 한마디로 죽음의 영지였다. 나는 비로소 무거운 두려움을 느끼기 시작했다. 자형의 혼백이 나와 익숙한 섬으로 간 것은 다행스럽고 위안이 되는 일이었지만, 죽음의 그림자는 역시 두려운 것이었다. 뿐더러 이제는 섬이 밤잠자리로 해서뿐 아니라 어둠을 뚫고 낮 시간으로 해서까지 나를 찾아들기 시작했다. 섬이 마침내 죽음의 그림자로 나를 부르기 시작한 것이었다. 그리고 그로부터 섬은 급속히 더 암울스럽고 황량한 모습으로 변해갔다.
 나는 더이상 섬에 빠져 있을 수가 없었다. 섬이 내게 무엇인지를 안 이상 나는 하루빨리 그것과 결별을 해야 했다. 섬을 부르는 일이 없어야 함은 물론 그것의 유혹에서 힘껏 벗어져나가야 했다.
 그러나 그것은 이미 마음대로 될 수 있는 일이 아니었다. 내 의지는 섬의 마력 앞에 마약 환자의 그것처럼 무기력했다. 섬이 계속 잠자리를 찾아들었다. 그리고 달콤하고 포근한 환상으로 나를 두렵게 유혹했다.

그런 식으로 나는 다시 몇 달을 갈팡질팡 시달리고 있었다. 그리고 마침내 강 형을 찾아갔다. 내가 섬의 환상을 쫓고 달콤한 죽음의 손짓에서 벗어져나는 길은 내 눈으로 직접 섬의 실체를 확인하는 길밖에 없었다. 하지만 잡지사 재직 시부터 이날까지 20년 가까이 술벗으로 지내온 그 홀섬 사진 미치광이 강 형으로서도 그런 나의 섬은 잘 이해할 리가 없었다.

"섬을 가본 일이 한 번도 없으면서 그 섬에 잡혀 먹일 것 같다니…… 난 도대체 무슨 잠꼬대 같은 소린지 모르겠다야."

대충 얘기를 듣고 난 강 형은 한마디로 허허 웃어넘기려 하였다(하긴 내 쪽도 전에는 그의 홀섬 집착증을 누구보다 심하게 비웃어온 터였으니). 하지만 나는 그가 이해하고 못하고는 문제가 아니었다. 그를 긴말로 설득할 필요도 없었다. 그가 섬으로 데려가주기만 하면 되었다. 그로선 충분히 그럴 길이 있을 것이었다. 나는 무작정 섬으로 데려가주기만 하면 된다고 그를 밀어붙였다. 강 형으로서도 굳이 그걸 거절할 이유가 없었다. 그는 결국 기회를 만들어보자고 하였다. 그리고 몇 달을 기다리고 난 끝에 이번 방문단 조직을 알려온 것이었다.

그렇게 떠나온 홀섬 뱃길이었다. 기회를 기다리느라 서너 달, 그리고 방문단의 한 자리에 끼어들고 나서도 다시 한 달간을 기다린 뒤였다. 그동안도 계속 섬에 시달려온 나로선 그만큼 간절하고 조급한 뱃길이었다. 하지만 그런 내 절박한 사연을 강 형이나 홍순철 씨가 헤아릴 순 없었다……

3

 울릉도 정상 성인봉이 사라지고 배는 언제부턴가 망망대해를 헤쳐 나가고 있었다. 항구를 떠난 지 벌써 세 시간여. 강 형의 말대로 배가 먼바다로 들어서면서부터는 파도가 훨씬 순해지고 있었다. 낮게 드리운 구름장들이 걷히면서 군데군데 햇빛이 쏟아져 내리는 곳이 보이고, 바람결도 한결 부드러워져 있었다.
 주위는 그저 그런 하늘과 끝없는 파도뿐. 몸을 조금 일으켜보니 사방이 둥그런 수평선으로 둘러싸여 우리 배는 마치 그 수평선으로 이루어진 커다란 원형의 중심점에 갇혀 한자리에서 계속 맴돌고 있는 형국이었다. 가도가도 계속 배를 둘러싸고 따라오는 그 원형의 바다에선 눈에 띄는 것이 거의 아무것도 없었다. 날씨가 들면서부터 교대교대 배꼬리를 쫓아오고 있는 갈매기 떼와, 이따금씩 파도 위로 날렵한 유선형의 몸매를 자랑하고 사라지는 몇 마리의 돌고래가 고작일 뿐이었다. 그 끝없이 무료하고 넓은 바다, 시간이 흐를수록 뭍에서와는 달리 볕발이 더해가는 따스한 날씨로 하여 나는 마치 바다 너머의 어떤 다른 차원의 세계로나 들어선 느낌이었다.
 "이 지루한 뱃길에서도 뭍에선 볼 수 없는 진기한 풍경 한 가지를 선물 받고 갈 게야. 지금은 아니지만 이따 돌아갈 땐 동해의 일몰을 구경하게 될 테니까. 동해의 일출이나 황해의 일몰은 흔한 거지만, 이처럼 먼바다가 아니고는 동해의 일몰을 구경하기는 힘든 노릇이거든."

 출항 때부터 계속 곁에 붙어온 강 형도 무료하기는 한가지였던 모양으로 모처럼 만에 문득 한마디 해왔다. 듣고 보니 과연 그럴 법한 소리였다. 하지만 내겐 그 동해의 일몰이라는 것조차 다른 세계의 풍물처럼 환상적으로만 느껴졌다. 일출의 상식이 일몰로 뒤바뀌어버린 곳. 나의 섬은 바로 그런 곳에 있었다. 그리고 나는 이미 그 섬을 향해 역전의 경계선을 넘어서고 있었다. 그리고 내가 그 다른 차원의 세상으로 들어서고 있는 듯한 느낌은 정작으로 섬이 바다 위에 나타나면서부터 점점 더해갔다.

 이윽고 하늘이 깨끗하게 걷히고 바다는 햇빛 아래 눈부시게 푸르렀다. 어두운 선창 밑에 틀어박혔던 사람들도 이제는 하나하나 기력을 회복하고 별발이 따스한 바깥으로 올라왔다. 홍순철 씨는 마침 이때를 이용하여 선상 점심을 나누어주었다. 뱃사람이 나눠주는 주먹밥 한 덩이씩을 처분하고 나니 해가 어느새 정오를 넘고 있었다. 그때 누군가 뱃머리 쪽에서 섬이 보이기 시작한다고 외쳐댔다.

 우리는 일제히 고물 쪽으로 몰려가 먼 수평선을 더듬기 시작했다. 과연 섬이 거기 있었다. 날씨가 걷히면서 훨씬 더 멀어진 아득한 수평선, 그 수평선의 한 지점에 아슴아슴 희미한 물결의 돌기처럼 뽀얀 섬 그림자가 어리어 있었다.

 나는 새삼스레 긴장이 되기 시작했다. 이제 마침내 섬을 보게 되는구나. 마치 그곳에 자형이 나를 기다리며 손짓을 보내오고 있는 것처럼, 그 자형을 미구에 거기서 만나게 될 것처럼 설레는 마음을 억제할 수가 없었다. 알 수 없는 두려움이 앞서기도 했다.
 하지만 섬은 아직도 너무 먼 곳에 있었다. 한참이나 그것을 지켜보고 있어도 형체가 조금도 달라질 줄을 몰랐다. 섬까진 아직도 두 시간 이상이 걸린다는 얘기였다. 나는 아예 뱃머리 한쪽으로, 눈길 끝에 그 섬을 비끄러매고 앉았다. 그리고 출렁이는 뱃머리 너머로 섬의 접근을 기다리기 시작했다.
 다시 한동안 시간이 흐르고 나자 섬은 뽀얀 해무 속에 형체를 조금씩 선명하게 드러냈다. 뱃머리를 넘나드는 수평선 위로 술주전자의 실루엣이 얹혀 있는 듯한 청자색의 굴곡이 얽힌 모습. 나는 마치 자신이 섬으로 빨려 들어가는 듯한 초조감 속에 순간순간 그것을 눈에 담고 있었다.
 "홀섬하고 정말 무슨 원수라도 졌었나? 웬일로 섬을 그리 쓸어 삼킬 듯 노려보고 앉아 있어!"
 마침내 카메라를 움직이기 시작한 강 형이 내게 등 뒤로 농지거릴 건네왔으나, 나는 거기조차 대꾸를 보낼 여유가 없었을 정도였다. 배가 가까이 다가들어갈수록 섬은 과연 내 평소의 환상과는 다른 실체로 드러나고 있었다. 무엇보다 그것은 눈과 바람과 안개와 비의 섬이 아니었다. 주변의 바다도 잠자리에서의 그것처럼 검은 파도의 무도장이 아니었다. 섬은 따스한 5월의 햇빛 속에 눈부신 경관을 자랑하고 있었다. 바다의 물결도 맑고 평화스러웠다. 뭍에서 얻어 본 사진들의 정경이 비로소 생명을 얻어 살아나고 있었다. 평소의 환상과 동떨어진 섬의 모습, 햇빛 속에 짙푸른 바다의 모습들이 내게는 차라리 다른 세상의 그것처럼 생경스럽게 느껴질 지경이었다. 눈부신 햇빛과 짙푸른 바다들은 고즈넉하고 선명한 섬의 모습과 함께 또 하나의 환상과도 같은 것이었다. 시공을 거꾸로 해온 그곳에서라야 비로소 생명을 얻어 움직이는 다른 차원의 풍광…… 섬은 거기 그렇게 분명한 자태로 실재하고 있었다.

그런데 배가 막상 섬에 닿고부터는 그런 생경스런 환각의 안개도 눈앞에서 깨끗이 걷혀나갔다.

우리는 마침내 섬으로 올라섰다. 수평선 위의 섬을 목격한 지다시 두 시간, 도합 일곱 시간의 항해를 끝내고 난 오후 2시경이었다. 섬에서는 미리 방문 연락을 받은 경비 요원들이 뱃머리로 나와 우리를 기다리고 있었다. 배를 내린 우리는 먼저 그들의 초소로 올라가 상륙 신고를 하였다. 홍순철 씨의 의용경비대 후예격인 초소의 책임자는 미리 방문 연락을 받고 있는 터여서 이내 일행 중의 그를 알아보았다. 그리고 그와의 반가운 인사로 모든 상륙 신고 절차를 대신해버린 채 일행에게 곧 자유스런 섬의 탐사를 허가했다.

우리는 그로부터 5시에 배가 다시 떠날 때까지 세 시간 남짓 동안 이리저리 바쁘게 섬을 훑고 다녔다. 상륙 체류 시간이 한정되어 있었으므로 나는 미리 섬에 익숙해 있는 강 형을 뒤쫓아 가능한 한 효과적으로 섬을 살폈다. 그리고 강 형이 그의 사진기를 쉴 새 없이 움직이고 돌아가듯 나 역시 머릿속에 그 가장 분명한 섬의 모습을 담으려고 두 눈을 한껏 크게 뜨고 나대었다.

다시 말할 것도 없는 일이지만, 섬은 역시 환상이 아니었다. 그것은 살아 있는 현상의 실재였다. 따뜻한 햇볕 속에 섬을 하얗게 뒤덮고 떠도는 수많은 갈매기 떼, 걀걀걀…… 해풍과 파도 소리에 뒤섞여 섬 하늘을 끊임없이 맴도는 그 새들의 울음소리, 높고 가파른 암봉들의 융기와 그 싱싱한 경관들, 어느 것도 환상이 아닌 섬의 분명한 실재 형상들이었다. 그 위에 무엇보다 나를 실감으로 감동케 한 것은 뱃머리에서 우리를 맞이해준 경비 요원들의 존재였다. 그리고 그 홍순철 씨와 경비 책임자와의 반가운 해후였다. 이 섬에 실제로 사람이 살아 있었다니. 이 섬을 지키기 위해 살아 있는 사람들이…… 뭍에서 온 사람까지 알아보고 그와 반가운 인사를 나누는 사람들이…… 사람이 실제로 살고 있음은 그 섬이 살아 있음이었다. 환상 따위는 끼어들 여지가 없었다. 자형의 혼백이 섬으로 갔었다니! 섬의 어디에도 암울스런 죽음의 그림자가 깃들어 머물 만한 곳은 없었다. 적어도 내가 섬에 내려서 내 발로 직접 섬을 걷고 있는 동안만은 그랬다……

나는 새삼스레 섬을 직접 찾아오길 잘했다고 마음속으로 몇 번씩 다행스러워하였다. 그러면서 이젠 그 암울스런 회색과 죽음의 환상 대신 밝고 선명한 섬의 모습들을 마음속에 차곡차곡 간직해 나갔다.

4

나의 섬 방문은 일단은 그렇게 성공적인 셈이었다. 하여 나는 그 세 시간가량의 짧은 체류 시간에도 불구하고 우리가 다시 섬을 떠날 땐 그다지 큰 아쉬움이 남지 않았을 정도였다.

하지만 실상 그때까지도 나는 아직 섬에 대해 전혀 모르고 있었던 게 있었다. 섬을 떠날 때는 섬의 모든 것을 다시 섬에게 돌려줘야 한다는 사실, 그것을 아직도 모르고 있었다. 아니, 나는 그때까지도 아직 강 형이 그토록 많은 사진을 찍고도 끊임없이 다시 섬을 찾아가야 했던 이유를 너무도 간단히 생각해버린 것이었다. 우리 배가 다시 섬을 떠나면서부터 나는 비로소 그것을 깨닫기 시작한 것이다.

배는 애초 예정보다 한 시간가량이나 더 지체하다 저녁 6시경에서야 섬을 출발했다. 긴 뱃길을 위해 저녁 요기를 때우고, 남은 쌀가마를 섬에 내려주고, 그리고 육지에 급한 볼일이 있는 젊은 경비 요원 한 사람을 편승시키고서였다.

"이런 바다 끝까지 배를 몰고 왔다가 너무 급하게 섬을 떠나가는구만."

"바다 한가운데서 잠깐 섬을 보고 나니 꼭 무슨 꿈속에서인 것 같아여. 우리가 지금 본 게 이게 꿈속이 아니여?"

짧은 상륙과 회선이 아쉬운 듯 방문단 사람들은 떠나가는 배 위에서 섬을 향해 계속 떠들어대고 있었다. 잠시 잠깐이나마 섬의 인상이 그들에게도 그만큼 강렬했던 탓이리라. 하지만 섬은 그 실재성과 인상이 강했던 것만큼 환상적인 변신도 분명하고 재빨랐다. 배가 항해를 계속해나갈수록 섬은 뒤로뒤로 멀어져가면서 그 선명한 윤곽을 다시 지워갔다. 살아 움직이던 섬의 실재들을 희미한 침묵의 그림자 속으로 하나하나 소리 없이 거둬갔다. 하얀 갈매기 떼와 그 소리들이 사라지고, 점점이 깃들었던 푸르름이 사라지고, 다음에는 검은 동굴들과 돌출부의 윤곽들이 회색의 평면으로 사라져 들어갔다. 배가 떠나온 지 반시간도 안 되어 섬은 그렇게 자신의 모든 것을 다시 지워가고 있었다. 그렇게 다시 뽀얗게 먼 해무 속에 하나의 추상으로 되돌아가고 있었다. 아니, 그것은 그냥 그 혼자서 추상으로 사라져가고 있는 게 아니었다. 그것이 멀어지면 멀어져 갈수록 내 가슴속에서도 섬의 모든 것이 함께 지워져가고 있었다. 그리고 그것이 지워져간 자리로 한동안 숨어 있던 그 섬의 암울스런 환상이 되살아나고 있었다. 그 물 잠자리에서의 어두운 환상, 달콤하고도 두려운 그 죽음의 그림자가 깃든 섬의 모습. 가슴속에 마지막까지 지워지지 않고 남아 있던 섬의 정경들마저 끝내는 그 환상의 장막 속으로 서서히 모습이 녹아 들어가고 있었다. 갈매기 떼는 이제 수많은 영혼들의 슬픈 비상처럼 환상의 섬 위를 희미하게 맴돌고 있었다. 거기 따라 나의 가슴속 상념은 갈수록 환상 쪽을 뒤쫓고 있었다. 얼마나 많은 영혼들이 저렇듯 새가 되어 섬으로 건너왔던가. 그 새들 중에 자형의 영혼은 어느 것에 깃들었던가. 그가 어디선가 나를 알아보고 안타까워하는데도 나는 끝내 그의 눈길을 놓치고 이렇듯 무심히 섬을 떠나가고 있는가…… 섬을 지키는 경비원들도 이제는 그 신선한 동작들을 잃고 심한 무중력 상태의 허공 속을 움직이듯 서서히 정지 상태로 가라앉아들고 있었다. 생경스럽도록 투명하고 눈부신 햇빛, 싱싱한 바람기와 해양초들의 흔들림, 심지언 우리가 거기서 남기고 온 말소리들까지도 모든 것이 사실적인 실재성을 잃어갔다. 짧은 시간과 강한 인상 때문에 누군가가 그것을 꿈이 아니냐고 했었지만, 섬은 이제 과연 멀고 희미한 꿈속의 환상이 되어가고 있었다. 내게는 적어도 그것들이 그렇게 변해가고 있었다. 섬은 그의 모든 실재를 거두어간 대신, 내게 다시 그 음습한 환상을 되돌려준 것이었다.

나는 이제 더 이상 그 섬을 참을 수가 없었다. 눈앞에서 한시바삐 섬을 지워버리고 싶었다. 그리고 언제나처럼 그 섬에서 도망쳐 나오고 싶었다.

하지만 섬은 거기서도 한동안이나 더 나를 괴롭혔다. 좀처럼 모습이 사라져주질 않았다. 아니, 그것은 수평선 저쪽에서 언제까지나 그 모습 그만한 크기로 우리를 멀찌감치 뒤따라오고 있었다. 물속으로 우리 배 밧줄을 이어 맨 것처럼 끈덕지게 뒷걸음을 밟아오고 있었다. 어느 날엔가 그 섬이 갑자기 밤잠자리에서 빛 속으로 걸어나와 눈발 속을 가는 자형의 상여 뒤로 떠올라 나타났듯 이제는 나를 따라 끝내 나의 먼 영지까지 상륙해올 것처럼. 나는 그럴수록 더 섬의 권역에서 벗어져나려고 안간힘을 다했다. 배의 속력이 그토록 느리게 느껴질 수가 없었다. 통통거리며 발버둥을 쳐대도 그것은 언제까지나 둥근 수평선 가운데서 섬과 숨바꼭질을 계속하고 있을 뿐이었다.

그 섬은 역시 차원을 달리한 자신의 권역을 지니고 있었는지 모른다. 그리고 그 섬의 권역 속에서 우리는 불가불 그것의 지배를 받아야 했는지 모른다.

섬이 사라진 것은 그 섬의 권역이 끝났을 때였다.

"보아, 저게 내가 말한 동해의 일몰일세."

섬을 떠난 지 두어 시간 가까이나 지났을 무렵이었다. 그때까지도 계속 가슴께에 카메라를 걸고 다니던 강 형이 마지막으로 서쪽 바다 위의 햇덩이를 찍고 나서 사진기를 거두며 내게 말했다. 동해의 일몰! 나는 그 강 형의 소리가 새삼 가슴을 크게 울려오고 있었다. 아닌 게 아니라 서쪽 수평선 위론 지금 막 저녁 해가 벌겋게 내려앉고 있었다. 하지만 내게 그 소리가 크게 울려온 건 그 일몰의 장관 때문이 아니었다. 동해의 일몰이래야 그 경관 자체가 별다를 것은 없었다. 그것은 말할 것도 없이 서해나 다른 바다의 그것 한가지였다. 강 형의 소리는 그보다 내게 섬의 권역이 끝나가고 있음을 일깨워준 것이었다. 시공이 거꾸로 선 그 일몰이 지나가면 우리는 마침내 섬을 벗어나 현실의 바다로 들어서는 것이었다. 우리는 바야흐로 그 환상의 권역과 실재계의 경계선을 넘고 있는 것이었다.

나의 판단은 이내 사실로 드러났다. 어둠이 그것을 확실하게 해주었다. 잠시 뒤 해가 떨어지고 바다가 어두워지자 섬은 더 이상 우리를 따라오지 않았다. 그것은 이내 검은 바다의 물결 너머로 그림자처럼 슬그머니 녹아 스며버리고 말았다.

나는 비로소 좀 마음이 놓여왔다. 섬의 모습이 사라짐과 동시에 마음속 환상들도 어둠 속으로 깨끗이 지워져간 느낌이었다. 바다에는 깜깜한 어둠이 깔리고 하늘까지 다시 구름이 덮이기 시작했지만, 그 구름장들을 몰고 온 세찬 바람기와 갑자기 거칠어진 기상 상태까지도 내게는 오히려 뒤에 남겨두고 온 아침 녘 바다에로의 귀환을 실감케 하였다. 그만큼 안도감과 마음의 여유가 생긴 탓인가. 내 눈으로 직접 섬을 확인하고, 거기서 본 모든 것을 그 섬과 함께 다시 섬에 되돌려주고 왔으니, 이제는 그 섬의 암울스런 환상도 더 이상 나를 찾아오지 않을 것 같았다.

나는 그런 내 홀가분한 심사를 스스로 확인하듯 밤바닷바람을 피해 바싹 등 뒤로 껴붙어 앉아 있는 강 형에게 모처럼 자신 있는 목소리로 말했다.

"뱃길이 이토록 멀고 험한데, 자네도 이젠 이쯤에서 섬 사진을 졸업하지 그러나?"

강 형이 섬에 빠져 지내온 까닭이 비로소 어슴푸레 짚혀온 때문이었다. 그리고 그것이 당찮은 허욕에 불과한 것처럼 느껴졌기 때문이었다.

강 형은 처음 내 말뜻을 제대로 헤아리지 못했다.

"왜, 단 한 번 와보고 벌써 진이 다 빠진 건가?"

그는 그저 지나가는 농담처럼 거꾸로 눙쳐왔다. 나는 그렇듯 태평스런 강 형에게 단도직입 식으로 육박해 들어갔다.

"난 오늘 비로소 자네가 계속 섬을 쫓아다니고 있는 연유를 알겠어. 자넨 이를테면 그 사진으로 섬의 실체를 빠짐없이 담아오겠다는 것이었겠지. 그래 이러저러한 주변의 상황이나 조건들이 달라지면 섬의 모습도 천태만상으로 달라지니 자넨 끊임없이 섬을 다시 찾아와야 했을 테구······"

강 형은 그제서야 내가 지나가는 농담을 지껄이고 있지 않음을 알았던지 입을 다문 채 제법 진지한 표정으로 귀를 기울이고 있었다.

"하지만 그건 자네의 지나친 허욕이 아닐지 모르겠어."

나는 혼자서 계속 말을 이어나갔다.

"나 같은 초행자가 자네한테 이런 말을 하는 건 뭣하지만, 섬은 스스로 모든 것을 다시 거두어가버리거든. 자네가 거기서 카메라에 무엇을 담았다 하더라도 자넨 결국 아무것도 가져올 수가 없었어. 자네의 그 민감하고 정확한 사진기로 해서도 말일세. 자네의 관찰과 사진으로 가져올 수 있는 게 있었다면 그 섬의 껍데기 환각 정도라고나 할까……"

"섬으로 데려가달라고 했을 때 짐작한 일이지만, 자네에게도 이미 그런 식의 섬이 자리를 잡고 있었던 모양이구먼……"

강 형이 비로소 입가에 빙그레 웃음기를 지으며, 그러나 굳이 자신을 고집해야 할 것도 없다는 듯 한숨기 어린 목소리로 자신 없게 응대해왔다.

"하긴 자네 말이 맞는 것인지도 모르겠어. 나도 실상 언제부턴가 그런 걸 느끼고 있었으니까. 처음엔 물론 섬의 정확한 실상을 담아다가 사람들에게 보여줄 욕심이었지. 하지만 그건 끝이 없는 일이었어. 섬의 모습이 끝이 없다기보다…… 자네 말대로 섬이 언제나 그의 것을 다시 거둬가버리는 식이었지. 내가 가져온 건 아닌 게 아니라 섬의 껍데기 환상뿐이었어."

이번엔 내 쪽에서 입을 다물고 귀를 기울이고 있을밖에 없었다.

"하고 보면 내가 아직껏 섬을 쫓아다니고 있는 건 그 섬을 뭍으로 끌어오려는 것이 아닐지도 모르겠어. 뭐랄까…… 섬을 보다 단단한 제 원래의 모습으로 제자리에 있게 해주려는 노력…… 필경은 아마 그런 것이었을 거야. 섬의 실상을 가져올 순 없더라도 그 섬에 대한 올바른 만남에의 욕구랄까, 그런 건 단념할 수가 없는 노릇이었거든. 그게 비록 한순간에 끝나 지나가버리는 것이더라도 말이지. 그래 나중엔 한 조각 환상에 불과할지 모르지만, 내 사진은 그런 뜻에서 섬의 실체의 일부일 수 있는 거구."

"자네의 사진도 섬의 실체에 속하는 것이라구?"

애초부터 강 형을 단순한 사진쟁이로 보아온 건 아니지만, 강 형의 섬에 대한 이해나 생각은 그 섬에 대한 집념만큼이나 깊고 강렬했다. 내 말이 길어진 것도 당연한 일이었다. 나는 그의 방법 역시 나의 그것에서 멀지 않은 곳에 있어왔다고 여겨지면서도 다시 한 번 묻고 들지 않을 수 없었다.

"자네가 언제부터 그래 왔는지 모르지만, 이번 뱃길이 처음이었고 보면 자네의 섬은 어차피 처음부터 환상이 아니었겠나. 그건 순전히 자네 혼자의 상상의 섬이었을 거란 말이지."

강 형은 마치 내 심중을 꿰뚫어보고 있기라도 하듯 거침없이 다시 말을 이어갔다.

"거기 비해서 내 방법은 섬의 외양을 찍고 그것을 간직해나가는 것이라고나 할까. 일종의 공간적 현상 인식 같은 것이지. 그런데 자네와 나 누구의 방법도 섬의 실체를 만날 순 없었지. 그렇다고 그것들이 섬의 실체와 전혀 무관하다고는 할 수 없지 않겠나. 이를테면 섬의 실체는 내 사진과 자네의 상상, 그리고 그것들이 만들어낸 모종의 환상까질 포함한 총체적 인식 가운데에 존재한다고 할 수밖에 없다는 말일세. 그래서 내 사진이 자네의 상상과 함께 그 섬의 실체의 한 부분으로 승인될 수 있을 거란 말이구……"
"그렇다면 우리는 그 부분들의 종합으로밖에 섬의 진짜 실체는 끝내 볼 수 없다는 말 한가지 아닌가? 한낱 우리의 삶 속에 유추될 수 있을 뿐인 죽음의 실체모양……"
"그 소리가 될 수도 있겠지. 섬의 진짜 실체는 어디까지나 그 섬 자체일 뿐일 테니까…… 하지만 또 혹 모르지. 아까 섬에서 우리 배에 편승해 온 경비 요원이나 홍순철 씨 같은 사람들은 어느 정도 진짜 가까운 섬을 볼 수 있을는지. 그 사람들은 바로 자신들의 삶을 현장에서 살고 있는 사람들이니까……"
"현장의 삶이 실체를 보여줄까?"
이야기를 해나갈수록 둘의 생각은 멀지 않은 거리에서 서로 동의의 고갯짓을 주고받는 식이었다. 하지만 나는 이제 실상 섬의 실체 따위에는 그리 큰 관심이 없었다. 그 암울스런 섬의 환상에서 벗어져날 수만 있으면 그만이었다. 그리고 나는 이미 우리의 이야기 속에 그것을 멀리 잊고 있었다. 섬이 어둠 속으로 사라져 들어간 것과 함께 그 음흉스런 죽음의 그림자도 깨끗이 자취를 거둬가고 없었다. 나는 이제 그저 입항까지의 지루한 뱃길을 메울 겸 해 강 형의 말길이나 이어주는 식이 되어갔다. 하지만 강 형은 그런 나와는 반대로 갈수록 어조에 열기가 어리고 있었다.
"아무래도 우리같이 지나가는 구경꾼과는 경우가 다르겠지."
그가 단정조의 설명을 덧붙였다.
"홍순철 씨는 말할 것도 없겠지만, 아까 그 경비대 젊은이를 잠깐 만나보았더니, 거기서 지내는 데도 이런 것 저런 것 남모르게 어려운 일들이 많더구만. 거기서 제 몸으로 좋은 일 궂은 일을 직접 다 겪어나가느라면 우리들과는 좀 다른 섬의 모습이 보일 수도 있겠지."

"색다른 섬의 모습을 보게 된다 해도, 섬의 현실을 그 현장에서 자신의 삶으로 살고 있다면 그들의 존재나 생활 역시도 섬의 전체적인 실체의 일부에 귀속되는 게 아닐까……"

"그래, 그렇겠지. 거기서 그들이 남몰래 느끼는 무서운 격절감과 죽음의 공포까지도. 그래 그런 식으로 섬의 실체가 자꾸만 커가는 거구. 자네와 나, 자네의 환상과 나의 사진, 그리고 홍순철씨와 섬 경비대의 존재나 활동상, 심지어는 이런 방문단의 뱃길까지가 섬 자체의 실재에 더해져서…… 그렇게 섬은 자꾸만 모습이 커져가고 있는 거 아닌가. 사실은 그렇게 섬이 커져가는 데에 이런 뱃길도 뜻이 있는 거구."

5

섬을 어둠 속에 버리고 떠나옴으로써 내게선 그 섬의 오랜 환상과도 일단 결별이 이루어진 셈이었다. 하지만 그건 내 섣부른 확신에 불과했다, 라기보다도 모든 것이 부질없는 도로에 불과했을 수도 있었다.

시간이 얼마쯤이나 더 흐르고 나서였을까. 섬으로부터의 그 탈출과 귀환에의 섣부른 확신은 배의 항해가 거의 끝나가던 마지막 몇 순간에 어이없이 무너져 내리고 만 것이다.
 "이 친구 이제 본께네 섬에서 도망을 뺄 생각이었구만그래. 내 으짠지 첨부터 태도가 석연찮다 싶더니……"
 어느 때부터 잠이 들었었는지 모른다.
 어둠 속으로 문득 빗방울이 얼굴을 때려오기 시작했을 때 그 빗방울을 피해 갑판 포장을 몸에 두른 것이 그대로 잠 속으로 빠져들어 간 모양이었다.
 그리고 시간이 얼마나 흐른 것일까. 드디어는 뱃길이 거의 다 끝나간 듯 사람들의 서서한 수선거림 소리가 나를 다시 잠 속에서 깨워댔다. 그 수선거림 속에 홍순철 씨의 강한 억양이 섞이고 있었다.
 "허지만 어림없는 생각 말거래이. 니 같은 약질 겁쟁이들은 안즉도 섬을 좀더 배워가야 하는 기라. 그래야 섬도 알고 세상일도 알낀께네."
 듣다 보니 편승해 온 섬 경비대 젊은이를 나무라고 있는 소리 같았다. 젊은이가 홍순철 씨에게 섬 생활의 무언가를 잘못 말한 모양이었다. 그런데 잠결에도 내겐 그게 왠지 그 젊은이 한 사람뿐 아니라 나까지도 함께 싸 몰아세우고 있는 것처럼 들렸다.
 "그래, 내 니를 그럴 중 알고 다시 홀섬으로 데려온 기라. 자, 보그래이. 저게 니가 다시 돌아가야 할 섬인 기라. 니는 내내 어둠 속을 달려서 니 섬으로 다시 돌아온 기란 말이다."
 홍순철 씨는 계속 젊은이를 닦달하고 있었다. 나는 마침내 정신이 번쩍 들었다. 배가 다시 홀섬으로 오다니? 허겁지겁 머리 위의 포장을 들치고 바깥 어둠 속으로 얼굴을 내밀었다.

이게 도대체 어찌 된 일인가. 배는 과연 항해를 거의 끝내가고 있었다. 뱃머리 저쪽에 섬이 다가오고 있었다.

배가 결코 거꾸로 온 것은 아니었다. 자정이 넘어선 시각으로 보아 배는 울릉도로 돌아온 것이 분명했다. 한데 울릉도는 어디로 간 곳이 없고 그 자리에 대신 명부의 그림자처럼 홀섬이 들어앉아 있었다. 수평선의 어둠 속으로 사라져 들어간 섬이 그새 그 어둠 속으로 배를 앞질러 쫓아와 거기에 우리를 기다리고 있는 것이었다. 게다가 그것은 강 형의 말마따나 그새 밤 허공으로 거대하게 자라올라 숨이 막히도록 나를 압도해오고 있었다.

"보그라. 그래 봐야 닌 어차피 이 섬을 쉬 도망쳐 나갈 수는 없응께네. 맘 잡고 다시 섬으로 돌아가서 게서 니를 견디도록 해보란 말이다……"

홍순철 씨의 그 가파른 목소리가 다시 한 번 내 목덜미를 덮쳐왔다.

내가 섬의 불빛을 본 것은 그 홍순철 씨의 가랑이 사일 통해서였다.

(『현대문학』 1986년 5월호)

흐르는 산

 도섭[南度燮]이 고향 마을에서 불의의 사고를 저지르고 종당엔 이 대원사(大願寺) 골짜기까지 몸을 숨겨 들어왔을 때부터 무불(無佛) 스님은 늘 밤잠을 앉아서 주무신다는 소문이었다.
 "네놈의 더러운 손을 씻자고 이런 산골로 물방죽을 찾아들어? 미련한 놈 같으니라고…… 그래, 아궁이에 불을 지피면 밥이 익고 구들장이 뜨뜻해지는 줄은 아느냐?"
 고향 마을 앞 간척 공사판에서 사소한 실수로 일인(日人) 감독관에게 바지를 벗기우고, 칼이 숨겨진 놈의 단장 끝으로 그의 양물(陽物)이 말 못할 수모를 당한 끝에, 그날 밤엔 거꾸로 놈을 기다리는 그 여편네의 잠자리로 기어 들어가 치욕을 되갚아주고 그 길로 객지 도망 길을 나선 지 3년여…… 무불 스님은 그런 도섭의 사연을 듣고 나서 그 몇 마디로 간단히 그를 받아들여주었었다. 그토록 매사 말씀이 적었고, 그만큼 도량이 넓은 어른이었다. 무불이라는 그의 법호(法號)도 부처님을 지니지 못한 돌중의 뜻보다는, 눈에 보이는 부처님의 형상에 매달리지 않고 사람과 세상의 참 지혜를 찾고 있는 수련과 정진의 뜻이 강한 이름이었다. 스님은 그만큼 낮이나 밤이나 선방(禪房)에서 혼자 묵선(默禪) 삼매경이셨다. 스님들에겐 잠을 자는 것도 와선(臥禪)이라 하던가. 그런 스님이고 보니 그런 수련법도 있을 법하였다.

하지만 도섭으로선 그게 아무래도 잘 믿기지가 않았다. 스님도 사람이거늘 어찌 허구한 날 앉아서만 잠을 잘 수가 있단 말인가. 만약에 그게 사실이라면 그건 우러러볼 수행의 모습이기보다 오히려 괴팍스런 기행 편에 가까웠다. 먹물 베옷 한 벌 얻어 입고, 밥 짓고 청소하고 잔심부름하는 것으로 공양간(절 부엌) 옆 골방 구석에 그럭저럭 제 한 몸을 의탁하게 된 도섭이 스님에 대해 처음 그런 소리를 들었을 때, 그는 그쯤 대수롭잖게 들어 넘겼었다.

하지만 소문은 사실이었다. 언젠가 이른 새벽 스님이 거처하고 계신 와선소(臥禪所, 스님의 침소) 앞을 지나다 보니, 스님은 아닌 게 아니라 그가 간밤에 마지막으로 보았던 그 좌선의 모습 그대로 앉아 계시는 것이었다. 그보다 먼저 잠자리에서 일어나 아침선에 들어 계시다기에는 때가 너무 일렀고, 어두운 정적 속에 전혀 움직임이 없는 모습도 천상 앉은잠을 자고 계신 형상이었다.

"큰스님, 스님께선 정말로 밤잠을 내처 앉아 주무십니까?"

날이 밝은 아침 도섭은 좀 조심성이 없는 소린 줄 알면서도 새삼 꾸무럭거리는 호기심을 털어놓고 말았다. 한데 스님 자신도 굳이 그것을 부인하려시지 않았다.

"등창이 나서 그런다, 이놈아! 등창 때문에 하도 뒤가 아파 누워 잘 수가 없으니 어쩌느냐."

편잔 반 농 반으로 흘려 넘기듯한 대꾸였지만, 어쨌거나 스님 자신도 당신의 앉은잠을 시인을 하신 셈이었다. 하고 보니 도섭은 새삼 엉뚱한 호기심이 더해갔다. 스님의 괜한 자기 과시가 아닐까. 어쩌다 한 번씩은 그럴 수도 있겠지만, 밤마다 앉은잠만 주무실 수가 있겠는가. 당신도 언젠가는 슬그머니 누운 잠을 주무시게 될 때가 있으시겠지……

그는 바로 그 순간을 보고 싶었다. 그리고 그것을 절간 다른 사람에게도 증거해 보이고 싶었다. 절의 객사(客舍·土窟)나 주변 암자들에는 그 시절 주로 신병 요양이나 큰 공부(보통 혹은 고등문관 시험)를 위해 절간 식객으로 들어앉아 지내는 사람이 많았다. 하지만 그 신병 요양이나 시험공부는 그저 신분 위장을 위한 구실에 불과할 경우가 많았다. 낌새로 보아 그들 중 상당수는 도섭 자신처럼 세간에서의 말 못 할 사연을 안고 몸을 숨겨 들어와 있는 위인들임이 분명했다. 그게 도섭의 지레짐작이었다. 그리고 그건 크게 빗나간 관찰이 아니었다. 지내면서 차츰 알아차리게 된 일이지만, 그런 위인들 중 사연이 깊은 사람은 가사를 두르고 요사(寮舍, 중들의 거처) 채로 들어와 아예 중노릇을 하고 지내는 경우까지 있었다. 그런데 이들 모든 사람들이 스님의 앉은잠을 굳게 믿고 있었다.

도섭은 왠지 그들이 스님에게 속고 있는 것만 같았다. 그래 자신이 사실을 밝혀내어 위인들의 어리석음을 깨우쳐주고 싶었다.

도섭은 밤마다 잠을 설치면서 스님의 잠자리의 비밀을 지켰다.
하지만 그건 괜한 헛수고였다. 스님의 잠자리와 그 모습은 변하지를 않았다. 변하지 않는다기보다 예외가 없었다. 저녁에 시작된 좌선의 모습이 아침선으로 그냥 이어지는 식이었다.
도섭은 그럴수록 오기가 솟았다. 그럴수록 스님의 숨겨진 비밀을 밝혀내는 데에만 머무르질 않았다. 한동안 밤잠을 설치고 지낸 끝에 그로서도 스님의 그 앉은잠에 얽힌 속사연은 어느 정도까지 짐작을 할 수가 있었다.
"깨우침이라는 게 그토록 어려운 것입니까?"
도섭이 언젠가 또 스님에게 불쑥 물은 일이 있었다. 설사 스님이 그렇게 해서 어떤 깨달음을 얻은들 그게 무슨 소용이 있을까 보냐 싶은 생각에서였다.
스님은 그때도 역시 잔잔한 웃음기 속에 고개를 저으며 말씀하셨다.
"어리석은 녀석. 누가 무얼 깨우치자고 그런다더냐. 등창이 아파서라고 하지 않느냐."
하지만 도섭도 이젠 그 스님의 아픔이 육신의 그것이 아닌 것쯤은 알고 있었다. 스님은 실상 오래전에 이곳에 은신해 있는 불령선인(不逞鮮人)들을 내사하러 자주 절간을 찾아다니던 일경 형사부의 보조원 이력자랬다. 그러다 한번은 자신의 손으로 포승을 지어 잡아가던 죄인이 도중에서 스스로 혀를 깨물어 목숨을 버리는 것을 보고 그길로 바로 대원사로 되돌아와 중이 되어버린 사람이라 하였다. 누구도 그걸 확인해준 사람은 없었지만, 그런 전력이 뜬소문으로 종종 뒤따르고 있는 스님이었다. 참회의 길이 그토록 험난하고, 정진이 그만큼 두드러졌다 하더라도 한 사람의 어른의 자리에 올라 계신 스님에겐 역시 걸맞지 않은 소문이었다. 그러기엔 그간의 세월이 너무 짧았다. 하더라도 소문에는 또 그럴 만한 사연이 있게 마련. 그 일은 비록 사실이 아니더라도 스님의 전력엔 방사한 허물거리가 숨겨져 있을 수도 있었다. 스님 자신이나 주위의 함구로 사실이 깊이 은폐돼온 과정에서 그런 식의 변주를 낳게 되었는지도 몰랐다. 하고 보면 그것은 사실이든 아니든 스님의 아픔과는 불가분의 것일 수 있었다. 스님의 아픔의 원천이 거기에 숨어 있을 수 있었다.

 도섭은 대개 그쯤 짐작하고 있었다. 스님의 아픔은 육신에서가 아니라 마음에서일 것이었다. 그 스님의 깨달음이라는 것도 그에 대한 참회와 아픔의 그물망 어디쯤에 자리해 있을 공산이 컸다.

 하지만 도섭은 그게 무슨 소용일까 보냐 싶었다. 후회하고 아파하고, 그로 하여 어떤 깨달음을 얻은들 이 깊은 산속에서 그게 무슨 값을 지닐 것이냐 싶었다. 그건 배고픈 사람에게 밥 한술 요깃거리를 줄 수 있는 것도 아니었고, 누구의 상한 손가락 하나 아픔을 덜어줄 수도 없는 것이었다. 스님의 아픔이 비록 당신 자신뿐 아니라 세간 사람들의 삶에 대한 것을 함께하고자 함에 있다 하더라도, 그것이 실제로 속세 중생들의 다친 마음에는 절대로 닿을 수 없는 것이었다. 그러기엔 절간 산골이 너무나 깊었다. 게다가 그 스님의 눈길마저 늘상 너무 깊숙이 닫혀 있었다. 스님은 도대체가 주변 일에는 오불관언이었다. 산 아래 세상일은 그만두고라도, 당신의 절간에 깃들어 숨어 있는 어려운 중생들에게도 눈길 한번 제대로 주는 일이 드물었다. 도섭 자신에게도 그건 마찬가지였다. 입산 날 이후론 그의 내력을 알은척해온 일이 한 번도 없었다. 그가 몸을 숨겨 들어오게 된 내력 같은 건 이미 잊은 지가 오래인 것 같았다.

도섭은 스님의 그런 점 역시 의구심이 가라앉지 않았다. 그것은 차라리 자신의 불안기에서 비롯한 원망 어린 불만거리의 하나가 되고 있었다.

"무불 스님은 천상의 도인이셔!"

이따금 흘려 뱉는 기숙인들의 농기로 그 스님에 대해선 얼추 같은 생각들을 품고 있는 게 분명했다.

그래저래 언젠가는 도섭이 새삼 당돌하게 대든 일이 있었다.

"스님께서 여기 혼자 그리 아파하고 계신다고 세상 아픔이 조금이나마 줄어듭니까…… 그렇게 혼자만 아파하시느라 세상 제도는 언제 하십니까……"

이번에는 뜻밖에 스님이 그를 책망하는 빛이 전혀 없었다.

"산이 높아야 물이 멀리 흐르는 법이니라."

그의 말뜻을 이미 알아들은 듯 간단히 한마딜 내뱉었을 뿐이었다. 도섭도 이내 그 스님의 말뜻을 알아들을 수 있었다. 자비강산(慈悲江山)이라 하였다. 자기 아픔이 산처럼 쌓여 지혜로 높아지면, 그 아픔과 지혜의 흐름이 자연 큰 자비의 물줄기로 먼 곳까지 미쳐 가 세상을 널리 어루만져준다는 뜻이었다. 혼자 아파함이 헛된 일이 아니며, 그로써 세상과도 아픔을 함께함이라는 뜻이었다. 그러매 스님은 혼자 아파함으로써 그 아픔으로 인한 자기 지혜의 산을 높여갈 뿐이라는 것이었다.

그러나 도섭은 거기에 또 다른 의문이 일었다. 그래 며칠 생각 끝에 다시 스님에게 물었다.

"스님께서 진정으로 세상 사람들의 아픔을 함께하려 하신다면, 스님께서 직접 그 아픔의 강물로 흐르실 수는 없는 것입니까? 스님께서 직접 흘러내리시지 않고 지혜의 산으로만 높아지려 하심 또한 그 지혜의 산에 대한 스님의 아집의 하나가 아니겠습니까?"

한데 거기 대한 스님의 대꾸 역시 도섭에겐 일단 납득이 안 갈 수 없는 것이었다.

"사람에겐 저마다 제자리와 제 할 일이 각기 다른 법…… 그것을 내가 쓸데없는 분별 속에 보고 있는 탓이다. 물이 산으로 높아지고 산이 강으로 흐르는 것뿐이다. 산과 물은 원래 하나인 것으로, 산은 물이요 물은 산이며, 또한 산은 산이고, 강은 강인 것이다. 하지만 우리 인간들의 삶은 어차피 분별을 떠나지 못하고 그 분별에 묶여 혹은 거기 의지해 살아야 하는 것이 어쩔 수 없는 처지들이다. 다만 자리와 소임이 다를 뿐인 것이다. 어떤 이는 산으로 높아져야 할 자가 있고, 어떤 이는 강물로 흘러내려야 할 자가 있고…… 산과 물이 원래는 하나라 하지만, 산이 없으면 강물의 흐름도 못 이룰 것이 아니냐. 산이 제 스스로 흘러내릴 수도 없거니와 그것은 이미 흐름도 아닐 것이다. 내 처지는 세상으로 흘러내릴 강물보다도 아픔의 산으로 높아지는 일로 정해진 지 오래니

라. 헛된 분별 속에 그 산을 허물하거나 시샘하지 말 일이다. 다만 아픔의 산일 뿐이 아니냐. 그리고 종당엔 그도 세상으로 흐르게 될 물이 아니더냐."

말씀 끝에 들먹인 '내 처지' 운운은 지난날 당신의 허물을 염두에 두고 한 소리일 것이었다. 그래 미천한 그를 상대로 그토록 설법이 길어졌을 것이었다. 그 점은 도섭도 납득할 수 있었다.

하지만 도섭은 그런 스님의 심중을 충분히 헤아리고 나서도 역시 머릿속에 지워지지 않고 있는 의문이 남았다. 그래 내친김에 마저 물었다.

"그렇다면 그 아픔의 산은 무엇으로 하여 강물로 흐르게 됩니까. 산이 아무리 높아지더라도 물이 없이는 혼자 흐를 수가 없지 않겠습니까. 그 흐름을 이루어낼 물은 무엇입니까. 산은 무엇으로 하여 흐르게 됩니까."

스님의 대답은 간단명료했다.

"그것은 인연으로 해서일 것이다. 인연의 강물로 흘러갈 것이다······"

산이 높아지면 흐름의 인연이 이루어지리라는 것이었다. 그러니 산은 산으로 높아질 뿐 흐름을 근심할 일이 아니라는 것이었다. 그것도 물론 그럴듯한 말이었다. 그러나 도섭은 그 참뜻은 다 알 수가 없었다. 그 인연이란 대체 무엇인가. 누가 그 인연의 흐름을 이루게 된단 말인가. 그리고 그것이 언제란 말인가. 산은 언제까지 그것을 기다리며 높아지고만 있어야 한단 말인가······ 도섭의 염량으로는 그것을 상상해낼 수가 없었다. 스님도 더 이상 그런

데까지는 자상한 설명을 해주지 않았다. 아니 스님의 설명이 있더라도 말로는 납득이 쉽지 않은 일이었다.

하여 도섭은 이후부터도 그 두 가지 의문의 포로가 되어 지냈다.

— 스님은 끝끝내 하루도 누운 잠을 안 주무실 것인가.

— 아픔의 산봉우리가 인연의 강물로 세상을 향해 흐를 날은 정말로 올 것인가. 그것은 정녕 언제쯤 어떻게?

10년 이상을 스님 곁에 지내온 절간 사람들 중에도 스님의 그 앉은잠 버릇이 깨진 것을 본 사람이 아무도 없었다. 당신의 그런 기이한 잠버릇이 언제부터였는지를 아는 사람조차 없었다. 하지만 도섭은 어떻게 하든지 그것이 깨어지는 것을 보고 말 결심이었다. 그리고 끝내는 그런 날이 올 것을 굳게 믿었다.

도섭은 눈을 부릅뜨고 그날을 기다렸다. 그리고 또 하나 스님의 그 아픔으로 높아진 지혜의 산봉우리가 어떤 모습으로 세상으로 흘러내리게 될 것인가를 기다렸다. 그 인연의 흐름이라는 것이 어떤 모양으로 이루어질 것인가를 기다렸다. 그런 날이 만약 오지 않는다면 그 아픔의 산이라는 것은 아무 뜻이 없을뿐더러, 잘해야 스님의 허세 어린 과장이나 자기 집착의 흉한 봉우리에 불과할 것이었다. 오연한 집착과 자기기만의 높은 마루턱일 뿐이었다.

스님의 그 앉은잠 버릇 못지않게 도섭도 갈수록 반발을 잃어갔다. 밤잠을 거의 잃고 지내다시피 하다 보니 절간 안팎일에 괜한 아는 체가 늘어갔다. 속사정들이 확연히 밝혀지진 않았어도 격절스런 절간 방에 숨어 박혀 사는 이들이란 이리저리 마음써 보살펴줘야 할 일이 많았다. 도섭은 밤 시간 절 안팎을 맴돌면서 제물에 위인들의 신변 보호역이 되어가고 있었다.

 게다가 그즈엔 시국이 어찌 돌아가는지 절간을 새로 찾아드는 사람들까지 늘어갔다. 요양을 합네, 공부를 하러 왔습네, 구실들은 많지만, 도섭의 눈에는 도적질이 아니면 생사람을 해치고 쫓겨온 죄인들쯤으로만 보였다. 그게 그즈음 그에게 생겨난 버릇이자 확신이었다. 어차피 뜬눈으로 밤을 사는 처지에 위인들의 보이지 않는 위험까지도 함께 살펴줘야 하기 때문이었다.

 절간 식객들에겐 그즘부터 종종 그런 유의 위험이 닥쳐드는 일도 있었다. 한번은 늦게까지 스님의 동정을 지키다 잠자리로 돌아오다 보니, 이웃 객사의 한 창문 밖 어둠 속에 웬 수상한 그림자가 서성대고 있었다. 거 누구요. 도섭의 기척에 재빨리 몸을 숨겨가는 그림자를 뒤쫓아가보았지만, 상대는 어느 새 발소리 하나 남기지 않고 어둠 속으로 말끔 자취를 거두어가고 말았다.

 그런 일은 그날 밤 한번만이 아니었다. 며칠 뒤에는 첫번째와 거리가 좀 떨어진 다른 한 객사 근처에서도 비슷한 일이 생겼다. 이번에는 도섭이 재빨리 그림자를 쫓아가 붙잡았으나 역시 확실한 정체까지는 알아낼 수가 없었다.

 "나 오늘 낮 저 건너 암자에 신병 요양을 들어온 사람이오. 이쪽이 혹시 지내기가 나을까 해서 저녁 후에 산책 겸 살펴보러 온 길이었다오."

 되는대로 건너편 암자 쪽을 가리키며 제법 여유 있게 변명을 늘어놓고는 이쪽 낌새는 아랑곳도 않은 채 유유히 산길을 내려가버렸기 때문이다. 불가피 사람을 맞닥뜨려버린 탓이었겠지만, 이번에는 자신의 암행을 들킨 일에 대해서도 전혀 괘념을 않는다는 태도였다.
 혼자 심상히 넘길 일이 아니었다. 절간이 누구에겐가 정탐을 당하고 있는 게 분명했다. 이튿날 아침 건너편 암자에 사정을 알아보았지만 역시 근일간엔 새로 요양을 들어온 사람이 없었다. 정탐을 당한다면 누구 때문이며 무엇 때문인가. 알아보나 마나 자명한 일이었다.
 도섭은 비로소 객방 사람들에게 사정을 귀띔했다. 하고 보니 과연 짐작한 대로였다. 귀띔을 받은 객방 사람들은 순간적으로 대개 얼굴색이 변하거나, 한동안 말을 잃고 망연한 표정들이 되기 일쑤였다. 그나마도 일을 전해 들을 때의 순간뿐이었다. 시간이 흐르고 날이 지남에 따라 객사들에서는 은밀한 동요가 일기 시작했다. 여기저기에서 알아들을 수 없는 귓속말과 수군거림이 오가고, 밤낮을 번갈아가며 사람들의 얼굴이 어디론지 사라져 보이지 않게 되는 일이 잦았다. 그러나 동요는 조용하고 은밀해서 겉으로는 거의 눈치채기가 어려웠고, 사람들 간의 행작은 오히려 서로를 의심하고 감시하는 처지마냥 냉랭하고 침착했다.
 그러다 마침내는 일이 밖으로 터져 번지기에 이르렀다. 하루는 채 날도 어둡기 전인 저녁 공양(식사) 시간에 웬 낯선 안경잡이 수 사람이 버젓이 내놓고 절로 올라왔다. 그리고는 스님이고 유숙객이고를 가리지 않고 한 사람 한 사람 절간 사람들의 신분을 모두(낌새를 눈치채고 이리저리 미리 몸을 비켜선 도섭은 위기를 용케 넘길 수가 있었지만) 확인했다. 그런 끝에 위인들은 미리 점이라도 찍고 찾아온 듯 유숙인 두 사람을 골라 데리고 산을 내려갔다. 산 아래 30리 밖 읍내 경찰서에서 온 사람들이랬다. 정찰의 덫에 걸린 두 사람은 역시 그럴 만한 허물이 있었던지 한마디 항변이나 저항의 기색도 없이 창백한 얼굴로 위인들을 묵묵히 따라 내려간 것이었다. 그리고 이후 두 사람의 소식은 아는 사람도 없었고, 굳이 알려고 나서는 사람도 없었다. 스님이고 누구고 그 일은 다시 입에 올리는 사람이 없었다.

그런 가운데 절 사람들의 동요는 더욱 심했다. 절간 수색이나 연행 사태가 이후로 종종 잇따랐기 때문이다. 경찰서 사람들은 잊을 만하면 절을 찾아 올라와 사냥꾼처럼 사람을 쫓고 끌어가길 일삼았다. 밤이면 어둠 속에 수상한 그림자가 출몰하는 일도 그치지 않았다. 서로 사정들을 말하지는 않았지만, 절간 사람들은 모두가 안절부절을 못한 채 좌불안석의 신세들이었다. 더러는 며칠씩 어디론지 잠자리를 피했다 나타나는 사람도 있었고, 더러는 아예 산을 내려가버리는 사람도 있었다. 밤에는 특히 제 잠자리를 지키는 사람이 드물었다.

도섭도 이제는 자신을 더욱 삼가지 않으면 안 되었다. 웬일인지 그걸 원망하는 사람조차 없었지만, 스님이나 절 사람들도 그 일은 어쩌질 못했기 때문이다. 아니 스님은 무슨 일이 생겨도 그걸 제대로 아는 척조차 하지 않았다. 도섭은 밤 시간 스님의 와선(실은 좌선)을 지키는 일 이외에 행신을 함부로 하고 다녀서는 안 되었다. 경내를 함부로 배회하는 일을 삼갔고, 밝은 날에도 낯선 사람

앞에 맞면대를 하고 나서는 일을 피했다.
 하지만 그의 밤 순찰 업무는 그로부터 더욱 본격화되었다. 어떤 몹쓸 죄들을 짓고 들어왔건, 숨어 쫓기는 자의 어려움은 같은 처지의 사람이 더욱 잘 이해할 수 있었다. 그는 새삼스런 보람으로 밤 절간과 객사 주변의 동정을 지켰다. 그리고 무슨 수상한 낌새가 보이면 그걸 미리 사람들에게 밀통하여 이웃들의 안전을 도모해나갔다. 잡혀 끌려갔든, 제 발로 내려갔든, 산을 떠나간 사람 못지않게 그 즈음엔 새로 몸을 피해 절간으로 숨어 들어오는 사람이 부쩍 더 늘어가고 있었는데, 그 사람들의 수가 늘어갈수록, 그리고 위인들의 사정이 어려워갈수록 그는 더욱더 소명감을 가지고 그 일을 보람스레 감당해나갔다.
 ……도섭은 결국 그렇게 그해의 가을을 보내고 겨울을 보냈다. 그리고 다시 이듬해 봄을 보내고 여름을 맞았다.
 한데 어느 한쪽 일도 아직 끝이 나질 않았다. 그해 여름에도 경찰서 사람들의 사냥 놀이는 계속됐고, 숨어 쫓기는 사람들의 수도 줄어들 줄을 몰랐다. 위인들의 처지 역시 나아지기는커녕 갈수록 급박하고 위태롭기만 하였다.
 무불 스님에 관한 수수께끼의 해답 역시 마찬가지였다. 스님은 끝끝내 누워 자는 모습을 보여준 일이 없었다. 그렇다고 당신의 그 '아픔'이 거기서 어디로 흘러내리는 낌새를 찾아볼 수도 없었다. 주변 사정이 그토록 어수선하고 급박한 지경에 이르러서까지도 스님은 그저 모른 척 혼자서 묵묵히 자기 아픔만을 쓰다듬고 계신 격이었다. 그 오연스런 스님의 불덕이 어디서 어떤 인연을 얻어 세상으로 널리 흘러내린다는 것인지. 도섭으로선 당최 허황스러워 보이기만 하였다.

하고 보니. 스님을 상대로 한 그의 야행과 기다림은 기어이 수수께끼의 해답을 얻겠다는 데서보다 언제부턴가는 그저 몸에 익혀진 버릇에 얽힌 일이 되어가고 있었다. 그건 이제 오히려 절간 도피자들의 신변을 돌보기 위한 밤 순시 업무의 구실에 가까웠다. 어느 쪽이 먼저고 어느 쪽이 나중인지. 도섭 스스로도 분별이 안 될 때가 많았다. 하지만, 어쨌거나 도섭은 그 무불 스님으로 인한 수수께끼 덕분으로 밤일만은 그렇게 잘 감당을 해내게 된 셈이었다. 그리고 그런 식으로 저 뜻하지 않은(적어도 도섭으로서는) 8·15 광복의 날을 맞게 된 것이었다.

스님은 끝끝내 누워 자는 날이 없을 것이다. 그 스님의 아픔이라는 것은 어떤 인연을 얻어 흐르게 될 것인가. 도섭의 수수께끼는 더 이상 해답을 구해 기다릴 수가 없게 된 것이었다. 그 8월의 광복의 날을 맞아 본바탕 중을 제외한 절간(객사 쪽은 말할 것도 없으려니와) 사람들은 더 이상 거기 몸을 숨기고 지낼 필요가 없게 된 때문이었다. 사람들은 다투어 산을 내려갔다. 그런 뜻에선 도섭에게도 진실로 그날이 광복의 날이었다. 그에게도 이제는 일녀(日女)를 욕보인 일이 죄가 될 수 없었다. 그도 이제는 당당하게 세상으로 내려가야 하였다.

그는 서둘러 산을 내려갔다. 이때를 당해서도 무불 스님은 물론 별다른 변화를 보이지 않았으므로 수수께끼는 여전히 해답의 문이

꼭꼭 닫혀 있은 채였다. 하지만 도섭으로서도 이제는 그것이 그리 문제 될 것이 없었다. 그는 그날도 당신 혼자 내내 선방의 정적 속에 들어앉아 하직 인사조차 제대로 응대를 해오지 않은 스님과 당신의 절간에 그간 수수께끼들의 짐을 풀어놓고 가벼운 마음으로 산을 내려갔다.
 한데 사실 수수께끼의 해답은 이미 풀려 있었다. 적어도 한 대목만은 분명한 해답이 내려져 있었다. 사실을 말하면 도섭에겐 이제 스님이 밤잠을 누워 자고 안 자고는 관심이 멀어진 지 오랜 일이었다. 그것은 스님의 아픔의 크기에나 상관될 일일 뿐이기 때문이었다. 도섭에게 나중까지 의구심을 남긴 것(산을 내려올 땐 그도 저도 아니었지만)은 그것이 과연 어떤 인연으로 세상으로 흐를 것인가이었다. 그런데 그쪽 의문에 대해서는 절간 아래 세상이 산을 내려온 그를 위해 미리 해답을 준비해두고 있었다
 도섭이 산을 내려와 읍내로 들어서던 날, 사람들은 모두 그 읍내 장거리께로 몰려가고 있었다. 다시 찾은 나라와 백성들의 일이 어떻게 마련되어가야 할 것인가에 대해 뜻깊은 사람들의 말을 듣기 위해서랬다. 그 소망과 기쁨이 얼마나 컸던지, 장거리로 몰려가는 사람들의 기세는 마치도 큰 물줄기의 흐름을 방불케 하였다.
 놀라운 것은 더욱이 그 사람들의 거센 흐름을 앞에서 인도하는 이들의 면면이었다. 도도하게 밀려드는 사람들의 흐름을 앞에서 질서 있게 인도하는 사람들 가운데는 그가 전날 산에서 어려운 시절을 함께했던 사람이 여러 명 끼어 있었다. 속사정을 분명히 들은 일은 없었지만, 살인이건 도둑질이건 피치 못할 일들을 저지르

고 산속 절간으로 몸을 숨겨들었거니—, 도섭으로선 지레 그렇게 짐작하고 나름대로 동정과 보살핌을 베풀었던 면면들. 더러는 언제인지도 모르게 종적이 사라지고, 더러는 표독한 경찰관서 사람들에게 사냥감처럼 무력하게 산을 끌려 내려간 사람들, 혹은 며칠 전까지도 절간 골방에서 함께 떨다가 해방의 소식에 산을 달려 내려간 사람들. 그들이 거기 모습들을 달리하여 사람들의 흐름을 인도하고 있는 것이었다. 그 얼굴들 중 한둘은 도섭 자신처럼 사람들의 물결에 섞여 스스로 흐름을 이루어나가고 있기도 하였고, 또 다른 몇몇은 장거리 한복판에 높이 쌓아 올린 연단의 뒷자리에 따로이 점잖은 줄을 이루어 앉아 있기도 하였다.

"아아, 저들이…… 저 얼굴들이……"

도섭은 특히 그 단 위의 면면들을 본 순간 그만 반가움과 놀라움에 들떠 환성을 내지르지 아니치 못하였다. 그리고 자신도 그 뜻을 알 수 없는 탄성과 눈물 속에 사람들 머리 위로 손을 크게 내저었다.

"그래 저들로 산이 흐른 거다. 저들로 하여 스님의 산이……!"

단상 위로 높이 비껴 흐르는 여름 하늘 저쪽에 문득 우람한 산 그림자 하나가 떠올라 있었기 때문이다. 그 흐름이 언제부터 어떤 인연으로 시작되고 있었는지 그것은 아직도 잘 알 수가 없었지만, 더욱이 이제는 자신마저 그 강물의 일부로 함께 흘러내린 마당에 도섭으로선 굳이 그것을 알아야 할 일도 없었지만, 산은 어쨌거나 그렇게 먼저 세상으로 흘러내려 그를 기다리고 있었던 것이다.

(『문학과비평』 1987년 봄호)

심지연(心池硯)

 언젠가 시내의 한 백화점에서 열린 「좋은 벼루 전시회」라는 델 갔다가 문득 기억에 떠오르는 일이 있었다. 전시회에 간 것은 특별히 벼루에 관심이 있어서가 아니라 마침 거기에 제 물건을 한 점 내놓고 있던 호사가(그의 골동품 수집 취미가 하도 요란하여 붙여진 별명이다) 방 형을 무슨 일론가 거기서 만나기로 한 약속 때문이었다.
 전시회엔 별별 종류의 벼루들이 다 많았다. 산지별로는 우리 나라의 조선조에서부터 멀리 중국의 청조와 명조 때의 것까지 있었고, 모양으로도 용과 봉황의 무늬를 아로새긴 어장연(御章硯)에다, 견우 직녀의 상봉도를 새긴 것, 종(鐘)의 모양이나 십장생(十長生)의 도안을 새긴 것, 글자를 새긴 것 등 가지가지였다. 그런데 그 여러 벼루들 중에 특히 나의 눈길을 끈 것이 벼루 머리 쪽에 마음 심(心) 자를 새기고 아래쪽으로 연못 모양의 갈판이 마련된 심지연(心池硯)이라는 이름의 사각형 벼루였다. 마음 심(心) 자와 연못 형국의 갈판. 오래전에 나도 그 비슷한 모양의 벼루를 하나 본 일이 있었다. 어릴 적 고향 마을에서 글방엘 다닐 때, 그 글방 아이들은 모두 벼루 하나를 함께 썼다. 방 한가운데에 먹을 갈아놓고 아이들이 그 주위로 빙 둘러 엎드려 글씨들을 익혔다. 바깥 변죽이 팔각으로 되어 있고, 그 안에 둥그런 갈판이 마련된, 그 갈판의 크기만 해도 지름이 두 뼘 가까운 대형 벼루였다. 그 벼루에도 팔각 변죽마다 마음 심(心) 자가 돌아가며 새겨져 있었고, 인동잎 도안으로 경계가 지어진 안쪽 갈판은 공부하는 사람의 마음을 씻고 가는 연못이라 하였다. 위아래가 없는 원형(갈판 모양) 벼루라 바닥이 사방에서 고루 닳아들어가 둥글 오목하게 깊어진 모양이 미상불 연못을 방불케 하였다. 오래전 동네 어른들이 어린 후세들의 글공부를 위하여 공동 출연으로 학덕 높은 선생님을 모셔들이면서 함께 마련한 벼루라 하였다. 당시에도 이미 몇 대를 헤아릴 만큼(실제로 그걸 따져본 사람은 없었지만 대개 그렇게 말들을 했었다) 오래 닳아온 벼루였지만, 석재(石材)가 워낙 좋아 아직도 몇 대는 더 물려 내려갈 수 있을 거라고, 그때부터 전설 같은 평판이 담긴 물건이었다.

그 벼루의 일이 생각나자 나는 어느새 자신도 의식하지 못한 모종 음모의 충동기에 쫓기어 방 형에게 그 벼루의 이야기를 하였다. 출품된 벼루들을 방 형이 너무 요란스럽게 설명해온 때문이었다. 어떤 것은 거의 국보급에 가까운 가치를 지닌 명품이라느니, 어떤 것은 실제로 고급주택 한 채 값은 좋이 지니고 있는 고가품이라느니…… 벼루의 모양새나 문양의 솜씨, 더욱이 그 유다른 내력이나 크기로 미루어 고향 마을의 그것도 필시 그에 못지않은 높은 값을 지닌 물건일 거라는 확신에서였다. 이야기를 들은 방 형은 처음 시큰둥한 표정이었다.

"그런 시골구석에 무슨…… 자네가 어릴 때 쓴 물건이라면 그리 세월을 먹었을 리도 없고 허풍을 빼고 나면 실제 제작 연대는 잘해야 천구백년대를 벗어나지 못할게야."

하지만 내가 어떤 충동에 쫓겨 허풍을 떨고 있다면, 방 형은 제 음흉한 호기심을 숨기고 있음이었다. 작자가 그 호사가다운 가는 눈길로 나를 훔쳐보고 있는 것이 그 증거였다.

"그런데 그거 아직 남아 있긴 할까. 그도 벌써 몇십 년 전 일이니 옛날에 누가 업어가고 말았겠지?"

한동안 짐짓 시치밀 떼고 있으려니 그가 예상대로 다시 말꼬리를 이어왔다.

"용케 아직도 남아 있기나 한다면 한번 구경이나 했으면 싶구만."

지나가는 소리처럼 체념기를 섞은 것은 수집가로서의 그의 버릇일 뿐이었다. 하지만 그것으로 나의 마음속 음밀한 음모는 숙련된 공모자를 얻게 된 셈이었다.

"글쎄, 그게 아직까지 남아 있어줄까. 다행히 여태껏 남아 있어주기만 한다면야."

나는 마음까지 지레 조급해지고 있었다. 아직 무사히 남아 있어준대도 그걸 손에 넣을 방법 또한 문제였다. 그러나 일단 생각을 정하면 방법은 찾아지게 마련이었다. 방 형의 지혜를 빌려 쓸 길도 있었다.

　우선은 뭐니 뭐니 해도 물건부터 무사히 남아 있어주어야 하였다. 무사 보존 여부부터 알아보는 일이 급했다. 하지만 나 역시 그런저런 속마음을 방 형에겐 전혀 내색을 안 했다. 고급 아파트의 휘황한 조명처럼 눈앞에 어른대는 것이 없는 것은 아니었지만, 굳이 그런 실리를 염두에 두어서가 아니었다. 물건이 아직 그대로 남아 있고, 그것이 바람대로 명품이기만 하다면, 그걸 굳이 방 형에게 넘겨줘야 할 필요가 없었다. 그저 한번 구경이나 하면 그걸로 족하겠다는 위인인 터에 내겐 그래야 할 의무가 없었다.

　― 보고 싶다니 보여줄 수야 있겠지. 방 형에 대해선 차라리 엉뚱스런 여유와 아량까지 생기고 있었다. 그러나 그 벼루에 대해서는 촌각을 다투듯 마음이 조급했다. 손발이 쉬 미칠 데는 아니지만, 요즘엔 더러운 시골돼지 밥통까지 끌어내는 세상이었다. 그동안 뜸뜸이 마을을 드나들면서도 근래엔 전혀 벼루에 대한 이야기를 들은 일이 없는 것도 조바심을 더욱 설치게 하였다. 그럴수록 벼루는 나의 눈앞으로 크게 떠올랐고, 그것의 골동품적 가치에 대한 기대감은 부동의 확신으로 변해가고 있었다.

　어쨌거나 일은 단김에 결단을 내야 한다.

　그러기 전에는 들뜬 심사를 어찌할 수가 없었다.

　때마침 며칠 뒤로 연휴가 다가오고 있었다.

　나는 그 연휴 기간을 틈타 슬그머니 혼자 고향으로 내려갔다. 어쩐지 체모가 좀 안돼 보이는 느낌이기는 하였다. 하지만 벼루만 남아 있어준다면 그런 것쯤 별로 괘념할 일이 못되었다. 벼루의 행방부터 알아놓고 볼 일이었다.

벼루는 다행히 고향 마을에 그대로 남아 있었다. 물건의 종적을 찾는 데도 전혀 어려움이 없었다. 숨은 값을 헤아린 탓인지, 동네 글방을 마지막으로 지키다 돌아가신 지봉(芝峯) 선생의 장자 김 씨가 그것을 소중하게 간직해오고 있었다.

"자네도 아는 일이겠지만, 6·25 사변 몇 해 뒤부터는 마을 서당이 문을 닫게 되었제. 서당문을 닫던 마지막 날 저녁 아버님의 문구들을 집으로 옮겨 오면서 벼루도 함께 가져다 여태 보관해온 것이네."

옛날 서당에서 쓰던 벼루 이야기를 꺼내자, 김 씨는 이전에도 그런 경험이 있었던 사람처럼 벽장 속 깊은 곳에서 물건을 꺼내놓고 자신이 그걸 간직해온 경위를 스스럼없이 다 털어놓았다.

벼루를 갖다놓았으나 바닥이 이미 닳을 대로 닳아들어가 더 이상 먹을 갈 수는 없었다 하였다. 그래 지봉 선생도 서당 시절 이후에는 그 벼루에 먹을 가는 일이 한 번도 없었다는 것이었다. 그저 머리맡 가까이에 놓아두고 지내실 뿐 그것을 별로 대수롭게 여기는 것 같지도 않아 보였다는 것이었다. 한데 선생은 돌아가시기 얼마 전 새삼스레 그 벼루에 대해 한 가지 당부를 남겼다 하였다.

— 벼루를 잘 보관하거라. 그러나 결코 그것을 네 것으로 지니려 하지 마라.

"하지만 나는 그때까지도 그게 무슨 뜻인질 잘 몰랐제. 쓸 대로 쓰고 만 낡은 벼루. 누구더러 지니래도 선뜻 나설 사람조차 없었을 테니께. 그런 걸 잘 보관하라시는 말씀이 되려 우스웠제."

　선생이 돌아가시고 나서도 그가 벼루를 계속 보관한 건 그저 그게 당신이 마지막 날까지 곁에 두어온 물건인 데다, 그 새삼스런 당부의 말씀이 돌아가시기 바로 며칠 전의 일이어서, 가난한 선비의 실속 없는 유지가 까닭 없이 그를 숙연케 했던 때문이랬다.

　"헌디 그런 식으로 한참 지내오다 보니 어른의 속뜻이 차츰 떠오르더구만. 닳아빠진 벼루를 막판까지 아예 다 쓰고 버리지 않고 곁에 두어오신 일이나, 내게 그걸 뒷날까정 잘 보관하라신 당부 말씀의 속뜻 말일세……"

　"벼루가 닳았어도 원체 고가품이었던 모양이지요?"

　나는 지레 마음이 들떠서 한마디 끼어들었다. 그러자 그는 어딘지 여유가 만만히 보이는 웃음기 속에 크게 동의의 고갯짓을 하였다. 그리고는 자신도 이미 예순길에 들어선 노인답게 목소리에 새삼 감회가 어리기 시작했다.

　"그렇지. 이 벼루엔 특별한 값이 숨어 있었제. 그걸 뒤늦게 알아차리게 된 게야."

　하지만 알고 보니 벼루의 그 숨은 값은 물건 자체의 형체에 있지 않았다. 그는 이제 아예 눈까지 지그시 감은 채 말을 이어나갔다.

　"자네도 한때 서당엘 다녔으니 기억하는지 모르지만, 어른께선 실상 글씨를 외우고 쓰는 데보다 먹을 가는 일에 더 단속이 많으셨제…… 먹을 가는 일부터 잘 배워야 한다. 글씨를 쓰는 일은 마음을 닦는 일이요, 먹을 가는 일이 그 시초인 까닭이다…… 네 먹은 마음의 봉주(棒柱)요 벼루는 네 마음을 갈아 담는 연못인 게다.

그래 이 벼루가 심지연(心池硯)이다…… 바른 자세로 마음을 모두어 정성껏 먹을 갈아 벼루에 마음의 깊은 못을 파고 그것을 채워 나가기에 이르면 네 마음 닦음이 그만큼 크고 깊어짐인 것이다…… 다시 인의(仁義)로 채워나가기에 이르면 네 마음 닦음이 그만큼 크고 깊어짐인 것이다…… 귀에 못이 박이도록 자주 들은 말씀이었제…… 헌디 여길 보게."

그는 겨우 감은 눈을 다시 뜨곤 깊이 패어들어간 벼루의 갈판을 손끝으로 조심조심 쓸어 보이면서 이야기를 여며갔다.

"우리 마을 사람들이 마음과 지혜를 닦고 간 자국이 깊은 못으로 남은걸세. 말하자면 여기 이 동네 사람들의 마음씨와 지혜가 몽땅 담겨 있는 거란 말일세. 허니 어떤 벼루가 이보다 더 귀한 값을 지닐 수가 있겠는가."

그는 비로소 벼루를 잘 보전하라는 선친의 뜻을 깨닫게 되었고, 인하여 그것을 자신이 간직해온 보람과 감회도 그만큼 클 수밖에 없노라는 것이었다. 어쨌든 벼루에 얽힌 사연이 남다르다는 것은 나로서도 기분이 썩 좋은 일이었다. 벼루에 대한 욕심도 그만큼 더해갔다. 한데다 더욱 다행스러운 일은 위인이 뜻밖에 벼루를 선선히 내어놓은 것이었다.

"이런 시골구석에 뜻없이 내굴려두는 것보다 자네같이 눈이 있는 사람이 제 값을 아껴 지녀준다면 진짜 임자를 만나는 심이제."

벼루를 잠시 서울로 가져가서 재질(材質)이나 솜씨의 값까지 제대로 한번 감정해보고 싶다는 나의 은근한 수작에 그는 미리 짐작하고 있었던 듯 아예 그걸 내게 떠맡기려는 식이었다.

"아까도 말했지만, 선친의 당부대로 난 그것을 내 물건으로 지녀온 것이 아니네. 벼루의 모양이나 값은 이 마을 사람들이 함께 만든 것이었제. 그러니 여기에 먹을 간 사람이면 누구나 이것을 지닐 수가 있는 거제. 자네도 물론 여기 먹을 갈고 자란 이 마을 사람이 아닌가."

그는 끝내 대범스런 태도였다. 위인이 그런 터에 내 쪽에서 쓸데없이 주저할 필요가 없었다.

나는 결국 그렇게 하여 손쉽게 벼루를 얻어낸 것이었다.

하지만 이제 사실을 말하자면, 그것으론 아직도 일이 끝난 게 아니었다. 물건을 마을에서 내올 수가 없었다.

벼루를 짊어지고 동네를 빠져나오는 고갯마루엘 올라서 보니, 거기 생각지 않았던 지봉 선생의 송덕비가 서 있었다. 나는 무심스레 그 비문을 훑어내리다가 문득 다리의 힘이 쑥 빠져나가며 그 자리에 털썩 주저앉고 만 것이다.

— 네 지혜가 한짐이로다……

거기 비문 중에 씌어진 선생의 말씀이었다.

— 지혜처럼 짊어지기 어려운 짐이 없지만, 그래도 그걸 짊어져야 비로소 하늘을 우러러 두 발로 걷는 사람인 것이, 그 무게가 바로 제 사람됨의 값인 때문이다……

슬기로운 일을 한 아이들을 보면, 덕담(德談) 삼아 자주 기를 돋아주시던 선생의 말씀이었다. 그 말씀이 몽둥이가 되어 내 정수리를 내려쳐왔다. 네 지혜가 한짐이다. 내 지혜가 한짐이다? 과연 나는 지혜가 한짐이었다. 그러나 그것은 나의 지혜의 짐이 아니었다. 나는 고향 마을과 마을 사람들의 심덕(心德)을 한 자루에 몽땅 훔쳐 담아 짊어지고 도망을 치고 있는 꼴이었다……
 "벼루를 되돌리려 고갯길을 다시 내려오는 걸 보고 동네 사람들이 웃으며 하는 소리가, 헌 벼루 한 짝을 짊어지고 고갯길을 실없이 오르락내리락한 사람이 나까지 서너 번째는 될 거라고들 웃더군. 허허……"
 결국 빈 손을 하고 돌아온 내가 방 형 앞에 뒤늦게 자초지종을 털어놓고 나서 제물에 쓰겁게 내뱉은 소리였다.

(1987)

해설

끔찍한 모더니티

김남혁
(문학평론가)

1

 이청준 전집 중 이 책 『벌레 이야기』에 실린 열 편의 중단편 소설들은 모두 1985년부터 1987년 봄 무렵까지 대략 3년 동안 발표되었다.[1] 이 기간은 어느 한 시인의 표현처럼 "너무나 원시적인

---

1) 물론 작품이 발표된 시기와 실제 창작 시기가 일치할 수는 없는 일이다. 그런데 작품 발표 시기는 단순히 물리적인 시간이 아니고 심지어 작가의 창작 의도에 영향을 미쳐 이를 재정의할 만큼 독자들의 작품 독해에 중요한 요인이기도 하다. 그러므로 이 글에서 주목하고자 하는 것은 '왜 이 시기에 이 같은 작품들을 발표했느냐' 하는 질문이다. 가령, 조선희 기자의 인터뷰에 따르면 이 전집에 실려 있는 「섬」은 『현대문학』 1986년 5월호에 발표됐으나 실제 창작은 그보다 1년 전에 이루어졌다. 이를 통해 알 수 있듯, 예외적인 경우를 제외하고 실제 창작 시기를 독자들이 알게 되는 것은 쉽지 않기 때문에, 무엇보다 작품이 발표된 시기는 독자들의 독해에 큰 영향을 준다. 그러므로 작품이 발표된 시기는 단순한 정보가 아니라 작품 텍스트의 일부라고 할 수 있을 정도이다. 조선희(연합통신 문화부 기자), 「밀실의 작가 이청준」, 『소설문학』 1986년 8월호, p. 191.

해부학적 비극"인 80년 광주의 참사를 일으키고도 오히려 그것을 불순 세력 정화와 사회 질서 실현을 위한 정의로운 행위로 미화하는 "끔찍한 모더니티"가 수많은 담론들의 정교한 그물망으로 조직되던 시간이자, 그러한 모더니티의 그물망 속에 "오직 이기심이라는 더듬이에 의해서만 움직일 뿐 철저하게 자기중심적인 '벌레'"로 구속되기도 했던 사람들이 80년 광주 참상의 가해자들에게 그물처럼 연결되어 있는 미국과 자본주의와 모더니티 그 자체와 대결하기 위해 광장으로 뛰어나온 87년 6월의 활력이 잠재되어 있던 시간이기도 하다.[2] 차차 살펴보겠지만, 80년 광주의 비극과 87년 6월의 혁명 사이에서 모더니티에 대한 두려움과 부끄러움(이청준의 그 유명한 원죄의식) 그리고 새로운 모더니티에 대한 갈망은 『벌레 이야기』에 수록된 열 편의 중단편 소설들이 품고 있는 공통된 기조라고 판단된다. 그런데 이상하게 보일 정도로 이들 작품들에서 85년도 여름의 현실적 문제는 두드러지게 드러나지 않는다. 제목만 보더라도 '해변 아리랑' '흰 철쭉' '섬' '흐르는 산' 등처럼 서정적이고도 보편적인 정서들이 부각되고 있거나, '누군들 초장부터 꾼으로 태어나랴'라는 제목처럼 비극적이라기보다는 해학적인 특징들이 강조되어 있고, 「숨은 손가락」과 「나들이하는 그림」의 서사에서 보듯 80년대와 무관해 보이는 50년대 무렵의 사건과 인물(이중섭) 들이 『벌레 이야기』에서 중점적으로 다뤄지고 있다. 그렇다면 이청준은 왜 85년 무렵에 사적이거나 서정적이거나 보편

---

[2] 황지우, 「끔찍한 모더니티」, 『문학과사회』 1992년 겨울호. 참고로 이 글은 『황지우 문학앨범』(웅진출판, 1995)에 재수록되어 있다.

적으로 보이는 정서에 유독 집중하고 있는 것일까. 이청준은 85년 무렵의 끔찍한 모더니티로부터 도피한 것인가. 왜 하필 그는 이렇게도 끔찍하고 긴급한 시기인 80년대에 50년대(「숨은 손가락」)나 일제강점기(「흐르는 산」)를 배경으로 삼는 서사를 그리고 있는 것일까. 다른 맥락에서 발언되었지만, 먼저 이청준의 한 답변을 들어보자.

> 〔최인훈의_인용자〕『광장』은 이를테면 망각 속으로 파묻혀 들어가는 1950년과 53년 사이의 사건들을 다시 발굴해내어 기록함으로써 그 사건들을 그것이 벌어진 당대의 자리로 고정시켜놓으려는 노력에서가 아니라, 1960년을 살고 있는 작가의 정신과 시선에 의하여 그 사건이 다시 상기되고 해석되어진다는 이야기다. 다시 말할 것도 없는 일이지만, 그래서 그 『광장』 속의 6·25는 1950년의 6·25가 아니라, 오히려 1960년에 다시 겪는 6·25라고 말해야 할 것이다. 〔……〕 한 소설의 주인공의 삶은 그러므로 어느 경우나 그 주인공이 뿌리박고 살아온 시대와 사회의 구체적 사실성과 그 소설이 씌어진 시대의 정신풍속의 당대성이라는 이중의 뼈대 위에 조건 지어진 삶이라 할 수 있다.[3]

위에 인용된 산문의 다른 부분에서 이청준은 과거를 발굴해내어 그대로 재현하는 것은 '알리바이 문학'의 특징이라고 말한다. 이와

---

3) 이청준, 「알리바이 문학」, 『작가의 작은 손』, 열화당, 1978, pp. 206~07.

다르게 이청준이 쓰고자 하는 문학은 '징후의 문학'이다. 징후의 문학에서 주인공은 소설 내용의 시간과 소설이 쓰이는 시간, 이렇게 이중의 시간 위에 놓이게 된다. 위 인용문에서 "이중의 뼈대"는 이같이 중첩된 시간을 뜻한다. 알리바이 문학에는 과거의 시간만이 존재하지만, 징후의 문학에는 과거와 현재의 시간이 중첩되어 있다. 그러므로 이청준이 옹호하는 징후로서의 문학은 과거를 재현할수록 소설이 씌어지고 있는 당대성을 지니게 된다. 과거로 우회할수록 현재, 더 나아가 미래를 새롭게 제시하는 문학적 실천을 이청준은 지지한다. 그렇기에 한 좌담에서 그가 말했듯이, "사회의 여건이나 역사적 패턴을 먼저 규명"할 때 그 결과로서 "마지막으로" 당대의 특성을 드러내는 문학적 실천("참여")은 바로 징후로서의 문학을 통해 이루어진다.[4] 과거를 말함으로써 미래를 예언하게 되고, 사회 구조와 역사적 패턴을 규명함으로써 현재의 징후를 드러내는 문학적 실천을 이청준은 80년대 무렵에도 변함없이 지지하고 있었다. 그렇기에 이를테면 이번 전집에 실린 「숨은 손

---

4) 문학사 안에서 참여/순수 논쟁이 첨예했던 1960년대 말 무렵의 한 좌담에서 이청준은 '참여'를 옹호하면서도 지양하는 다음과 같은 발언을 한 바 있다. "이청준: 참여는 어떤 방식으로든 되어야 하는 것이지. 참여는 진짜 의미에서 새로운 논쟁거리지. 나도 참여에는 동의하는데 방법의 문제에 있어 사회의 여건이나 역사적 패턴을 먼저 규명하고 마지막으로 얘기해야지." 이청준에게 소설이 할 수 있는 '참여'는 막연한 구호나 결단의 문제가 아니고, 사회 구조와 역사적 패턴을 근본적으로 분석한 이후에 비로소 결과적으로 드러나는 어떤 참여이다. 역사적 현실로부터 도피한 채 미학적 폐쇄성을 구축하는 '순수'를 이청준은 단호히 거부하지만, 역사적 우발성과 복합성의 특성을 고려하지 않거나 도식적으로 처리하는 '참여' 역시 그는 거부한다. 김승옥, 김현, 박태순, 이청준, 「좌담회: 현대문학 방담」, 『형성』 1968년 봄호, p. 83.

가락」에서 이청준이 한국전쟁을 배경으로 다루고 있다는 사실 그 자체보다 중요한 것은 이청준이 한국전쟁을 소재로 소설을 쓰고 있는 1985년이라는 시간이다. 왜냐하면 징후의 문학은 이청준의 표현 그대로 1950년의 6·25가 아니라 1980년대에 다시 겪는 6·25를 살펴보는 것이기 때문이다. 그러므로 한국전쟁을 통해서 비로소 드러나는 85년 무렵의 끔찍한 모더니티를 살펴보고자 하는 독해는 이청준이 옹호한 징후로서의 문학을 존중하는 태도이자 이청준 소설이 내장하고 있는 문제의식을 관념성과 정신성 운운하며 막연히 거부하거나 상찬하는 태도를 지양하는 길이 된다. 요컨대 하나의 서사 속에 중첩된 주인공의 시간과 작가의 시간을 동시에 살펴볼 필요가 있다.

2

징후의 문학은 작품에 중첩되어 있는 실제 사건의 시간과 작품이 쓰여지거나 발표된 당대의 시간을 두루 살펴볼 때 적절한 기능을 수행하게 된다. 거의 모든 작품들이 그렇지만 특히 징후의 문학을 옹호하는 이청준의 문학에서 작품이 쓰여지거나 발표된 시간은 독자들에게 전달되는 객관적이거나 중립적인 정보가 절대 아니다. 그 정보는 시간이 지나면 종종 기억되지 않으며 무시해도 좋을 정도로 사소한 요소로 보이지만 실제로는 마치 수행문처럼 독자들에게 암묵적으로 독서의 방향을 강제한다.「벌레 이야기」가

발표된 '1985년'(이 책에 수록된 「벌레 이야기」 말미에 표기되어 있는 '1985년')은 독자들에게 이 소설에 등장하는 사건을 1985년 무렵의 상황과 관련해서 읽도록 자극한다. 이청준이 최인훈의 『광장』(1960)을 1960년에 다시 겪는 6·25로 독해해야 한다고 강조했듯이, 그의 징후로서의 문학이 지니는 가능성을 적극 개진시키기 위해서는 「벌레 이야기」가 1985년에 다시 겪는 유괴사건이라는 점에 주목해야 한다. 그렇다면 먼저 이 작품과 관련해서 이청준이 남긴 발언을 들어보자.

사랑의 덕목을 단편적이나마 종교의 신성성에 빗대어 천착해 보았음 직한 소설이 졸작 「벌레 이야기」였다. 어린 아들이 무도한 유괴범에게 끌려가 살해되자 그 어머니가 교회를 찾아가 마음의 위안과 평화를 얻어 붙잡힌 범인을 용서하려 하니, 이미 사형언도까지 받은 범인이 먼저 신앙적 구원과 사랑 속에 마음이 평화로워져 있음에 절망하여 자살을 하고 마는 이 소설의 줄거리는 당시의 비슷한 실제 사건을 소재로 한 것이었다. 그렇다면 그 섭리자의 '사랑'의 의미는 무엇이어야 하는가.[5]

---

5) 이청준, 「사랑과 화해의 예술—새와 나무의 합창」, 『본질과현상』 2005년 가을호, p. 244. 「벌레 이야기」와 관련된 또 다른 파라텍스트로 김현의 1987년 6월 22일 자 일기의 한 대목을 인용하면 다음과 같다. "아빠, 저번 토요일, 아빠하고 엄마하고 전주 간 날, 박남철이라는 사람이 사과 세 알을 들고 찾아왔더랬어요. 그냥 가려고 그러더니, 나가다가 다시 들어와, 너희들 먹지 말고 선생님 꼭 드시라고 해라라고 말하고 가대요…… 이청준의 「벌레 이야기」가 자기 이야기를 쓴 것이라며 그를 죽여버리겠다고 전화하던 박남철의 기행이, 문득 아이의 말로 희화화하여 들릴 때, 내 가슴은 이상하게 차분해지고, 그가 견딜 수 없이 안쓰러워진다. 가슴속 타는 불길로 자기와 세계를 파괴

이청준 스스로 언급하고 있듯이 이 소설이 소재로 삼고 있는 것은 81년도 10대 사건 중 하나로 꼽힐 정도로 세상 사람들에게 충격을 주었던 '이윤상 군 유괴살인사건'이다. 「벌레 이야기」에 등장하는 알암이처럼, 마포 소재 경서중학교에 다니던 1학년 생 이윤상은 어릴 적 소아마비를 겪어 한쪽 다리가 불편했고 자신을 가르치던 선생에게 유괴되었다가 끝내 죽게 된다. 이윤상 군 유괴살인사건은 선생이 제자를 유괴했다는 점, 가해자인 체육 교사 주영형의 범행 원인이 도박 빚 때문이었다는 점, 더불어 그가 범행 이전부터 제자들과 수차례 불륜 행위를 저질렀다는 점, 당시 대통령까지 이례적으로 담화문을 발표했다는 점 등의 이유로 1981년 내내 많은 사람들이 관심을 가졌던 사건이다.

평소 도박 빚 때문에 고민 중이던 체육 교사 주영형(1953년생)은 부잣집 아이라고 생각해온 제자 이윤상(1967년생)을 1980년 11월 13일 교외 지도를 핑계로 유인하여 유괴했다. 이윤상은 주영형이 감금했던 아파트에서 사흘 만에 탈진하여 죽게 되고, 주영형

하기 직전에까지 이르른 파괴의 시를 쓰는 시인. 과격하고, 극단으로 가라고 자꾸 충동질하면서. 실제로 그곳으로 가고 있는 사람을 보면, 안쓰럽고 겁난다. 김현이, 이, 개새끼! 대갈통을 까부숴버릴까보다⋯⋯ 아니에요, 선생님, 저는 시를 계속 잘 쓰겠습니다⋯⋯ 그래 그래." 김현, 『행복한 책읽기/문학 단평 모음-김현문학전집 15』, 문학과지성사, 1993, p. 97. 이청준은 「벌레 이야기」가 "당시의 비슷한 실제 사건을 소재로 한 것"이라고 말하고 있는 데 반해, 시인 박남철은 자신의 경험을 쓴 것이라고 말하고 있다. 박남철의 주장이 어떤 맥락에서 나온 것인지는 확인되지 않지만, 이 소설은 그의 주장과 다르게 81년 연말 거의 모든 신문의 10대 사건 중 하나로 거론되던 이윤상 군 유괴살인사건을 소재로 삼은 것이다.

은 경찰들의 수사를 방해하기 위해 자신과 불륜 관계를 맺고 있던 여제자 이현옥(1964년생)과 함께 수차례 협박 전화와 편지를 보냈다. 수사 초기 경찰은 이윤상이 유괴되기 직전 만나기로 했던 주영형을 범행 용의자로 고려했지만 선생이 제자를 유괴할 수는 없다는 당연한 믿음과 서울대학교 체육학과를 나올 정도로 매사 적극적이며 친절히 수사를 보조했던 그의 평소 행실 때문에 크게 의심하지 못했다. 이후 이윤상의 안전을 고려해서 비공개로 진행되던 경찰 수사는 100여 일이 지나도록 답보 상태에 빠지게 된다. 이에 경찰은 사건 발생 다음 해인 81년 2월 27일부로 비공개 수사를 공개 수사로 전환했고, 이제 막 대통령으로 당선된 전두환은 공개 수사 다음 날 즉시 담화문을 발표하기도 했다. 담화문에서 그는 만약 범인이 3월 3일 대통령 취임식 때까지 이윤상 군을 무사히 돌려준다면 관대한 조치를 취할 것이라고 약속했고, "이 같은 유괴사건이 다시 일어나 마음이 아프"며 "앞으로 이런 유괴사건이 재발할 경우 법이 정하는 최고의 형으로 범인을 엄벌"하겠다고 강조했다. 유괴사건에 대한 대통령의 담화문도 이례적이었지만 전두환은 취임식 이후 3월 11일 마포경찰서 수사본부를 직접 찾아가 경찰들의 노고를 치하하고는 "한국에서 유괴범이 없도록 하고 사람을 죽이지 않도록 하기 위하여 앞으로는 유괴범은 엄하게 다스려 법정 최고형을 주어 자식 가진 사람이 안심하고 살 수 있도록 해야 한다"며 정의와 안전을 추구하는 국가의 상과 경찰의 임무를 재차 강조했다.[6] 마포경찰서를 나온 전두환은 곧바로 마포구 공덕동 소재의 이윤상 군의 집으로 인삼 두 박스를 들고 가 범인을 꼭

잡도록 최선을 다할 테니 걱정하지 말고 먼저 건강에 유의하라는 심심한 위로를 남기기도 했다.

지금의 시각에서 '유괴범이 없도록 하고 사람을 죽이지 않도록' 운운하며 유괴 사건에 개입하는 전두환의 행보는 지극히 희극적으로 보이지만, 아마도 80년 광주에서 무참히 죽은 가족을 두었거나 삼청교육대에 끌려가 의문사한 자식을 둔 당시 사람들에게 가해자가 오히려 정의를 강조하고 피해자에게 지극한 위로를 건네는 모습은 앞서 한 시인이 언급했던 '끔찍한 모더니티' 그 자체였을 것이다. 80년대의 모더니티가 이토록 끔찍한 이유는 더 큰 범죄의 가해자가 또 다른 가해자와 피해자를 용서(혹은 단죄)하고 위로함으로써 근본적이고 구조적인 폭력이 은폐되어버렸기 때문이다. 이청준은 '범인이 먼저 구원과 사랑 속에 마음이 평화로워져 있음에 절망하여 자살하고 마는' 여인을 「벌레 이야기」에서 그렸다고 말했는데, 사실 이 여인은 범인이 먼저 대통령이 되어 구원과 사랑 속에 마음이 평화로워져 있음에 절망했던 80년대 대다수 사람들의

---

6) 이윤상 군 사건에 대한 대략적인 스케치와 전두환의 담화 등은 다음의 책 참고. 수사본부, 『집념수사 383일—이윤상 유괴살인사건 수사백서』, 치안본부, 1986, pp. 82~83. 참고로 이 책을 편집한 남상룡은 이윤상이 유괴된 지 이틀 후인 1980년 11월 15일에 마포경찰서장으로 부임했으며 수사본부장으로 본 사건의 시작과 끝을 현장에서 지휘했다. 남상룡에 따르면 대통령이 형사 사건에 특별 담화를 발표하고 수사본부까지 방문한 것은 "건국 이래 처음 있는 일"이라고 한다. 당연히 전두환의 자상하면서도 정의로운 면모에 주목하는 남상룡의 시선과 다르게, 끔찍한 모더니티의 담론 질서를 살펴보고자 하는 우리는 '왜 유독 이 시기, 그리고 형사 사건 하나에 전두환이 건국 이래 처음 있음 직한 행보를 보여줬느냐'를 질문할 필요가 있다. 남상룡, 「이윤상 군 유괴살인 사건 수사」, 『내가 걸어온 길』, 나남출판, 2000.

모습과 다르지 않다고 보인다. 그렇기에 우리는 이청준이 작품으로 발언했던 질문을 이렇게 보완할 수 있다. '그렇다면 피해자의 상처가 사라지기도 전에 가해자에게 먼저 구원과 평화를 주는 섭리자의 사랑의 의미는 무엇이어야 하는가.' 여기서 '섭리자'를 종교적 의미로 국한시킬 필요는 없다. 이를테면 그물망처럼 연결되어 있어서 처음과 끝이 쉬이 보이지 않던 80년대 담론들, 이 역시 섭리자와 같은 기능을 수행하고 있었기 때문이다. 이윤상 군 유괴 살인사건과 관련해서는 이청준의 「벌레 이야기」뿐만 아니라 무수한 담론과 텍스트 들이 연결되어 있고, 그 가운데 어떤 담론과 텍스트 들은 80년대의 '끔찍한 모더니티'를 의도와 상관없이 보조하고 있다. 결론적으로 말하면 「벌레 이야기」는 바로 이러한 담론들의 질서(섭리자의 질서) 자체를 문제 삼고 있는 소설이다. 이에 대해 서술하기 전에 이윤상 군 사건을 다루고 있는 다른 텍스트들을 먼저 살펴보자.

공개 수사 이후에도 수사는 답보 상태에 있다가, 수사관들의 집념과 거짓말 탐지기 등의 과학적 수사 기구를 적극적으로 활용해 결국 범인이 체육 교사 주영형이었음을 사건 발생 383일 만에 밝혀냈고, 수사가 공전되는 동안 주춤했던 언론들은 또다시 유괴사건에 대한 많은 담론들을 양산했다. 당시 관제 잡지였던 『정화』는 수사가 종결되자마자 이윤상 군 유괴사건을 연상케 하는 특집을 마련했고, 전두환의 '전국교육자대회 치사'를 책머리에 배치했다.

근대화 과정에서 초래된 각종 부작용과 병폐에 대해 우리 교육이 과연 정확하며 충분한 처방을 던져주었는가 하는 질문에 우리는 선뜻 긍정적 답변을 내놓기 어려울 것입니다. 〔……〕 오늘날과 같은 고도산업사회·대중교육시대에서 모든 교육자에게서 지적·도덕적으로 완전무결한 사표(師表)가 되어주기를 요구하기는 어려운 일일지도 모릅니다. 그러나 시대의 변천에 안이하게 편승하여 교육자 여러분이 제자로부터 인격적으로 존경 받는 스승이기를 포기하고 단순히 지식과 기술을 전수하는 한낱 기능인에 머물러 있을 수는 없을 것입니다.[7]

위 인용문은 놀랍게도(아니, 끔찍하게도) 모더니티를 비판하고 있다. '근대화 과정' '고도산업사회' '스승을 포기한 기능인' 등등의 키워드는 모더니티의 피해자가 아니라 모더니티에 편승한 가해자의 입에서 나오고 있다. 이처럼 폭력적인 모더니티를 구조적으로 은밀하게 계속해서 추구하면서도 겉으로는 모더니티를 비판하는 역설적인 담화 양식은 이제 모더니티의 피해자에게 비판의 자리마저 빼앗아버린다. 모더니티의 수혜와 비판의 기회를 모두 가해자가 쥐고 있기 때문이다. 그러므로 이윤상 군 유괴살인사건 발생 이후 긴급하게 구성한, 관제잡지 『정화』의 지식인들의 비판적 목소리는 타격점을 잘못 짚고 있다. 이를테면 "산업화 과정에서의 인간성 상실" "학교 밖과 학교 안의 교육조화로 참된 인간화 모색돼야" "선생이 스승으로 불리는 사회풍토를" "지난날의 지식전달

---

[7] 전두환, 「전국교육자대회 치사」, 『정화』 1982년 1월호, p. 6.

위주보다 인간화교육이 절실하다"등과 같은 지식인들의 긴급 제안은 이미 모더니티의 최고 수혜자이자 가해자인 전두환의 담화문과 하나도 다르지 않기 때문이다.[8] 이 사건을 지켜보며 소설가 한말숙은 주영형의 범행은 용서할 수 없는 행위이지만 범행이 이루어진 근본 원인에는 그를 성장시킨 60~70년대의 사회 시스템에 문제가 있다고 말하기도 했다. "혼미의 60년대와 비뚤어져만 갔던 70년대 〔……〕 그 시대에 일부 사회에서는 수단 방법을 가리지 않고, 어떻게든 성취만 하면 된다는 어이없는 관념이 날고 뛰고 있었다. 그러니 도대체 그런 사람은 사람이 아니었다."[9] 다른 지면에 실렸지만 한말숙의 글은 『정화』에 수록된 지식인들의 글과

---

[8] 『정화』 1982년 1월호에는 '인간성 회복을 생각한다'라는 제목의 "특집"과 "긴급구성/스승과 제자"라는 또 다른 특집란을 마련하고 있는데, 필자 섭외와 잡지 발행일 등의 출판 관련 사항들을 고려하면 이는 범인이 주영형이라고 밝혀진 1981년 11월 29일 이후 급박하게 마련된 특집 원고라는 것을 알 수 있고, 유괴범 주영형을 사례로 단순히 모더니티의 부정적 특성을 나열하거나 비판하는 것은 집권 초기부터 언론 기본법을 통해 담론을 통제하던 신군부 세력에게 아무런 위협도 되지 않을 뿐만 아니라 오히려 도움이 된다는 사실을 우의적으로 보여준다. 당시 특집들의 제목과 필자를 나열하면 다음과 같다. "특집/인간성을 생각한다": 「산업화 과정에서의 인간성 상실」(정창수) ; 「인간이 보다 인간다워지는 것은」(손봉호) ; 「종교적 인간애의 확대가 인간 회복의 길이다」(조만) ; 「인간성 회복과 매스 미디어의 역할」(차배근) ; 「학교 밖과 학교 안의 교육 조화로 참된 인간화 모색돼야」(구본석) ; 「도덕과 질서와 인간성 문제」(정용석) ; 「법과 정의—정의에 바탕을 둔 법이념이 정희사회를 실현한다」(박광서). "긴급구성/스승과 제자": 「선생이 스승으로 불리는 사회풍토를」(홍은택) ; 「사랑의 매 그 속에는 스승의 진실이 있을 뿐인데」(신규호) ; 「지난날의 지식전달 위주보다 인간화 교육이 절실하다」(김병영) ; 「선생님, 우리는 그래도 선생님을 믿어요」(안정희) ; 「자녀교육은 돈이나 그 어떤 욕심으로도 살 수 없다」(이진섭) ; 「효율적인 가정 · 학교 · 사회의 삼합 교육이 절실하다」(송숙영) ; 「가르침의 자세 그것이 옳아야 배움의 자세 그것도 바르다」(이호철).
[9] 한말숙, 「세상에 이럴 수가」, 『조선일보』 1981년 12월 1일.

크게 다르지 않다. 그녀 역시 범인 주영형을 단죄하는 데 집중하기보다 그와 관계되어 있던 모더니티 그 자체를 문제 삼고 있기 때문이다. 여기서 알 수 있듯이, '도대체 사람이 사람이 아니게 살아갔던 혼미의 60년대와 비뚤어져만 갔던 70년대'를 구축했던 박정희 체제는 어김없이 비판의 대상이 되고 있다. 모더니티를 비판하는 것은 박정희 체제를 비판하는 것이 되고 역설적으로 사회 정화와 국가 질서를 강조하는 신군부 체제의 집권을 정당화하게 만든다. 즉, 모더니티를 비판하면 할수록 모더니티의 최고 가해자를 옹호하게 되는 끔찍한 논리를 아직까지 이들 지식인들은 인식하지 못하고 있다. 이윤상 군 유괴살인사건의 원인을 주영형 개인의 악마적인 성격과 정신질환으로 몰아세우는 당대의 자극적인 언론[10]과 보수적인 정신의학 담론[11]과 다르게 이처럼 지식인들은 사회

---

10) 주영형과 종범(從犯) 이현옥과 고승자를 파렴치한 악인으로 묘사하는 당시 언론의 서술을 몇 개 인용하면 다음과 같다. "88서울올림픽을 못 보게 돼 억울하다는 말이 터져 나올 정도로 뻔뻔스런 흉악범" "범인 주영형은 마포고교 앞길에서 이윤상을 유괴하는 장면을 재연하는 동안 공범 이현옥은 대기 중인 승용차 안에서 형사들과 잡담을 나누며 웃기도 했다" "윤상 군의 선생님 주영형, 경서중학교 체육 교사 주영형, 알고 보니 그는 사람의 탈만 쓴 늑대였다. 이제는 흉악범의 대명사다." 언론은 주영형을 악마화하는 데 온 힘을 기울였을 정도였는데, 그것의 가장 대표적인 사례는 주영형이 검거되기 직전 범행 관련 증거를 없애기 위해 종범 이현옥 양의 자살을 종용했다고 보도한 『동아일보』1981년 12월 2일 자 기사이다. 언론 보도에 대한 경찰 조사로 밝혀졌듯이 해당 기사는 사실을 과장해서 해석하고 심지어 사실과 다른 내용을 포함하고 있다. 수사본부, 앞의 책, pp. 311~18, 429~34 참고.
11) 주영형에 대한 당시 정신 의학 담론의 사례 몇 가지를 소개하면 다음과 같다. "감정 둔마형은 도덕이나 이성의 문화 때문에 범죄를 저질러도 후회할 줄 모르고 뻔뻔스러워 더욱 지탄을 받는다. 이윤상 살해범 주영형은 이 같은 유형에 속하는 것으로 본다."(고려대학교 신경정신과 이시형); "매일 일어나고 있는 범죄사건 가운데 적어도

구조와 모더니티라는 더욱 근본적인 문제를 비판하고 있지만, 진정한 가해자인 신군부 체제를 역설적이게도 보조하고 있다.

이윤상 유괴살인사건과 관련된 또 다른 담론으로는 경찰에서 만들어낸 담론이 있다. 과학수사와 인권수사를 강조하는 이들 담론은 주영형을 악마적인 이미지로 단죄하던 자극적인 언론이나 모더니티가 양산한 사회 구조를 비판하던 지식인 담론과 방향을 달리 한다. 특히 이청준의 「벌레 이야기」(1985)와 비슷한 시기 치안본부 수사부장 남상룡에 의해 발간된 수사백서 『집념수사 383일』(1986)은 사건을 객관화시킬 수 있는 시간적 거리와 수많은 자료에 의거하여 유괴사건을 분석하고 재구성하고 있다. 얼핏 보면 두 텍스트는 '1985년(1986년)에 다시 겪는 유괴 사건'을 다룬다는 점에서 이청준이 강조했던 징후의 문학적 기능을 공유하고 있는 것 같기도 하다. 하지만 수많은 자료를 활용하여 이윤상 군 유괴살인사건을 재현하는 수사백서가 집중하는 것은 오로지 과학수사와 인권수사뿐이다. 이를테면 주영형이 범행을 자백하는 과정에서 거짓말 탐지기는 결정적인 역할을 했는데, 심지어 이러한 과학수사의

살인사건은 동기가 어떻든 성격장애와 정신신경질환과 관계가 깊다는 게 정신의학계의 공통된 이론이다."(고려대학교 신경정신과 이병윤); "국내외의 살인사건을 보면 대부분 성격장애자가 가장 많다. 〔……〕 주영형의 경우 정확한 자료가 없으나 간질적 폭발성 인격장애 소유자일 가능성이 큰 것으로 보인다"(중앙대학교 의료원장 문병근). 이처럼 이들은 범행의 원인을 사회 구조적 시야에서 접근하는 대신 오로지 개인의 정신 질환의 문제로만 파악한다. 이러한 정신 의학 담론은 객관성을 유지하고 있다고 하더라도 결국 "현재 추진되고 있는 사회 정화에도 실표를 거두도록"(서울대학교 의대 김중술) 정신의학이 보조해야 한다는 식의 신군부 체제에 동조하는 담론으로 언제든 왜곡될 수 있다. 수사본부, 앞의 책, pp. 334~39 참고.

기여는 사건이 발생한 후 14년이 지난 후에도 어느 TV 프로그램에서 주목받기까지 했다.[12] 실제로 수사백서를 읽다 보면 경찰들의 과학수사가 상당히 치밀하고 반복적이면서 대단한 수고로 이루어짐을 알 수 있다. 그러나 이러한 과학수사와 인권수사에 대한 강조가 신군부 체제를 정당화하는 논리로 둔갑되기는 매우 쉽다. 이 백서가 작성될 무렵 경찰을 포함한 국가 기관은 무수히 많은 사람들을 고문하고 허위자백을 이끌어내는 폭력적인 행위를 일삼고 있었다. 수사백서는 경찰 수사의 노고를 치하하지만 그 이면의 부정적 측면을 인정하지 않는다. 그러므로「벌레 이야기」와 비슷한 시간적 격차를 두고 같은 사건을 다루는 텍스트이지만『집념수사 383일』은 과거 사건을 객관적인 관점에서 치밀하게 재구성함에도 불구하고 당대의 지배 체제를 보조하는 역설적인 결과를 초래했다. 왜냐하면 미문화원 방화사건이나 야당에게 완패한 85년 2월 12일 국회의원 선거에서 보듯 여기저기서 국가에 대한 비판적인

---

[12] MBC는「경찰청 사람들」방송 1주년 특집으로 '유전자는 말한다'라는 부제의 프로그램을 만들기도 했다. 이것은 1994년 5월 25일에 방영된「경찰청 사람들」48회 프로그램인데, 여기서 두번째 에피소드로 이윤상 사건이 다뤄지고 있다. 당시 방송 자료 화면과 범인들의 협박 전화 목소리와 이윤상의 어머니 김해경의 실제 모습과 당시 인터뷰 등이 실감나게 소개되며, 사건 수사를 주도했던 이재무 경사와 거짓말 탐지기를 운용했던 국과수의 김정길 실장이 직접 출현하기도 한다. 여러 가지 객관적인 자료들을 소개해주기 때문에 흥미로운 프로그램이지만 오로지 거짓말 탐지기의 역할에만 주목하고 있기 때문에 이윤상 군 사건과 1980년대의 모더니티를 이해하기에는 부족한 측면이 있다. 참고로 이 프로그램은 "1980년 12월 서울"이라는 자막과 함께 이윤상이 외출하는 장면을 보여주면서 시작하는데, 이윤상은 1980년 11월 13일에 유괴됐기 때문에 이 자막은 오류이다. 이런 몇 가지 오류를 제외한다면 이 프로그램은 이윤상 사건을 비교적 객관적인 자료에 의거해서 충실히 재구성해 보여준다.

목소리가 드러나는 이 시기, 경찰이 이데올로기적 국가장치가 아니라 과학과 인권을 옹호하는 정의로운 기관임을 강조하는 수사백서는 집필 의도가 어떠했든 간에 신군부 지배체제를 정당화시키는 텍스트로 활용될 수 있었을 것이기 때문이다. 즉, 객관적이고 중립적으로 과거를 재현하는 텍스트인 수사백서는 이 시기 지배체제를 옹호하는 이데올로기적 담론에 손쉽게 왜곡·활용될 수 있었다. 이런 점에서 『집념수사 383일』은, 비록 문학작품은 아니지만 일찍이 이청준이 언급했던 징후로서의 문학이 아니라 '알리바이 문학'의 한계를 반복하고 있다. 즉, 당대 "사회의 여건이나 역사적 패턴을 먼저 규명"하는 과정이 단순히 과거를 재현하는 수사백서에는 생략되어 있는 것이다.

인권과 과학을 강조하는 경찰 담론이 역설적이게도 은폐하는 것은 신군부 체제의 구조적 폭력만은 아니다. 이윤상의 어머니 김해경은 사건이 종결된 지 채 3개월도 되지 않은 시기에 『非情이어라』라는 수기를 발간한다. 수사백서의 서술과 다르게 김해경은 사건은 종결되었지만 문제는 이제 비로소 시작되었다고 말한다. 경찰이 작성한 수사백서가 1986년에 출간되었음에도 1981년 11월 사건 종료 이후의 일들을 다루지 않는다면,[13] 김해경의 수기는

---

13) 5백여 페이지가 넘는 방대한 분량의 수사백서에서 사건 종료(주영형 사형 집행) 이후의 일들에 대해서는 단 한 가지만 언급하고 있다. 그것은 사건 종료 후 이윤상 군의 이름을 딴 '윤상장학금'이 만들어졌고 이 돈으로 여덟 명의 소아마비 환자들이 대학에 진학했다는 사실을 알리는 신문 기사이다. 이 기사는 수사백서 마지막 페이지(p. 533)에 인용되어 있어서, 마치 이번 사건이 어떠한 미해결 지점도 남기지 않은 채 행복하게 마무리됐다는 식의 해석을 유도한다. 이를테면 수사백서가 발간되기 이전 김해경이

1981년 11월로 마감할 수 없는 문제들을 거론한다. 범인 주영형과 자신이 내연 관계였다는 식의 유언비어가 사건 종료 후에도 끊이지 않았다는 점, 수사자문회의[14]에 참여했던 전문가들의 견해가 수사 당시에도 이러한 뜬소문을 부추겼다는 점, 경찰들은 '범인은 윤상 군 어머니의 치마폭에 있다'는 말을 할 정도로 과학수사를 빌미로 여성의 인권을 존중하지 않았다는 점, 뿐만 아니라 공개 수사로 전환하자 허위 제보가 끊임없었다는 점 등을 거론하며 그녀는 "세상이 모두 정신병원 병실처럼 느껴"진다고 말한다. 그녀는 주영형을 절대로 용서할 수 없지만, 그를 만든 것은 정신병원 병실 같은 우리 사회이기도 하다는 점을 수기를 통해 강조한다.[15] 김해경의 수기는 과학수사와 인권수사를 강조한 경찰 담론이 은폐했

극도의 스트레스와 췌장암으로 죽게 된 사실(1985년 3월 12일)이나 이윤상의 아버지 이정식 씨가 심한 대인기피증을 앓고 있다는 점, 범인 주영형의 남겨진 가족들 역시 지독한 스트레스를 겪었고 끝내 가정이 파괴됐다는 점 등은 언급되지 않는다. 이른바 '해피엔딩'을 보여주는 수사백서와 다르게 수사 종료 후 이윤상 군 사건과 관련된 사람들의 불행한 삶에 대해서는 다음의 기사를 참고. 「사건 그 후— 윤상 군 유괴 살해: 10년 세월도 못 달랜 애틋한 父情」, 『경향신문』 1991년 3월 5일.

14) 공개 수사로 전환한 후에도 사건 해결이 진전되지 않자 남상룡 마포경찰서장은 일곱 명의 전문가를 경찰서로 초청해 자문회의를 열었다. 그에 따르면 수사 과정에서 이러한 전문가 자문회의를 연 것은 매우 이례적인 일이며 그만큼 경찰이 인권수사와 과학수사를 위해 고심하고 있다는 점을 보여준다. 자문회의에 참여한 일곱 명의 전문가는 장병림(서울대 범죄심리학과 교수), 김인자(서강대 심리학과 교수), 노동두(정신신경과 의사), 이현복(서울대 언어학과 교수), 유한평(단국대 심리학과 교수), 김창순(영화진흥공사 녹음실장), 윤파로(국민정신중흥회 부원장)이고, 이들은 "허언탐지기"와 "성격검사(MMPI)"를 수사에 적극 활용할 것과 더불어 이윤상의 어머니 김해경을 정교히 수사할 것을 조언한다. 수사자문회의에 대해서는 다음의 책 참고. 수사본부, 앞의 책, pp. 155~67.

15) 김해경, 『非情이어라』, 다락원, 1982.

던 여성의 인권을 드러낸다는 점에서 가치가 있지만, 정신병원 병실처럼 사회 전체가 신경증을 앓고 있다고 비판하는 대목은 앞서 보았던 지식인들의 담론과 유사하다. 한편 주영형이 서대문교도소에 갇혀 있던 시절 그를 기독교 신자로 전도하고 옆에서 그의 처지를 위로했던 사람들이 작성한 텍스트들은 주영형이 악마적인 인물이라기보다 교도소에 들어온 청소년 범죄자의 처지를 안쓰러워하고 사형 후 자신의 장기를 기증할 정도로 진실한 회개의 모습을 보여줬음을 알려준다.[16] 이들 텍스트는 당연히 사건 수사 당시 언론들이 '사람의 탈을 쓴 늑대' '흉악범의 대명사' 운운하며 자극적인 방식으로 주영형을 단죄하던 해석의 시선을 벗어나게 해준다는 데 의의가 있다.

그렇다면, 이윤상 군 유괴살인사건과 관련된 이같이 다양한 텍스트들과 담론들이 연결되어 있다면, 이청준의 「벌레 이야기」는 어떤 지점을 문제 삼고 있는 것일까. 주영형을 단죄하는 대신 모더니티 자체를 문제 삼는 지식인들의 담론, 주영형을 악마화시키고 정신병자로 몰아세우는 당대 언론과 정신의학 담론, 수사백서와 같이 객관적인 방식으로 사건을 재현하는 텍스트, 과학수사가 은폐한 여성 인권을 생각하게 하는 김해경의 텍스트, 주영형의 진실한 회개를 드러내는 종교인들의 텍스트, 이런 담론과 텍스트들과 다르게 「벌레 이야기」가 '징후로서의 문학'이 될 수 있는 이유

---

[16] 대표적인 텍스트로 서울구치소 종교위원 문장식 목사의 일기와 교도소 교화위원으로 활동한 김혜원의 에세이가 있다. 문장식, 「제자를 유괴 살해한 스승」, 『아! 죽었구나, 아! 살았구나』, 쿰란출판사, 2006; 김혜원, 『하루가 소중했던 사람들』, 도솔, 2005.

는 무엇인가?

> 하지만 이제 사건의 시말은 이쯤에서 그만 이야기를 마무려두는 것이 좋으리라. 이 이야기는 애초 아이가 희생된 무참스런 사건의 전말에 목적이 있는 것이 아니라 [……] 알암이에 뒤이은 또 다른 희생자 아내의 이야기가 되고 있는 때문이다. 범인이 붙잡히고 사건의 전말이 밝혀진 다음에도 나의 아내에겐 그것으로 사건이 마감되어질 수가 없었기 때문이다. (pp. 49~50)

여기서 드러나는 화자의 서술 의도는 징후의 문학을 추구하는 이청준의 집필 의도와 다르지 않다. "사건의 시말"을 재현하는 것이 아니라 오히려 사건 이후에 남겨진 문제들을 이청준은 「벌레 이야기」를 통해 다루고자 했다. 그러니까 '85년에 다시 겪는 유괴 사건'을 집필한 의도는, 단지 사건을 객관적으로 재현하는 것이 아닐 뿐만 아니라 가해자 주영형을 단죄하거나 박정희 체제를 연상케 하는 모더니티 자체를 단순히 비판하려는 게 아니었다. 이윤상의 어머니 김해경처럼 이청준에게도, 유괴사건은 단지 범인이 밝혀졌다고 해결해야 할 문제가 사라진 것은 아니었다. 「벌레 이야기」를 쓸 당시 이청준에게 진짜 문제는 체제를 비판할수록 체제를 옹호하게 되는 기이한 담론의 질서 그 자체였다. 과학수사와 인권수사를 옹호하더라도, 고도 산업화 시스템을 비판하더라도, 주영형의 비인간적인 특성을 과장하더라도, 어떠한 비판과 견해를 제시하더라도 진짜 가해자인 신군부 체제는 전혀 위협받지 않으며 오히려 그러한 비판에서 집권의 정당성을 마련하고 있었다. 그렇기에 소설에서 알암이 엄마의 자살은 억압된 것을 말할수록 억압되는 기묘한 세상에 놓인 당대 사람들의 처지를 대변하는 듯하다. 절대적인 피해자인 알암이 엄마에게 김 집사는 "마음속에 원망을 지니면 자신만 더욱 곤란스러워"진다며 가해자에 대한 원한을 제거하고 심지어 그를 용서하라고 말한다. 원한과 복수심을 품을수록 자신의 마음만 파괴되는 상황은 당대의 모더니티를 비판할수록 모더니티의 최대 수혜자를 동조하게 되는 상황을 그대로 연상케 한다. 그렇다면, 비판조차 할 수 없는 상황에서 인간이 할 수 있는 일은 무엇일까. 김 집사의 말대로 가해자를 무조건적으로 용서하는 일일까. 김 집사가 강조하는 용서 그 자체는 증오(또는 모더니티 비판)가 가해자와 피해자 간의 악순환하는 폭력의 고리를 끊는 대안일 수 없을 뿐만 아니라 신군부 체제에 대한 어떠한 갱신도 이끌어낼 수 없는 방법이라는 점을 지적하기에 유효하다. 하지만 가해자 스스로 죄로부터 구원받아 있는 상황에서 용서에 대한 강조는 증오의 한계를 드러낼 수는 있지만, 마찬가지로 증오의 한계 또한 공유하게 된다. 이미 가해자가 섭리자(또는, 기묘한 담론의 질서)로부터 용서받은 상황에서 피해자의 용서 자체는 불필요하며, 심지어 용서가 가능하다고 해도 아이를 유괴하고 살해하며 스스로 구원받는 기묘한 시스템 자체는 변화되지 않기에 용서는 증오의 한계를 그대로 공유한다. 「벌레 이야기」의 화자는 김 집사가 강조하는 용서는 인간적 상황을 고려하지 못한 종교의 비현실적 계율일 뿐이라고 거부하고 있지만, 실제로는 용서마저도 모더니티 비판만큼이나 당대의 담론 질서를 바꿀 수 없는 무력한 대안일 뿐이다. 그렇다면 용서도 비판(증오)도 80년대 담론의 질서를 바꿀 수 없기 때문에 "질식해 죽어가는 인간"이었던 알암이 엄마의 자살을 우리는 어떻게 막을 수 있을까. 가해자가 스스로 구원되도록 만드는(심지어 정의롭고 자상한 대통령이 되도록 하는) 기묘한 담론의 질서(섭리자의 질서)를 어떻게 극복할 수 있을까.「벌레 이야기」는 가해자에 대한 단순한 비판과 증오를 거부하고 있지만, 그렇다고 용서를 이러한 질문들에 대한 해답으로 성급히 제시하지 않는다. 증오도 용서도 불가능한 답답하고 질식할 것 같은 85년 무렵의 상황에서 이청준은「벌레 이야기」를 썼다.

3

 지난 4년간 우리가 이룩한 안보와 안정의 토대는 과거 역사에서나 또는 전 시대 겪었던 물리적 안정과는 그 근원을 달리하고 있다는 점이 지적돼야 할 것입니다. 지난날 물리력에 의한 안정은 정치적으로 일인 장기 집권 체제 유지라는 목적 때문에 폐쇄와 핍박을 받아왔으므로 참다운 의미의 안정과는 거리가 멀었습니다.〔……〕구시대에서는 서로 대립되는 성격으로 인식돼온 자율과 안정이 이제는 민주주의 토착화와 국가발전의 토대로서 서로 보완 상승 작용을 하는 바람직한 단계로 나아가게 됐습니다. 야간통행금지의 폐지에서 근대의 학원 자율이 있기까지 자율화 조치 확대는 5공화국 정

부의 의지의 단단함을 표현해주는 사례라고 할 수 있습니다.[17]

위 인용문은 전두환의 1985년 1월 9일 국정연설 중 일부이고, 이 담화문은 5공화국 출범 4주년을 기념하여 1985년 3월 4일 KBS에서 방송된「특별기획─국운개척 1,460일」에서 다시 반복 재생된다. 여기서 두 가지 사항을 주목할 필요가 있는데, 하나는 전두환 스스로 신군부 체제의 집권 정당성을 박정희 체제를 비판하는 과정에서 찾고 있다는 점이고, 다른 하나는 체제의 정당성을 방송을 통한 상징 조작에 깊이 의존하면서 실현시키고 있다는 점이다. "지난날 물리력에 의한 안정"과 "일인 장기 집권 체제"는 전두환에 의해 가차 없이 비판된다. 그에 따르면 5공화국은 자율과 질서라는 풀기 어려운 난제를 해결할 수 있는 유일한 체제이다. 그러나 그의 담화와 다르게 실제로 이 시기는 컬러텔레비전이 광대히 보급되고 문화적인 자율화 조치가 확대되자 기이하게도 체제의 비판 가능성은 축소되어 억압적 상황은 더욱더 가혹해졌다.[18]

---

17) 1985년 1월 9일 전두환의 국정연설 중 일부. KBS노동조합,『5共下 KBS 방송기록 ─'80~87년 KBS특집에 나타난 권언유착의 실상』, 1989, pp. 114~15에서 재인용.
18) 이와 관련해서, 5공화국의 문화적 자율화 조치는 대중의 정치성을 탈각시키는 행위였다는 점을 지적하는 강준만의 견해와 자율성의 확대 그 자체가 아니라 그것의 성격을 살펴야 한다는 점을 역설하는 신현준의 다음과 같은 견해를 음미해보자. "5공은 퇴폐를 부추기면서도 또 그로 인한 결과를 빌미로 통제를 시도하는 이중적인 대중문화 정책을 구사했다. 〔……〕 통금해제가 가져다준 해방감은 민주화 쪽으로 나아가진 않았다."(강준만) ; "한마디로 80년대의 문화정책은 대중문화를 대상으로 삼았으며, 그 방향은 대체로 '규제완화'의 방향을 취했다고 평가할 수 있다. 문제는 이런 규제완화가 어떤 성격을 가지고 있었는가라는 점이다"(신현준). 강준만,『한국현대사산책─

마찬가지로 이미 모더니티를 비판하면서 체제를 유지하는 신군부 세력에게 모더니티의 폭력성을 비판하는 것은 무력하다. 이같이 자율을 통한 기묘한 통제와 비판을 통한 이상한 억압을 시행하고 있는 85년 무렵의 상황에서 질식해 죽어버리는 자는 「벌레 이야기」의 알암이 엄마만이 아니다. 진실을 발설할수록 사람들로부터 버림받는 「숨은 손가락」의 나동준의 처지는 알암이 엄마와 완전히 일치한다. 소설 결말부에 이르러 나동준과 백현우가 만난 후 비로소 마을 사람들끼리 서로를 지목해서 죽여버리는 지옥 같은 상황을 조장했던 백현우의 지독한 폭력성이 폭로되어야 하는 순간, 오히려 백현우는 자신의 손가락을 희생하면서까지 마을을 살린 인물로 사람들에게 존중받는 기이한 장면이 연출된다. 진실을 왜곡하고 동료들 간의 거짓 지목으로 처벌의 혐의를 들씌우던 백현우는 소설에서는 인민군으로 표현되어 있지만, 사실 녹화사업을 통해 동료들 사이에서 프락치 활동을 강요하고[19] 고문을 통해 진실을 왜곡했던 5공화국의 만행을 생각하다면,[20] 당연히 신군부 체제를

    1980년대편 2』, 인물과사상사, 2003, pp. 55~91 ; 신현준, 「1980년대 문화적 정세와 민중문화운동」, 『1980년대 혁명의 시대』, 새로운세상, 1999, p. 221.
19) 당시 많은 수의 운동권 학생들이 전방부대에 차출되어 '특수학적 변동자에 대한 재교육'(이른바 녹화사업)을 받았다. 이 제도의 불법성과 반인권적인 성격에 대해서는 다음의 글 참고. 이철, 「이른바 '녹화사업'」, 『5공화국의 사건들』, 일월서각, 1987 ; 한홍구, 「'녹화사업'을 용서할 수 있는가—프락치 짓까지 강요한 가장 비열한 국가범죄」, 『대한민국사 2』, 한겨레신문사, 2003. 녹화사업 대상으로 군대에 끌려갔다가 의문사한 고 김두황(고려대 경제학과)에 대해서는 다음의 글 참고. 정혜주, 「6월 장미의 이름으로 너를 부른다」, 『정법영, 김두황』, 오름, 2004.
20) 대표적인 피해자로 고 김근태 위원장을 생각할 수 있다. 동료들의 허위 지목을 강요해서 김근태를 구속하고, 다시 허위 자백을 이끌어내기 위해 김근태에게 국가 권력이

연상케 한다.[21] 인민군의 복장을 씌워서 5공화국과 그들이 조장한 억압적 모더니티 일반을 비판하는 이청준의 작법은 우의적으로나마 당대 지배 체제를 비판하는 것 자체가 얼마나 어려웠는지 알려주며, 더 나아가 그가 비판하고자 하는 것은 백현우로 대변되는 북한 체제가 아니라 오히려 가해자가 스스로 정의로운 자로 둔갑되는 5공화국의 끔찍한 모더니티 그 자체라는 것을 알려준다. 그러니까 이 소설은 겉으로는 50년대 한국전쟁을 배경으로 삼고 있고 심지어 북한 체제를 비판하고 있는 것처럼 보이지만, 실제로는 80년대 알암이 엄마가 놓여 있던 끔찍한 모더니티를 정확히 문제 삼고 있다.

그런데 이처럼 85년도 신군부들이 조장하는 끔찍한 모더니티를 문제 삼고 있는 이 소설은 더욱 흥미롭게도(아니, 더욱 끔찍하게도) 그들의 집권 정당화를 위해 활용되기도 했다. 1987년 KBS는 대통령 선거에 맞춰 '특집 드라마' 세 편을 준비했고, 그 가운데 하나로 이청준의 「숨은 손가락」을 드라마(연출: 임학송, 극본: 박구홍)로 각색했다. KBS는 좌경화 실상을 주입식 반공드라마가 아니

가한 고문에 대해서는 다른 맥락에서 쓰어진 글이지만 다음의 글 참고. 김남혁, 「부채사회에 대한 난외주석」, 『오늘의 문예비평』 2013년 봄호.
21) 문학비평가 김병익의 다음과 같은 서술 역시 이청준의 「숨은 손가락」이 한국전쟁을 소재로 삼고 있지만 당시 지배 체제를 타격점으로 삼고 있었다는 사실을 알려주며, 이 소설에서 비판의 대상은 동료들 간의 거짓 지목으로 상황을 지옥처럼 만들면서도 스스로를 정의로운 인물로 둔갑시키는 백현우이다. "[「숨은 손가락」에서_인용자] 이청준은 무고한 시민과 대학생에게 마구 혐의를 씌우던 현실에 30여 년 전[한국전쟁기_인용자]의 혼란스럽고 무책임했던 세태를 고통스러운 마음으로 빗대어 들추어낸 것이다." 김병익, 「'숨은 손가락'의 정치학」, 『경향신문』 1997년 3월 28일.

라 밀도 있는 원작소설을 드라마함으로써 "좌경이데올로기에 편향된 인간이 사상문제에만 집착한 나머지 인간성이 무너져가는 과정을 밀도 있게" 그릴 목적으로 「숨은 손가락」을 각색했다며 기획 의도를 말하기도 했다.[22] 물론 여기서 좌경이데올로기를 비판한다는 점만큼이나 의심스러운 것은 이러한 드라마를 기획하고 방영한 시기(1987년 12월 5일 방송)이다. 방송을 통해 수많은 상징 조작을 시도했던 신군부는 여기서 보듯 드라마 역시 적극 활용했다. 드라마를 통한 좌경이데올로기 비판은 당시 "야당이 집권하면 좌익폭력세력의 천하가 될 것"[23]이라고 역설했던 대통령 후보 노태우의 연설을 간접적으로 지원한다. 구체적으로 무엇을 위한 '특집'인지 명시하지 않은 채 막연히 '특집 드라마'라는 타이틀 하에 제작된 드라마 「숨은 손가락」은 분명 정권 연장을 노린 관제 작품이라고 할 수 있다. 그러니까 드라마 「숨은 손가락」의 기획은 국가가 이청준의 작품을 어떻게 오독했는지를 보여주는 흥미로운(아

---

22) 「이데올로기 갈등 그린 드라마 3편 곧 방영」, 『동아일보』 1987년 11월 17일. 참고로 세 편의 드라마는 「한씨 연대기」(황석영), 「월행」(송기원), 「숨은 손가락」(이청준)을 원작으로 한다. 한편, 『한겨레』 1992년 7월 8일 기사에는 당시 이데올로기 드라마로 선정된 세 명의 소설가 중 황석영과 송기원은 제작을 거부해 이청준의 드라마만 방영됐다고 언급되어 있다. 하지만 이 기사는 오보인데, 실제로 「월행」(이영국 연출)은 대통령 선거 전인 1987년 12월 15일에 방영됐고, 황석영의 「한씨 연대기」(김현준 연출)는 대통령 선거가 끝난 후인 1988년 6월 18일에 방영됐다.

23) KBS노동조합, 앞의 책, p. 270에서 재인용. 이 책은 방송이 5공화국의 권력집단과 유착관계를 맺고 있었다는 것을 증명하고 있으나 분석 대상을 특집 프로그램과 뉴스에 한정하고 있다. 상당히 정교하고 치밀한 분석을 보여주지만, 5공화국이 특히 문화정책을 통해 교묘하게 집권의 정당성을 확보했다는 점을 생각할 때, 이처럼 분석 대상이 한정돼 있어 근본적으로 조망하는 데 한계가 있는 것은 상당히 아쉬운 부분이다.

니, 끔찍한) 사례이다. 등장인물에게 인민군의 복장을 씌워 간신히(그러나 강력히) 신군부 체제와 모더니티 일반을 비판하고 있는 이청준의 소설을 5공 집권자들은 단순히 북한 체제를 비판하는 소설로 읽고 있다. 그러나 드라마를 위한 사전 기획과 실제로 제작된 창작물은 다른 결과를 양산할 수 있다. 드라마 「숨은 손가락」에서 좌익 인물들은 좀더 표독스런 배우들로 배치하고 우익 인물들은 건장하고 믿음직한 배우들로 캐스팅되어 있고, 나동준(배우 백준기)을 교활하게 이용하는 인민군들의 모습이 등장할 때에는 화면 조작이 공포스럽게 이루어지기도 해서, 겉으로 보기에 이 드라마는 KBS의 제작 의도를 정확히 반영하는 것처럼 보인다. 그런데 이 드라마는 인민군의 잔인하고 타락한 모습보다는 개인적 열등감을 극복하지 못한 나약한 인물인 백현우(배우 유동근)를 무조건 악마적인 인물로 그리지 않고 충분히 이해받을 수 있는 인물로 그리고 있다. 드라마 마지막 부분에서 백현우가 "그러나 난 너와 싸우기에는 너무 많이 망가졌다. 난 이제 아무것도 할 수가 없게 되었어. 너와는 같이 이 마을에서 살 수는 없게 되어버렸다"며 자신의 잘못을 인정하며 나동준에게 자신을 권총으로 쏘아 죽이라고 말하는 장면은 인간성이 타락한 악마 같은 인민군이 처단되는 통쾌함보다는 모순적인 인간성 자체에 대한 회의와 더불어 백현우에 대한 동정심을 이끌어내기 때문이다. 어쨌든 드라마 「숨은 손가락」이 당시 시청자들에게 어떤 영향을 주었는지는 확실히 알 수 없지만, 대통령 선거를 불과 열흘 정도 앞두고 방영됐다는 점과 막연히 '특집 드라마'라는 타이틀을 걸 정도로 기획 의도를 숨기고 있었다는 점을 고려하면, 이 드라마는 분명 공산주의에 물든 인물인 백현우가 교활한 악마가 되어가는 과정을 보여줌으로써 시청자들의 반공이데올로기를 자극하고 당시 야당 세력을 비판하려는 의도로 제작되었을 것이다. 이처럼 드라마 개작 사례는 5공의 기묘한 담론 질서를 비판하는 소설 「숨은 손가락」이 다시 한 번 5공의 집권 연장을 위한 도구로 왜곡되는 끔찍한 양태를 보여준다. 어차피 '자가 구원' 받는 집권 세력을 보조하게 되기에 비판도 용서도 불가능하고(「벌레 이야기」「숨은 손가락」), 이러한 불가능을 말하는 것도 불가능한(드라마 「숨은 손가락」) 상황에서 이청준은 아마도 알암이 엄마와 백현우만큼이나 답답하고 질식할 것 같은 괴로움을 느끼지 않았을까.

「누군들 초장부터 꾼으로 태어나랴」는 앞의 두 소설과 마찬가지로 신군부가 만들어낸 섭리자의 질서(담론의 질서)를 다시 한 번 타격점으로 삼고 있다. 그런데 무엇보다 의아한 것은 이 소설이 어떻게 1985년에 검열을 통과하고 무사히 발표될 수 있었을까 하는 점이다. 왜냐하면 당시 농촌문제를 공론화하는 것은 쉽지 않았기 때문이다. 일례로 1983년 8월 23일에 방영된 드라마 「전원일기」 '괜찮아요' 편에는 농산물 가격이 하락한 것에 실망한 마을 청년들이 양파를 땅에 파묻는 장면이 등장하는데, 이 장면이 실제로 당시 양파 가격 하락으로 농민들의 자살까지 속출하던 현실을 연상케 했다는 이유로 연출자와 작가는 관계 기관에 끌려가 신원 및 행적 조회, 제작진의 배후에 불온 집단이 연계되어 있는지 여부 등을 조사받기까지 했다.[24)] 드라마와 문학작품에 대한 검열 정도가 다룰 수 있다는 점은 고려되어야 하지만, 어쨌든 농촌문제는 절대로 공론화될 수 없을 정도로 신군부에게 예민한 문제였다. "'농촌 파멸 직전, 매년 60만 명이 이농' 보도하지 말 것" "'올 들어 농민 연 32회, 15,000명 시위, 이는 동학란 이래 최대의 농민 저항' 이상의 내용은 보도하지 말 것" "'도시민의 저항은 데모와 폭력이고 농촌, 농민의 저항은 자살과 죽음이다'라는 [국회 김봉호 의원의_인용자] 발언 내용은 삭제할 것" "'농촌경제의 심각성(소값 파동 등)'은 연말 및 송년 특집에서 다루지 말 것".[25] 이상의 언급들은 「누 군들 초장부터 꾼으로 태어나랴」가 발표되던 무렵인 1985년 정부가 언론기관에 '보도지침'이란 명목으로 전달한 농촌 관련 보도 방침 중 일부이다. 이 시기 신군부는 농촌과 관련된 일들이 일반 사람들에게 알려지는 것을 극도로 금지했고 이를 위반할 경우 단호히 처벌했다. 이청준은 이처럼 서슬 퍼런 시기 어떻게 농촌문제, 그것도 당시 가장 첨예한 문제 중 하나였던 농축우가 문제를 소설로 다룰 수 있었을까.

「숨은 손가락」에서 이청준은 비판의 대상인 백현우를 인민군으로 설정해서 신군부의 담론 질서를 비판할 수 있었고, 이러한 알레고리적 기법은 당국마저 이 작품을 반공소설로 오독하게 만들어 개작된 실제 결과물의 효과는 문제 삼지 않더라도 일종의 관제 드

---

24) 오명환, 「〈전원일기〉의 돌출과 〈우리 동네〉의 요절」, 『테레비전 드라마 사회학』, 나남, 1994, pp. 341~42.
25) 1985년 10월부터 12월 사이의 농촌 관련 보도지침을 나열한 것이다. 민주언론운동협의회, 『보도지침』, 두레, 1988, pp. 250~72.

라마로 기획할 수 있도록 만들었다. 「누군들 초장부터 꾼으로 태어나랴」가 농촌문제를 공론화하기 어려웠던 85년 10월에 발표될 수 있었던 것도 이러한 알레고리 작법을 이청준이 적극 활용했기 때문으로 보인다. 이 소설에서 이청준은 '믿을 수 없는 화자'를 통해 당시 가장 비극적이고도 첨예했던 농축우가 문제를 거론할 수 있었다. 이 소설에서 공만석은 사람들과 시국담 나누기를 좋아하지만 허풍과 "땡고집"만 부리는 믿을 수 없는 화자이기에 그의 시국담은 주변 사람들과 독자들의 조롱거리가 될 뿐이다. 더구나 겉으로는 대의명분을 내세우면서 속으로는 이기적인 욕심을 채우려 드는 공만석의 언행들은 마치 판소리 흥부가의 놀부를 연상케 할 정도로 재미있으면서도 독자들에게 거리감을 갖게 한다. 이를테면 아무런 힘도 연줄도 없는 공만석 씨가 방송에 나가 진술할 거라며 미리 아내 앞에서 선보인 연설은 당시 상황에서 볼 때 정치적으로 올바른 말이지만 이 같은 그의 성품 때문에 믿을 수 없는 말이기도 하다.

그게〔외국소 수입_인용자〕어디 우리 시골 사람들 고기 못 묵는 것 걱정해서 한 짓이여. 순전히 저희 도회지 사람들 생각해서 하는 것이제. 이를테면 농촌 사람 것 빼앗아다 도회지 사람들 잘 먹여 살리자 이 판속이란 말이여. 그러니 이제부터라도 외국 소 들여올 궁리 그만두고, 〔……〕위인들이 만약 그렇게 나온다면〔외국 소를 계속 들여온다면_인용자〕그땐 우리도 더 참을 수가 없는 일이제. 그럴 땐 도회지 사람은 도회지 사람끼리 저희 일을 해묵고, 농촌 사람은 농촌 사람끼리서 우리 일을 해묵고 살아가야제. 〔……〕우리 농촌 사람들은 우리가 땀 흘려 지은 쌀이나 보리나 채소를 묵고 살고, 도회지 사람들은 말이여, 저희가 일해 만든 농약이나 농기계나 텔레비, 냉장고 같은 걸 뜯어묵고 살아라, 이것이야. 〔……〕 이렇게 늘상 한쪽만 당하고 살 수가 있느냐 말이여, 웅? 어떤 놈은 첨서부터 억누르고만 살고 어떤 놈은 당하고만 살게 태어났길래 이토록 한사코 차별이냐 이거여!"(pp. 141~43)

만약 신군부 세력이 이 소설을 읽었다면, '도시 사람들은 지들이 만든 냉장고나 뜯어먹고 살라'는 공만석의 일장 연설은 위협적이라기보다 익살적으로 느껴졌을 것이다. 그러나 이 소설이 발표되는 시절 농민들은 소값 때문에 자살하기도 했고, 실제로 경남 고성군의 두암마을 사람들은 '소값 똥값 소값 개값' '농민은 선진조국의 머슴인가' 등의 피켓을 들고 자신이 키운 소를 앞세운 채 30리 길을 걸으며 시위하기도 했다.[26] 상당히 비극적인 현실을 이청준은 이처럼 희극적인 인물의 목소리를 통해 우의적으로나마 드러낼 수 있었다. 그러니까 이청준은 당대 농촌의 비참한 현실을 어떻게

---

26) 1985년 7월 1일 경남 고성군 마암면 두호마을 농민들은 고성읍 시가지 및 우시장에서 소값 폭락으로 인한 소 사육 농민의 피해보상을 요구하는 '소몰이 시위'를 벌였다. 주민 삼사십 명은 자신들이 키우던 소를 앞세워 국도 30리 길을 걸으며 시위했다. 당시 농촌 청년들이 밤새워 만들었던 피켓의 문구를 좀더 인용하면 다음과 같다. "농민들은 똥밭에 재벌들은 돈밭에" "돼지똥 밟고 엄마 울고, 소똥 밟고 아빠 운다" "농민은 선진조국의 머슴인가" "밀려오는 외국소에 죽어나는 한국 농민" "양키 강냉이 먹고 설사하는 한우" "열나게 일했더니 신나게 수입하네" "농민 살길 농민이 찾자" "소값 똥값 소값 개값". 이상의 내용은 다음의 기사 참고.「농민은 선진조국의 머슴인가—소값 폭락 항의 시위, 경남 고성군 마암면 두호마을」,『말』제2호, 1985년 8월, p. 45.

든 알리고자 했지만 그럴 수 없는 숨 막히는 현실을 돌파하기 위해서 공만석을 놀부처럼 희극적인 캐릭터로 설정했다고 판단된다. 더구나 '누군들 초장부터 꾼으로 태어나랴'라는 식으로 농촌문제를 쉽게 예상할 수 없을 뿐만 아니라 진지한 성격을 배제한 제목은 한층 더 이 소설을 당국의 검열으로부터 쉽게 벗어날 수 있게 했을 것이다. 그렇기에 1985년이라는 발표 기간을 고려하면 이 소설의 희극적인 성격은 독자들을 마냥 웃기만 할 수 없게 만든다. 「누군들 초장부터 꾼으로 태어나랴」의 희극성은 철저히 비극적인 현실을 배경으로 삼고 있기 때문이다. 그렇다면 두암마을 사람들이 국도를 막아가며 소몰이 시위를 했던 날 밤 텔레비전은 이들의 모습을 어떻게 방영했을까.

시위를 마치고 마을로 돌아온 피해 농민들은 그날 밤 TV 앞으로 모여들었다. 장장 4시간 30분이나 시위를 벌였고 장터에서는 어느 신문사·방송국인지는 몰라도 수없이 카메라를 돌려댔기 때문에 틀림없이 보도될 것이라고 생각했다. 그러나 일언반구도 방송되지 않았다.
"그날 참가했던 모든 사람들이 TV 화면을 보고 있었어요. 그런데 안 나와요. 왜 우리 얘기가 안 나오노. 이보다 더 심각한 문제가 어디 있노. 그러면 우리 의사는 어떻게 전달되노?"
모두들 한결같이 분노를 터뜨렸다고 하면서 이응주 씨는 이렇게 말을 잇는다.
"이러니 신문·방송에 대한 불신이 생길 수밖에 더 뭐가 있겠소. 그날 이후 우리 마을 사람들은 방송이 맨날 거짓말만 해대는 것을

똑똑히 느꼈던 거요."²⁷⁾

  TV 앞에 있던 두호마을의 이응주 씨의 마음을 답답하게 만든 원인을 다르게 표현하면 '끔찍한 모더니티'라고 말할 수 있다. 세계에 대한 비판도 용서도 불가능했던 알암이 엄마와 나동준의 처지를 우리는 이처럼 두호마을의 이응주 씨에게서도 만나게 된다. 그런데 이들의 상황 속에「누군들 초장부터 꾼으로 태어나랴」의 공만석 씨 역시 놓여 있다는 점을 잊을 수는 없다. 서울에 올라간 자식들이 모더니티의 피해자가 되어 있다는 것을 알게 된 공만석은 이제 대의명분을 내세우며 속된 욕심을 채우던 희극적인 성격을 벗어나게 된다. "그는 어느 날 문득 깨닫게 되었다. 방송의 이야기들은 도대체 그의 편이 아니었다. 그의 편도 아니었고 농사꾼 편도 아니었다. 〔……〕 방송의 이야기들은 녀석들〔서울에서 상처 받은 공만석 씨의 자식들_인용자〕의 편이 아니었다. 거꾸로, 나무라고 핍박하는 쪽이었다. 〔……〕 하여 공만석 씨는 그 텔레비전 방송이 그의 편이 아니라는 것이 확실해진 것으로 그것을 다시 앞에 하기 시작한 것이다"(pp. 154~55). 이처럼 TV 앞에 앉은 공만석 씨는 지금 두호마을의 이응주 씨와 정확히 똑같은 경험을 하고 있다. 소설은 공만석 씨가 이제 자식들과 함께 새로운 상대인 텔레비전과 "진짜 싸움"을 시작하겠다고 결심하는 장면에서 마감된다. 이 마지막 장면은 80년대 중반 당시 서서히 시작되던 'KBS 수신료

---

27)「농민은 선진조국의 머슴인가—소값 폭락 항의 시위, 경남 고성군 마암면 두호마을」, 같은 책, p. 46.

납부 거부 운동'을 연상케 한다. 이처럼 이청준은 공만석이라는 믿을 수 없는 인물을 등장시킴으로써 「누군들 초장부터 꾼으로 태어나랴」를 현실과 가장 무관한 이야기처럼 은폐하면서도 가장 첨예한 문제에 시급히 개입하고 있었다. 그렇기에 바로 이 소설은 그가 강조한 '징후의 문학'의 중요한 사례이다.

4

그런데 공만석 씨가 언급했던 '진짜 싸움'이라는 것은 무엇일까. 그것의 대상은 물론 '방송'으로 대변되는 당대 담론의 질서임에는 틀림없다. 그렇다면 피해자에게 용서도 증오도 불가능하게 하는 담론의 질서는 어떻게 바꿀 수 있을까. 이처럼 답이 보이지 않는 막막하고 숨 막히는 시절 이청준은 왜 이중섭을 생각했을까.

「나들이하는 그림」은 발표 당시 '밤에 읽는 동화풍(童話風)'이란 제목 아래 실린 네 편의 작은 이야기들 중 하나이다.[28] 최초 발표 지면에서 이청준은 다음과 같은 부기를 남겨두기도 했다.

> 이 이야기는 은종이 동자들의 그림으로 유명한 고 이중섭 화백의 일화를 바탕으로 꾸민 동화입니다. 이중섭 화백이 6·25 전란 중에

---

28) 네 편의 작은 이야기들은 다음과 같다. 「나들이하는 그림」 「대사와 어린이」 「봉해 가지고 가는 노래」 「딴 생각이 배어든 글씨」. 이들 소품들은 이청준의 동화집이나 에세이집에 여러 차례 재수록되기도 했다.

그의 아들을 잃고, 하늘나라에서 심심하지 않게 함께 지내라고 아이들의 그림을 그려서 아들과 함께 관 속에 넣어 묻어준 것은 유명한 이야기입니다.[29]

여기서 이중섭이 6·25 전란 중에 아들을 잃었다는 점은 사실과 다르다. 이중섭의 첫째 아들은 한국전쟁 중에 죽은 것이 아니라 1946년에 디프테리아로 사망했다.[30] 그러나 이러한 사실관계의 일치 여부보다 더 주목해야 할 것은 이 소설이 과거를 단순히 재현하는 '알리바이 문학'이 아니라 과거의 사건을 거슬러 현실에 개입하는 '징후의 문학'이라는 점이다. 그러므로 '밤에 읽는 동화풍'이란 제목에서 '밤'이 지닌 의미의 폭은 광대하다. 여기서 '밤'은 실제의 시간이자 비유의 시간이다. 이중섭에게 그 시간은 아들의 죽음과 대면해야 하는 시간이면서 동시에 예술작품을 창작하게 하는 시간이다. 그리고 그때 창작된 예술작품은 죽은 이를 위로하고 남겨진

---

29) 이청준, 「밤에 읽는 동화풍」, 『현대문학』 1985년 7월호, p. 154.
30) 고은은 아들이 죽은 슬픔에 은지화를 그리던 이중섭의 모습을 묘사하기도 했다. 아들을 잃은 슬픔에 구상과 술을 마시고 함께 잤던 그는 새벽에 일어나 은지화를 그렸다. 다음은 고은의 서술이다. "한밤중에 코를 골고 자던 중섭이 코고는 소리를 뚝 멈추고 도화지를 찾아내어 밤새 밝혀둔 불빛 밑에서 무엇인가를 그리고 있었다. 그런 일은 거의 새벽녘까지 계속됐다. 구상은 잠에서 깨어난 척하면서 물었다. '섭, 무얼 해?' '응 그림 그리고 있네. 헤에.' '무슨 그림인데. 밤중에….' '응 우리 새끼 천당에 가면 심심하니까, 우리 새끼 동무하라고 꼬마들을 그렸네. 천도복숭아 따먹으라고 천도도 그렸네. 헤에.' 구상은 그런 중섭의 웃음에 귀기를 느끼면서 섬뜩했다. 그리고 공감했다. 다음 날 그 그림과 그가 가지고 있는 불상, 동자상이 있는 도자기들을 작은 송판관에 시체와 함께 넣어서 공동묘지에 파묻었다." 고은, 『이중섭 평전』(개정판), 향연, 2004, p. 96.

자를 살게 한다. 좀더 이 글의 맥락에 맞게 환원시켜 해석해보면, 끔찍한 모더니티가 조장되는 80년대라는 '밤'의 시간은 이청준에게 동시대 사람들의 죽음(이를테면 담론의 질서 속에서 '질식'해 죽어버린 알암이 엄마와 나동준의 죽음)과 마주하도록 만드는 두려운 시간이자 그것을 극복하기 위해 문학을 창작하도록 강제하는 시간이다. 그런데 이청준은 이 작품을 소설이 아니라 "동화" 혹은 동화 비슷한 작품("동화풍")이라고 말하고 있다. 평생토록 소설이란 무엇인가라는 질문을 포기하지 않을 정도로 소설이란 장르를 소중하게 여기던 이청준은 여기서 자신의 작품을 소설이라고 당당히 명명하지 않고 있다. 이 같은 그의 모습은 평생토록 대작을 그리고 싶어 했지만 가난과 한국전쟁이라는 여러 가지 상황 때문에 소품esquisse들만을 그리던 이중섭을 연상케 한다.[31] 이중섭이 죽은 후 그의 작품은 많은 사람들로부터 신화화될 정도로 대단히 높게 평가받았지만, 실제로 그는 일본에 가 있는 아내 남덕〔야마모토 마사코(山本方子)의 한국 이름〕과 재회하기 전에는 대작을 그릴 수 없기에 자신의 작품을 공부가 덜 된 습작이라고 여겼다.[32] 마치 이

---

31) 우연의 일치겠지만, 이중섭이 단식과 정신병원을 전전하다 죽었다는 사실은 이청준 소설에 자주 등장하는 비극적인 인물들을 연상케 한다. 이중섭의 단식과 병원을 탈출한 일화 등은 그의 지기였던 화가 한묵의 글을 참고할 수 있다. 한묵, 「벌거숭이 자연인을 묶어놓은 은지화사건」, 『계간미술』 1986년 가을호.
32) "빨리 도쿄로 가서 당신〔이중섭의 아내 남덕_인용자〕의 곁에서 대작을 그리고 싶어 못 견디겠소." 이것은 이중섭이 아내에게 보낸 편지의 일부 구절이다. 한편, 이중섭이 자신의 작품을 소품으로 여겼다는 점은 구상의 회상을 참고할 것. 이중섭, 『이중섭 편지와 그림들』(개정판), 다빈치, 2003, p. 70; 구상, 「이중섭의 인품과 예술과」, 『이중섭 작품집』, 한국문학사, 1979.

중섭처럼 이청준은 지금 자신의 작품을 그가 그렇게 소중히 여기던 소설이 아니라고, 아니 더 정확히는 동화도 아닌 동화풍이라고 말하고 있다. 「나들이하는 그림」에 이르러 이청준은 장르적 규칙과 미학적 완성도에 집착하지 않는다. 죽은 자들을 위로하고 산 자들을 살게 하는 글쓰기라면 그것이 에스키스든 동화든 소설이든 상관없다. 왜냐하면 1985년 지금은 비판도 용서도 모두 불가능한 끔찍한 모더니티의 시간이기 때문이다.

후대 연구자들에게 이중섭의 담배갑 은지화는 독자적인 화지(畵紙)의 발견이자 미술사 안에서 비교 대상이 없는 새로운 창작물로 인정된다.[33] 그런데 중요한 것은 그러한 것을 가능케 하는 이중섭의 천재적인 재능이 아니고, 오히려 그러한 재능을 발현시킨 밤이라는 조건이다. 이청준 역시 이중섭을 소재로 한 뭇 작품들과 다르게 그의 기이하고 천재적인 재능이 아니라 은지화를 그리게 한 이중섭의 밤의 시간에 주목한다.[34] 자식의 죽음과 가족과의 이별, 그리고 가난 등은 이중섭에게 대작을 그릴 수 없게 하는 한계 조건이었지만 은지화처럼 죽은 자를 위로하고 산 자를 살게 하며 더불어 미술사 안에서 독창적인 위치에 남게 하는 그림을 그리게 하는 창작의 조건이기도 했다. 「나들이하는 그림」과 징후로서의 문

---

33) 이귀열, 「이중섭 혹은 평화의 기도」, 『문학과지성』 1972년 여름호, p. 317. 한편 이귀열은 이중섭이 한국전쟁 이후 많은 작품들을 남겼다는 사실은 당시 그의 처지와 상황을 고려할 때 하나의 경이라고 말하기도 했다. 그런데 그러한 현실적 제약(이청준의 말로는 '밤'의 시간)은 창작 활동을 제약하면서도 새롭게 하는 역설적인 조건이다.
34) 예를 들면 이중섭의 삶을 소재로 삼은 이재현의 희곡은 이중섭의 기이한 생활과 천재적 재능에 집중한다. 이재현, 「화가 이중섭」, 『화가 이중섭: 이재현 제2희곡집』, 근역서재, 1979.

학으로 이청준이 갈망하고자 했던 것은 이러한 이중섭의 삶과 다르지 않다. 밤의 시간, 이 끔찍한 모더니티의 시간은 한가하게 미학적 완성도를 따지는 시간이 아니고, 죽은 자와 산 자를 위로하는 글쓰기가 수행되어야 하는 시간이다. 미학적 완성도는 그러한 글쓰기 이후에 은총처럼 주어지는 선물일 뿐이다. 그러므로 스스로 소설이란 장르를 고집하지 않는 이청준의 동화 또는 동화풍 에스키스들은 죽은 아들을 다시 살리고 싶어 했던 이중섭의 절박한 심정과 은지화에 육박한다. 그러므로 그의 에스키스들은 미학적 판단 기준에 따라 낮게 평가받아야 할 습작들이 결코 아니다. 오히려 그의 에스키스 앞에서도 미학적 완성도를 고집하는 바로 그 기준이야말로 스스로의 오만함을 반성해야 할지 모른다.

대작을 쓰고 싶지만 대작을 쓸 수 없는 '밤'의 시간에 이청준은 이중섭처럼 계속해서 에스키스를 썼다. 「흐르는 산」은 이에 대한 대표적인 사례이다. 이 작품은 이청준의 모든 작품 중 창작 기간이 가장 길게 소요된 작품인 『인간인』의 인물과 서사를 많은 부분 공유하는 일종의 소품으로 보인다. 『인간인』은 창작 기간뿐만 아니라 수많은 개작의 과정을 거친 작품이다. 『인간인』 1부 서사인 「아리아리강강」을 연재하면서 이청준은 이 서사를 1984년 가을에 시작해서 세 번 수정했고 이번 연재가 네번째 개작이라고 말한 바 있다.[35] 이후 그는 1991년 12월에 이르러서야 2부 서사를 완성시키고 『인간인』을 탈고하게 된다. 「흐르는 산」의 중심서사와 남도섭과 무불 스님이라는 등장인물은 『인간인』 1, 2부의 서사와 등장

---

[35] 이청준, 「작가의 말/결구를 위한 시축」, 『현대문학』 1988년 5월호.

인물이 혼합되어 있다. 그러나 이 서사의 내용을 따져보기 이전에 「흐르는 산」(1987)이 『인간인』(집필 기간 1984~1991)이라는 '대작'에 이르기 위한 하나의 소품이었다는 점은 주목을 요한다. 「흐르는 산」은 미학적 개별성을 따지기에 부족한, 단지 『인간인』에 이르는 한 편의 에스키스에 불과할지 모른다. 그러나 이청준이 대작에 이르기 위해 이 시기에 발표했던 「흐르는 산」은 아들의 죽음 앞에서 창작되었던 이중섭의 은지화만큼이나 절박한 작가의 심정이 투영되어 있음을 기억할 필요가 있다.

여느 이청준 작품처럼 「흐르는 산」 역시 두 명의 대립적인 인물들이 서사를 구축한다. 남도섭과 무불 스님이 그들이다. 마치 이청준의 대표작 『당신들의 천국』의 조백헌 원장과 이상욱 과장의 관계처럼, 무불 스님은 타인들의 아픔을 함께한다는 명목으로 깊은 산속에서 수행하는 인물이고, 남도섭은 그의 수행이 좋은 의도를 갖고 있을지라도 실제로는 자신의 명분만을 채워주는 이기적인 행동일 수 있으며 더욱이 어떤 사람도 위로할 수 없는, 현실성이 떨어지는 행위일지 모른다고 의심한다. 남도섭은 타인의 아픔에 공감하려는 무불 스님의 윤리적인 행동이 만약 타인의 삶과 관계["인연"] 맺지 못한다면 "그 아픔의 산이라는 것은 아무 뜻이 없을뿐더러, 잘해야 스님의 허세 어린 과장이나 자기 집착의 흉한 봉우리에 불과할" 뿐이며, 그것은 "오연한 집착과 자기기만의 높은 마루턱일 뿐"(p. 308)이라고 말한다. 무불의 윤리적인 행위를 존중하면서도 그것이 자기기만적 행위가 되지 않기 위해 타인과 어떻게 관계 맺을 수 있을 것인지 이 시기 이청준은 상당히 고민했다고 판단된다.「흐르는 산」을 포함하여『인간인』과 같은 '대작'에 도달하기 위해 씌어진 무수한 에스키스들이 바로 그 고민의 증거이기 때문이다. 매우 적은 분량의 서사이면서 이청준이 소설이라고 고집하지 않은 채 동화나 에세이로 재활용되기도 했던「흰 철쭉」「불의 여자」「심지연」역시 이러한 에스키스들의 하나로 보인다.

그런데 누구도 관심 갖지 않는 타인의 아픔을 알아보지만 그저 알아보는 데에서 멈춘 자가 있다. 남도섭이 인연이 생략된 무불 스님의 윤리적인 행위의 한계일지 모른다며 의심했던 바로 그 태도를「불의 여자」의 화자는 반복한다. 화자는 창밖 여자의 아픔을 유일하게 알아보지만 "내게는 아무것도 그녀를 위해 해줄 일이 없었다"(p. 88)는 식으로 자기 합리화하며 그녀에게 다가서지 않는 자이다. 그녀와 거리를 유지하게 하는 화자의 자리는 그야말로 "오연한 집착과 자기기만의 높은 마루턱"이다. 이 작품에서 이러한 화자를 80년 광주의 비극을 알고 있지만 상처받은 그들에게 아무것도 해주지 못한다며 자기합리화하는 인물로 해석하는 것은 지나친 것일까. 아무것도 할 수 없다며 아파하기만 하는 화자를 쳐다보는 "그녀의 눈길"과 "야릇한 웃음기"가 무불 스님에 대한 남도섭의 의심만큼이나 날카로운 이유는 무엇일까. 어쨌든 이들 작품에서 중요하게 읽어내야 할 것은 타인의 아픔을 진정 위로하기 위해서는 그들의 삶 속으로 깊이 관계 맺어야 한다는 사실이다. 분량으로 볼 때「흐르는 산」과「불의 여자」는 작은 에스키스에 불과하지만, 타인의 아픔에 공감하는 윤리적인 태도와 그러한 윤리적인 태도의 자기기만적 한계를 두루 성찰하는 이청준의 시선이

상당히 복합적으로 투영되어 있다.

  타인의 아픔에 단지 공감하기만 하는 것에 반대하고 그들의 삶에 적극 관계〔인연〕 맺는 것은 분명 「누군들 초장부터 꾼으로 태어나랴」의 공만석 씨가 말했던 '진짜 싸움'을 실천하는 것과 다르지 않다. 이청준은 진짜 싸움의 하나로 타인들이 죽은 원인을 파악하는 것에 대해 두려워하거나 피하지 말고 적극적으로 이해하기 위해 분투하기를 요구한다. 「섬」과 「해변 아리랑」은 일견 서정적인 서사로 보이지만, 바로 진짜 싸움의 한 방법을 알려주는 소설이다. 「섬」의 강 형과 울릉도 터줏대감 홍순철 씨는 화자 스스로 말하듯이 홀섬을 찾아가는 "미치광이"들이다. 죽음의 장소를 상징하는 홀섬의 바닷길이 상당히 험난하듯이, 타인의 죽음을 이해하는 것은 두렵고도 어려운 일이다. 이를테면 우리의 삶이 쉬운 출구가 보이지 않는 끔찍한 모더니티의 그물망으로 조직되어 있다는 사실을 인정하는 일은, 알암이 엄마와 나동준의 사례에서 보듯 삶을 포기하게 할 정도로 두려운 일이기 때문이다. 그런데 강 형과 홍순철은 이러한 사실에 두려워하며 도망치지 말고 계속해서 홀섬에 다가가서 그 두려움을 견디라고 말하고 있다. "막말로 해서 이건 일종의 전투란 말여, 전투!" 그렇다, 홍순철의 말처럼 타인의 죽음을 이해하고 더 나아가 그것과 관계 맺는 일은 끔찍한 모더니티라는 삶의 진실을 보는 일이기에 자신의 목숨을 걸 정도로 어려운 '진짜 싸움'이다. 더구나 홀섬에 다가가 무언가 알아내면 홀섬은 그것을 다시 빼앗아가듯 모더니티와의 전투는 끝을 알 수 없는 지난한 일이다. 이러한 지난하고도 두려운 싸움에서 도망치려는 젊은이에게 홍순철 씨는 다음과 같이 다그친다. "보그라. 그래 봐야 닌 어차피 이 섬을 쉬 도망쳐 나갈 수는 없응께네, 맘잡고 다시 섬으로 돌아가서 게서 니를 견디도록 해보란 말이다……"(p. 299) 그렇게 타인의 죽음에 다가가고 그들의 무덤 자리를 만들어주는 진짜 싸움을 평생토록 실천한 인물을 우리는 「해변 아리랑」의 노래쟁이 이해조에게서 볼 수 있다.

> 그는 생전에 늘 여기 와 앉아서 그의 바다의 노래를 앓고 갔다. 그 노래가 끝났을 때 그의 혼백은 바다로 떠나갔다. 바다로 가서 반짝이는 물비늘이 되고 작은 섬이 되고 돛배가 되었다. (p. 37)

이처럼 「해변 아리랑」의 마지막 장면은 드디어 끔찍한 모더니티의 그물망을 벗어나는 자유로운 자의 모습을 보여준다. 이번 전집의 첫 머리에 실린 이 소설은 끔찍한 모더니티를 벗어나고 싶었던 이청준의 갈망을 보여주는 듯하다. 하지만 이해조의 행복한 결말을 빌어주면서도 이청준은 알암이 엄마와 나동준의 죽음을 기억하고, 공만석과 홍순철 등의 진짜 싸움을 소설을 통해 내내 응원했다. 이러한 세 면모를 독자들은 이번 전집에서 깊이 음미하기를 바란다. 감히 말하건대 나는 뭇 사람들이 생각하듯이 이청준이 합리주의자였기 때문이 아니라 끔찍이 두려운 홀섬에 반복해서 다가서려던 강 형과 홍순철처럼 광인이었기 때문에 그를 흠모한다.

〔2013〕

자료

텍스트의 변모와 상호 관계

이윤옥
(문학평론가)

> **「해변 아리랑」**
> | 발표 | 『문예중앙』 1985년 봄호.
> | 최초의 단행본 수록 | 『비화밀교』, 나남, 1985.

1. 실증적 정보

1) **초고**: '시인 이해조'가 '노래쟁이 이해조'로 바뀔 뿐, 발표작과 다르지 않은 육필 초고가 남아 있다.

2) **수필 「원죄의식과 부끄러움」**: 2000년 작품집에 「해변 아리랑」의 작가노트로 수록된 「원죄의식과 부끄러움」은 수필 「빼앗긴 부끄러움」과 시작 부분이 같고, 나머지 내용도 비슷하다.

3) **수필 「부끄러움 견디기의 소설질」**: 이청준은 이 글에서 「눈길」 「해변 아리랑」 같은 소설이 삶의 부끄러움에서 시작되었다고 고백한다. 부끄러움은 자기 회의나 망설임을 거쳐 자기 양보와 겸양의 덕목을 낳는데, 그에게 소설 쓰기란 젖은 속옷 같은 괴로운 삶의 부끄러움을 인내로 감내

---

* 텍스트의 변모를 밝힘에 있어 원전의 띄어쓰기 및 맞춤법을 그대로 살렸음을 일러둔다.

해 벗어나려는 일이라 할 수 있다.
- 「빼앗긴 부끄러움」: 부끄러움이 없음은 곧 뻔뻔스러움이기 때문이다. 자신을 부끄러워할 줄 아는 데에서 비로소 양보와 겸양의 아름다운 덕목이 잉태될 수 있기 때문이다.
- 「부끄러움 견디기의 소설질」: 부끄러움은 무엇에 대한 반성의 결과다. 그리고 그 부끄러움을 견디는 일은 무엇에 대한 잘못을 시인하고 그 잘못을 극복해나가려는 힘든 반성행위의 정서적 의지다./그러므로 그것은 곧 소설의 '반성과 극복'의 정신일 수 있다.

4) 묘비명: 이청준은 「해변 아리랑」의 끝 부분을 거의 그대로 차용해 자신의 묘비명으로 삼았다. 그런 점에서 이해조는 어느 정도 이청준이기도 하다(37쪽).

5) 전기와 연관성: 이청준은 어린 시절 「해변 아리랑」의 형처럼 학교에서 돌아와 끼니도 잊은 채 연놀이에 열중했다. 그에게 고향을 떠난 형이 없는 점을 고려할 때, 자전적 색채가 강한 「해변 아리랑」에서 이해조와 형은 모두 이청준이 투영된 인물들이다.

- 수필 「보리밭, 연, 허기」: 학교에서 돌아오면 그 길로 곧 연을 메고 집을 나갔다. 〔……〕 나는 열심히 연만을 날렸다. 볕발 좋은 담벼락 아래, 동네 아이녀석들과 한데 어울려 서서 누구보다도 높고 멀리 나의 연을 날려 올리는 데만 모든 주의를 집중시켰다. 연이 일단 공중으로 치솟아 오르고 창공을 맴도는 그 연이 드높은 한 점의 까만 새 모양으로 변해져서 연실을 통하여 팽팽한 힘을 내게 전해오기 시작하면 나는 마침내 모든 것을 잊고 마는 것이었다. 끊임없이 더 높은 하늘만을 꿈꾸고 있는 연, 그리운 듯 하염없는 눈길로 그 연의 모습을 바라보면서 나는 언제나 연실을 통하여 느껴져 오는 팽팽한 긴장감 같은 것을 은밀스럽게 즐기는 것이었다.

2. 텍스트의 변모

1) 『문예중앙』(1985년 봄호)에서 『비화밀교』(나남, 1985)로
   - 8쪽 20행: 아지랑이를 타고 하늘로 올라가 버리기라도 할 듯 → 〔삽입〕
   - 14쪽 7행: 먼젓 여자 → 전실 여자
   - 36쪽 1행: 마을 사람들이 묻지 않았다. → 마을 사람들의 손에 묻히지 않았다.

2) 『비화밀교』(나남, 1985)에서 『눈길』(열림원, 2000)로
   - 8쪽 9행: 일된 → 올된
   - 8쪽 13행: 한가로운 → 유장한
   - 12쪽 15행: 손짓으로 → 손사래질로
   - 15쪽 10행: 그리고 그 밭언덕 끝에서 금산댁의 입속 노랫가락 소리를 들었다. → 그리고 그 밭언덕 끝에서 마지막 풀을 매며 금산댁의 오랜 입속 노랫가락 소리를 들었다.
   - 16쪽 3행: 다짐 → 한때의 다짐
   - 17쪽 16행: 떳떳한 노릇 → 보람있는 노릇
   - 17쪽 17행: 보람차며 → 떳떳하며
   - 20쪽 4행: 딸아이의 → 몹쓸 소문까지
   - 22쪽 11행: 인연 → 험한 인연
   - 31쪽 10행: 무엇하느냐는 것이었다. → 무엇하랴 싶어했다.
   - 37쪽 11행: 그가 사람들의 기억에서 잊혀지고 이 비목마저 세월 속에 삭아져도, → 그와 그의 노래가 사람들의 기억에서 먼 세월의 강물 저쪽으로 잊혀져 사라지고 이 비목마저 자취 없이 스러져도

3. 인물형

1) **이해조**: 바다의 노래를 앓고 간 시인의 이름답게 '해조'는 바다의 노래로 읽힌다(37쪽 8행).

2) **형**: 「바닷가 사람들」이후 여러 작품에 나오는, 고향을 떠나 돌아오지 않는 사람이다. 특히 「해변 아리랑」의 형과 어머니는, 「연」의 아들 건과 어머니 양산댁, 「빗새 이야기」의 어머니와 큰아들과 겹친다.

4. 소재 및 주제

1) 가족 관계와 콩밭 정경: 아버지의 부재, 울음소린지 노랫소린지 모르는 소리를 뱉으며 밭을 매는 어머니, 그 어머니를 보며 홀로 노는 나, 고향을 떠나 돌아오지 않는 형. 이런 가족 관계는 여러 작품에서 다양한 변주를 겪으며 반복된다. 특히 주인공이 떠올리는 어린 시절의 콩밭 정경에는 어머니의 기이한 소리와 햇덩이가 공통으로 나온다. 그 기억은 「귀향연습」에서처럼 행복하기도 하지만 대부분 그렇지 않다(7쪽~9쪽).

- 수필 「해변의 육자배기」: 여름 햇덩이는 언제나 머리 위에서 뜨겁게 이글거리고, 묘지 아래 바다에선 은가루를 뿌린 듯 파도가 반짝였다. 〔……〕 어머니 역시도 밭을 매면서 언제나 이 웅얼거림을 지녔었다. 입으로 소리를 웅얼거리는 것이 아니라, 몸 전체로 당신의 소리를 지니고 다니면서 이랑이랑 그것을 뿌리고 다니는 것 같은, 그런 느낌의 괴상한 소리였다. 어머니의 모습이 밭이랑 사이를 멀어져 가고 가까워짐에 따라 소리도 똑같이 멀어지다 가까워지고, 가까워지다간 다시 멀어지고 하였다. 그것이 마치 어머니가 누려온 끈질긴 삶의 찬가라도 되듯이, 그리고 앞으로도 당신의 삶이 다할 때까지 쉬임없이 지니고 불러내야 하는 필생의 노래나 되듯이 말이다.
- 「서편제」: 그리고 그 언덕빼기 무덤가에서 소년은 더러 물비늘 반짝이며 섬 기슭을 돌아 나가는 돛단배를 내려다보기도 했고, 더러는 또 얼굴을 쪄오는 여름 태양볕 아래 배고픈 낮잠을 자기도 했다. 그러면서 이제나저제나 밭고랑 사이로 들어간 어미가 일을 끝내고 나오기를 기다렸다. 하지만 여름마다 콩이 아니면 콩과 수수를 함께 섞어 심은 밭고랑 사이를 타

고 들어간 어미는 소년의 그런 기다림 따위는 아랑곳이 없었다. 물결 위를 떠도는 부표처럼 가물가물 콩밭 사이를 오락가락하면서 하루 종일 그 노랫소리도 같고 울음소리도 같은 이상스런 콧소리 같은 것을 웅웅거리고 있었다. 어미의 웅웅거리는 노랫가락 소리만이 진종일 소년의 곁을 서서히 멀어져 갔다간 다시 가까워져 오고, 가까워졌다간 어느 틈엔가 다시 까마득하게 멀어져 가곤 할 뿐이었다.

2) **연**: 연은 줄이 끊어지면 하늘 높이 날아가 돌아올 수 없다. 이청준의 작품에서 연놀이에 넋이 팔린 인물들은 모두 연처럼 언젠가 줄을 끊고 고향을 떠나 돌아오지 않거나, 아주 긴 세월이 지난 뒤 귀향한다. 「연」 「새와 나무」 『인문주의자 무소작 씨의 종생기』 등(10쪽 12행~11쪽 4행).
- 「연」: 연을 보면 아들의 얼굴을 보는 것 같았고 아들의 마음을 보는 것 같았다./연은 언제나 머나먼 하늘 여행을 꿈꾸고 있는 작은 새처럼 보였고 그래서 언젠가는 실줄을 끊고 마을의 하늘을 떠나가버릴 것처럼 그녀의 마음을 불안하게 했다.
- 『인문주의자 무소작 씨의 종생기』: 그리고 마침내 그때가 왔을 때 그는 마음속에 정해온대로 그 참나뭇골을 떠나갔다./큰산엘 올라간 이듬해 3월 하순께의 어느 봄날, 초등학교를 졸업하고 나서부턴 내내 마을 뒷산자락 남의 보리밭 이랑을 헤매며 철늦은 연놀이에만 빠져 지내던 끝에, 어느 순간 문득 허공 높이 스쳐오르는 거친 바람결에 그 연과 연실을 함께 띄워보내버린 다음이었다.

3) **떠돌기**: 줄을 끊고 날아오른 연처럼 고향을 떠난 사람은 이후 정처를 찾지 못하고 헤맨다. 이청준의 작품에서 그들은 깃들 둥지가 없어 헤매는 빗새로 묘사된다. 빗새는 자기 본모습을 잃고 떠도는 세상살이의 아픔을 보여준다. 그래서 빗새 같은 인물들은 늘 외로움과 피곤함에 젖어 있다. 고향은 그들이 깃들 수 있는 유일한 곳으로, 그들을 안아줄 수 있는 어머니의 다른 이름이기도 하다(24쪽 3행).

- 「빗새 이야기」: 하지만 마침내 그 빗새의 모양이 어떻게 생겼는지 어림짐작을 해볼 수 있는 날이 찾아왔다. 상급 학교 진학을 못하게 되자 도회지 돈벌이 나간다고 줄 끊어진 한 점 연이 되어 까마득히 마을을 떠나갔던 당신의 큰아들이 집으로 다시 돌아오던 날이었다. 마을을 한번 떠나간 후론 소식이 영영 끊어져버렸던 사람이 30년 만엔가 다시 당신을 찾아 털털뱅이로 돌아왔을 때, 어머니는 그 지치고 피곤한 형의 보잘것없는 귀향을 원망하는 빛이 조금도 없었다.

4) **누나**: 모진 시집살이를 겪다 젊은 나이에 죽는「해변 아리랑」의 누나는「여름의 추상」의 셋째 누나를 연상시킨다.

5) **묘터**: 이청준의 자전적 작품인「해변 아리랑」「새가 운들」「눈길」을 비롯해 여러 작품에서 묘터는 집터로 불린다(33쪽 21행).

- 「눈길」: 동네 뒷산 양지바른 언덕 아래다 마을 영감 한 분에게 당신의 집터(노인은 당신의 무덤 자리를 늘 그렇게 말했다)를 미리 얻어놓고 겨울철에도 날씨가 좋으면 그곳을 찾아가 햇볕 바라기를 하다 내려온다던 노인이었다.

6) **비목**: 수필「비명」에는 나무로 된 묘비의 덕목이 나온다(36쪽 18행).

- 「비명」: 그래 요즘은 견고하고 호사스런 돌비석보다도 한 토막 나무 위에 고인의 내력을 남겨 놓는 나무 비목이. 그 고인의 내력을 남겨 놓은 비명조차 비바람에 이미 씻겨 없어져서「이름 모를」비목이 되어버린 그 한명희의 〈비목〉이 우리들에게 그토록 더욱 그립고 사랑스럽게 노래 불려지고 있는지도 모른다./죽음이 원래 망각이요 소멸이듯이 그 죽음을 증거하는 비석이나 비명도 궁극에는 망각과 소멸에 귀의한다. 그래 그 비석이나 비명도 지나치게 그 죽음이 꿈꾸어 간 소멸에의 운명을 거역하려 들지 않는 편이 나을는지 모른다. 비석이나 비명(碑銘)은 그래 차라리 그 소멸에의 운명을 그리고 있는 편이 더욱더 아름답고 사랑스러운 것이 되는지 모른다.

「벌레 이야기」

| **발표** | 『외국문학』 1985년 여름호.
| **최초의 단행본 수록** | 『비화밀교』, 나남, 1985.

1. 실증적 정보

1) **초고**: 육필 초고가 남아 있다. '알암'이라는 독특한 이름은 초고에서 '정민'이었다.

2) 수필 「**사랑과 화해의 예술, 혹은 새와 나무의 합창**」: 「벌레 이야기」는 사랑과 화해라는 정신적 덕목을 종교적 신성성에 빗대 다룬 소설이다.

- 「사랑과 화해의 예술, 혹은 새와 나무의 합창」: 그 사랑의 덕목을 단편적이나마 종교의 신성성에 빗대어 천착해 보았음 직한 소설이 졸작 〈벌레 이야기〉였다. 어린 아들이 무도한 유괴범에게 끌려가 살해되자 그 어머니가 교회를 찾아가 마음의 위안과 평화를 얻어 붙잡힌 범인을 용서하려 하니, 이미 사형 언도까지 받은 범인이 먼저 신앙적 구원과 사랑 속에 마음이 평화로워져 있음에 절망하여 자살을 하고 마는 이 소설의 줄거리는 당시의 비슷한 실제 사건을 소재로 한 것이었다. 그렇다면 그 섭리자의 '사랑'의 의미는 무엇이어야 하는가―. 그런 내 의구심과 회의의 어쭙잖은 자기 응답으로서였달까……

2. 텍스트의 변모

- 『외국문학』(1985년 여름호)에서 『벌레 이야기』(열림원, 2002)로
* '가정'이 '가상'으로 바뀐다.
  - 43쪽 14행: 되풀이 목격자의 수소문을 거듭하고 다녔다. 신문에도 몇 차례씩 광고를 내가며 → 광고를 내가며
  - 50쪽 15행: 심신이 속절없이 → 속절없이

- 51쪽 10행: 감당 → 감내
- 52쪽 11행: 아이의 실종 사고가 생기자 → 〔삽입〕
- 59쪽 21행: 기다리고 있었는데 → 기다리게 된 처지였는데
- 61쪽 22행: 덤벼들기 → 대들기
- 62쪽 20행: 그쪽으로 은근히 → 은근히
- 63쪽 12행: 전혀 마음을 아끼지 않았다. 아내는 마치 자신이 헌금한 금액만큼씩 아이의 내세가 유족해지는 것처럼 계속되는 헌금에 마음을 의지하고 지냈다. → 마음을 의지하고 지냈다.
- 68쪽 6행: 그토록 마음이 흔들리고 있었던 것인지도 모른다. 그래 그토록 자신을 → 자신을
- 78쪽 18행: 말을 한들 누가 그것을 제대로 이해할 수가 없었기 때문일 터였다. → 〔삭제〕

3. 인물형
- 김도섭:「흐르는 산」과『인간인』에는 죄를 짓고 산으로 숨어드는 남도섭이 나온다.

4. 소재 및 주제

1) 독을 품고 살기: 사람들은 꿈과 신념에서 삶의 동력을 얻기도 하지만, 때로는 「벌레 이야기」의 아내처럼 상처나 아픔의 힘으로 살기도 한다. 패잔과 살인의 기억을 간직한 「병신과 머저리」의 형, 나병의 이력을 지닌 『당신들의 천국』의 윤해원 등이 그런 사람들이다(57쪽 12행).
  - 「병신과 머저리」: 어느 땐가 딱 한 번. 형은 술걸레가 되어 돌아와서 자기가 그 천리 길을 살아 도망쳐 나올 수 있었던 것은 그 동료를 죽였기 때문이라고 한 적이 있었을 뿐이다.

2) 용서: 「벌레 이야기」는 사람과 사람 사이의 죄와 벌, 사랑과 화해,

무엇보다 '용서'에 대한 이야기다. 사람에 대한 이 소설은 종교와 연관된 이청준의 문학론을 압축해서 보여준다. 그런 점에서 '인간의 이름으로' 행하는 '용서'의 문제를 다룬 「행복원의 예수」는 「벌레 이야기」와 직접적으로 연결된다. 두 작품은 당사자를 제쳐두고 타인들이, 그것도 신의 이름으로, 신의 이름을 빌려 행한 용서와 그 허위성을 보여준다. '용서'는 이청준이 '남도 사람'과 '언어사회학 서설' 연작 등을 통해 끈질기게 매달린 화두였다(75쪽~76쪽).

- 수필 「나는 새해에도 문학을 할 것이다」: 다 아는 대로 그동안 우리가 접하고 소홀찮이 전범으로 수용해 온 서구 현대 문학의 뿌리는 중세기 종교상의 절대 권력에서 벗어나 인간의 삶을 인간의 이름과 책임 위에 궁구하고 실현해 나가려는 근세 인문주의 사상에 닿아 있다. 이는 다른 소리로 말하면 종교의 언어가 인간의 위에 군림(자비와 사랑의 설교에도 불구하고 그 종교와 교리의 특성상)하는 섭리자 중심의 교조적, 수직적 권력 언어의 측면이 강해보임에 비추어, 문학의 언어는 그 신성성보다 우리 인간성과 인간 정신의 창조성에 바탕한 자율적, 수평적 해방 언어의 측면이 앞서 보일 수 있다는 이야기이다.
- 「행복원의 예수」: i) 최 노인은 오래전에 이미 하느님의 부르심을 받아갔는데, 노인은 그러나 부르심을 받기 훨씬 전부터 나를 용서하고 있었노라고, 오랫동안 명념해온 지기(知己)의 유언을 전하는 사람처럼 그들은 몹시도 다행스러워하였다. 최 노인은 실상 본인은 생각지도 않았던 용서를 그들 스스로 나에게 대신해줬을 수도 있었다. 그렇다고 해도 그들은 그 하느님의 이름으로 그렇게 했노라 스스로의 아량에 감격해할 것이었다. ii) 하지만 그토록 세상이 만만해 보이기만 하던 내게 아직도 어느 먼 곳에서 인간의 이름으로 치러야 할 일이 남아 있는 것처럼 느끼게 해온 것은, 가장 서투르게밖에 하느님을 부를 줄 모르던 그 최 노인에게 목덜미를 잡히고 눈물을 흘렸던 일과, 버둥거리는 나를 문밖으로 내밀쳐버리던

노인의 그 격한 목소리——하느님이 용서해도 내가 못 한다——바로 그것이었다.

> 「불의 여자」
>
> | 발표 | 1985년.
> | 최초의 단행본 수록 | 『비화밀교』, 나남, 1985.

1. 실증적 정보
1) **초고**: 육필 초고 일부가 남아 있다.
2) **「치자꽃 향기」**: 「불의 여자」의 중심 이야기가 「치자꽃 향기」에 들어 있다.

2. 소재 및 주제
- 목욕하는 여자: 목욕하는 여자를 훔쳐보는 장면은 「바람의 잠자리」 「치자꽃 향기」 『6월의 신화』 「행복원의 예수」 「이민수속」 등 다른 작품에도 많다(84쪽~86쪽).
- 「치자꽃 향기」: i) 달빛은 여인들의 아름다운 몸매를 위해 여인들에게 옷을 벗게 했고, 치자꽃 향기는 다름 아닌 그 여인들의 몸냄새였다. 하여 영진은 이후 한동안 그 달빛으로 하여 더욱 은은해진 치자꽃 향기 속에 숨어 그녀들의 웃음소리와 뽀얗게 흰 알몸을 계속 넋을 놓고 지켜보곤 했다. ii) 그 'ㅁ'자형 한옥의 뒤뜰 쪽에 문득 기이한 일이 일어나 있었다. 스물두서너 살쯤 되어 보이는 처녀 아이 하나가 그 뒤뜰 시멘트 댓돌 아래에 망연히 빗줄기를 맞고 나앉아 있는 것이었다. 실오라기 하나 걸치지 않은 알몸의 여자였다. 전부터 가끔 얼굴을 본 일이 있는 그 집의 가정부 처녀 아이였다.

– 「행복원의 예수」: 달빛에 뽀얗게 알몸을 드러낸 여자가 자기 가슴께에다 자꾸만 물을 끼얹어대고 있었다. 신비스런 광경이었다. 나는 오줌이 마려운 것도 잊은 채 그 자리에 계속 숨을 죽이고 서 있었다.

「나들이하는 그림」

| **발표** | 『현대문학』 1985년 7월호.
| **최초의 단행본 수록** | 『따뜻한 강』, 우석, 1986.

1. 실증적 정보
1) **초고**: 육필 초고가 남아 있다.
2) **발표작과 단행본 수록작의 차이**: 1982년에 발표된 「밤에 읽는 동화풍(童話風)」은 모두 네 개의 이야기——「나들이하는 그림」「대사와 어린이」「봉해 가지고 가는 노래」「딴 생각이 배어든 글씨」——로 구성된 옴니버스 형식의 글이다. 네 이야기 중 단행본에는 「나들이하는 그림」만 실리고, 다른 이야기들은 동화로 분류되어 동화집에 실린다. 「대사와 어린이」는 『인간인』에서 노암 스님이 자주 하는 이야기로, 수필 「자기 높임을 위한 독서권리」에도 들어 있다. 「봉해 가지고 가는 노래」는 흥선대원군과 명창 박만순(朴萬順) 사이에 있었다고 전해지는 일화를 바탕으로 하며, 「딴 생각이 배어든 글씨」는 추사 김정희에 대한 이야기다. 「봉해 가지고 가는 노래」와 「딴 생각이 배어든 글씨」는 동화집에 실릴 때 「노래는 죽이지 말아라」와 「욕심이 배어든 글씨」로 개제되었다.
3) **동화**: 이청준은 '동화나 동시를 소설이나 성인 시 못지않게 좋아'해서, 판소리 다섯마당을 재해석한 판소리 동화를 쓰는 등, 동화에 관심이 많았다. 그가 생각하기에 동화는 모든 사람들이 공유하는 정서를 바탕으로 한 문학 장르이다. 「나들이하는 그림」은 「밤에 읽는 동화풍」의 다른 이

야기들처럼 동화와 소설의 경계가 모호한 작품이다.
- 수필 「동화 문장의 눈높이」: 동화 쓰기는 옛 유년 시절로 돌아가는 일종의 기억 여행이랄 수 있으니 쉽고 즐거운 일일 수 있을뿐더러, 동화는 만인 공유의 정서 세계에 바탕한 문학 장르라는 점에서 각자의 경험이나 성장 경로가 다른 독자를 좇는 소설보다 보편적 공감력을 지닌다고 할 수 있을 터이다.

4) 이중섭: 「밤에 읽는 동화풍」의 작가 주에 보면 「나들이하는 그림」은 화가 이중섭의 일화를 바탕으로 한다.
- 「밤에 읽는 동화풍」 중 「나들이하는 그림」 주석: 이 이야기는 은종이 동자들의 그림으로 유명한 고 이중섭 화백의 일화를 바탕으로 꾸민 동화입니다. 이중섭 화백이 6·25전란 중에 그의 아들을 잃고, 하늘나라에서 심심하지 않게 함께 지내라고 아이들의 그림을 그려서 아들과 함께 관 속에 넣어 묻어준 것은 유명한 이야기입니다.

2. 텍스트의 변모

1) 『현대문학』(1985년 7월호)에서 『따뜻한 강』(우석, 1986)으로
- 94쪽 14행: 사는 것 → 사는 형편
- 94쪽 15행: 거지도 많고 → 또한
- 95쪽 16행: 으뭉자뭉 → 뒤척이다
- 96쪽 3행: 화가는 → 이를 본 화가는
- 96쪽 9행: 아이는 → 아이의 모습이
- 96쪽 11행: 이상스런 → 한편 생각하니, 참으로 이상스런
- 96쪽 17행: 그림을 그려서 그는 → 그는
- 96쪽 20행: 그런데 화가는 실상 그럴 필요가 없었읍니다. → 그런데
- 96쪽 21행: 만들어주셔서요. → 보내 주셔서요.
- 97쪽 7행: 있었읍니다. 은종이에 그려놓은 그림이 하나도 없었읍니다.

→ 실제로 일어났습니다. 은종이에
- 97쪽 22행: 그것은 → 이 신기한 일은
- 99쪽 15행: 같았습니다. → 같았고 잘 알고 있는 듯하였습니다.
- 99쪽 20행: 돌아갈 수가 없다고 했습니다. → 돌아가지 않겠다고 우겼습니다.
- 99쪽 23행: 올데갈데가 → 오갈 데가

2) 『따뜻한 강』(우석, 1986)에서 『벌레 이야기』(열림원, 2002)로
- 97쪽 9행: 흰 담뱃갑 은종이만 있을 뿐이었습니다. → 흰 담뱃갑의 빈 은종이뿐이었습니다.
- 99쪽 15행: 잘 알고 있는 듯하였습니다. → 그 모습들이 매우 익숙한 느낌이었습니다.
- 100쪽 6행: 협박을 해 왔습니다. → 협박까지 했습니다.

「누군들 초장부터 꾼으로 태어나랴」

| **발표** | 『문학사상』 1985년 10월호.
| **최초의 단행본 수록** | 『키 작은 자유인』, 문학과지성사, 1990.

1. 실증적 정보
- 초고: 대학노트 3쪽 분량의 상세한 작품 계획표가 포함된 육필 초고가 남아 있다. 초고에서 공만석의 이름은 공길준 → 공순돌 → 공순달로 변한다.

2. 텍스트의 변모

1) 『문학사상』(1985년 10월호)에서 『키 작은 자유인』(문학과지성사,

1990)으로
- 109쪽 10행: 그리고 → 그 위에
- 110쪽 21행: 내놓았다. → 덧얹어 보내왔다.
- 111쪽 8행: 다른 동료들이 → 제 아랫것들이
- 112쪽 23행: 아픔 → 것
- 114쪽 10행: 일이 년씩 → 일년씩
- 116쪽 9행: 무슨 힘을 보태지 않으면 안 되었다. → 그가 무슨 힘을 보태러 나서지 않으면 안 되었다.
- 120쪽 12행: 시작되었다. → 있어왔다.
- 121쪽 18행: 다르다오. → 생각이 좀 다르오.
- 122쪽 3행: 만난 → 만나 이룬
- 129쪽 16행: 못난 바보들 → 어리석은 백성들
- 130쪽 4행: 만석씨 자신이 가끔 애먹어오던 버릇처럼 → 〔삽입〕
- 132쪽 4행: 무너질 수 없음은 물론이었다. → 무너질 수가 없었다.
- 137쪽 12행: 새 국회의원 → 새 인물이
- 139쪽 18행: 팽팽 → 탱탱
- 141쪽 22행: 조종 → 요동질
- 147쪽 9행: 서울 물 → 물
- 150쪽 17행: 아까와요 → 억울해요
- 150쪽 21행: 자신도 오랫동안 녀석들이 그토록 끈질기게 나서 주기를 소망해 온 싸움이었다. → 〔삭제〕
- 151쪽 20행: 심기가 불편해질 소리를 듣게 될 때 공만석씨가 곧잘 귀가 어둬 못 들은 척 지나쳐 넘겨왔듯, 녀석들 역시도 부러 입을 다물고 흘려 넘긴 것뿐이었다. → 〔삽입〕
- 152쪽 3행: 갈잎 숲에서 → 이제는 저희도 갈잎 숲에서
- 152쪽 18행: 서울 인간 → 인간

- 154쪽 9행: 공만석씨도 나름대로 깨달을 수가 있었기 때문이었다. → 방송 따위에는 더 이상 관심을 둘 생각이나 여유가 없었다. 하지만 그는 어느 날 문득 깨닫게 되었다.
- 154쪽 15행: 더 이상 방송에 관심을 둘 필요가 없었다. 그럴 필요도 없었고 그러기도 싫었다. 하지만 그런 공만석씨도 아직 그것이 누구를 편들고 있다고는 분명히 단정할 수가 없었다. 그 방송이 편들고 있는 것이 서울 사람들인지 또 다른 누구인지는 경솔하게 함부로 판정해 말할 수가 없었다. 다만 그것이 서울로 올라간 길순이나 길동이들의 처지를 편들고 있지 않은 것만은 분명했다. → 아니 백보를 양보하고서라도 그것이 적어도 서울로 올라간 길순이나 길동이들의 처지를 편들고 있지 않은 것은 분명한 사실이었다.
- 155쪽 4행: 전날과는 달리 마을 사람들이나 그의 아내 앞에선 사람이 달라진 듯 말을 삼간 채 그리고 그 주위의 불편한 소리들엔 부러 더 귀가 어두운 듯 아랑곳이 없은 채. → 〔삽입〕

2) 『키 작은 자유인』(문학과지성사, 1990)에서 『벌레 이야기』(열림원, 2002)로
- 107쪽 6행: 안 된다는 것이었다. → 안 된다는 게 그의 지론이었다.
- 107쪽 7행: 지론 → 주장
- 109쪽 3행: 머릿수 → 이삭 모개 수
- 110쪽 13행: 새 시대에 걸맞는 주경야독 격으로 → 〔삽입〕
- 110쪽 15행: 자리 → 대처살이 터
- 115쪽 12행: 똥간이라지 않어. → 똥간밖에 더 되겠어.
- 116쪽 16행: 의논거리 → 논란거리
- 122쪽 18행: 이를테면 같은 새마을 운동이라도 자신이 지도자의 일을 맡고 있을 때는 → 이를테면 새마을 운동 한 가지만 하더라도
- 126쪽 15행: 겁 → 겁물기

- 130쪽 4행: 가끔 애먹어오던 → 이따금 주위에 애를 먹어오던
- 138쪽 16행: 눈치없이 당신 혼자 → 눈치 없이
- 140쪽 16행: 그 아내부터 → 답답하게 꽉 막힌 아내부터
- 143쪽 22행: 목까지 메어오고 있었다. → 울대까지 메오고 있었다.
- 145쪽 2행: 당부해 온 말이었다. → 남기고 간 당부였다.
- 145쪽 5행: 꾸며온 → 도모해온
- 145쪽 8행: 놈은 이미 년에게서 날아가버린 새였다. 억울하고 분통이 치솟는 대로 한다면 기왕에 년에게서 날아가버린 잡새놈. → 놈은 이미 년에게서 날아가 버린 잡새놈.
- 146쪽 1행: 무더기로 → 〔삽입〕
- 146쪽 3행: 그래 → 그런 줄 믿고
- 146쪽 6행: 그래 이 며칠 집에도 못 들어오고 어디론가 끌려가서 자초지종을 조사받고 있다더라는 것이었다. → 〔삭제〕
- 147쪽 7행: 일판 → 싸움판들
- 148쪽 18행: 무리하고 분수없는 → 분수 없는
- 148쪽 21행: 다른 쪽에서 → 〔삽입〕
- 149쪽 5행: 노력 → 공력
- 150쪽 7행: 입이 익은 → 익은

3. 인물형

- 공만석: 「조만득 씨」에서 조만득의 동생, 「줄뺨」의 중대장, 「세상에 단 혼자 팬츠를 입은 사내」의 영업부 수금사원도 이름이 '만석'이다.

> ## 「흰 철쭉」
> | 발표 | 『현대문학』 1985년 10월호.
> | 최초의 단행본 수록 | 『따뜻한 강』, 우석, 1986.

1. 실증적 정보

1) 초고: 육필 초고가 남아 있다.

2) 수필 「통일을 위한 문학」: 남북 이산가족찾기 장면이 들어 있는 「흰 철쭉」은 아픔과 기원에 대한 글이다. 수필 「통일을 위한 문학」에 따르면 이 작품은 "민족의 재결합과 통일에 대한 지극한 열망에도 불구하고 그 시기가 너무 늦어져 이 백성들의 삶과 역사에 더욱 큰 상처를 남기게 되는 것이 아닌가 하는 의구심을 바탕해" 씌어졌다.

- 수필 「아픔의 얼굴, 기원의 불꽃」: 그런데 얼마 전, 나의 그런 노력과는 거의 상관이 없이 너무도 많은 아픔과 기원의 생생한 얼굴들이 우리 앞에 한꺼번에 모습을 드러내고 나타난 일이 있었다. KBS의 이산가족찾기 프로그램에 나타난 그 많은 사람들의 아픔과 소망의 얼굴들. 그리고 그 건물벽과 나무와 길바닥들을 채우고 나붙은 애절한 사연의 절규 같은 벽보들. 그것들은 마치 우리 시대와 사람들의 가슴 속 깊은 곳에서 힘있는 증거의 눈길을 기다리다 못해 끝내는 제물에 상처가 터져나오고 만 아픔의 절규요, 그 견딜 수 없는 함성의 합창과도 같아 보였었다.

3) 발표작과 단행본 수록작의 차이: 「흰 철쭉」은 발표작과 단행본 수록작의 결말 부분이 다르다. 발표작에서는 나무가 시들어 죽고 새도 없다. 수필 「독자와 함께 쓰는 소설?」에는 「흰 철쭉」의 결말이 수정된 이유가 나온다.

- 「독자와 함께 쓰는 소설?」: 또 하나, 남북분단의 이산살이를 다룬 단편 「흰 철쭉」의 결말은 소식을 알 수 없는 나물장수 아주머니가 전쟁 전 북녘

의 친정집에서 얻어온 철쭉이 끝내 꽃을 피우지 못하고 시들어 죽어버리는 쪽이었다. 시간을 서두르지 않은 탓에 아주머니에게는 이미 통일도 소용없는 것임을 말하려 함이었다. 그런데 그런 결말에 대해 김윤식 선생이 뒷날 혀를 차며 아쉬움을 털어놓았다. "그 참, 끝이 왜 그랬을까. 기다림 끝에 봄을 맞아 새 움이 푸르게 되살아났으면 좋았을 걸!"/나는 내 애초의 작의를 접고 결말을 이렇게 다시 고쳐 썼다./──언제부턴가〔흰철쭉〕꽃나무 가지 위에 이름 모를 새 한 마리가 오래 깃을 개고 앉아 있었다. 순백의 꽃빛 속에 적막스럽고 애틋한 모습이 어떤 기나긴 기다림의 꿈속에 젖어 있는 것 같았다. 할머니의 넋이 새가 되어 돌아온 것인가……/우리에게 그 기다림의 꿈은 죽음도 넘어설 만큼 소중해 보였기 때문이다.

2. 텍스트의 변모
1) 『현대문학』(1985년 10월호)에서 『따뜻한 강』(우석, 1986)으로
 - 158쪽 2행: 이삼 년째 → 삼 년째
 - 170쪽 13행: 한데 이번에는 우리도 마침내 할머니를 더 이상 기다릴 수가 없게 됐다. 우리도 마침내는 할머니의 유고를 믿어야 할 일이 생기고만 것이다. 정성이 지나쳐 거름기가 넘쳐서였을까. 혹은 겨울철 보온을 잘못한 탓이었을까. 아니면 또 어떤 몹쓸 해충들이 땅 속에서 뿌리를 상해놓았는지도 모른다./하지만 이제 와서 그런 것은 굳이 따져서 무엇 하랴. 철쭉도 웬일인지, 그해 봄이 한참 늦도록 새 잎이 돋아나질 않고 만 것이었다./「꽃나무가 이제는 더 꽃을 피워 기다릴 사람이 없게 됐나보네요……」/이른 봄부터 행여나 행여나 새싹이 돋아나길 기다리던 내가 어느 날, 마침내 하얗게 말라버린 나무껍질을 벗겨 보이자, 한동안 망연스런 눈길을 하고 있던 아내가 혼잣소리처럼 쓸쓸히 지껄여온 소리였다. → 하지만 그도 다 부질없는 일이었다./할머니는 여전히 소식이 없었다. 할머니의 소식은 여전히 감감한 채 흰꽃들만 눈부시게 무리치고 있었다./할머

니의 그 기나긴 기다림이 세월에 바래져 그렇게 하얗게 피어나듯 누군가의 지친 넋을 위하여 아름다운 소복의 꽃상여를 꾸며 놓은 듯./"저 꽃들은 아직 모르고 있을까요……? 올해도 저렇게 누구를 기다리며 곱게 필까요?"/행여나 행여나 하면서도 할머니의 일을 부러 모른 척 입을 다물고 지내던 아내가 어느 날은 끝내 참지를 못하고 혼잣소리처럼 그렇게 말했다. 할머니에 대해서는 나 역시 물론 그 아내와 똑같은 심정이었다. 하면서도 나는 아직 그 아내처럼 막막하지는 않았다./철쭉나무 가지 위에 날아와 앉아 있는 한 마리의 새 때문이었다./언제부턴가 꽃나무 가지 위에 이름모를 새 한 마리가 눈을 감고 깃을 개고 앉아 있었다. 순백의 꽃 빛 속에 적막스럽고 애틋한 모습이 어떤 기나긴 기다림의 꿈속에 젖어 있는 것 같았다. 할머니의 넋이 새가 되어온 것인가……/아내는 아직 그것을 알아보지 못한 모양이었다.

2) 『따뜻한 강』(우석, 1986)에서 『숨은 손가락』(열림원, 2001)으로
   - 170쪽 1행: 철쭉이 시들기 시작할 때까지도 할머니의 모습은 나타나질 않았다. → 〔삭제〕
   - 170쪽 15행: 무리치고 → 무리 짓고

3. 소재 및 주제
- 새가 된 영혼 : 죽은 사람의 영혼이 새가 되는 작품들이 많다. 「마지막 선물」 『인간인』 「학」 「섬」 등(171쪽 6행).

「숨은 손가락」

| **발표** | 『문학과지성 신작 소설집—숨은 손가락』, 김치수·오생근 편, 문학과지성사, 1985.
| **최초의 단행본 수록** | 『키 작은 자유인』, 문학과지성사, 1990.

1. 실증적 정보

1) 초고: '숨은 손가락'이라는 표제가 붙은 육필 초고가 남아 있다. 이청준은 심사숙고 끝에 이 소설의 제목을 정한 것 같다. '숨은 손가락' 옆에 '악령의 손가락'이 있으며, '제목은 나의 옷이 아니었다' '내 옷은 흰색'이라는 메모도 있다. 그는 인물들의 이름을 짓는 데도 고심한 것 같다. '민준-준민-동준'이라는 메모가 있는데, 발표작의 나동준과 백현우는 초고에서 나현수-나민준-나동준, 백민준-백현우로 바뀐다. 눈여겨볼 것은 두 사람에게 공통된 이름 '민준'이다. 이청준의 소설에서 '준'은 어느 정도 작가를 나타낸다. 또한 초고에는 '원죄적 복수심'과 함께 '이 전쟁 어차피 사상전 아님. 사상이라면 복수심'이라는 짧은 글이 중요 표시와 함께 씌어져 있다.

2) 수필 「통일을 향한 문학」: 이청준은 이 수필에서 「숨은 손가락」을 이념과 사상이 아니라 배반과 복수에 대한 글로 정의한다.

- 「통일을 향한 문학」: 그리고 어떤 다른 사건이나 소설의 소재에 대해서와 마찬가지로 6·25의 비극 역시 어느 한 작가에 의해 그 문학적 과제가 완결지어질 수 없다는 점에서, 내 어릴 적에 겪은 한 작은 '시골 6·25의 이야기'—이념과 사상의 대립에서보다도 그것을 빌미로 한 사람들 내부의 무지하고 추악한 재물욕과 권세욕, 그에 따른 잔인스런 배반과 복수극이 빚어낸 인간계의 비극상—로 이데올로기의 상충이나 역사적 인과관계 등 그 전쟁에 대한 큰 이해의 틀에 한 작은 세목을 덧붙여 보고자 하여 쓴 〈숨은 손가락〉(중편).

2. 텍스트의 변모

1) 『숨은 손가락』(문학과지성사, 1985)에서 『키 작은 자유인』(문학과지성사, 1990)으로
   - 210쪽 5행: 혐의자 → 혐의
2) 『키 작은 자유인』(문학과지성사, 1990)에서 『숨은 손가락』(열림원, 2001)으로
   - 186쪽 23행: 쪼작발 → 조각발
   - 197쪽 6행: 무장 → 위장
   - 210쪽 5행: 혐의 → 혐의자
   - 254쪽 19행: 반문 → 반격

3. 소재 및 주제

1) 제복의 정신: 수필 「제복에 대하여」에 보면, 제복의 첫번째 위력은 한 집단의 결집력에서 찾아볼 수 있다. 또한 제복은 개인의 소멸에 기여하고 집단에 대한 통솔 유지수단이 되기도 한다. 제복의 번창은 유형화된 사고의 번창이라고 할 수 있다(194~95쪽).

- 「제복에 대하여」: i) 제복을 입고 나면 무의식중에 나는 이미 내가 아니라는 생각이 들기 때문이다. 나는 다만 제복일 뿐이라는 생각. 그래서 제복에 나를 내맡겨 버린 채 제복에 의지해서 그 제복의 집단인격으로만 생각하고 행동하려 하기 때문이다. ii) 아직도 제복을 입지 않은 사람들은 보다 화창한 자신의 인격을 위하여, 그의 지혜로운 삶을 위하여 외롭고 불안스럽더라도 자신의 옷을 좀더 사랑해야 할 필요가 있는 것 같다.
- 『씌어지지 않은 자서전』: 도대체 어떤 질서란, 통일이란, 제복이란 하나의 구령이나 신호가 전제된 것이었고, 그 하나의 군호나 구령으로 움직이는 통일 속에, 억압적인 질서 속에, 그리고 획일화된 제복 속에 개인이나

개성이란 질식 상태가 되거나 존재하기가 어려웠다. 존재할 수도 없고 존재해서도 안 되었다. 그래 제복 앞에선 개인이나 인간이 보이지 않는 것이었다. 제복이 제복에게 말하고 명령하고 벌을 주는 것뿐이었다. 그리고 그래서 사람은 누구나 제복을 보면 그 제복에게 명령을 하고 싶은 충동을 느끼게 마련이었다. 제복은 애초 그 명령에 복종하도록 창조된 운명의 산물이니까.

2) **송충이**: 한국전쟁 당시 대중 속에 숨은 적을 송충이에 비유하는 장면은「그곳을 다시 잊어야 했다」에도 나온다(217쪽).
- 「그곳을 다시 잊어야 했다」: 하지만 사정이 급변했다. 회의가 진행되면서 수복부대 사내가 그를 지목해 푸른 솔밭의 '송충이'로 낙인찍었고, 이어 낯빛이 사색으로 변하며 와들와들 떨기 시작한 그를 회의장 밖으로 끌어내어 자신의 총부리 앞에 세웠다.

3) **사실**: 이청준은 '사실'과 '진실', 또는 '사실'과 '해석' 사이의 갈등이 중심인「뺑소니 사고」, 『춤추는 사제』 같은 글을 썼다. 사실을 어떻게 해석하든 사실은 사실 자체로 존재하고 존재해야 한다. 그렇기 때문에 현실적 힘이 사실을 왜곡할 때 그것을 바로잡을 수 있는 사람, 사실을 사실로 보아둔 증인은 매우 소중한 사람이다(266쪽).
- 「뺑소니 사고」: i) 이제부터는 나 혼자 견뎌야 한다. 혼자서는 견디어낼 자신이 없었다. 그는 두렵고 외로웠다. 그는 이번에야말로 사실을 말하지 않을 수 없게 되어버리고 있었다. ii) "전 역시 사실을 말해야 한다는 것이었습니다."
- 『춤추는 사제』: 용술은 그저 사실을 사실대로 보아두기만 하면 그만이었다. 그가 한 맹세대로 말을 하지 않더라도 상관이 없었다. 사실을 사실대로 보아둘 사람이 필요할 뿐이었다. 그런 사람이 있다는 사실 자체가 가장 힘 있는 진실에의 증거일 수 있었다.

「섬」

| **발표** | 『현대문학』 1986년 5월호.
| **최초의 단행본 수록** | 『키 작은 자유인』, 문학과지성사, 1990.

1. 실증적 정보

1) 초고: '자라는 섬'이라는 작품계획표가 포함된 육필 초고가 남아 있다.

2) 수필「독도와 화산석」: 이청준은 1982년 6월 문우들과 함께 홍순칠의 주선으로 30톤 남짓한 오징어 채낚이배를 타고 독도에 다녀왔다. 「섬」은 「독도와 화산석」에 나오는 독도여행기를 바탕으로 한 소설이다.

- 「독도와 화산석」: 그리고 마침내 섬으로 올라가 두어 시간쯤 머물고 다시 울릉도로 돌아왔을 때에는 나는(또는 우리가) 그 섬을 실제로 보고 온 것인지, 그 섬이 정말 거기 있었던지 어쨌는지 모습이 아득했다. 그도 그럴 것이 섬을 들어갈 때와는 반대로 돌아올 때는 섬이 다시 시야에서 사라지기까지 두어 시간 동안 하염없이 멀어져가는 그 독도가 모든 것을 다시 거두어 가는 것 같았고, 우리는 거기서 보고들은 모든 것을 그대로 고스란히 되돌려주고 돌아가는 것 같았으니까.

2. 텍스트의 변모

1) 『현대문학』(1986년 5월호)에서 『키 작은 자유인』(문학과지성사, 1990)으로

* '매형'이 '자형'으로 바뀐다.
- 274쪽 22행: 사실이었는지 모른다. → 사실이었다.
- 275쪽 23행: 하지만 그것을 사람들 앞에선 → 다른 사람들 앞에선 속에다
- 277쪽 7행: 새판잽이로 다시 채근하고 → 혐잡고
- 280쪽 21행: 섬의 정경까지가 환상적이었다…… → 〔삭제〕

- 284쪽 4행: 산봉우리가 어느 새 사라지고 → 정상 성인봉이 사라지고
- 286쪽 10행: 긴장과 초조감 → 초조감
- 291쪽 13행: 나와 → 빛 속으로 걸어나와
- 294쪽 5행: 그것들을 다시 섬에게 돌려주고 돌아와야 했던 거란 말이지. → 〔삭제〕
- 296쪽 3행: 한낱 우리의 삶 속에 유추될 수 있을 뿐인 죽음의 실체모양…… → 〔삽입〕
- 296쪽 7행: 경비대 → 경비 요원이나
- 296쪽 8행: 삶으로 섬을 → 삶을
- 299쪽 6행: 명부의 그림자처럼 → 〔삽입〕
2) 『키 작은 자유인』(문학과지성사, 1990)에서 『이어도』(열림원, 1998)로
- 273쪽 13행: 걸어왔다고 할 만큼 → 걸 듯이
- 275쪽 21행: 어딘지 장난기 같은 것이 배어든 소리로 실토하고 있었다. → 짐짓 엄살기를 섞어 실토했다.
- 276쪽 1행: 발설을 해버리고 있는 → 털어놓고 만
- 284쪽 16행: 고래 → 돌고래
- 292쪽 20행: 이제 비로소 섬의 환상에서 자신의 실재로 돌아온 느낌이었다. → 〔삭제〕
- 294쪽 13행: 말해왔다. → 응대해 왔다.

3. 소재 및 주제
1) **새가 된 영혼**: 앞의 「흰 철쭉」 주석 참조.
2) **홀섬의 요술**: 섬을 그린 이청준의 다른 작품 「이어도」에서, 이어도는 구원의 이상향인 동시에 죽음의 섬이기도 하다. 홀섬은 이어도와 달리 실재한다. 실재하는 홀섬은 밝고 찬란하지만, '나'에게는 이어도처럼 다른 차원에 있는 죽음의 영지로도 여겨진다(299쪽 6행).

「흐르는 산」

| **발표** | 『문학과비평』 1987년 봄호.
| **최초의 단행본 수록** | 『키 작은 자유인』, 문학과지성사, 1990.

1. 실증적 정보

1) 초고: 육필 초고가 일부 남아 있다. 초고에서 '도섭'은 '도만'이었다.

2) 『인간인』: 「흐르는 산」은 장차 1, 2부로 간행될 장편 『인간인』과 깊은 관련이 있다. 『인간인』에서는, 남도섭과 무불 스님의 이야기가 변형된 방식으로 재현된다.

3) 정치소설: 김치수는 발표작에 덧붙인 해설 「소설의 신비성과 정치성」에서 「흐르는 산」을 정치소설로 정의하며 「비화밀교」와 함께 읽을 것을 권한다.

4) 자비강산: 『인간인』 2부 3장인 '자비강산'은 이청준이 쓰다가 중단한 소설 제목이기도 하다. 자비강산은 한마디로 지혜의 산이 아픔의 강으로 흐르는 것이다. 무불 스님의 말처럼 산과 강은 둘이 아니라 하나인데, 『인문주의자 무소작 씨의 종생기』에도 같은 뜻을 지닌 이야기가 나온다 (305쪽~306쪽).

- 『인문주의자 무소작 씨의 종생기』: 형은, 가보니 산은 바다가 물위로 솟아 올라선 모양이더라 하고, 아우는, 바다란 산이 물속으로 평평히 흘러가라앉은 모습이더라 말하고. 하지만 형제간에 그렇게 서로 한참 우기다 보니 결국엔 양쪽이 다 말은 달라도 산길과 물길이 실상은 한마당 같은 세상살이 길이라는 걸 깨닫게 되었다지요.

2. 텍스트의 변모

1) 『문학과비평』(1987년 봄호)에서 『키 작은 자유인』(문학과지성사,

1990)으로
- 307쪽 1행: 시새우지 → 시샘하지
- 309쪽 6행: 죄인들로만 → 죄인들쯤으로만
- 313쪽 15행: 없었기 → 없게 된

2) 『키 작은 자유인』(문학과지성사, 1990)에서 『벌레 이야기』(열림원, 2002)로
- 303쪽 6행: 그럴수록 스님의 숨겨진 비밀을 밝혀내고 싶었다. 호기심과 장난기에서 시작된 노릇이 이젠 물러설 수 없는 승부거리가 되어버리고 있었다./오기가 굳다보니 그의 호기심은 이제 스님의 밤잠에 관한 비밀을 밝혀내는 데에만 머무르질 않았다. → 그럴수록 스님의 숨겨진 비밀을 밝혀내는 데에만 머무르질 않았다.
- 304쪽 14행: 것이었다. → 공산이 컸다.
- 307쪽 23행: 지혜 → 염량
- 309쪽 7행: 보이지 않는 위험을 살펴줘야 하였다. → 위인들의 보이지 않는 위험까지도 함께 살펴줘야 하기 때문이었다.
- 312쪽 3행: 처지는 → 어려움은

3. 인물형
1) **남도섭**: 앞의 「벌레 이야기」 주석 참조.
2) **무불 스님**: 『인간인』과 『이제 우리들의 잔을』에도 무불 스님이 나온다.

4. 소재 및 주제
- 아픔 앓기: 산이 강으로 흐르려면 먼저 아픔 앓기가 있어야 한다. 자신의 본모습을 잃고 사는 개인의 아픔은, 그 아픔을 삶 속에 포용하고 삭인 뒤, 다른 사람들의 아픔을 함께 아파하고 대신 아파하는 것으로 나아간다. 이

것은 무불 스님의 아픔이 산으로 높아져 많은 사람들의 강으로 흐르는 이치와 같다(305쪽 21행).

「심지연」

| **발표** | 『문학사상』 1987년.
| **최초의 단행본 수록** | 『가해자의 얼굴』, 중원사, 1992.

---

1. 실증적 정보

1) 초고: 수필 형식의 육필 초고가 남아 있다.

2) 「이상한 선물」: 이청준은 만년에 「심지연」을 「이상한 선물」로 다시 쓴다.